Caritum

von Tim Miller

Re Di Roma-Verlag

Bibliografische Information der Deutschen Nationalbibliothek:
Die Deutsche Nationalbibliothek verzeichnet diese Publikation in der Deutschen Nationalbibliografie; detaillierte bibliografische Daten sind im Internet über http://dnb.ddb.de abrufbar.

ISBN 978-3-86870-363-4

Umschlagillustration:
Klaus Stemmer

www.rediroma-verlag.de
14,95 Euro (D)

Für meine Uroma, Margarete Goldschmidt

Danke, dass du mit 93 Jahren
noch immer für mich da bist!

Kapitel 1

Regen peitschte auf das Dach der Kutsche und Blitze zuckten über den pechschwarzen Himmel. Der Donner dröhnte von oben herab, als wolle er die Erde zum Einsturz bringen. Der 13. Oktober 1287 war der Anfang des Unheils, welches Artur ereilen sollte. Die Kutsche, in der Artur mit seiner Mutter saß, rollte schnell über den unebenen Waldboden und schleuderte ihn von einer Seite der unbequemen Sitzbank auf die andere. Seine braunen, etwas längeren Haare schlugen ihm wild um den Kopf und bedeckten des Öfteren seine erstaunlich grünen Augen. Seine Mutter saß ihm steif gegenüber und rührte sich nicht. Die rabenschwarzen Haare und die grauen unergründlichen Augen glichen denen ihres Sohnes in keinster Weise. Kein Teil ihres Körpers zuckte oder bewegte sich nur im Geringsten. Sie hatte es tatsächlich geschafft, sich weder zu bewegen, noch zu sprechen seit sie die Kutsche betreten hatten. In ihrem Gesicht konnte Artur ein selbstgefälliges Lächeln erkennen und diesen Ausdruck hatte sie immer, wenn sie einen gewaltigen Triumph errungen hatte. Doch was es dieses Mal war, wusste Artur nicht, und genau das beunruhigte ihn. Er musste sogar darüber mutmaßen, wo es hinging und warum sie die Reise überhaupt angetreten hatten. Seine Mutter hatte ihn früh abends in die Kutsche gezerrt und seither fuhren sie. Sie fuhren über Berge und durch Täler, durch Wiesen und auf Straßen; mittlerweile war die Nacht schon hereingebrochen.

Die Kutsche holperte gerade über einen großen Stein und Artur wurde nach oben geschleudert. Der Regen trommelte noch lauter und der Donner dröhnte noch ein bisschen stärker. Sie mussten genau unter dem Gewitter sein, und als Artur aus dem Fenster blickte, stellte er fest, dass sie nun direkt in einen rabenschwarzen Wald hineinfuhren. Wo ging es hin? Diese Frage stellte er sich seit Stunden, und alle Versuche, Informationen aus seiner Mutter herauszubekommen, waren kläglich gescheitert. Den Kutscher, der die zwei Rappen steuerte, hatte Artur noch nie in seinem Leben gesehen. Tatsächlich fand er die Sache mehr als merkwürdig, denn sie waren einfach, ohne jede Erklärung, von ihrem Gutshaus aufgebrochen. Was geschah hier?

Plötzlich stand seine Mutter auf und streckte ihren Kopf aus dem Fenster. Artur zuckte zusammen, doch sie achtete nicht auf ihn. Dann schrie sie in ihrer üblichen barschen und forschen Stimme den Kutschführer an: »Wie lange noch?« Artur hörte, wie er zurück brüllte, verstand jedoch nichts. Seine groß gewachsene Mutter zog den Kopf zurück in die Kutsche und setzte sich wieder. Ihre langen, schwarzen Haare waren nun vollkommen nass und ihr prachtvolles Kleid war dunkel vom Regen. »Wie lange geht es noch, Mutter?«, fragte Artur in der Hoffnung, nun etwas aus ihr heraus zu bekommen. Doch seine Mutter beachtete ihn wie üblich nicht und blickte mit ihren schwarzen und leeren grausamen Augen zum Fenster hinaus. Der Wald um sie herum war noch nicht verschwunden, im Gegenteil. Es schien, als ob sie nun im Herzen des Waldes waren, denn es wurde langsam immer dunkler um sie. Ein großer Blitz erhellte für ein paar Sekunden das Innere der hölzernen Kutsche und darauf folgte ein ohrenbetäubender Donnerschlag. Artur merkte, wie er langsam hungrig wurde und ein Rumpeln in seinem Magen bestätigte diese Ansicht. Auch die Müdigkeit schien ihn zu übermannen, doch er nahm sich fest vor, wach zu bleiben, um zu sehen, wo es hin ging. Die Orientierung hatte er zwar schon längst verloren, doch seine Mutter hätte keine Hemmungen, ihn in der eiskalten Kutsche übernachten zu lassen, während sie in einem vornehmen Gasthof ein warmes und behagliches Zimmer bewohnte. Schon einmal war dies vorgekommen, doch damals hatte er gewusst, wo sie sich aufhielten, und es hatte nicht in Strömen geregnet. Er wollte seine Mutter erneut nach ihrem Vorhaben fragen, doch er sah ein, dass es keinen Sinn machte. Sie würde ihm nichts sagen. Sich mit ihrem Sohn normal zu unterhalten war für sie fast wie einen Leprakranken anzufassen. Unter ihrer Würde und einfach undenkbar.

Der Kutscher schlug drei Mal mit seiner Peitsche auf den Rücken der Pferde, sodass beide ein lautes Wiehern ausstießen und ihr Tempo erneut erhöhten. Artur hatte das Gefühl, noch nie Pferde schneller rennen gesehen zu haben. Obwohl er selbst ein guter Reiter war und des Öfteren schneller ritt als notwendig, hätte selbst er so ein Tempo nie angeschlagen. Zu Hause in ihrem großen Haus mit dem angrenzenden Park und einem eigenen Reitstall hatten sie viele Pferde, auf denen er reiten konnte, und er mochte dies sehr. Auf einem Pferd fühlte er sich frei, und solange er ritt, konnte seine Mutter ihn nicht tyrannisieren oder zu irgendetwas zwingen. Allzu lang konnte er oft nicht reiten, denn seine Mutter verbot ihm immer alles, von dem sie wusste, dass es ihm Freude bereiten würde. Doch was trieb den Kutscher, dass er sich anmaßen konnte, ein solches Tempo zu wählen? Man könnte meinen, dass der Teufel hinter ihnen her war, dachte Artur verbittert. Die Fahrt schien kein Ende mehr zu nehmen und Artur hatte schon mit dem Gedanken gespielt, dass sie womöglich das Land verließen. Doch sie waren noch in keinem Boot gewesen geschweige denn an einem Hafen vorbeigekommen. Er spielte mit dem irrsinnigen Einfall, einfach aus der Kutsche zu springen, doch sollte er dies wahnwitzigerweise überleben, so sah er keine Möglichkeit eine Orientierung zu erlangen. Er würde in den Wald stolpern, dort umherirren und dann von irgendeinem wilden Tier zerfleischt werden. Artur wusste nicht, wie schlimm ein Gewitter werden konnte, doch wenn es an der Zeit war, Gebete zu sprechen, dann war es jetzt. Doch Artur hatte sich nie groß für Religion oder den Glauben interessiert. Auch bei ihnen zu Hause wurde selten von Gott gesprochen, zumal das Wenige, das er mit seiner Mutter sprach, in einem Ton geschah, als ob Artur ein Verbrechen begangen hätte. Warum sollte er auch an Gott oder Jesus Christus glauben? Wenn es wirklich einen Gott gab, dann hätte er ihm nicht eine solche Mutter gegeben. Gott hätte nicht zugelassen, dass er oftmals Prügel bezog. Und Gott hätte nicht zugelassen, dass sein Vater kurz nach seiner Geburt starb. Ja, Artur war eine Halbwaise und war allein bei seiner schrecklichen Mutter aufgewachsen, die das Wort Liebe, nach seiner Ansicht, noch nie gehört hatte. Doch was tun? Er hatte schon oft versucht, von zu Hause wegzulaufen, doch jedes Mal war er von den Dienern seiner Mutter wieder eingefangen und anschließend in sein Schlafzimmer, falls man diese düstere Kammer so nennen konnte, gesperrt worden. Das Essen war ihm für Tage verweigert worden und er hatte jeden Tag nur ein Glas voll dreckiges Wasser bekommen, welches seine Mutter sicherlich der Pferdetränke entnommen hatte. Als er so darüber nachdachte, stellte er fest, dass er ein erbärmliches Leben hinter sich hatte. Sechzehn Jahre praktisch als Gefangener in dem Haus seiner Mutter zu leben und das, obwohl sie keineswegs arm waren. Artur wusste zwar nicht, woher sie das viele Geld hatten, denn seine Mutter rührte keinen Finger, Arbeit war für sie ein Fremdwort. Und doch kam einmal im Monat ein Beutel, der prall gefüllt war mit Goldstücken. Artur hatte davon jedoch nie etwas gesehen, geschweige denn erhalten. Dies sah man auch sofort an seiner abgetragenen Kleidung, die an vielen Stellen Löcher hatte und geflickt werden musste. Seine Mutter hielt das aber nicht für nötig und gab nur Geld für ihn aus, wenn es unvermeidbar war.

Doch da, der Wagen wurde plötzlich langsamer. Das Lächeln seiner Mutter wurde breiter und sie lehnte sich aus dem Fenster. Dann standen sie. Das Gewitter um sie herum tobte weiter und drohte den Wagen mit kräftigen Windstößen umzuwerfen. Dann hörte Artur, wie der Kutscher von der Kutsche herunterkletterte, mit beiden Füßen in dem matschigen Boden landete und diese wieder mit einem saugenden Geräusch herauszog. Er stapfte einmal um die Kutsche herum und riss dann die Tür auf. Der Mann hatte viele Narben im Gesicht und trug einen schwarzen Umhang. Hinter ihm leuchtete ein Blitz auf und in seinem Schein sah der Mann zum Fürchten aus. Er wandte sich seiner Mutter zu und sagte dann mit öliger Stimme, die dennoch laut schreien musste, um den Donner zu übertönen: »Wir sind da, Herrin.«

Seine Mutter nickte kurz und erhob sich dann. Sie streckte die Hand aus und der Kutscher half ihr heraus. Artur folgte ihnen rasch, denn er nahm nicht an, dass er aufgefordert werden würde mitzukommen. Sie waren immer noch in dem dunklen Wald, doch dann sah Artur ein Haus. Ein großes Haus inmitten vieler Bäume. Davor waren einige Laternen angezündet und eine Gestalt stand davor. Sie schritten eilig auf das große Haus zu. Die Umrisse des Gebäudes nahmen eine klare Gestalt an und das Licht wurde stärker. Der Gestalt, die vor dem Haus wartete, kam nun ebenfalls besser zur Geltung. Ein alter Mann mit einer untersetzen Statur und einem eingesunkenen Gesicht warf sich vor ihnen in den Schlamm und küsste seiner Mutter die Füße. »Es ist uns eine große Ehre, Euch hier in unserem Gasthaus willkommen zu heißen, Frouwe Peccor.« Artur warf er lediglich einen berechnenden Blick zu. Der Mann säuselte noch ein paar Worte der Ehrerbietung und der Bewunderung, dann erhob er sich vom Boden und begleitete sie in das warme Haus.

Über dem Eingang hing ein hölzernes Schild. Eine große Schenke war darauf zu sehen, vor der Leute saßen, die offenbar gerade aßen. Als sie das Haus betraten, war es genauso, wie Artur sich einen Gasthof immer vorgestellt hatte. Denn er selbst war fast noch nie von zu Hause weggekommen. Der Mann, der sie eben begrüßt hatte, ging rasch hinter einen kleinen Tisch, welcher in einer Ecke des großen Schankraumes stand. Dort angekommen sagte er mit der gleichen öligen Stimme: »Wir haben unser bestes Zimmer für Euch vorbereitet. Ich hoffe, Ihr werdet Euch hier wohl fühlen. Wenn Ihr einen Wunsch haben solltet, dann zögert nicht zu fragen.«

»Zu zögern«, sagte Arturs Mutter eiskalt und von oben herab, »hatte ich auch nicht vor.«

Der Mann schien ein wenig verwirrt und erschrocken zu sein, doch er ließ sich nichts anmerken. »Sehr wohl«, sagte er nur unterwürfig und ein weiterer Blitz erhellte die Gaststube. Artur wurde zunehmend aufgeregter. Sie erkaufte sich gerade ein Zimmer in einer Herberge und bis jetzt hatte keiner zu ihm gesagt, wo er schlafen sollte. Vielleicht durfte er ja mit seiner Mutter in einem warmen Zimmer schlafen, in einem richtigen Bett. Doch wie er schon befürchtet hatte, zerstörte seine Mutter wieder einmal grausam seinen Traum. Als sie gerade nach oben gingen und nun vor dem stattlichen Zimmer standen, sagte seine Mutter barsch: »Du kommst nicht mit hinein. Folge Johan. Er wird dich auf dein Zimmer bringen.« Und mit einem lauten Krachen warf sie die Tür hinter sich ins Schloss und freute sich nun sicherlich, dass sie es wieder einmal geschafft hatte, ihren Sohn zu erniedrigen. Was sollte das bedeuten, in sein Zimmer? Hatte er tatsächlich ein eigenes Zimmer ganz für sich allein? Doch er irrte sich auch dieses Mal. Der Kutscher, von dem Artur jetzt wusste, dass er Johan hieß, packte ihn am Genick und schleifte ihn über den oberen Flur. Ganz am Ende öffnete er eine kleine Türe, an der Artur beinahe vorbeigelaufen wäre, wenn Johan ihn nicht zurückgerissen hätte. Sie lag in völliger Dunkelheit und Stille. Nichts sah danach aus, als ob auch er ein warmes Zimmer, geschweige denn ein Bett haben würde. Johan schleuderte ihn in den kleinen, engen Raum und zog die Tür hinter sich zu. Artur hörte, wie sich der Schlüssel zwei Mal im Schloss herumdrehte, und begriff: Keiner wollte riskieren, dass er die Flucht ergriff. Diese ganz plötzliche Reise musste etwas Entscheidendes mit ihm zu tun haben. Seine Mutter hätte ihn sonst sicherlich nicht mitgenommen, und er wusste, dass sie es verabscheute, allzu lang in seiner Nähe zu bleiben.

Er tastete sich in dem Raum voran und achtete darauf, dass er nirgends anstieß. Als sich seine Augen langsam an die Dunkelheit gewöhnt hatten, nahm der kleine Raum klarere Umrisse an. Artur sah, dass das Zimmer nicht größer als eine Besenkammer war. Hier war nichts als ein dreckiger Fußboden, auf den er sich jetzt setzte, denn er hatte keine Lust, die ganze Nacht hier zu stehen. Artur vernahm erneut einen Donnerschlag und der Regen war noch immer zu hören. Was nütze es denn, sich jetzt Gedanken über dieses bizarre Vorhaben zu machen, wo er doch ohnehin nichts daran ändern konnte. Doch er wollte und durfte jetzt nicht einschlafen. Was, wenn seine Mutter ihn hier zurückließ, ohne ihn weiterfuhr und dies alles nur dem einen Vorsatz diente, Artur endlich loszuwerden? Er legte sich also hin und nahm sich vor, nicht einzuschlafen. Dieser Vorsatz wurde schon innerhalb des nächsten Moments von ihm selbst zunichte gemacht, indem ihm die Augen zufielen und er langsam in den frischen Schlaf überglitt.

Ein Schmerz durchfuhr ihn. Ein Schmerz, so jäh und plötzlich als hätte man ihn geschlagen. Und genau das war geschehen. Johan, der grobe Kutscher, hatte versucht ihn aufzuwecken und als dieser Versuch missglücke, hatte er es mit roher Gewalt versucht und Artur eine ordentliche Backpfeife verpasst. Artur war sofort hellwach und schreckte hoch. »He«, sagte er als er begriffen hatte, was passiert war. Johan, der gerade wieder hinaus gehen wollte drehte sich um und sagte mit zischelnder Stimme: »Ich warne dich, Bursche. Wenn du frech wirst, wirst du die heutige Nacht nicht überleben.«

Artur murmelte noch ein paar Worte ins Leere, besann sich dann aber eines Besseren, denn er wusste, dass er ein magerer Junge von sechzehn Jahren war und Johan ein aggressiver, unbekümmerter, jähzorniger Irrer. So hatte er ihn zumindest bis jetzt kennengelernt. »Komm jetzt sofort mit und rede kein Wort«, sagte Johan und seine Augen verengten sich zu Schlitzen.

»Warum? Wo gehen wir hin?«

»Habe ich nicht gerade eben erwähnt, dass du kein Wort sagen sollst?«, sagte Johan bissig und drohte ihm mit der Faust. Artur sagte nichts, sondern folgte ihm den Gang hinab, wo Johan auf die Treppe zusteuerte. Als sie im unteren Teil des Wirtshauses angelangt waren, erhaschte Artur nur einen kurzen Blick auf die einladende Wirtsstube. Johan nickte dem Wirt zu und marschierte dann, dicht gefolgt von Artur, zur Tür hinaus. Das Gewitter, welches gestern Abend noch getobt hatte, war vollkommen verschwunden. Doch dafür war dichter Nebel aufgetaucht, welcher die Sicht erschwerte. Sie legten den langen Weg vom Vortag erneut zurück und kamen schließlich wieder zur Kutsche, in der seine Mutter ungeduldig auf sie wartete. Wie immer hielt sie es nicht für angebracht, ihren Sohn zu begrüßen, sondern blieb stumm und blickte ihn gebieterisch, durchdringend und angeekelt an. Artur setzte sich seiner Mutter gegenüber und blickte boshaft zurück. Er wusste, dass sie kurz davor war, ihn zu schlagen, obwohl er nichts getan hatte. Dies war einfach eine alte und beängstigende Angewohnheit von ihr, die Artur mehr als alles andere hasste. Dann hörte er, wie Johan die Kutsche bestieg und mit einem dröhnenden Peitschenschlag die Pferde in Bewegung setzte. Der alte Holzwagen setzte sich in Bewegung, überall spritzte Schlamm umher und sogar in die Kutsche kam etwas Dreck geflogen. Dieser traf unglücklicherweise geradewegs seine Mutter in das arrogante Gesicht und Artur musste sein Gesicht abwenden, dass sie sein Lächeln nicht sehen konnte. Seine Mutter prustete und wischte sich den Dreck aus dem Gesicht. Für einen winzigen Augenblick sah sie ihren Sohn, wie er ein Kichern nicht unterdrücken konnte. Dann verengten sich ihre Augen zu bösartigen Schlitzen und mit einer Kraft, die man ihr gar nicht zugetraut hätte, schlug sie Artur mit der flachen Hand ins Gesicht. Er spürte die Stelle, wo die Hand ihn getroffen hatte, rot und heiß werden. Er blickte sie böse an und sie schüttelte das letzte bisschen Dreck aus ihren schwarzen Haaren.

Sie rutschten nun erneut mitten in dem dunklen Wald herum und Artur sah nur die pechschwarzen Bäume, die an ihnen vorbei zogen. Er glaubte sogar einmal, einen kleinen Fuchs zu sehen, doch als er genauer hinsehen wollte, war das Tier schon von den Nebelschwaden verschluckt worden und die Dunkelheit kam noch erschwerend hinzu. Tiere hatte er immer gemocht, doch seine Mutter verabscheute sie und aß mehr Fleisch, als notwendig gewesen wäre. Einmal, nachdem Artur ein verletztes Reh im Wald gefunden hatte und es mit nach Hause gebracht hatte, um es gesund zu pflegen, war er erneut in den Wald gegangen um Laub, Äste und Gras zu sammeln damit sich das Reh so heimisch wie möglich fühlte. Als er wieder kam hatte seine Mutter gerade zu Ende gegessen und das Reh war verschwunden. Dies war nur eine der schrecklichen Machenschaften, die seine Mutter zu Hause mit ihm trieb.

Artur hatte noch nie einen solch dichten Nebel gesehen und er fragte sich zugleich, wie der Kutscher es immer noch wagen konnte, ein solches Tempo zu wählen, denn es war offensichtlich, dass er nicht einmal mehr fünf Meter weit sehen konnte. Sie holperten weiter und der Kutscher schlug immer wieder auf die Pferde ein. Die ganze Nacht fuhren sie noch mit der alten Kutsche. Wie lange würde diese Fahrt ins Nichts noch gehen? Wenn er nur den Mut hätte zu fragen, wohin es ging, aber einen weiteren Schlag ins Gesicht wollte er nicht riskieren. Er beschloss, die restliche Fahrt den Mund zu halten und einfach abzuwarten. Mehr konnte er nicht tun. Er war praktisch in der Gefangenschaft des jähzornigen Kutschers Johan und seiner schrecklichen Mutter. Wieder schoss ihm der Gedanke von Flucht durch den Kopf.

Als es wieder auf den Morgen zuging, begann es, ihm langsam kalt zu werden. Doch er wagte es nicht, dies auszusprechen, seine Mutter würde sonst wieder in ihren gefährlichen Jähzorn verfallen. Doch jetzt hatte Artur das seltsame Gefühl, dass die Kutsche langsamer wurde und wie zur Bestätigung seiner Worte schrie Johan laut über den Donner hinweg: »Ho, ihr Drecksviecher.« Sie fuhren eine Kurve und der Wald lichtete sich, soweit Artur das von seinem Platz aus sehen konnte. Jetzt holperten sie nicht mehr über den unübersichtlichen Waldboden, sondern die Kutsche rollte fast elegant über ein Kopfsteinpflaster und es war beinahe angenehm hier zu sitzen. Und dann kam die Kutsche ein zweites Mal zum Stillstand. Seine Mutter atmete kurz durch und setzte eine blasierte und geschäftliche Miene auf. Sie rückte ihre Haare zurecht und wartete, bis Johan die Kutschtüre aufstieß und ihr heraus half. Sie glitt langsam aus dem Inneren und stand dann auf einem sauberen Hof. Den Schlamm, der ihr ins Gesicht gespritzt war, hatte sie so gut es ging entfernt. Artur wusste nicht, ob er ihr folgen sollte, doch da herrschte ihn seine Mutter auch schon an: »Willst du dort drin übernachten oder was hast du vor?«

Artur schüttelte den Kopf und er hörte deutlich, wie sie sagte: »Dass sich so etwas mein Sohn nennen darf.« Dann kletterte auch er aus der Kutsche und stand nun auf einem Hof. Er blickte nach oben, und was er da sah, ließ ihn den Mund aufreißen. Sie standen am Fuße einer gigantischen Bergkette, auf der eine Art kleine Stadt thronte. Die Berge, welche die Stadt trugen und sie fast vollständig umschlossen, sodass sie von allen Seiten geschützt war, waren mindestens hundert, wenn nicht hundertfünfzig Meter hoch, und im Nebel war fast nichts mehr zu erkennen. »Mutter…wa…was … ich meine … wo?«

Doch sie versetzte ihm nur einen Stoß in den Rücken und sagte knapp: »Stell keine Fragen.«

Johan kam hinzu und ohne viel zu sagen marschierte er auf die großen Felsen zu. Offenbar zog es seine Mutter genau auf den Gipfel zu dieser Stadt oder was auch immer dort oben war. Sie sahen einen schmalen Aufstieg, der offenbar im Laufe der Jahrhunderte in den Stein gemeißelt worden war. Durch den Nebel war schon der Gedanke an den Aufstieg verrückt. Die Stufen waren klitschnass und es gab nicht einmal etwas, an dem man sich festhalten konnte. Seine Mutter betrat als erste die schwierigen Stufen und Artur war erstaunt, dass sie sich einer solch schweren Aufgabe aussetzte. Normalerweise hätte sie sich geweigert hier hoch zu klettern, aber auf dem Gipfel musste entweder etwas sehr Wertvolles sein oder sie erhoffte sich etwas anderes zu ihren Gunsten. Darum kletterte sie nun wie eine Besessene drauf los und Artur musste hinter ihr her laufen. Johan war der Letzte und schon nach kürzester Zeit hörte Artur ihn keuchen und prusten, als ob er gleich vor Erschöpfung zusammenbrechen würde. Hin und wieder kam Artur ins Straucheln und einmal wäre er fast den Berghang hinuntergestürzt, doch da packte ihn seine Mutter an dem Reiseumhang, den er trug, und zog ihn zurück. Artur war mehr als erstaunt. In einer normalen Situation hätte sie dies wahrscheinlich ausgenutzt und ihn in den Tod fallen lassen, doch heute war alles anderes. Artur war so perplex, dass er einige Sekunden lang stehen blieb und Johan ihm mit der Faust in den Rücken schlug, damit er weiterlief. Nun kam ihm die ganze Sache erst recht mehr als merkwürdig vor. Ab und zu verließen sie den gefährlichen Pfad und kamen in einen kleinen Wald, der nur tote Bäume beherbergte, und auch hier war der Nebel noch sehr stark und durchdringend. Nun begann es auch wieder ein wenig zu regnen und einige Tropfen schlugen ihnen ins Gesicht und erschwerten die Sicht noch mehr. Nach über einer Stunde hatten sie es fast geschafft. Artur musste sich nun zwingen, nicht mehr nach unten zu sehen, denn was er da sah, ließ ihn erzittern, und ihm wurde schwarz vor Augen. Johan schien kurz vor einem Nervenzusammenbruch, doch seine Mutter lief unermüdlich weiter. Sie kämpfte sich durch Sträucher und Gebüsche und schaffte es trotzdem noch, ihre Frisur und das Kleid wie neu aussehen zu lassen, von den paar Schlammspritzern abgesehen.

Doch dann geschah etwas, bei dem Artur fast das Herz stehen geblieben war. Ein Schrei, ein markerschütternder Schrei wurde hinter Artur ausgestoßen, er und seine Mutter wirbelten herum. Johan hatte den Halt verloren und stürzte geradewegs in die Tiefe. Er bekam noch eine Wurzel zu fassen, die aus der Felswand heraus wucherte und hielt sich mit aller Kraft daran fest. »Helft mir«, schrie er mit einer flehenden Stimme. »Helft mir! Ich stürzte ab. So helft mir doch!«

Artur stand wie gebannt da und starrte in sein angstverzerrtes Gesicht. Er wollte gerade auf Johan zustürzten, als seine Mutter ihn packte und ihn in eine Felsnische drängte. »Bleib hier«, sagte sie knapp. Sie eilte auf ihren Kutscher zu, dem nun Tränen über beide Wangen liefen, und Johan schrie aus Leibeskräften und setzte seine Stimme sogar noch über den jetzt wieder einsetzenden Donner hinweg, der über den Berg hallte. Artur war dazu verflucht, Johans entsetzliche Agonie zu verfolgen und untätig zu bleiben, während seine Mutter immer näher an den Abgrund gelangte. »Schnell! Ich kann mich nicht mehr länger festhalten!« Seine Mutter kniete sich auf den harten Stein und dann tat sie etwas, das Artur nicht zum ersten Mal in seinem Leben klar machte, dass diese Frau eine Ausgeburt der Hölle sein musste. Sie zog ein Messer unter ihrem Reiseumhang hervor und bohrte die silberne Klinge in die Hand Johans, mit der er sich an der Wurzel festzuhalten versuchte. Mit einem ohrenbetäubenden und herzzerreißenden Schrei ließ er die Wurzel los und fiel in die alles verschlingende Tiefe.

Kapitel 2

Arturs Mutter drehte sich um, ohne Reue oder gar Mitleid zu zeigen. Artur meinte sogar ein selbstgefälliges Lächeln, welches ihre Genugtuung widerspiegelte, ihn ihrem Gesicht zu erkennen. Sie kam auf ihn zu, doch Artur wich vor ihr zurück. Er drückte sich tiefer in die Spalte hinein, aber sie zog ihn heraus und stieß ihn weiter den Pfad hinauf. »Keine Sorge«, sagte sie mit honigsüßer Stimme, die dennoch etwas Gefährliches an sich hatte, »mit dir hab ich etwas ganz anderes vor.«

Artur bekam es jetzt mit der Angst zu tun. Seine Mutter hatte gerade einen Mann ermordet. Was würde sie als nächstes tun? Was hatte sie damit gemeint, dass sie mit ihm etwas anderes vorhabe? Würde sie ihn am Ende töten, wie Johan, den er zwar nicht gemocht hatte, der es jedoch nicht verdient hatte, so zu sterben; sein schreckliches Schicksal hatte Artur getroffen.

Die Stadt auf den Bergen kam immer näher. Nach einem weiteren kleinen Fußmarsch, der nicht weniger gefährlich war als der vorherige, standen sie vor einem großen Tor, welches in eine Mauer eingelassen war. Die Mauer umfasste, soweit es Artur überblicken konnte, die ganze Stadt. Als Artur davor stand, stellte er fest, dass es gar keine Stadt sein konnte. Dafür war sie viel zu klein. Ein gigantisches Gebäude ragte noch einmal gut dreißig Meter in die Luft und es sah ganz nach einer großen Kathedrale aus. Artur verstand die Welt nicht mehr. Doch seine Mutter gab ihm keine Zeit nachzudenken. Sie packte ihn grob und zerrte ihn vor das Tor. Dann klopfte sie drei Mal dagegen. Die vielen Blitze und der Nebel ließen die Gebäude hier oben merkwürdig verzerrt und gespenstisch aussehen. Noch immer steckte Artur der Schreck über den Tod Johans in den Knochen, doch seine Mutter hatte diesen Vorfall anscheinend längst wieder vergessen. Sie klopfte erneut gegen das hölzerne Tor und wurde zunehmend ungeduldiger. Dieser Zustand war für ihn immer ein Zeichen, in Deckung zu gehen, denn dann war sie unberechenbar. Doch dann tat sich etwas auf der anderen Seite. Ein kleines Türchen in dem großen Tor wurde geöffnet und sie blickten in das Gesicht eines Mannes, der eine Kapuze trug und diese tief ins Gesicht gezogen hatte. »Was ist Euer Begehr?«, sagte der Mann argwöhnisch aber nicht unfreundlich und Artur hatte das Gefühl, es wären die ersten netten Worte, die er seit Tagen gehört hatte.

»Ich bin Frouwe Peccor und bringe meinen Sohn Artur«, sagte sie in einem vielsagenden Ton und blickte den Mann auf der anderen Seite des Tores durchdringend an. Dieser blickte auf Artur hinab und ein Leuchten erschien in seinen Augen. »Natürlich. Einen Augenblick bitte, ich werde das Tor öffnen lassen«, sagte er hektisch und verriegelte das Türchen. Sie hörten, dass er auf der anderen Seite etwas schrie, doch sie konnten nicht genau hören, was es war. Dennoch folgte auf das Rufen des Mannes ein Knacken und das Tor schwang gebieterisch auf. Sie betraten einen gewaltigen Innenhof, welcher von vielen Gebäuden gesäumt war. Der Mann, den sie gerade gesehen hatten, trug eine braune Kutte und ein hölzernes Kreuz um den Hals. Ein Strick war um seine Hüfte gebunden und Artur wusste auf den ersten Blick, dass es sich um einen Mönch handelte. Die Kapuze hatte er nun abgenommen und er entblößte einen typischen Mönchsschnitt auf seinem Haupt. Artur fragte sich, ob sie tatsächlich in einem Kloster waren. Seine Mutter und Gott? Diese beiden mussten ein Verhältnis haben wie Wasser und Feuer. Nun kamen noch mindestens ein halbes Dutzend anderer Mönche auf sie zu und führten eine angedeutete Verbeugung vor ihnen aus. Einer sagte zu Artur: »Willkommen. Willkommen bei uns. Ich hoffe Ihr werdet Euch hier wohl fühlen.« Artur war völlig verwirrt und wusste nicht was er antworten sollte. »Ja … Ja, natürlich«, sagte er rasch und die Mönche schienen zufrieden zu sein.

»Frouwe Peccor, wollt Ihr und Euer Sohn nicht hereinkommen und Euch ein wenig aufwärmen, bevor Ihr uns wieder verlasst?«, fragte ein Mönch und Arturs Mutter nickte und setzte ein künstliches Lächeln auf, wie es Artur schon so oft bei ihr gesehen hatte. »Vielen Dank«, sagte sie in einem theatralischen Tonfall. Sie schritten über den Hof und die Mönche schienen ganz aus dem Häuschen zu sein. Artur blickte nach oben und sah hunderte von Fenstern. Aus manchen blickten andere Mönche auf sie herab und stürmten dann weg, als sie bemerkten, dass Artur sie beobachtet hatte. Andere waren ganz und gar verschlossen und man konnte nicht einmal vermuten, was sich dahinter abspielte. Schließlich fragte ein sehr kleiner Mönch Artur: »Ich hoffe Ihr hattet eine angenehme Fahrt«, und er lächelte hoffnungsvoll. Artur blickte seine Mutter an, die ihm nur zu gut zu verstehen gab, dass, wenn er falsch antwortete, er eine gehörige Tracht Prügel bekommen würde. »Oh ja. Ja, es war ganz nach meinem Geschmack«, sagte er höflich, wie er war, und doch war er sich bewusst, dass er gerade einen Mönch angelogen hatte. Doch dieser lächelte und schien sich für ihn zu freuen. Artur hatte keine Ahnung, was hier gerade vorging, doch der herzliche Empfang beeindruckte ihn sehr. »Wann kann ich ihn sehen?«, fragte seine Mutter mit einer wirklich sehr gut gespielten besorgten Stimme. Artur wusste nicht, was sie meinte, doch er wagte es nicht zu fragen. Einer der Mönche sagte schnell: »Die Einbalsamierung hat gerade begonnen und einer unserer Brüder nimmt sich gerade seiner Seele an. Ihr werdet Euch leider noch ein wenig gedulden müssen, doch Ihr könnt Euch so lange aufwärmen und einen Bissen essen. Ihr habt doch bestimmt Hunger, nicht wahr?«, wandte er sich nun wieder an Artur und dieser war es nicht im Mindesten gewöhnt, so oft nach seiner Meinung oder nach seinem Wohlbefinden gefragt zu werden, sodass er wiederum eine Weile brauchte bis er antwortete: »Ja, in der Tat.«

Jetzt, wo er so darüber nachdachte, fiel ihm ein, dass er seit annähernd zwei Tagen nichts mehr gegessen hatte, und erst jetzt kam ein gewaltiges Hungergefühl in ihm auf. Seine Mutter blickte ihn wieder bohrend an und Artur wusste, dass sie die Meinung vertrat, er sei geistig zurückgeblieben, weil er so lange gebraucht hatte, um eine ausreichende Antwort zu geben. Sie marschierten jetzt auf eine große Eichentür zu und zwei Mönche hielten diese für Artur und seine Mutter auf. Sie gingen hinein und fanden sich in einem großen Raum wieder, in dessen Mitte ein riesiger Tisch stand, welcher von Stühlen umgeben war. Auf dem Tisch thronte das gewaltigste und leckerste Essen, das Artur je gesehen hatte. In dem marmornen Kamin war ein Feuer entzündet worden und die Wärme umhüllte sie einladend, als sie eintraten. »Bitte, setzt Euch«, sagte einer der Mönche und zwei andere schoben zwei Stühle zurück, um ihnen auf die Plätze zu helfen. Artur wusste nun nicht mehr, was er glauben sollte, und beschloss, einfach alles über sich ergehen zu lassen. Er setzte sich auf einen Stuhl, der bequem und gut gepolstert war. Er fühlte sich sofort wohl. »Bitte, greift zu. Esst so viel Euch bekommt. Wir möchten, dass Ihr Euch hier wohl fühlt.«

Das ließ sich Artur nicht zwei Mal sagen, sondern tat sich von allem, das in seiner Reichweite stand, etwas auf seinen Teller. Die Mönche blickten belustigt und zufrieden drein, und als Artur seinen ersten Bissen genommen hatte, der köstlich war, sagten sie sofort: »Wir hoffen es bekommt Euch?«

»Oh ja, das tut es«, sagte Artur sofort und mit vollem Mund und seine Mutter blickte ihn zornig an, als ob sie eine würdevollere Antwort erwartet hätte. Aber die Mönche lächelten noch ein wenig mehr und erfreuten sich seiner Zufriedenheit. Doch dann schoss es Artur durch den Kopf, dass das Essen vielleicht vergiftet war, alles von seiner Mutter eingefädelt und dies eigentlich gar keine Mönche waren. Aber nun, da er schon einen Bissen genommen hatte und er ohnehin sterben musste, dann wollte er doch wenigstens noch ein letztes Mal richtig gut essen. Zwar fühlte er sich, nachdem er den Teller geleert hatte, nur satt und müde, doch sofort kam wieder ein merkwürdiges Gefühl der Beunruhigung in ihm auf. »Kann ich jetzt zu ihm?«, fragte seine Mutter mit einer besorgten Stimme, die mehr als gespielt klang.

»Ich denke das wird nun in Ordnung gehen«, sagte ein sehr dicker Mönch. »Dürfen wir Euch hinab geleiten?«, fragte er.

Artur wusste nicht, worum es ging, und er wollte sich gerade erheben und mitgehen, als seine Mutter ihm zu zischte, sodass nur er es hören konnte: »Du bleibst hier und halte an dich mit deinen Worten.«

Artur sank in seinen Stuhl zurück, doch einer der Mönche fragte sofort: »Möchte Euer Sohn denn nicht mit, um …«

»Er fühlt sich gegenwärtig nicht wohl, und ich denke, er wird dies später nachholen«, sagte sie mit gespielt besorgter Stimme. Als ob sie sich jemals Sorgen um ihn gemacht hätte. »Nicht wahr, mein Sohn?«, sagte sie und Artur hätte fast aufgelacht, so falsch klangen ihre Worte in seinen Ohren nach. Doch er konnte die Laute, die aus seinem Mund drangen, gerade noch zu einem Hüsteln umbiegen. Seine Mutter wurde nun von zwei Mönchen hinausgeführt und sie überquerten den Hof. Artur saß auf seinem Stuhl und wusste nicht so genau, was jetzt mit ihm passierte. Er schaute sich irritiert in dem großen Raum um, welcher wohl als Refektorium diente. Doch da beugte sich der dicke Mönch zu ihm hinunter und fragte freundlich: »Habt Ihr noch einen Wunsch?« Artur war so perplex, dass er nach seinen Bedürfnissen gefragt wurde, dass er den Mönch verständnislos anblickte, ganz so, als ob er nicht verstanden hätte, was dieser gesagt hatte. Der Mönch blinzelte ihm freundlich zu und wartete geduldig auf eine Antwort. »N… Nein, ich denke nicht«, sagte Artur schnell, um seine Verwirrung zu überspielen. Der Mönch lehnte sich wieder zurück und nickte ein paar anderen Mönchen zu, die sich daran machten, den voll beladenen Tisch abzuräumen. Viele Gedanken trieben hilflos durch Arturs Kopf, und er wollte nicht so richtig begreifen, was hier geschah. Zwei Nächte lang war er gegen seinen Willen durch einen Wald gefahren, es hatte gestürmt und gewittert und jetzt waren sie hier. In der Gesellschaft von überfreundlichen Mönchen, die versuchten, ihnen jeden Wunsch von den Augen abzulesen. Irgendetwas musste hier doch nicht stimmen. Er beschloss, die Chance, dass seine Mutter nicht anwesend war, zu nutzen und sprach den Mönch nun doch an, der ihm aufmerksam zuhörte, als sei es sein größter Wunsch auf Erden Arturs Frage zu beantworten. »Ähm, Verzeihung bitte. Ich hätte eine Frage, wenn es Euch nichts ausmacht?«

»Aber nein. Wie kann ich helfen?«, sagte der Mönch und setzte sich ihm gegenüber und blickte ihn mit verstohlener Neugierde an. »Ich …« Er wusste nicht genau, wie er es formulieren sollte, doch er wusste auch, dass keiner dieser Mönche über ihn lachen würde, denn sie ließen ihm schon jetzt große Ehrerbietung zuteilwerden. »Was geht hier vor? Warum bin ich hier?«

Der Mönch lächelte freundlich. »Alles zu seiner Zeit. Ihr werdet zu gegebener Zeit von uns eingeweiht werden. Wir werden Euch alles erklären, sobald es an der Zeit ist.«

Artur nickte, denn er wollte ihm nicht widersprechen und unhöflich erscheinen. Nach einigen Augenblicken öffnete sich laut krachend wieder die Tür und seine Mutter erschien. »Oh, da seid Ihr ja wieder«, sagte der Mönch entzückt, als er bemerkte, dass Arturs Mutter den Raum betreten hatte. Sie hatte eine Trauermiene aufgesetzt, ein paar falsche Tränen liefen ihre Wangen herunter und sie lief bedächtig durch den Raum. Unter diesen Umständen wagte Artur es nicht weiter zu fragen, auch wenn sich seine Mutter sicherlich nicht getraut hätte ihren Sohn vor den gottesfürchtigen Mönchen zu schlagen. »Da fällt mir ein«, sagte der dicke Mönch. »Wo ist eigentlich der Kutscher? Ich dachte, wir könnten auch ihn erwarten.« Seine Mutter ließ einen falschen Schluchzer hören und sagte dann mit einer Leidensstimme: »Er ist leider einem Bergunglück zum Opfer gefallen. Er stürzte bei unserem Aufstieg ab. Wir versuchten noch zu helfen, doch es war zu spät.« Sie zog ein Taschentuch heraus, schnäuzte sich die Nase und vergrub dann das Gesicht in den Händen. Ein anderer Mönch klopfte ihr auf die Schulter und machte ein verständnisvolles Gesicht. Artur konnte es nicht fassen. Diese Frau log gerade einem Dutzend Mönche offen ins Gesicht und wagte es sogar, dies vor Artur zu tun, der die erschreckende Wahrheit kannte und sie dem ganzen Kloster hätte preisgeben können. Sie stellte sich sogar noch als eine verzweifelte und gescheiterte Helferin dar und erntete so noch ein wenig Anerkennung. Diese Frau hatte keine Skrupel, den Herrn selbst zu belügen und Artur hätte ihr diese Geschichte abgenommen, hätte er nicht die Wahrheit gewusst. Sie spielte diese Rolle derart perfekt, dass sogar Artur an dem, was er gesehen hatte, zweifelte. Ja, in solchen Rollen musste sie viel Übung haben, dachte er verbittert und warf ihr einen angewiderten Blick zu, den dennoch niemand sah. Doch Artur wusste immer noch nicht genau, was hier vor sich ging. Der dicke Mönch hatte gesagt, dass ihm alles erklärt werden würde, wenn die Zeit gekommen war. Aber wann war die Zeit gekommen? Artur wurde langsam wirklich unruhig, aber in Gegenwart seiner Mutter konnte er nicht offen sprechen. Er musste die Gelegenheit beim Schopf packen, sobald er mit einem Mönch alleine war, und dann seine Fragen stellen, die ihm hoffentlich neue Erkenntnisse brachten, sollten die Mönche sie beantworten. Doch seine Mutter war noch immer im Raum und schluchzte gespielt in ihr Taschentuch. Ihr Theater schien bei allen Mönchen Anklang zu finden, denn diese blickten sie mitleidsvoll an. Dann, als sie sich offenbar wieder beruhigt hatte, blickte sie mit roten Augen auf und schaute in die Runde. »Wollt Ihr nicht über Nacht bleiben, Frouwe Peccor? Es wäre uns eine Freude, Euch bei uns beherbergen zu können.«

Arturs Mutter schaute den dicken Mönch dankbar an und sagte: »Vielen Dank, Pater. Es ist wirklich beruhigender, morgen früh weiterzufahren, denn ich weiß nicht, wie ich ohne meinen Kutscher nach Hause kommen soll.«

»Das wird nicht Eure Sorge sein«, sagte der dicke Mönch bestimmt und freundlich. »Einer unserer treuen Mönche wird Euch begleiten und die Kutsche sicher zu Eurem Heim fahren. So müsst Ihr Euch nicht noch mehr verausgaben und ich habe ein besseres Gefühl dabei.« Er lächelte milde und nickte.

»Ihr seid zu gütig. Der Herr soll es Euch vergelten«, sagte Arturs Mutter und lächelte ihn an.

»Dann werde ich Euch und Euren Sohn auf eure Zellen bringen, damit Ihr zur Ruhe kommen könnt. Solltet Ihr noch einen Wunsch haben, zögert nicht zu fragen. Wir werden versuchen, Euren Aufenthalt so angenehm wie möglich zu gestalten. Es soll Euch an nichts fehlen.«

Zellen? Waren sie hier etwa Gefangene in dem alten Kloster? Doch konnte er nicht weiter darüber nachdenken, denn der Mönch geleitete sie nun hinaus, zurück auf den nebeligen Hof. Dieser Innenhof war offenbar das Herzstück des Klosters, denn alle Gebäude hier grenzten daran an. Dies war sicherlich von Vorteil, um alle Gebäude schnell zu erreichen. Dennoch war nicht zu vergessen, dass dieses Kloster enorm groß war. Artur und seine Mutter wurden nun durch das steinerne Gebäude geführt, bis der Mönch schließlich vor einer Tür stehen blieb, die aus festem und massivem Holz bestand. »So«, sagte der Mönch gut gelaunt zu Arturs Mutter. »Das hier ist Eure Zelle. Ich hoffe, Ihr fühlt Euch wohl hier, und wie gesagt, wenn es Euch an etwas fehlt, lasst es mich wissen.«

»Wo schläft denn mein Sohn, wenn ich fragen darf?«, sagte seine Mutter freundlich und mit gespielt besorgter Stimme.

»Er schläft einen Stock unter Euch«, sagte der Mönch und lächelte Artur zu. Seine Mutter, das wusste Artur, missbilligte es zutiefst, dass man Artur hier wie einen Ehrengast behandelte, doch sie konnte es nicht deutlich machen ohne zu verraten, wie herzlos sie war. Artur jedenfalls hatte schon lange beschlossen mitzuspielen, denn in der kurzen Zeit, die sie nun hier waren, war er besser behandelt worden als in den letzten sechzehn Jahren bei seiner Mutter. Dann nickte seine Mutter kurz, drückte die Klinke herunter und betrat die kleine Zelle.

Artur und der dicke Mönch gingen nun weiter den kalten Gang entlang, und als sie an eine Treppe kamen, sagte der dicke Mönch mit dem rundlichen Gesicht und der übergroßen Nase: »Ich bin übrigens Bruder Martin. Ich leite seit ...« er unterbrach sich kurz und schluckte »... seit geraumer Zeit das Kloster und bin der Cellerar. Das heißt, ich habe die ehrenvolle Aufgabe, das Kloster zu verwalten.«

Artur nickte knapp. Was hatte er damit gemeint, seit geraumer Zeit? War er nicht der Abt hier? Doch ansonsten hätte er sich sicherlich mit Abt Martin anreden lassen und dies ließ Artur vermuten, dass seine Mutter nicht die einzige war, die etwas verheimlichte. Sie stiegen die steile Wendeltreppe in den unteren Stock hinunter und erreichten ebenfalls eine Holztür, die mit rostenden Nägeln und rostigen Scharnieren in der Wand hing. Bruder Martin wandte sich zu ihm um und sagte: »Wir freuen uns wirklich außerordentlich, dass Ihr nun endlich hier seid, und ...«

»Aber warum bin ich hier?«, unterbrach Artur Bruder Martin, doch dieser sagte erneut: »Alles zu seiner Zeit, alles zu seiner Zeit. Sollte ich noch etwas für Euch tun können dann meldet Euch.«

Artur nickte und sagte dann rasch: »Bruder Martin? Ist es in Ordnung für Euch, wenn ...« Er wusste nicht, wie er es formulieren sollte, damit es nicht wie ein Befehl klang. »All die Förmlichkeiten und die höflichen Anreden drücken durchaus aus, dass Ihr und Eure Mönche gebildete Männer seid, doch mir wäre es lieber, mit einem einfachen Du angesprochen zu werden. Ich weiß es dennoch zu schätzen. Doch ich bin sechzehn Jahre alt und fühle mich wohler bei dem Gedanken, dass das Erwachsensein noch entfernt liegt.«

Bruder Martin schien einen Augenblick verdutzt, doch dann lächelte er verständnisvoll. »Nun gut, Artur«, sagte er freundlich und fügte dennoch mit Nachdruck hinzu: »Aber du solltest dich nicht darauf verlassen, dass das Erwachsensein noch in weiter Ferne liegt. Stelle dich besser darauf ein.«

Und mit diesen Worten drehte er sich um und ließ Artur mit seinen arg verwitterten Gedanken zurück. Dieser war sich nicht sicher, was Bruder Martins Worte bedeuten sollten. Ob diese vielleicht eine Anspielung auf seinen Aufenthalt hier waren? Doch er wollte jetzt nicht über die Mönche und ihre tiefgründigen, weisen und geistreiche Worte nachdenken. Er wollte jetzt nichts anderes als schlafen, egal, ob auf einem Boden oder in einem Bett. Und so öffnete er die Türe zu seiner Zelle und begriff nun, dass Zelle ein einfaches Wort für eine Kammer war, in der lediglich ein Bett und eine kleine Kommode stand. Durch ein kleines Loch in der Wand konnte Artur die große Kirche sehen. Auf seinem Bett lag eine einfache braune Mönchskutte und ein hölzernes Kreuz, welches er um den Hals tragen sollte. Es ist besser als zu Hause, dachte sich Artur und blickte fast zufrieden auf die Pritsche, die mit Stroh gepolstert war. Er grübelte noch einige Zeit über die fragwürdige Situation nach, und schlief schließlich ein.

Es kam Artur vor, als hätte er nur einen kurzen Augenblick geschlafen. Eine sanfte Stimme schwebte durch den Raum und sagte leise: »Aufstehen, Artur. Sonst verschläfst du noch den ganzen Tag.«

Artur blinzelte durch seine Augenlider und sah das Sonnenlicht, welches die Zelle flutete. Bruder Martin kam durch den Raum gelaufen und beugte sich über ihn. »Ich hoffe du hast gut geschlafen, doch du solltest nun aufstehen. Hast du Hunger?«

Artur rieb sich die Müdigkeit schnell mit seinen Händen aus den Augen: »Ja, eigentlich schon.«

»Sehr gut«, freute sich Bruder Martin. »Wir haben unten die Tafel für dich decken lassen, damit du dich ein wenig stärken kannst.«

Artur war mehr als erfreut, dies zu hören. Er hatte zwar erst vor wenigen Stunden etwas gegessen, doch jetzt konnte er sechzehn Jahre des Verzichts aufholen und war fest entschlossen, dies zu tun. »Wo ist meine Mutter?«, fragte Artur in beinahe ängstlichem Ton. Bruder Martin schien von dem jedoch nichts zu hören und sagte nur: »Sie ist leider schon sehr früh wieder aufgebrochen und es tat ihr sehr leid, dass du dich nicht verabschieden konntest. Sie wollte dich aber nicht wecken lassen, du würdest deinen Schlaf brauchen.«

Artur war sich nicht sicher, ob sie beide über die gleiche Person sprachen, doch es wurde ihm schnell klar, dass Frouwe Peccor wieder einmal perfekt die besorgte Mutter gespielt hatte. Und nun hatte sie ihn tatsächlich in einem Kloster ausgesetzt und war zurück nach Hause gefahren. Doch er wusste immer noch nicht, was hier vor sich ging. »Ich werde nun draußen vor der Tür warten, während du dich umziehst, in Ordnung?«

Artur nickte kurz und Bruder Martin verließ eilig den Raum. Artur schwang sich mühsam aus der kleinen Pritsche. Er warf sich das braune Gewand über, zog den Strick enger und begutachtete das Kreuz, das nun um seinen Hals hing. Er wusste nicht so recht, was er davon halten sollte, denn an Jesus oder Gott selbst hatte er selten einen Gedanken verschwendet. Er ging nun mit großen Schritten auf die Tür zu und stieß sie auf. Bruder Martin stand gespannt auf dem zugigen Gang und sagte sofort, als ob er das, was er sagen wollte auswendig gelernt hatte: »Es steht dir wirklich sehr gut, Artur.«

»Danke«, antwortete Artur und ein leichter Hauch von Stolz schwang in seiner Stimme mit. »Bruder Martin, was geschieht jetzt?«

»Nun, wir gehen nach unten und du wirst einen Happen essen und …«

»Nein«, sagte Artur beinahe ungeduldig. »Ich meine was geschieht hier jetzt mit mir?« Artur war eigentlich schon auf die Antwort eingestellt und doch spürte er, wie die Wut in ihm hochkochte, als Bruder Martin sagte: »Alles zu seiner Zeit, alles zu seiner Zeit.«

Artur ballte die Hände zu Fäusten, ließ sich aber dennoch nichts anmerken, denn es wäre ihm respektlos erschienen, in so einem wütenden Ton mit dem freundlichen Mönch zu sprechen. So liefen sie weiter durch das Kloster, kamen schließlich wieder in den Innenhof und überquerten ihn rasch. Sie betraten den großen Raum mit dem hölzernen Tisch, an dem bereits ein Dutzend Mönche saßen, die sich alle zugleich erhoben, als Artur eintrat. Eine peinliche Pause trat ein, in der niemand etwas sagte, doch dann flüsterte Bruder Martin ihm zu: »Hier ist dein Platz«, und er bugsierte ihn zu einem einzelnen Stuhl, der an der kurzen Seite des Tisches stand, wo nur er allein saß. Als er sich setzte, setzen sich auch die anderen Mönche und ein »Guten Morgen« machte die Runde.

»Nun«, sagte Bruder Martin, um auf sich aufmerksam zu machen. »Ich denke wir können anfangen. Artur? Möchtest du heute unser Tischgebet sprechen?«

Artur hoffte, sich verhört zu haben. »Wie bitte?«, fragte er mit trockenem Mund.

»Das Tischgebet«, sagte Bruder Martin geduldig. »Würdest du uns heute die Ehre erweisen und es für uns sprechen?«

Artur wusste nicht, was er sagen sollte. Er hatte in seinem Leben nicht ein Mal gebetet. Wozu auch? Sein Leben wäre auch mit Gebeten jämmerlich, voller Gewalt und Ungerechtigkeit geblieben. Doch er wollte die Bitte auf keinen Fall abschlagen: »Natürlich«, presste Artur nervös hervor. Die Mönche lächelten freudig und Arturs Gehirn begann zu arbeiten. Was sollte er sagen? Die Mönche hatten bereits die Hände gefaltet und die Augen geschlossen. Dann begann Artur zu sprechen: »Guter Gott«, er legte ein Pause ein und spähte am Tisch auf und ab. »Guter Gott«, sagte er noch einmal. »Vielen Dank, dass du uns diese Mahlzeit geschenkt hast und … und dass du uns auch noch weitere Mahlzeiten schenken wirst.« Er wusste nicht, was er noch sagen konnte, aber er plapperte hastig weiter. »Bitte gedenke dennoch derer, die nicht so reichlich beschenkt werden, und lasse auch sie in Zukunft Anteil haben an … an deinen schöpferischen Früchten. Amen.« Er öffnete die Augen und zog die Finger auseinander.

Die Mönche sagten alle im Chor: »Amen, oh Herr«, und da keiner lachte oder auch nur im Mindesten ein Zeichen gab, dass dies gerade mehr als lächerlich gewesen war, begann Artur erleichtert mit den anderen zu speisen.

Wie auch am Vortag war das Essen mehr als fürstlich und es schmeckte köstlich. Nun, da Arturs Mutter nicht mehr da war, fühlte sich Artur das erste Mal in seinem Leben richtig frei, und er wusste, dass er nun nichts Falsches mehr sagen konnte. Seine Mutter würde es nicht erfahren und er würde keine Prügel mehr beziehen. Artur aß so viel er konnte und auch die anderen Mönche machten keine Anstalten nach der ersten Portion aufzuhören. »Ich wollte nun wissen, wann es denn an der Zeit ist, dass ich erfahre, was hier vor sich geht?« Er schluckte seinen Bissen schnell hinunter und blickte Bruder Martin erwartungsvoll an.

»Du wirst sehen«, sagte dieser geduldig und warf seinen Brüdern einen raschen Blick zu, der ihnen mehr als nur gut zu verstehen gab, dass niemand dazu bestimmt war, Artur aufzuklären. Denn einige hatten schon den Mund aufgemacht, um etwas zu sagen. Artur musste sich wohl damit zufrieden geben und sagte dann: »Wäre es dann möglich, dass ich mir das Kloster ein bisschen näher ansehe, während ich darauf warte, dass die Zeit kommt?«, fragte Artur in fast schon bissigem Ton. Den Mönchen schien das nicht zu entgehen und sie tauschten beunruhigte Blicke. »Natürlich. Ich werde veranlassen, dass ...«

»Ich würde gerne alleine gehen«, sagte Artur gereizt, denn so konnte er vielleicht einen Blick auf Dinge erhaschen, die er mit einem Aufpasser nicht gesehen hätte.

»Nun, wenn das dein Wunsch ist«, sagte Bruder Martin untertänig, »dann soll es so sein.«

Die Mönche erhoben sich wie auf ein Zeichen und räumten gemeinsam den Tisch ab. Artur war es erlaubt, sitzen zu bleiben, während das übrig gebliebene

Essen und das dreckige Geschirr durch eine Tür in einen anderen Raum getragen wurde. Artur vermutete, dass sich dort die Klosterküche befand. Er blieb noch einen Moment sitzen, und als niemand Anstalten machte, noch etwas von ihm zu verlangen, erhob er sich und schlenderte gemächlich aus dem Refektorium.

Der Hof erschien ihm jetzt, da der Nebel verschwunden war, noch größer und die Gebäude um ihn herum, vor allem die große Kirche noch gigantischer. Wo sollte er anfangen? Er entschied sich dazu, in das nächstgelegene Haus zu gehen. Links neben dem Refektorium war eine große Eichentür, die mit einem bronzenen Türklopfer versehen war. Artur nahm den Türklopfer in die Hand und schlug gegen die Tür. Niemand antwortete oder öffnete die Tür. Artur schob die Tür beiseite und riss den Mund auf. Er war geradewegs in die uralte Klosterbibliothek gelangt. Hunderte Bücherregale, die bis unter die Decke reichten, waren vollgestopft mit Büchern, Pergamenten und Schriftrollen, von denen manche bestimmt schon einige hundert Jahre hier in dem Kloster ihre Zeit verbracht hatten. In der Bibliothek herrschte ein merkwürdiges Dämmerlicht und Staub wirbelte im Licht der Sonne, welches den großen Raum durch die kleinen Fenster ein wenig beleuchtete. Insgesamt herrschte hier eine mehr als unheimliche Atmosphäre. Artur schloss die Tür hinter sich und es wurde noch dunkler und stiller um ihn herum. Er schlenderte auf eines der Bücherregale zu und zog wahllos ein Buch heraus. Da er jedoch weder lesen noch schreiben konnte, stellte er das Buch rasch zurück, um sich weiter in dem unheimlichen Raum umzusehen. Er schritt weiter in die Bibliothek hinein, das ohnehin schon dämmrige Licht wurde noch spärlicher und man konnte nur noch schemenhafte Umrisse erkennen. »Suchst du etwas Bestimmtes, mein Junge?« Artur schrie auf. Etwas hatte gesprochen. Etwas aus dem Schatten heraus. »W… wer ist da?«, wollte er mit zittriger Stimme wissen und wich leicht zurück. Da trat eine Gestalt aus dem Schatten. Artur konnte das Gesicht nicht sehen. Die Gestalt hatte die Mönchskapuze über das ganze Gesicht gezogen.

»Wer seid Ihr?«, fragte Artur jetzt schon mit festerer Stimme da er sich sicher war, dass der Mann ein Mönch des Klosters war.

»Wer ich bin? Oh, diese Frage ist angesichts der Umstände von nachrangiger Bedeutung. Interessanter ist eher, wer du bist?«

Artur wusste nicht was er darauf antworten sollte. Hatte dieser Mann denn nicht mitbekommen, dass gestern jemand angekommen war? »Ich bin Artur«, sprach er und versuchte sich zu entsinnen, ob er diese Stimme schon einmal gehört hatte, doch da er erst einen Tag hier war, bezweifelte er, dass er schon genug Mönche getroffen hatte, um diesen Mann zu identifizieren.

»Artur?«, wiederholte der Mann argwöhnisch.

»Ja, ich bin Artur. Und wer seid Ihr?«, wollte Artur erneut wissen, doch der Mönch schüttelte nur den Kopf. »Wenn du Artur bist, was hast du dann hier alleine verloren? Hat Bruder Martin dir erlaubt, alleine durch das Kloster zu streunen?«, fragte er, doch Artur runzelte nur die Stirn. Warum sollte er nicht alleine durch das Kloster laufen dürfen? Er war schließlich alt genug und Bruder Martin hatte es zwar nicht gutgeheißen, ihn allein gehen zu lassen, doch er hatte auch keine weiteren Einwände gehabt. »Ich weiß nicht wovon Ihr sprecht«, sagte Artur würdevoll und der Mönch lächelte unter der Kapuze. »Natürlich nicht. Dann gehst du jetzt besser, bevor dir noch etwas passiert, nicht wahr?« Das Lächeln des Mannes verzog sich zu einer seltsamen Grimasse.

»Droht Ihr mir?«, fragte Artur mit aller Autorität, die er aufbringen konnte. In all den Jahren bei seiner Mutter hatte er nur eines gelernt. Nämlich gegenüber allem und jedem misstrauisch zu sein. Der Mönch stieß nun ein schallendes Lachen aus, das in dem großen und stillen Raum merkwürdig schaurig klang. »Nein, keineswegs. Ich bin lediglich besorgt über dein Wohlbefinden und werde mich wohl mit Bruder Martin über diese Verhaltensweisen unterhalten müssen.« Mit diesen Worten wirbelte er herum und schritt zurück in den Schatten der Bücherregale. Nun jagte der Mann Artur entschieden Angst ein. Artur stolperte einige Schritte rückwärts und drehte sich dann hastig um. Er lief schnell zurück zur Tür, achtete jedoch darauf, nicht zu rennen. An der Tür angekommen, warf er noch einmal einen hastigen Blick in die unheimliche Bücherstätte und ging dann hinaus auf den sonnigen Hof. Einige Mönche schritten hier auf und ab und lächelten ihm im Vorbeigehen fröhlich zu. Artur hatte zwar immer noch keine Ahnung, warum er hier war, doch die Mönche freuten sich immer, ihn zu sehen, und er vermutete, dass er hier eine entscheidende Rolle spielen würde. Bei was auch immer. Er hegte zwar immer noch einen Groll gegen Bruder Martin, da dieser ihm keine befriedigenden Antworten geben wollte, noch nicht, doch verglichen mit dem Mönch in der Bibliothek waren alle anderen Mönche freundlich, hilfsbereit und normal, so wie es sich für fromme Mönche gehörte. Artur wusste nicht, ob er nach diesem Treffen mit einem solch sonderbaren Mönch noch weiter das Kloster erkunden wollte, doch er gab sich einen Ruck und setzte die Besichtigung des Klosters fort.

Kapitel 3

Er dachte nicht länger darüber nach, in welches Haus er als nächstes gehen sollte, sondern nahm das Nächstbeste und öffnete die Tür ein wenig nervöser, als er es normalerweise getan hätte. Diese Tür war ebenfalls aus Holz, aber wesentlich kleiner. Es schien, als ob sie im gleichen Gebäude eingelassen war wie die Tür zur Bibliothek. Er musste sich fast ducken, um durch den Rahmen zu passen. Der Raum war erheblich kleiner und enger als die Bibliothek, doch er hatte keine Fenster und wurde von nur zwei Fackeln beleuchtet. Zwei Tische waren hier aufgestellt, auf denen jeweils etliche Pergamente und Federkiele lagen. Aufgeschlagene Bücher waren überall verstreut worden. Artur fragte sich, was dies für ein Raum war. Es war niemand hier, den er hätte fragen können, doch nach seiner letzten Begegnung war ihm das gerade recht. Er schritt auf einen Tisch zu und blickte auf das Pergament hinab, doch die Worte auf dem blass gelben Papier konnte er einfach nicht verstehen. Als er gerade wieder gehen wollte, weil es hier nichts Spannenderes als Bücher und Federn gab, schlug die Tür auf. Artur wirbelte herum. Ein alter Mönch, dessen Haut schon fast so vergilbt und ledrig wie die des Pergaments war, duckte sich unter der Tür hindurch und schrie über seine Schulter: »… und bring noch Tinte mit, sie ist fast aufgebraucht.« Der Mönch wandte sich nun dem kleinen Raum zu, erblickte Artur und blieb jäh stehen. Im ersten Moment schien er mehr als verdutzt darüber, einen sechzehnjährigen Jungen mitten in seinem kleinen Zimmer stehen zu sehen. Der Mönch blickte Artur mit seinem grauweißen Augen verwundert an, und die Augen schienen sogar in der Dunkelheit zu leuchten. Dann fing er sich rasch wieder und sagte, immer noch mit einem ungläubigen Ausdruck im Gesicht: »Sei gegrüßt, was machst du denn hier?«

Da der Mönch nicht fragte, wer er war, nahm Artur an, dass er im Gegensatz zu dem anderen Mönch in der Bibliothek wusste, dass er gestern angekommen war. Artur vermutete, dass diesen Ort nur wenige Mönche aufsuchten. Er wurde sofort verlegen, denn er wusste nicht, ob er hier überhaupt sein durfte. Doch er sagte tapfer: »Ich wollte nur … ich schaue mich gerade im Kloster um und bin hier gelandet. Es tut mir leid, dass ich einfach so hereingekommen bin, ohne zu fragen.« Eine leichte Röte stieg in sein junges Gesicht.

»Oh nein, es muss dir nicht leid tun. Hier darf jeder rein, ich bin nur überrascht, jemanden hier zu sehen, denn es halten sich nur selten andere hier auf.« Er blickte Artur nun gespannt an. »Mein Name ist übrigens Bruder Scriba. Ich bin hier für das Scriptorium zuständig. Warst du schon einmal in einem Scriptorium?«, wollte er interessiert wissen.

Artur runzelte die Stirn und sagte dann verwirrt: »Wo soll ich gewesen sein?«

Bruder Scriba lächelte und antwortete: »In einem Scriptorium. Das ist lateinisch und bedeutet Schreibstube. Hier werden wertvolle Texte und Schriftrollen geschrieben oder kopiert und dann in unsere Bibliothek gebracht.«

Erst jetzt verstand Artur, was die Bücher, Pergamente und Federn hier machten. Die Mönche schrieben offenbar Bücher, die sie mehrfach benötigten oder anderweitig benutzten, ab, und diese wurden dann zur Aufbewahrung in die Bibliothek gebracht. »Wie lange dauert es, bis man ein Buch vollständig abgeschrieben hat?«, wollte Artur interessiert wissen.

»Das kommt ganz auf das Buch selbst an«, sagte Bruder Scriba sachlich. »Es kommt auch immer darauf an, wie fleißig ich bin. Es gibt Bücher, an denen ich mehrere Jahre arbeite.«

Artur zog ungläubig die Augenbrauen nach oben und sagte: »Mehrere Jahre an einem Buch? Wird das nicht langweilig?«

Bruder Scriba lachte und sagte: »Nein, mir macht all das viel Spaß, denn jede Seite ist anders und auf jeder Seite verbirgt sich ein neues Geheimnis, welches das Buch nur jenem preisgibt, der auch gewillt ist, dies sorgfältig zu lesen. Wie die Bücher birgt auch jeder einzelne und neue Tag des Lebens immer neue Dinge und neue Erfahrungen und Erkenntnisse. Außerdem kann man mit literarischen Mitteln den Finger in die Wunden der Mächtigen legen und Kritik an ihnen üben. Denn jene, die regieren und herrschen, tun oftmals nicht das Richtige.« Bruder Scriba erhob sich von seinem kleinen Hocker, lief hinüber zu einem Schrank, öffnete ihn und holte ein weiteres Pergament heraus. Dann setzte er sich wieder und sah Artur beinahe gespannt an. »Macht korrumpiert immer irgendwann, Artur, und dann ist genau der richtige Zeitpunkt, um Bücher einzusetzen, um ihnen vor Augen zu halten, was moralisch richtig ist und was leicht ist.«

Artur verstand nicht ganz und offenbar erkannte Bruder Scriba dies auch an seinem Gesichtsausdruck, denn er sagte schnell: »In der Schneiderei oder Brauerei zu arbeiten wäre nichts für mich. Handwerklich bin ich nicht sonderlich begabt.«

Artur verstand immer noch nicht. »Was meint Ihr mit arbeiten? Arbeitet hier jeder Mönch?«

»Natürlich«, sagte Bruder Scriba verdutzt. »Jeder steuert seinen Teil bei, damit wir unabhängig von allem und jedem sind.«

»Soll das heißen, dass das Kloster wie eine kleine Stadt ist und Nahrung, Kleidung und alles andere selbst herstellt?«

»Genau«, sagte Bruder Scriba erfreut, dass Artur dies nun begriffen hatte. »Wir kommen sehr selten einmal in eine Stadt und zu uns verirrt sich nahezu keine Menschenseele. Wir achten sehr auf unsere … Geheimhaltung. Hat dir dies Bruder Martin denn noch nicht alles erzählt?«, fragte er zögernd mit ungläubigem Gesichtsausdruck.

»Noch nicht«, sagte Artur säuerlich.

»Hat man dir denn nicht gesagt, warum du hier bist und was hier vor sich geht?«, fragte er verdutzt.

»Man hat mir gesagt, man würde mich zu gegebener Zeit unterrichten, aber mehr weiß ich noch nicht.«

»Merkwürdig. Aber ich bin sicher, man wird dir noch früh genug alles erläutern. Na ja, dann muss ich dich jetzt leider bitten zu gehen, denn ich habe noch eine Menge Arbeit vor mir.« Er lächelte.

»Oh ja, es tut mir leid, wenn ich Euch gestört habe«, sagte Artur beschämt.

»Aber nein. Ich muss nur noch etwas arbeiten, aber du kannst jederzeit bei mir hereinschauen. Ich freue mich wirklich immer über Besuch, vor allem, weil man hier so vollkommen von der Außenwelt abgeschnitten ist.«

Jetzt lächelte Artur. »Dann noch einen schönen Tag«, sagte er.

»Danke, Artur. Wünsche ich dir ebenfalls.« Artur öffnete die kleine Tür und ging hinaus auf den Hof. Erst jetzt merkte er, dass über der Tür in abblätternden Buchstaben ein Wort stand. Artur vermutete, dass es der Name der Schreibstube war, doch wieder einmal holte ihn die Wirklichkeit ein, und er stellte fest, dass er keinerlei Bildung besaß. Er ließ seine Augen weiter über den großen Innenhof wandern und sie blieben schließlich interessiert an der großen Kirche hängen. Er schlenderte zu ihr hinüber und blickte gespannt an ihr hoch. Erst jetzt bemerkte er, dass die Form der Kirche der eines Kreuzes ähnelte. Der Glockenturm ragte mehrere Dutzend Meter in den blauen Himmel und Artur konnte sich gar nicht mehr vorstellen, dass das Wetter einen Tag zuvor noch derart anders gewesen war. Man musste beinahe an Zauberei glauben. Die hintere Wand der Kirche war mit der Mauer, die um das ganze Kloster verlief, verbunden, und so teilten sich der Verteidigungswall und die Kirche ein Stück der Mauer. Das Tor der Kirche war so groß wie fünf ausgewachsene Männer übereinander und nur mit größter Mühe gelang es Artur, das Tor aufzustoßen. Er ging leise und andächtig in die kühle Kirche hinein. Da er nie zuvor in einer gewesen war, hatte er keine Ahnung, wie man sich hier normalerweise verhalten musste, doch er versuchte die vereinzelten Mönche, die in den vielen Bänken knieten, nicht beim Beten zu stören. Er schritt den langen Gang entlang, welcher sich zwischen den Bänken dahinzog und ungefähr in der Mitte blieb er stehen. Er richtete seinen Blick senkrecht nach oben. Von hier aus konnte man gut an die hohe Decke sehen und erst jetzt verstand Artur die gigantischen Ausmaße der Kirche. Die Decke war aufwendig an den Rändern durch viele hundert in die Decke eingemeißelte Blüten und Blumen verziert. Den kompletten restlichen Teil der Decke nahm ein aufwendiges und wunderschönes Deckengemälde in Anspruch. Er blickte wieder nach vorne und erst jetzt bemerkte er, dass einige der Mönche, die anscheinend gebetet hatten, ihn beobachteten. Als sie merkten, dass Artur sie ansah, taten sie hastig wieder so, als würden sie sich dem Herrn selbst widmen. Als er kurz vor dem Altar war, sah er einige Türen, die in Nebenräume führten. Der Altar war aus schlichtem schwarzem Stein und eine weiße Decke war darauf ausgebreitet, auf der ein aufgeschlagenes Buch lag. Hinter dem Altar stand einig paar Meter entfernt der Hochaltar, neben dem Dutzende von Heiligenstatuen standen. Der Hochaltar, den man über eine kleine Treppe erreichen konnte, war prunkvoll geschmückt und in ihm war ein kleines Türchen eingelassen, hinter der man sicherlich irgendetwas Wertvolles verstaute. Denn das kleine Türchen war aus glänzendem Gold. Artur beschloss sich weiterhin umzusehen, warf einen Blick über die Schulter, ob die Mönche ihn wieder beobachteten, und ging dann auf eine ramponierte alte Tür zu. Er öffnete sie und sofort schlug ihm ein furchtbarer Gestank entgegen. Überall auf dem Boden lag Vogelmist und an den hohen Wänden des Turmes nisteten viele Tauben und andere Vögel. Artur wusste nicht, was dies zu bedeuten hatte. Eine schmale, gefährlich aussehende, hölzerne Treppe führte steil nach oben und Artur konnte vereinzelte Sonnenstrahlen erkennen, die bis zu ihm durchdrangen. Er ahnte nicht, wo er hier genau war, doch die steile Treppe hatte seine Neugierde geweckt. Er fasste sich ein Herz und betrat die erste, bedrohlich knarrende Stufe. Als Artur den ersten Absatz erreicht hatte, wusste er dass diese Treppe dringend repariert werden musste, denn hier flog sicherlich bald alles auseinander. Jedes Mal, wenn er den Fuß aufsetzte und die nächste Treppenstufe erklomm, schwankte die Treppe bedrohlich und drohte zusammenzubrechen. Der ganze Turm war gut vierzig Meter hoch und sicherlich der höchste Punkt des ganzen Klosters. Artur schritt mutig weiter und flehte bei jedem Schritt, den er machte, die Treppe möge nicht zusammenbrechen. Doch wenn die Mönche diese Treppe schon immer benutzen, dann würde sie wohl auch bei ihm halten.

Nachdem er diese schreckliche Holztreppe überwunden hatte, wusste er, woher die Sonnenstrahlen kamen. Er befand sich nun auf dem Glockenturm des Klosters und stand im strahlenden Sonnenlicht. Eine Glocke, die um einiges größer war als er selbst, war hier aufgehängt. Es gab keine Wände, sondern nur eine hüfthohe Wand aus Stein, um einen Sturz in die Tiefe zu verhindern. Denn dieser, da war sich Artur sicher, wäre tödlich. Artur blickte nach unten und zog rasch seinen Kopf zurück, da ihm beinahe schwarz vor Augen wurde. Von hier oben, und das konnte nicht einmal Artur leugnen, trotz seiner großen Höhenangst, hatte man dennoch einen atemberaubenden Blick. Artur hatte das Gefühl, die ganze Welt sehen zu können. Wegen der hohen Berge, auf denen sich das ganze Kloster befand, hatte man eine noch bessere Sicht. Er genoss die Aussicht, klammerte sich aber trotzdem an die niedrige Steinwand. »Schön hier oben, nicht wahr?«, sagte plötzlich eine Stimme hinter ihm. Artur erschrak derart, dass er fast vom Glockenturm gefallen wäre. Doch der junge Mönch packte ihn rasch an seinem Gewand und zog ihn in die Mitte des Turmes.

Der Mönch, der noch keine dreißig Jahre alt war, lächelte. »Tut mir leid, wenn ich dich erschreckt habe. Aber ich musste hier herauf kommen. Das ist leider meine Pflicht.«

Artur verstand nicht. »Warum? Was kann man denn hier oben machen?«, fragte er verwirrt.

»Ich bin zum Läuten eingeteilt«, antwortete der Mönch und deutete mit einer Handbewegung auf die große Glocke, die hinter ihnen baumelte. Jetzt bemerkte Artur auch, dass ein dickes Seil von der Decke des Turmes herunterhing, das mit einer Art Flaschenzug an der Glocke befestigt war, sodass sie läutete wenn man an dem Strick zog. »Zu jeder vollen Stunde muss ich hier hochkommen und die Glocke läuten. Grundgütiger«, sagte der Mönch nun zerstreut. »Ich muss mich jetzt aber beeilen. Willst du wirklich hier bleiben?«, fragte er unsicher.

»Es wird hier gleich mehr als laut werden«, sagte der Mönch verstohlen.

»Ja, ja. Das macht mir nichts aus«, sagte Artur fast trotzig.

»Dann halte dir lieber die Ohren zu«, sagte der Mönch warnend. Er ging hinüber zu dem langen Seil, packte es fest und zog mit aller Kraft daran. Der ohrenbetäubende Glockenschlag machte Artur fast taub. Trotz seiner Hände, die er auf die Ohren gepresst hatte, war der Schlag der großen Glocke ohrenbetäubend laut. Nachdem der Mönch zehn Mal geläutet hatte, kam er lächelnd hinter der Glocke hervor: »Ist alles in Ordnung?« Artur war immer noch benommen, nickte dann aber. Dass es so laut werden würde, hatte er nicht erwartet. »Dann geh mal schnell wieder hinunter, bevor man dich noch vermisst.«

»Vermissen? Nein, Bruder Martin hat gesagt, dass ich mich hier ein wenig umschauen kann.«

»Oh, das ist natürlich etwas anderes. Aber ich bin sicher, du hast nicht nur nette Leute bisher getroffen, oder?«, fragte er verschmitzt lächelnd.

»Nein«, sagte Artur leise und dachte an den Mönch in der Bibliothek.

»Ich bin übrigens Bruder Hora«, sagte der Mönch entschuldigend, als wäre ihm gerade erst eingefallen, dass man sich eigentlich vorstellte. Der große Mönch trug seine Haare ein wenig anders als die anderen Mönche. Sie waren länger, und Artur hatte das Gefühl, dass er nicht derart konservativ wie die anderen, schon älteren Mönche, war.

»Ich bin«, begann Artur, aber der Mönch unterbrach ihn. »Ja, ich weiß, du bist Artur«, sagte er schnell.

Artur nickte schüchtern. »Nun gut, dann werde ich mich wieder an den gefährlichen Abstieg wagen«, sagte Artur und Bruder Hora sagte aufmunternd: »Keine

Sorge. Diese Treppe steht da schon seit etlichen Jahrzehnten und sie wird schon noch halten.«

Doch genau dies war der Grund, warum sich Artur eigentlich Sorgen machte. So kletterte er immer noch voller Angst die Treppe hinunter. Als er endlich wieder auf festem Boden stand, eine Tatsache, die Artur mehr als beruhigte, stapfte er durch den Vogelmist und ging wieder in die große Kirche. Er fand, dass er nun genug von dieser Kirche gesehen hatte, und schritt nun wieder auf das große Tor zu. Die Mönche, die vorher so getan hatten, als ob sie beteten, waren verschwunden und die Kirche war nun stiller denn je.

Artur ging nun schnell hinaus und öffnete erneut mit großer Mühe das Tor. Er drehte sich um und schlenderte gemächlich über den Hof. Er bog bei der Kirche links ab und merkte erst jetzt, dass der Hof sogar noch größer war, als er ohnehin schon angenommen hatte. Er hatte diesen Teil des Hofes bisher gar nicht bemerkt, und so war er noch gespannt, was sich wohl in diesem Teil des Klosters verstecken mochte. Ein Wasserfall sprudelte aus dem Fels über ihnen hervor und rauschte dann herunter. Offenbar floss das Wasser in den hinteren Teil eines Gebäudes. Doch das konnte nicht sein. An einer Seitenwand des Gebäudes befand sich ein großes Wasserrad, welches sich langsam drehte. Das war Grund genug für Artur, sich das ganze näher anzusehen. Er ging auf das merkwürdige Haus zu und betrat es durch die hölzerne Tür. Sofort riss er den Mund auf. Er war nun im Inneren der großen Mühle, und was er hier sah, war schlichtweg unglaublich. Im Inneren des Hauses war ein großes Mühlenrad, welches durch das Wasser angetrieben wurde. Durch das Haus floss das gesamte Wasser des von oben herab rauschenden Wasserfalls und so wie das Gebäude auf der einen Seite offen war, um das Wasser hereinzulassen, befand sich auf der anderen Seite ebenfalls eine Öffnung um das Wasser wieder hinausströmen zu lassen. Offensichtlich hatte sich das Wasser sich in den Jahrhunderten, in denen es hier schon wütete, einen Weg durch den Stein gefressen, wie eine hungrige Maus in einen Käse. Das Haus war in der Mitte geteilt und das Wasser floss, wenn es das Haus durchquert und das Mühlrad angetrieben hatte, auf der anderen Seite wieder hinaus und verschwand in einem Loch im Berg. Von der einen Seite des Hauses konnte man nur über eine kleine hölzerne Brücke auf die andere Seite gelangen. Das Mühlrad trieb mit Hilfe des Wassers zwei runde Steine an, welche irgendetwas zu zerkleinern schienen. Drei Mönche waren hier drin und füllten etwas in Säcke ab und ein vierter Mönch brachte die Säcke durch eine andere Tür in ein nebenstehendes Gebäude. Artur war sich nicht sicher, was dies war, doch er vermutete, dass hier Korn gemahlen und dann zu Brot weiterverarbeitet wurde. Der Lärm, der hier drin herrschte, schien dem Glockenläuten in keinster Weise nachzustehen. Im Gegenteil. Artur hatte eher das Gefühl, als ob der Lärm hier drin noch größer war. Die Männer, die hier arbeiteten, mussten sich anbrüllen, um überhaupt miteinander reden zu können. Gerade hatte einer der Mönche Artur bemerkt, da kam er auch schon zu ihm über die Brücke herüber gewuselt und schrie ihn an: »Was hast du hier zu suchen?«

Artur musste genau hinhören, um überhaupt ein Wort zu verstehen, und schrie dann zurück: »Nichts, ich wollte mich nur ein wenig umsehen.«

»Aha, dann pass aber auf, dass du uns nicht störst und du dem Wasser und dem Mühlrad nicht zu nahe kommst.« Artur nickte und der Mönch blickte ihn grimmig lächelnd an. Artur überquerte mit ihm die kleine Brücke und die anderen zwei Mönche nickten ihm knapp zu. Artur nickte zurück und warf nun einen Blick zu der Tür, durch die der vierte Mönch immer wieder hindurch kam, um einige Säcke abzuholen, die die anderen drei offenbar mit gemahlenem Korn gefüllt hatten. Doch hier gab es offensichtlich nichts Spannenderes mehr und so machte sich Artur wieder darauf, hinaus zu kommen in die strahlende Sonne, die seinem Gesicht so gut tat, das jahrelang eingesperrt gewesen war. Artur schritt einmal um das schneeweiße Bäckershaus und um die Mühle herum und sah nun einen wunderschönen Garten, der durch kleinere Bäche getrennt war, die ihre Quelle unter der Mühle hatten, denn dort war der Hauptfluss. Die Idee, das musste er zugeben, war sehr einfallsreich und effizient. Artur konnte viele Gemüsearten erkennen und auch Getreide war hier angebaut. Der Garten war mit einem schönen braunen Zaun geschützt und in der Mitte des Gartens stand eine alte Bank. Im hinteren Teil des Gartens standen noch mindestens ein Dutzend Bäume, auf denen Äpfel, Birnen und andere Dinge wuchsen. Er hatte schon so viel erlebt, von dessen Existenz er nicht einmal wusste. Er blickte sich rasch um, um zu sehen in welchem Teil des großen Klosters er noch nicht gewesen war. Doch rechts neben dieser kleinen Schreibstube war noch ein kleines Haus, das er noch nicht erkundet hatte. Er marschierte sofort los, um den weiten Weg über den steinigen Innenhof zurückzulegen. Wieder blickten ihn die Mönche, die ihm begegneten, neugierig an und warfen ihm hin und wieder einen nervösen Blick zu. Artur versuchte den Weg über das Kopfsteinpflaster so schnell es ihm möglich war zurückzulegen und dabei niemanden anzublicken.

Als er an dem kleinen steinernen Haus angekommen war, schaute er sich nochmals um und betrat das kühle Innere des Hauses. Auch dieser Raum war sehr klein. Er ähnelte dem Scriptorium sehr, hatte aber ein kleines Fenster, das ein wenig Licht in den dunklen Raum warf. Ein Mann saß in einem hohen Lehnstuhl und hantierte ungeschickt mit einer langen Schere herum. Ein brauner Stoff war auf dem Tisch ausgebreitet und der Mann schnitt gerade etwas aus ihm heraus. »Guten Tag«, sagte Artur. Der Mann sah von seiner Arbeit auf.

»Guten Tag. Du musst der junge Herr Artur sein, oder liege ich falsch in der Annahme?«, fragte der Mönch freundlich.

»Ja, Bruder ...?«

»Oh, Entschuldigung. Wie unhöflich von mir. Ich bin Bruder Vesto, ich bin hier der Schneider im Kloster.« Der Mönch trug seine Haare, wie die anderen Mönche, in einem typischen Mönchschnitt. Seine Mönchskutte umhüllte seinen viel zu dünnen Körper, es wirkte beinahe ungesund. »Der Schneider?«, wiederholte Artur, gespannt darauf, mehr über diesen Teil des Klosters zu erfahren.

»Ja. Ich stelle die Kleider für uns alle her und flicke sie, sollte es einmal nötig sein.« Er lachte bellend auf, auch wenn Artur nicht genau wusste, warum. Dennoch trat er näher heran und begutachtete die Werkzeuge, welche man für diese Arbeit benötigte. Neben der Schere lag noch eine spitze Nadel und ein bräunliches Garn auf dem Tisch. Eine halb fertige Robe lag ausgebreitet da und eine Kerze, die am Tischrand abgestellt worden war, erleuchtete den Arbeitsplatz ein wenig. In einer Ecke stand ein großes Rad, das Artur noch nie gesehen hatte. Er schritt zu ihm herüber und Bruder Vesto folgte ihm begeistert. »Das ist ein Spinnrad«, sagte er und beantwortete so die unausgesprochene Frage von Artur.

»Wozu ist es nütze?«, fragte Artur und ging um das Gerät herum.

»Nun«, sprach Bruder Vesto und dachte nach. »Es dient dazu, die Wolle von unseren Schafen zu einem Garn zu spinnen, das ich für die Herstellung der Roben gebrauchen kann.«

»Ihr könnt aus Schafswolle Garn herstellen?«, fragte Artur erstaunt.

»Natürlich. Die Wolle unserer Schafe ist sehr gut zu verarbeiten und robust.«

»Aber ich habe noch keine Schafe gesehen«, sagte Artur und blickte sich um, als suche er in dem kleinen Raum nach einem Anzeichen von ähnlichem Getier.

»Unsere Schafe sind in den Ställen«, sagte Bruder Vesto heiter.

»Ställe?«, sagte Artur perplex. »Wo befinden sich diese?«

»Wenn du dieses Haus verlässt, dann geh um die nächste Ecke herum und schon stehst du vor den Ställen«, sagte er und gestikulierte wild mit seinen Händen, um ihm den Weg zu erklären. Artur konnte sich nicht erinnern, noch einen Weg um das Haus gesehen zu haben, doch er nickte dankend und verließ eilig die Schneiderei.

Die Sonne stand nun hoch am Himmel und neigte sich schon langsam wieder dem Erdboden entgegen. Als er halb um das Häuschen herum gelaufen war, erblickte er schon den kleinen, hölzernen Stall, in dem bequem zehn bis fünfzehn Schafe unterkommen konnten. Der Stall war mit Stroh ausgelegt und in einer Ecke stand ein mit getrocknetem Heu gefüllter Futtertrog. Neben dem Futtertrog stand ein großer steinerner Eimer voll klarem Wasser. Die Schafe hatten ein dunkles Fell, welches dem Braun der Mönchskutten nicht unähnlich war. Artur öffnete die Stalltür und ging hinein. Sofort war er von einem halben Dutzend Schafe umringt, die ihn alle abzulecken versuchten. Hatte er etwas Falsches gemacht oder schmeckte er einfach gut? Doch er hatte noch keinen

Finger gerührt, als eine Stimme hinter ihm rief: »Keine Angst! Unsere Schafe sind zahm.«

Artur drehte sich so gut es ging um und sah einen älteren Mönch mit einem weißen Bart auf sich zukommen. Er hatte einen hölzernen Eimer in der Hand und kam geradewegs auf den Stall zu. »Sie wollen nur gemolken werden«, erklärte er ihm und kam nun ebenfalls in den Stall. »Eigentlich hätte ich sie schon vor einigen Stunden melken müssen doch ich hatte einfach so viel anderes zu tun und habe einfach die Zeit vergessen. Du bist Artur, nicht wahr? Ich bin Bruder Ovis und melke unter anderem unsere kleinen Freunde hier«, sagte der Mönch und tätschelte dem nächsten Schaf liebevoll den Kopf. Der Schafsmelker hatte einen grauen Bart und eine sehr hohe Stirn. Artur wurde durch ihn unwillkürlich an eine Ziege erinnert.

»Ich habe mich nur ein wenig umgeschaut, denn Bruder Vesto hat mir gesagt, hier seien die Schafe, deren Wolle man zum Herstellen von Kleidern benutzt.«

»Ja, das ist richtig. Aber wir verwenden auch ihre Milch«, sagte er und schwenkte den hölzernen Eimer durch die Luft. »Wenn du möchtest, kannst du gerne zusehen.« Und er zog mit sanfter Gewalt ein Schaf zu sich her, setzte sich auf einen Hocker, der in einer Ecke stand, stellte den Eimer unter den prall gefüllten Euter und begann das Schaf zu melken. Artur schaute ihm gespannt einige Augenblicke zu: »Ist es schwierig, Milch aus dem Euter hervorzubringen?«

Bruder Ovis verscheuchte die übrigen Schafe geschwind, da sie immer lästiger wurden, und antwortete dann: »Na ja, am Anfang bereitete es mir schon gewisse Schwierigkeiten, doch mit der Zeit fällt die Arbeit immer leichter. Wenn du willst, kannst du es selbst einmal probieren.«

»Wirklich?«, fragte Artur aufgeregt.

»Natürlich. Komm, setz dich auf den Hocker.« Er stand auf und Artur nahm auf dem hölzernen Stuhl Platz. Bruder Ovis erklärte ihm nun umständlich alles, was es zu beachten gab. Artur versuchte sich alles genau einzuprägen und umzusetzen. Doch bei ihm wollte einfach keine Milch aus dem Euter fließen, egal, wie er es anzustellen versuchte. Und als er endlich einen Spritzer hervorbrachte, schoss er ihn sich genau ins Gesicht und der Mönch lachte schallend auf. Artur prustete, wischte sich die Milch aus dem Gesicht und erhob sich grinsend. »Ich glaube, ich überlasse es doch Euch.«

»Das meine ich auch. Aber du hast dich toll geschlagen«, sagte Bruder Ovis lächelnd. »Ich könnte meinen, nach dieser harten Arbeit würde dir ein Schluck zu trinken ganz gut tun.« Er lächelte verstohlen. Artur verstand nicht, was Bruder Ovis damit sagen wollte, doch als er den Eimer unter dem Schaf hervorzog, und seine Lippen an den Rand setzte, begriff Artur. »Es gibt nichts Besseres als noch warme Schafsmilch«, sagte Bruder Ovis genüsslich, als er den Eimer wieder senkte und leckte sich die Lippen. Er hielt nun den Eimer fast auffordernd in

Arturs Richtung der jede Ausrede dankend angenommen hätte, um keinen Schluck aus diesem Eimer nehmen zu müssen. Doch ihm blieb nichts anderes übrig. Er nahm ihn in die Hand und trank einen winzigen Schluck aus dem Eimer. Zu seiner größten Verwunderung war dies das Leckerste, was er je getrunken hatte, und er nahm gleich noch einen Schluck. Bruder Ovis lachte. »Ich wusste doch, dass es dir schmecken würde. Wir sollten dem Herrn danken für dieses wunderbare Geschenk«, sagte der Mönch, streckte beide Arme gen Himmel und bekreuzigte sich.

Kapitel 4

Als Artur wieder aus dem Schafsstall herauskam, war er der festen Überzeugung, dass er vieles, fast alles, was das Kloster zu bieten hatte, gesehen hatte. Er irrte sich jedoch gewaltig. Er bemerkte, dass er noch nicht auf der Mauer gewesen war, die so dick war, dass dort bequem drei Männer stehen konnten, um Wache zu halten. Einige Mönche waren tatsächlich auf dem meterhohen Schutzwall und blickten düster den Berghang hinab, um etwaige Eindringlinge oder Räuber ausfindig zu machen, die sich wahrscheinlich nie hier oben blicken lassen würden, nur um ein paar alte Mönche auszurauben, bei denen es nicht viel zu holen gab. An der Sonne konnte Artur erkennen, dass der Tag sich schon langsam dem Ende zuneigte. Er fühlte, wie sich ein Hungergefühl in ihm breit machte, und beschloss nun, zum Saal zu laufen, in dem die täglichen Essensprozeduren stattfanden. Er schritt über den Innenhof, auf dem nun schon die Schatten der Häuser zu erkennen waren. Artur ging rasch auf das Tor zu, welches den Eingang zu dem Refektorium markierte.

Als er den Torbogen durchquert hatte, ging er auf die Tür zu und drückte sie auf. Es war niemand da. Das hatte er sich gedacht, denn am Nachmittag wollte noch keiner etwas essen. Artur wollte sich eigentlich in seinen üblichen Stuhl sinken lassen, als er die Tür sah, die er schon heute Morgen bemerkt hatte. Er erhob sich und war gespannt und froh darüber, dass seine Entdeckungsreise noch kein Ende genommen hatte. Er pochte sachte gegen die Tür und ein barsches »Herein« war zu vernehmen. Artur öffnete die Tür und betrat die Klosterküche. Ein Mann, ein noch dickerer Mann, als es Bruder Martin war, stand in dem großen und warmen Raum und blickte Artur durch dicken Qualm hinweg an. »Hallo«, sagte Artur.

»Oh, der junge Artur. Ich grüße dich. Wie geht es dir? Hast du deinen ersten Tag genossen?«

Artur nickte und schloss die Tür leise hinter sich. »Ist das hier die Küche?«, fragte er und war schon fast erstaunt, als kein Echo in dem Raum hallte. »Ja, das ist mein Reich, wo ich all die köstlichen Speisen zubereite, die alle hier zu sich nehmen. Ich bin übrigens Bruder Clarens. Ich habe dich heute beim Mittagessen vermisst«, sagte der Mönch fast vorwurfsvoll.

»Ich war draußen und habe mir das Kloster angesehen«, sagte Artur entschuldigend.

»Oh, na dann hoffe ich, dass es dir gefallen hat und du wenigstens zum Abendessen erscheinst. Es braucht seine Zeit, bis man sich hier zurechtgefunden hat, und ich erinnere mich noch an meinen ersten Tag hier.« Er schwelgte einen Moment in alten Zeiten, doch dann riss ihn Artur in die Wirklichkeit zurück und fragte: »Warum, was ist passiert?«

»Nichts Besonders, doch ich erinnere mich noch gut daran, dass ich mich einige Male verlaufen habe.« Er zwinkerte.

»Und«, sagte Artur jetzt mit weicher Stimme, »wäre es möglich dass ich noch einen kleinen Happen zu essen bekomme, denn ich habe, wie Ihr schon wisst, seit dem Morgen nichts mehr gegessen.«

»Aber selbstverständlich«, sagte der Mönch strahlend. »Was hättest du denn gerne?«

Artur blickte sich in der Küche um. Ja, was hätte er gerne? Diese Frage war ihm, soweit er zurückdenken konnte, noch nicht oft gestellt worden, und jetzt genoss er es in vollen Zügen, dass man seine Bedürfnisse zu befriedigen versuchte. Er sah ein Stück Fleisch auf einem niedrigen Tisch liegen und deutete darauf.

»Eine sehr gute Wahl«, lobte ihn der Mönch, schnappte das Fleisch vom Tisch und legte es in den großen Kamin, der von unten her durch ein knisterndes Feuer beheizt wurde. »Es wird nur ein paar Augenblicke dauern«, sagte der Mönch geduldig und stocherte zugleich mit einem Stück Holz im Feuer herum. »Du kannst solange draußen am Tisch warten, bis ich es dir bringe.« Artur nickte dankend und verließ den Raum.

Als nach einigen Momenten die Tür der Küche aufging und der dicke Mönch mit einer theatralischen Geste das Fleisch auf den Tisch legte und Artur einen guten Appetit wünschte, stürzte sich Artur sogleich darauf und begann es zu verspeisen. Zwar war das Stück Fleisch lecker, doch es besserte seine Laune nicht im Entferntesten, denn die Tatsache, dass man Artur immer noch im Dunkeln tappen ließ, lag ihm schwer im Magen. Er hatte erwartet, dass man ihm nach der herzlichen Begrüßung jeden Wunsch von den Lippen ablesen würde und man ganz erpicht darauf war, seine Fragen zu beantworten. Doch genau das Gegenteil war der Fall.

Als es allmählich Dunkel wurde, fanden sich viele der Mönche erneut im Refektorium ein und aßen zu Abend. Beim Essen versuchte Artur wieder einmal Bruder Martin Antworten über seinen Aufenthalt zu entlocken, doch dieser ermunterte ihn nur, seine Mahlzeit einzunehmen. Artur verspürte jedoch nicht im Geringsten ein Hungergefühl und so konzentrierte er sich vollkommen auf das Stellen von Fragen, die allesamt gründlich von Bruder Martin ignoriert wurden. Nach dem Essen wollte Artur erneut versuchen Bruder Martin abzufangen, denn er wurde jetzt zunehmend ärgerlich und wütend. Doch ehe er Bruder Martin erreicht hatte, trat der unheimliche Bibliothekar auf Bruder Martin zu und flüsterte ihm etwas zu. Sie blickten sich kurz und argwöhnisch an, dann gingen beide rasch hinaus. In diesem Moment erinnerte sich Artur, was der Bibliothekar an diesem Morgen noch zu ihm gesagt hatte: Er meinte, dass er sich mit Bruder

Martin über Arturs unbeaufsichtigtes Streunen durch das Kloster unterhalten würde. Wollte der Bibliothekar tatsächlich darüber mit Bruder Martin sprechen? Doch Artur war nicht länger stehen geblieben, sondern war leise durch die Tür geglitten, durch die die zwei anderen den Raum verlassen hatten. Er eilte in den dunklen und verlassenen Korridor hinaus, den nicht einmal Fackeln beleuchteten. Auf den ersten Blick schien hier alles ruhig zu sein, doch als Artur angespannt lauschte, hörte er aus einem Zimmer ganz in der Nähe Stimmen hervordringen. Er schlich auf Zehenspitzen den Gang entlang und blieb vor jeder Türe stehen, um zu sehen, ob es die richtige war. Bei einer der letzten, die nur angelehnt war, hörte er, wie zwei Männer offenkundig miteinander stritten. Er schob die Tür ein wenig weiter auf und streckte sachte seinen Kopf herein. Artur sah Bruder Martin und den Bibliothekar an einem großen Fenster stehen. Das Mondlicht, das durch das Fenster schien, ließ die gesamte Szenerie schauriger wirken, als sie war. »...habe Euch meine Auffassung über die Umstände, die wir hier eingehen mussten, bereits dargelegt«, sprach der Bibliothekar.

»Und ich habe Euch bereits gesagt, dass wir einstimmig Eure Ansichten in keinster Weise teilen«, gab Bruder Martin fast bissig zurück.

»Das habe ich zur Kenntnis genommen und dennoch halte ich es für unangemessen, den Jungen allein im Kloster umherwandern zu lassen. Bedenkt man die Ereignisse der letzten Wochen, so ist es doch mehr als beunruhigend, wenn der Junge in dunklen Bibliotheken herumstreunt, findet Ihr nicht auch?«

»Natürlich«, sagte Bruder Martin ohne ihn anzusehen. »Und dennoch sind wir genügend Mönche, um ihn fast jeden Moment ihm Auge zu behalten.«

»Wenn unser Kloster so sicher ist, wie erklärt Ihr Euch dann den Zwischenfall vor einer Woche?«, hielt der Bibliothekar entgegen.

»Das tut hier nichts zur Sache«, fauchte Bruder Martin. »Ich bin sicher, dass keiner unserer Mönche etwas mit alledem zu tun hat. Und ich denke, wenn wir alle zusammenhalten, dürften wir diese Aufgabe meistern.«

»Ich hoffe inständig dasselbe, doch habt Ihr schon einmal daran gedacht, ob der Junge dieser Aufgabe auch gewachsen ist?«, fragte der Bibliothekar und in seiner Stimme hörte Artur Bedenken mitschwingen.

»Ihr zweifelt also immer noch an seiner Bestimmung und an der Kompetenz des Meisters? Wollt Ihr etwa, dass ich ihm mitteile, wie impertinent Ihr ihm gegenüber schon wieder wart«, fragte Bruder Martin ungeduldig.

»Ich zweifle in keinster Weise an ihm«, sagte Bruder Vanum schnell, »und dennoch fände ich die Überlegung besser, wir würden einen ... weiseren und älteren Mönch vorschlagen, der mehr Erfahrung mit unserem Leben gemacht hat. Soll etwa dieser als Bastard geborene Junge diese Stellung übernehmen?«

Artur konnte zwar nicht viel sehen, doch der Teil von Bruder Martins Gesicht, welcher vom Mondlicht angestrahlt wurde, wurde weiß. »Ihr seid offenbar, zu meinem größten Bedauern, dem Irrtum anheimgefallen, dass wir eine jahrhundertlange Tradition einfach über den Haufen werfen wegen eines Hirngespinstes Eurer Fantasie?«, sagte Bruder Martin und brodelte nun sichtlich vor Zorn.

»Ein Hirngespinst meiner Fantasie?«, sagte der Bibliothekar sichtlich erschüttert. »Das ist kein Hirngespinst. Es ist eine Tatsache dass auf unserem Kloster ein Mord begangen wurde, und es ist eine Tatsache, dass wir einem kleinen Jungen eine Stellung zugedenken, die seine geistigen Fähigkeiten bei weitem übersteigt.«

Artur zog schnell seinen Kopf zurück, als die zwei Mönche einen kurzen Moment lang zum Eingang starrten und dann mit gedämpften Stimmen fortfuhren: »Um Himmels Willen, seid leise. Wir werden den Jungen unterrichten, ihn unsere Bräuche, Sitten und Gedanken lehren und ihm Gott ein Stückchen näher bringen. Und erst dann wird er bereit sein.«

»Ihr gebt Euch offenbar der Illusion hin, das in wenigen Wochen schaffen zu können«, sagte der Bibliothekar fast spöttisch.

»Ganz und gar nicht. Ich rechne mit Jahren, denn der Junge verfügt über keinerlei Bildung. Aber wenn ich Euch an den Zweck unseres Daseins erinnern darf: Ihr habt, wie es auch ich getan habe, einen Eid geschworen, die Gebote, die uns Gott und seine Heiligkeit aufgetragen haben, zu vergessen. Nicht um unser eigener Willen. Sondern um durch unseren Verrat an Gottes Geboten ihm und der ganzen Christenheit zu dienen, auf dass jenes, was wir bewahren, niemals verloren geht. Durch den Verrat an unserer Heiligkeit dienen wir dem Herrn, wie es kein anderer Mönch zu träumen wagt. Dies wurde schon lange vor Eurer Zeit beschlossen von weit aus weiseren Männern, als wir zwei es je sein werden. Der Hohe Rat St. Caritums hat entschieden, den Jungen so zu nehmen, wie er ist, denn sonst wäre das Opfer unserer Brüder jahrhundertelang umsonst gewesen. Und das wisst Ihr. Sollten wir Eure Ansichten unterstützen, wäre dies Verrat an unseren eigenen Prinzipien.«

»Verrat«, höhnte der Bibliothekar. »Wir verraten nichts. Ich bestreite nicht die Taten unserer Brüder. Ich schlage lediglich vor, jemand anderen zu ernennen.«

»Aber leider«, sagte Bruder Martin in süßlichem Ton. »Leider seid Ihr nicht in der Position Forderungen zu stellen.« Auf diese Worte folgte eine Stille, so durchdringend und lautlos, wie Artur es noch nie gehört hatte.

»Ich fürchte, Ihr traut mir nicht«, sagte der Bibliothekar leise durch die Dunkelheit. »Ich fürchte leider auch«, sagte Bruder Martin und blickte ihm direkt in die Augen. Artur wusste, dass sich dieses Gespräch dem Ende zuneigte, und er entfernte sich langsamen Schrittes der Türe. Als er weit genug war, um sicher zu sein, dass man ihn nicht mehr hören konnte, begann er zu rennen. Er rannte den Gang entlang und hielt erst wieder an, als er vor der Tür stand, durch die man zum Refektorium gelangte. Dies war nun wie ausgestorben und lag im Halbdunkel. Nur eine Fackel brannte in einer Halterung und spendete ein wenig Licht. Arturs Gedanken überschlugen sich. Er blickte sich kurz um, um zu sehen, ob der Raum auch wirklich leer war, stürmte dann nach draußen und lenkte seine Beine zu seiner Zelle. Um was war es in diesem Gespräch gegangen? Das Erschreckende an dieser Konversation war, dass die Mönche davon sprachen, dass hier ein Mord begangen worden war. Ein Mord. Hier, in einem frommen Kloster, war ein Mord geschehen. Doch war dieses unscheinbare Kloster denn so fromm? Wer war ermordet worden und was hatte er getan, das gerechtfertigt hätte, diesen Menschen zu töten? So viel Artur auch nachdachte, es fiel ihm kein Grund ein. Und noch eine Frage drängte sich ihm auf, welche ihm noch mehr Angst einjagte. Welche Rolle spielte er, Artur, in diesen Vorkommnissen? Erst jetzt fiel ihm auf, dass er ganz allein auf dem mondbeschienenen Hof war, und er beeilte sich, schneller um zum Dormitorium zu kommen. Was hatte Bruder Martins Aussage zu bedeuten, sie würden Gottes Gesetz brechen, um etwas zu bewahren, was unbedingt bewahrt werden musste? Und worin sollte Artur unterrichtet werden? Es stimmte, er konnte nicht lesen und schreiben, doch wer konnte das schon von sich behaupten? Nur der Klerus hatte das Privileg der Bildung erhalten, und obwohl Arturs Mutter nicht dazu zählte, war sie des Lesens und des Schreibens mächtig. Er war nun wild entschlossen, Bruder Martin morgen so lange keine Ruhe zu lassen, bis dieser ihm eine befriedigende Auskunft gab. Gewiss, er durfte niemals zugeben, dass er dieses Gespräch belauscht hatte, doch jetzt wusste er, warum sich alle hier so geheimnisvoll verhielten. Und der Bibliothekar hatte offenbar schon vor seiner Ankunft gegen Artur gehandelt, weswegen auch immer. Er meinte, dass Artur zu jung sei und man eine spezielle Aufgabe lieber anderen überlassen solle. Doch wofür hielt er Artur nicht ausreichend qualifiziert? Erst jetzt stellte Artur fest, dass der Mönch heute Morgen in der Bibliothek ziemlich überzeugend den Ahnungslosen gespielt hatte, doch wenn er schon vor seiner Ankunft etwas gegen ihn gehabt hatte, konnte er ihn jetzt nicht mehr täuschen. Was war es, das vor einigen Tagen hier passiert war und sichtlich für Aufregung gesorgt hatte. War es etwa der Mord gewesen oder etwas noch Grauenvolleres? Aber was war schrecklicher als der Tod? Auch vermutete Artur, was immer hier geschehen war, war verantwortlich dafür, dass er jetzt hier war.

Er riss die Tür auf, die zum Dormitorium führte und rannte schnell die Wendeltreppe nach oben. Seine Schritte hallten in dem dunklen Gang wider und Artur blickte sich bei jedem zweiten Schritt um, um zu sehen, ob ihm jemand folgte. Seit er mit angehört hatte, dass hier jemand ermordet worden war, war er merkwürdig schreckhaft und wünschte sich nichts sehnlicher, als in seiner Zelle zu sein und die Tür fest hinter sich zu schließen und erst wieder herauszukommen, wenn der Mörder gefasst war.

Als Artur vor der schweren Tür stand, die den Flur von seiner Zelle trennte, blickte er noch einmal den Gang auf und ab und öffnete sie. Artur wollte jetzt nicht mehr denken. Er wollte in den Schlaf übergleiten und nichts mehr fühlen. So ließ er sich, müde wie er nun war, auf seine Pritsche fallen und versuchte so schnell es ihm möglich war einzuschlafen. Doch er hatte das Gefühl, als ob er die halbe Nacht wach zu liegen schien ohne einschlafen zu können. Zu viel war geschehen. Er musste einfach über das Gehörte nachdenken, obwohl er nicht die geringste Lust dazu hatte. Und dann, in den frühen Morgenstunden, übermannte ihn schließlich der erlösende Schlaf.

Artur hatte das Gefühl, bereits im nächsten Moment schon wieder aufzuwachen. Er blieb noch kurz auf seiner Pritsche liegen und vermutete, dass es immer noch Nacht war und er nur aufgewacht war, da ihn die Gedanken an den Mord im Schlaf geplagt hatten. Draußen war dichter Nebel zu sehen und triste Wolken hingen über dem Kloster. Hier schien das Wetter sich so schnell zu ändern wie nirgendwo sonst. Artur war trotz des wenigen Schlafs munter und machte sich daran, sich etwas Frisches anzuziehen. Er sah keinen einzigen Mönch draußen herumgehen und vermutete, dass wohl alle entweder beim Frühstück waren oder es noch so früh am Morgen war, dass sie noch schliefen. Auf keinen Fall jedoch wollte Artur weiterhin im Bett liegen bleiben, wo er nur seinen boshaften Gedanken ausgeliefert war. So ging er rasch nach draußen in den kühlen Korridor und machte sich auf, um zum Refektorium zu gelangen. Hier und da erhaschte er einen Blick aus einem Fenster und sah, dass der Himmel weiter oben klar und blau war. Offenbar schien der Himmel nicht im Stande, zu entscheiden, ob es neblig sein sollte, oder ob die Sonne sich durchkämpfen durfte. Artur bog um eine Ecke und steuerte auf eine Treppe zu, von der er wusste, dass sie ihn gleich vor den Eingang des Refektoriums bringen würde. Als er davor stand, lauschte er gespannt, ob er irgendetwas vernehmen konnte. Doch die Tür war so dick, dass man nichts hörte, selbst wenn die Darinsitzenden geschrien hätten.

Artur trat ein und sah, dass einige Mönche an dem großen Tisch saßen und sich ihr Frühstück einverleibten. »Guten Morgen«, sagte Artur höflich. Die Mönche erwiderten den Gruß freundlich, aber schüchtern, und Bruder Martin forderte ihn auf, sich zu setzen. Artur nahm wie immer auf dem thronartigen Stuhl an der kurzen Seite des Tisches Platz und begann wie die anderen zu speisen. Er war im Stillen dankbar, als er merkte dass keiner ihm eine Frage stellen wollte oder ihn in ein Gespräch zu verwickeln versuchte. Er versuchte die Mönche nicht anzusehen und sich ganz und gar auf das Essen zu konzentrieren. Dennoch merkte er, wie ihn einige der Mönche verstohlen beobachteten, als warteten sie auf irgendetwas. Artur ließ sich jedoch nichts anmerken und aß seinen ganzen Teller leer. Als er fertig gegessen hatte, erhob Bruder Martin seine

Stimme und sagte laut und für alle vernehmbar zu Artur: »Wenn es dir nichts ausmacht, dann würde ich dich gerne auf einen Spaziergang einladen.«

»Warum?«, wollte Artur sofort wissen und hob den Kopf.

»Ich würde das gerne bei dem Spaziergang besprechen«, antwortete Bruder Martin höflich und erhob sich zum Zeichen, dass er beabsichtigte, sofort aufzubrechen. Artur erhob sich etwas verwirrt von seinem Platz und fragte sich, ob es nun an der Zeit war, dass er erfuhr, was hier in dem sonderbaren Kloster vor sich ging. Die anderen Mönche schoben ebenfalls ihre Stühle nach hinten und begannen den Tisch abzuräumen. Ein paar Mönche warfen ihnen misstrauische Blicke zu, mieden aber Arturs Blick. Unter leisem Geschirrklappern gingen Artur und Bruder Martin hinaus auf den Hof.

Bruder Martin schritt zielstrebig auf das große Tor zu, welches in die massive Mauer eingelassen war und das Kloster vor Eindringlingen schützen sollte. Als ein Mönch Bruder Martin und Artur näherkommen sah, machte er sich an einer Steuerung zu schaffen und das schwere Holztor glitt beiseite. Trotz des Nebels war es ein schöner Morgen und sie sahen in das weite Tal. Doch sie gingen nicht geradeaus, in die Richtung, aus der Artur und seine Mutter gekommen waren. Nein, sie machten einen Bogen links um das Kloster herum und fanden sich auf einem breiten Pfad, der offenbar auf den Gipfel ihres Berges führte, wieder.

»Wunderschöner Morgen, nicht wahr?«, begann Bruder Martin und warf Artur einen Seitenblick zu. Artur reagierte nicht auf seine Worte. Er wollte ihm nicht den Gefallen tun, die Sache leichter zu machen, was immer jetzt auch kommen würde. Als Artur nach einigen Momenten immer noch nichts sagte, fuhr Bruder Martin fort: »Zuallererst möchte ich mich entschuldigen dafür, dass du in den letzten Tagen so viel durchmachen und in ständiger Unwissenheit leben musstest. Ich weiß, es ist sicherlich schwierig, hier zu sein ohne deine Mutter, in einer dir völlig fremden Gegend aber du musst wissen, dass deine Anwesenheit hier von großer Bedeutung ist.«

»Warum?«, fragte Artur gespannt und dachte daran, wie oft er sich diese Frage in den vergangenen Tagen gestellt hatte. Jetzt würde er endlich Antworten bekommen. Sie bogen um eine Kurve und unter ihnen erstreckte sich der steile und verräterische Fels. Der Weg war jedoch so breit, dass sie keineswegs in der Gefahr waren abzurutschen.

»Du musst wissen, dass es dein Schicksal ist, und es ist seit deiner Geburt bestimmt, dass du in unser Kloster kommst. Die Frage war nur, wann dieser Moment kommen würde. Wir alle dachten, dass dieser Moment, ab welchem du dieses Kloster dein zu Hause nennen musst, noch in weiter Ferne läge, doch unglücklicherweise haben wir uns getäuscht.«

»Warum war es vorbestimmt?«, wollte Artur wissen. Es konnte doch nicht sein, dass diese Mönche schon seit sechzehn Jahren auf ihn warteten. Oder war es tatsächlich sein Schicksal, wie Bruder Martin gesagt hatte? Nun wusste Bruder Martin offenbar nicht mehr, wie er weitermachen sollte, und so blickte er abwesend nach unten in das bewaldete Tal. Artur hatte nicht erwartet, dass es Bruder Martin so schwer fallen würde, über das zu reden, was gleich kommen würde. »Nun, wo soll ich anfangen?«, sagte Bruder Martin mehr zu sich selbst als zu Artur. »Dein Schicksal nahm seinen Lauf vor wenigen Tagen. Auf unserem Kloster geschah etwas, was eigentlich nirgends geschehen dürfte.«

Sofort kam Artur wieder das Gespräch in den Sinn, das er belauscht hatte. Der Mord. Bruder Martin meinte sicherlich den Mord, welcher hier geschehen war. Doch Artur konnte nicht zugeben, dass er den Sinn der Worte bereits verstanden hatte, denn dann hätte er Bruder Martin verraten müssen, dass er ihn und den Bibliothekaren belauscht hatte. Eine Tatsache, die Bruder Martin bestimmt nicht gutheißen würde. Bruder Martin holte tief Luft. Dann begann er erneut zu sprechen, langsam, sehr langsam, als würde er jedes seiner Worte genau abwägen: »Unser Abt, das Oberhaupt unseres Klosters, wurde ermordet.« Artur blinzelte den Mönch an. »Mir ist bewusst, dass dies bestimmt schockierend für dich ist. Man hört nicht alle Tage von einem Mord und noch weniger in einem Kloster. Aber es gibt da noch weitere Dinge, die signifikant für dich sind und die du nie erfahren hast. Du warst noch zu jung und eigentlich solltest du es auch jetzt noch nicht erfahren, aber angesichts der Umstände …«

»Bitte«, sagte Artur und sein Mund war sehr trocken. »Bitte erzählt mir alles.«

Bruder Martin zögerte, doch Artur wusste, dass dem Mönch klar war, dass jetzt kein Weg mehr an Arturs Fragen vorbeiführte.

»Artur«, sagte der Mönch erneut und blickte ihn väterlich an. »Das wird jetzt bestimmt ein Schock für dich sein, aber es muss sein.« Er holte erneut tief Luft. »Hat man dir jemals von deinem Vater erzählt?«

Diese Frage kam so überraschend, und nach Arturs Meinung wurde das Gespräch gerade in eine völlig andere Richtung gelenkt, dass Artur die Frage im ersten Moment nicht verstand. Was hatte dies alles mit seinem Vater zu tun?

»Nun, ich weiß, dass er kurz nach meiner Geburt starb, aber mehr hat meine Mutter mir nicht erzählen können … oder wollen«, sagte er und beantwortete so Bruder Martins Frage. Bruder Martin nickte langsam mit geschlossenen Augen. Dann schluckte er: »Nun, dann wird es dich auch mehr als überraschen, dass dein Vater nicht nach deiner Geburt gestorben ist, sondern erst vor wenigen Tagen von uns gegangen ist.«

Artur blickte ihn fragend an. »Bruder Martin, was soll das bedeuten?«, fragte Artur und seine Stimme zitterte nun.

Bruder Martin wappnete sich offenbar mit allem, was er besaß, für die folgenden Worte: »Artur, der Abt war dein Vater!«

Kapitel 5

Artur blieb augenblicklich stehen und auch Bruder Martin verlangsamte seine Schritte und wandte sich schließlich um. »Nein«, sagte Artur laut und seine Stimme hallte von der Bergwand wider. »Nein, mein Vater war ein Kaufmann. Meine Mutter hat es mir erzählt und er starb kurz nach meiner Geburt an einer weit verbreiteten Krankheit.«

»Diese Geschichte«, sagte Bruder Martin geduldig, »wurde dir sechzehn Jahre lang erzählt, denn es musste so sein.«

Artur konnte dies nicht glauben. Warum sollte sein Vater ihn, wenn er Bruder Martins absurder Geschichte Glauben schenken konnte, nach der Geburt weggegeben haben? Des Weiteren kam dazu, dass es Mönchen ohnehin verboten war, ein Kind zu zeugen geschweige denn zu heiraten. »Aber warum? Wie?« Arturs Gehirn schien wie blockiert. Ihm war alles zu viel. Er sank auf den Boden hinab und vergrub das Gesicht in den Händen. Er hörte, wie der Kies knirschte, als Bruder Martin näher zu ihm herantrat und ihm auf die Schulter klopfte. Dann, nach einigen Augenblicken, richtete er sich wieder auf. Er hatte keine andere Wahl, als dem Mönch zu glauben, auch wenn diese Geschichte bisher die unglaubwürdigste war, die er je gehört hatte. Er hatte keine Beweise dafür, dass sein Vater tatsächlich ein Kaufmann gewesen und kurz nach seiner Geburt gestorben war. Nur das Wort seiner heuchlerischen Mutter. Und wem würde er nun Glauben schenken? Einem liebenswürdigen und freundlichen Mönch oder seiner grausamen Mutter, die ihn sechzehn Jahre lang gedemütigt hatte?

»Gut«, sagte er matt. »Sprecht weiter.«

Sie gingen den Weg weiter entlang und sahen schließlich noch andere Berge, die an ihren Berg angrenzten. »Wie du sicher weißt, ist es Mönchen eigentlich nicht erlaubt, Kinder zu zeugen, doch dein Vater hatte, genau wie du, eine Aufgabe zu erfüllen. Er hatte das gleiche Schicksal wie du, Artur. Als dein Vater dich gezeugt hatte, ließ er dich nach deiner Geburt bei deiner Mutter, denn diese sollte dich aufnehmen und großziehen, während er das Kloster fortführte, wie es für ihn bestimmt war.«

»Das war seine Aufgabe?«, wollte Artur wissen. »Ein Kind zu zeugen?«

»Ja, Artur. Unser Kloster ist nicht wie die anderen. Es ist viel mehr. Du musst wissen, dass jeder Abt, der hier auf dem Kloster ist, ein Kind, einen Sohn, zu zeugen hat.«

»Aber warum?«, fragte Artur drängend.

»Damit das Kind später das Kloster weiterführen kann.«

»Heißt das, ich bin verpflichtet, dieses Kloster zu übernehmen?«, fragte er ungläubig.

»Du wirst sicherlich noch einige Jahre brauchen, aber dann wirst du in die Fußstapfen deines Vaters treten müssen.«

»Und wenn ich nicht will?«, sagte er.

»Du hast keine Wahl. Es ist vorbestimmt, schon seit deiner Geburt. Wir hatten nur nicht erwartet, dass dein Vater schon so früh stirbt.«

»Aber weshalb sollte jeder Abt ein Kind, einen Jungen, sagt Ihr, zeugen wollen?«, fragte Artur. »Ich dachte es ist verboten, Gotteslästernd.«

»Und du hast vollkommen recht und dennoch haben wir uns etwas zur Aufgabe gemacht, für das es sich lohnt, ein Gesetz Gottes zu brechen.« Bruder Martin lächelte nun auf ihn hinab.

»Dieses Kloster hat eine Aufgabe?«, fragte Artur und war gespannter denn je.

»Oh ja. Unser Kloster hat eine ehrenwerte Aufgabe, die schwieriger als alle Aufgaben der einfachen Klöster ist. Wir sind stolz darauf, dafür verantwortlich zu sein und dafür lohnt es sich, Verrat an Gottes Gesetz zu begehen.«

»Was ist das für eine Aufgabe?«, fragte Artur begierig.

Bruder Martin zögerte. Doch dann sagte er leise: »Unsere Aufgabe, die vor Jahrhunderten begonnen wurde, ist es, den größten Schatz der Christenheit zu wahren und zu beschützen.«

»Ein Schatz?«, sagte Artur sofort und seine Augen leuchteten begierig. »Was ist das für ein Schatz?«, wollte er wissen. Er malte sich prächtige Dinge aus, wie Gold, Edelsteine oder Diamanten doch Bruder Martin sagte wie immer: »Alles zu seiner Zeit, alles zu seiner Zeit.«

»Aber wenn ich das Kloster übernehmen soll, dann muss ich doch wissen, was es für ein Schatz ist, oder?«

Bruder Martin lächelte. »Natürlich, doch ich denke, das hat noch genug Zeit.«

»Ich habe dennoch noch eine Frage«, sagte Artur und blickte Bruder Martin an.

»Natürlich.«

»Wisst Ihr, warum meine Mutter immer so viel Gold zur Verfügung hatte und jeden Monat einen Sack mit Geld bekam? Hat es etwas mit diesem Kloster zu tun?« Er war sich ziemlich sicher, denn jetzt konnte ihn nichts mehr schocken.

»Nun, nachdem deine Mutter widerwillig eingewilligt hatte, ein Kind mit einem Abt zu zeugen, musste ihr dein Vater versprechen, jeden Monat einen Sack mit Gold zu senden, damit sie dich in angemessenen Verhältnissen großziehen konnte. Dies ist die Pflicht eines jeden Abtes. Der Mutter seines Sohnes Gold zu überbringen, damit sie in geordneten Verhältnissen einen guten, nächsten Abt großziehen kann. Deine Mutter, und das war natürlich verständlich, hatte Angst, dass es herauskam, dass sie mit einem Abt ein Kind gezeugt hatte. Wäre dies bekannt geworden, dann hätte man sie verstoßen oder ihr Schlimmeres angetan. Auch du wärst dann vielleicht nicht mehr unter uns.«

Artur schluckte. Bruder Martin dachte immer noch, dass seine Mutter das Geld ausgegeben hatte, um ihm ein sorgenfreies Leben zu gestalten, doch in Wahrheit hatte sie ihn gehasst und das Geld für ihre egoistischen Zwecke verwendet. Wahrscheinlich war sie damals nicht sehr begeistert gewesen, ein Kind mit einem Abt zu zeugen. Sein Vater musste ihr Geld versprochen haben, denn Artur war sich sicher, dass sein Vater die Unfähigkeit seiner Mutter, zu lieben, erkannt hatte. Oder vielleicht hatte seine Mutter von dem vielen Gold, das sie bekommen würde, gewusst und hatte seinen Vater geschickt umgarnt.

»Ihr habt doch gesagt, dass man mich unterrichten würde.«

Bruder Martin blickte argwöhnisch auf ihn herab und sagte: »Ich habe nichts dergleichen erwähnt.«

Artur erbleichte leicht, ließ sich aber nichts weiter anmerken. Hatte Bruder Martin das nicht erwähnt oder war es nur noch in seinem Hinterkopf, weil er jenes Gespräch belauscht hatte? »Nun … ich denke, ich habe es irgendwo aufgeschnappt«, sagte Artur mit leiser Stimme. Bruder Martin schien nicht überzeugt und dennoch sagte er, mit immer noch schielendem Blick auf Artur: »Du hast recht, ja. Unser Großmeister, der schon sehr lange auf unserem Kloster ist, wird dich unterrichten. In allem, was du als Nachfolger unseres Abtes wissen und können musst.«

»Ich habe noch nie einen derartigen Mann bei den Mahlzeiten gesehen«, sagte Artur gespannt auf die Erklärung.

»Er verlässt seine Zelle niemals. Er ist schon sehr alt und schwach. Er nimmt daher die Mahlzeiten auf seiner Zelle zu sich.«

»Wann werde ich mit dem Unterricht beginnen?«, fragte Artur. Jetzt, da er die Chance hatte sich zu bilden, war er ganz begierig darauf anzufangen.

»Ich denke, in den nächsten Tagen wird sich der Meister bereit erklären anzufangen.« Artur lächelte freudig. Nun, da ihm dieses wertvolle Privileg der Bildung nicht länger verwehrt wurde, wollte er alles lernen, was man ihm beibrachte. Sie waren den Rest der Berge jetzt halb hinauf geklettert und der Weg wurde nun immer steiler. Ein Glockenschlag riss Artur aus seinen Gedanken. »Nun, dann denke ich, wenn jetzt alles besprochen ist, werden wir wieder zurück gehen. Heute ist noch ein Gottesdienst in unserer Kirche und du wirst daran teilnehmen.«

Artur nickte verständnisvoll. Er war im Grunde sehr neugierig, wie so ein Gottesdienst ablief, vor allem, weil er noch nie einen Gottesdienst besucht hatte. Doch immer wieder kreisten seine Gedanken um das, was Bruder Martin gesagt hatte. Er war der Sohn eines Abtes und musste nun unterrichtet werden, damit er eines Tages das Kloster übernehmen konnte, um so den größten Schatz zu schützen, den ein Christ je besitzen konnte. Und er musste in ferner Zukunft ebenfalls ein Kind zeugen, damit die Tradition aufrecht erhalten wurde und sein

Sohn später ebenfalls das Kloster übernehmen konnte. Es war ein ewiger Kreislauf und Artur war ein Teil davon, ein winziger Teil, gerade jetzt, in dieser schwierigen Zeit. Zu der Zeit, in dem ein Mord das Kloster erschüttert hatte, war Arturs Zeit gekommen.

Nach einem langen Fußmarsch zurück zum Kloster, auf dem noch einige weitere von Arturs Fragen erläutert wurden, kamen sie schließlich wieder an dem großen Holztor an, welches sich wie von selbst zu öffnen schien. Als sie eintraten gingen schon viele Mönche in Richtung der hohen, kreuzförmigen Kirche, um an dem Gottesdienst teilzunehmen. Die Tür des Gotteshauses war weit aufgestoßen worden und Artur konnte schon einige Bänke sehen, in denen die Pater bereits ihre Gebete sprachen. Artur wurde von Bruder Martin zu der offenen Tür geleitet und sie traten in die kühle Kirche. Bruder Martin zog Artur in eine der vorderen Bänke, wo sie sich beide, nachdem Bruder Martin eine umständliche Kniebeuge vollführt hatte, setzten. Niemand sprach. Artur fühlte sich höchst unwohl in seiner Haut, denn er wusste, dass alle Augenpaare auf ihm ruhten. Er ließ seinen Blick durch die Kirche schweifen um Blickkontakt zu vermeiden. Dort waren einige Statuen, die den Sohn Gottes am Kreuz zeigten, und auch einige Bilder, die den Leidensweg Christi darstellten. Zwar hatte Artur sich nie für Religion interessiert, doch auch er hatte die Grundlagen des Glaubens praktisch mit der Muttermilch eingesogen, auch wenn diese Muttermilch eigentlich nichts Gutes an sich gehabt hatte. Doch auch ihm gänzlich unvertraute Statuen und Bilder standen und hingen dort an den Wänden. In Arturs Hinterkopf kreisten immer noch alle Gedanken um das Gespräch mit Bruder Martin. Er glaubte, dass die Mönche sich irrten, obwohl er innig hoffte, dass dem nicht so war. Sollte er tatsächlich dazu bestimmt sein, einmal das Kloster zu übernehmen, um den größten Schatz zu hüten, den ein Christ je besitzen konnte, dann würde er sein elendes und liebloses Leben endgültig hinter sich lassen können. Doch etwas machte ihm auch Sorgen: Wenn sein Vater, der Abt des Klosters, wirklich ermordet worden war und niemand den wahren Grund kannte, war er denn dann nicht auch in großer Gefahr und dem Täter hilflos ausgeliefert? Was für ein Motiv hatte der Mörder gehabt und wie hatte er es geschafft, unbemerkt in das Kloster einzudringen, wo doch eine meterdicke Mauer für die Trennung von der restlichen Welt sorgte? Ja, das war mehr als rätselhaft. Artur blickte jetzt hinter sich und stellte sich sogleich die Frage, ob der Mörder seines Vaters unter ihnen war und ihn gar in diesem Moment anblickte. Besaß der Mörder die Dreistigkeit, hier zu sitzen, in einer Kirche, mit den anderen Unschuldigen zu beten, für die Erhaltung der Religion und der Nächstenliebe? Wut, heiße und brennende Wut kochte in ihm hoch. Hier konnte er niemandem trauen, niemandem. Doch konnte es sein, dass ein Mönch, ein Diener Gottes, einen Mord beging? Hatten sie nicht den Geboten Gottes zu folgen? Doch alle hier waren bereit gewesen, ein

Gebot zu brechen und dies war ebenfalls nicht im Sinne Gottes und nicht im Sinne des obersten Bischofs von Rom. So viel war sicher. Noch wusste er zwar nicht, um welches Gebot oder Gesetz es sich handelte, und doch, dessen war er sich sicher, wusste der Papst nicht, was hier vor sich ging, sonst würde er dieser Gotteslästerung sicherlich ein Ende setzen. Ja, dieses Kloster musste gänzlich unbekannt sein und war nicht ohne Grund fern von lästigen Beobachtern gebaut worden.

Plötzlich ertönte ein Klingeln in der großen Kirche und mit diesem Geräusch erhoben sich alle. Artur, ein wenig verzögert, sprang ebenfalls von seinem Platz auf und ein Mönch betrat die Kirche. Anmutig und bedächtig schritt er leise durch die Kirche und kniete sich vor den Hochaltar, um seine Untertänigkeit zu bezeugen. Dann erhob er sich, drehte sich zu den Anwesenden um und sagte laut, dass es in der ganzen Kirche widerhallte. »In nomine patris et filii et spiritus sancti.« Die Ordensbrüder bekreuzigten sich und Artur machte sich daran, es ihnen gleich zu tun. Als der Bruder gerade den Mund erneut öffnen wollte, um mit seiner Predigt zu beginnen, wurde die Tür der Kirche aufgestoßen und Bruder Hora, den Artur beim Läuten getroffen hatte, kam stolpernd mit tränenüberströmtem, angstverzerrtem Gesicht in die Kirche gerannt. Er erreichte den vorderen Mittelgang der Kirche und stieß einen schrecklichen Schrei aus. Niemand sagte etwas. Nicht einmal Bruder Martin, aus dessen Gesicht Verwirrung zu lesen war. »Ich war gerade drüben in … Ihr müsst mir helfen … es ist geschehen…« Doch er war offenbar nicht imstande, weiter über etwas zu berichten, was derartig schrecklich war, dass sogar der Teufel selbst diese Tat nicht verüben würde. Dann, ohne ein weiteres Wort, brach Bruder Hora haltlos zitternd auf dem roten Teppich zusammen und nun sprangen einige Mönche auf, um ihn zu stützen.

»Beruhigt Euch«, sagte schließlich Bruder Martin, der nun ebenfalls aufgestanden war. Einige Mönche waren inzwischen kreidebleich geworden, hatten die Hände gefaltet und beteten offenbar, doch Artur wusste, dass es zu spät sein musste, für was auch immer. Und dann sagte Bruder Hora erneut etwas. Leise, ganz leise hatte er das Wort ausgesprochen, vor dem sich Artur schon gefürchtet hatte, als Bruder Hora die Kirche betreten hatte. »Mord!« Bruder Hora saß immer noch zitternd auf einer Bank und flüsterte erneut, dieses Mal deutlicher zu vernehmen. »Mord! Bruder Martin, es ist geschehen!«

In der Kirche breitete sich Angst aus. Aber nicht irgendeine Angst, die in dieser Zeit alltäglich zu sein schien. Nein, Angst, die alles und jeden erfüllt. Angst, die so vollkommen und grausam war, dass einige Mönche nun in Tränen ausbrachen. Erst nach einigen Augenblicken sagte Bruder Martin wieder etwas, doch seine Stimme war nicht wiederzuerkennen. »Wer ist es?«

Bruder Hora begann erneut zu schluchzen und sagte dann mit heiserer Stimme: »Bruder Vesto. Er liegt in seiner Schneiderei und ist noch …« Doch Bruder Hora brach ab und begann heftig zu weinen. »Er ist noch ganz warm«, sagte er, als er sich wieder beruhigt hatte, und die Angst der Mönche verstärkte sich noch um ein Vielfaches.

Artur war kreidebleich geworden. Ein weiterer Mord im Kloster? Die Szenerie schien wie eingefroren und weder der Pater vorne in der Kirche, noch die Mönche in den Sitzbänken rührten sich. Dann sprangen plötzlich alle Mönche von ihren Plätzen auf und rannten zum großen Tor. Bruder Martin packte Artur und zog ihn rasch ins Freie hinaus. »Bruder Martin, wie …«

»Nicht jetzt, Artur«, unterbrach Bruder Martin ihn. Artur konnte deutlich die Angst in der Stimme des Mönches erkennen. Sie rannten über den Innenhof zur Schneiderei, bei der einige der Mönche bereits angekommen waren und sich an der Tür drängten. Als Bruder Martin und Artur ankamen, sagte Bruder Martin gebieterisch: »Macht Platz.« Die Mönche glitten auseinander und gaben den Weg frei. Einige hatten ihre Hände gegen den Mund gepresst, ihre geweiteten Augen waren erfüllt von stillem Grauen. Als Bruder Martin und Artur den kleinen Raum betraten, standen schon einige der Ordensbrüder um den Leichnam herum. Der Raum sah aus wie immer. Kein Blut war auf dem Boden und sickerte durch die Ritzen der Steine. Bruder Martin forderte die Mönche auf Platz zu machen. Dann sahen sie ihn. Bruder Vesto lag auf dem kalten und harten Boden, die Augen weit aufgerissenen und angsterfüllt. Neben ihm auf einem kleinen Tisch stand ein leerer Kelch. Bruder Martin beugte sich zu Bruder Vesto hinunter und betastete ihn vorsichtig. Dann drehte er ihn auf den Bauch und begutachtete den Rücken. Artur hatte keine Ahnung, was das sollte. Ein weiterer Mord war geschehen. Die Angst packte ihn jetzt so heftig wie noch nie. Sollte er vielleicht das Kloster einfach verlassen, um dem Mörder nicht selbst zum Opfer zu fallen? War der Täter vielleicht sogar jetzt unter ihnen und spielte seine Rolle als unschuldiger und betroffener Mönch nur zu gut? Arturs Blick fiel auf den unfreundlichen Bibliothekar und sofort wurde dieser von Artur als Hauptverdächtiger identifiziert. Artur wusste nicht, warum. Vielleicht war es die Tatsache, dass er immer so unfreundlich war und ihm ein Mord durchaus zuzutrauen wäre. Doch in seiner versteinerten Miene ließ sich unmöglich etwas ablesen und sein Gesicht war völlig ausdruckslos. Wäre es denn so undenkbar, dass er schließlich am Ende auch Artur ermorden wollte, weil er gegen diese ganze Tradition war und Artur auch für zu jung hielt für den Posten des hochwürdigen Abts? Hatte er Bruder Martin gegenüber nicht ganz deutlich sein Misstrauen ausgesprochen? Doch er war ein Mönch und das letzte, was ein Mönch tun würde, nein, tun sollte, war, einen Mord zu begehen. Das hoffte Artur jedenfalls sehr. Aber wenn es wirklich stimmte, dass er am Ende Artur töten wollte, um vielleicht selbst zum Abt ernannt zu werden, warum hatte dann Bruder Vesto sterben müssen? Arturs Angst wurde stärker. Auch wenn er noch nie zuvor so viel Angst verspürt hatte, dann war dies nichts im Vergleich zu dem fürchterlichen Grauen, das Bruder Martins Worte jetzt in ihm auslösten: »Ich weiß nicht, wie das möglich ist«, flüsterte er leise, und doch konnte man es im ganzen Raum hören. »Aber es hat nicht den Anschein, dass er in irgendeiner Weise verletzt wurde.« Er erhob sich und blickte in die Runde seiner Mönche. Artur fühlte sich, als ob ein Eimer eiskalten Wassers über ihn ergossen wurde. Er hatte noch nie von einem Ermordeten gehört, der ohne Anwendung von Gewalt zu Tode gekommen war. Einzig und allein das Grauen war Bruder Vesto ins Gesicht geschrieben, und es gab wohl niemanden auf der Welt, der zu Tode geängstigt worden war. Bruder Vestos Augen waren weit aufgerissen und starrten glasig ins Leere. Nun stieg ein leises Flüstern an, welches sich durch die Gruppe von Mönchen zog. Dann sagte Bruder Martin leise: »Ich bitte alle wieder an ihre Arbeit zu gehen. Einzig der Hohe Rat bleibt bitte noch auf ein Wort bei mir.«

Die meisten Mönche wandten sich zum Gehen. Nur drei Mönche kämpften sich durch die Menge auf Bruder Martin und Artur zu. Bruder Martin rief noch einen anderen Mönch herbei und flüsterte ihm etwas ins Ohr, das dieser nickend zur Kenntnis nahm. Dann sagte der Mönch leise zu Artur: »Bitte, komm mit. Ich bringe dich jetzt zu unserem Großmeister.«

Artur war im ersten Moment etwas verwirrt, aber als er Bruder Martin in die Augen sah, bedeutete dieser ihm, mitzugehen, ohne Fragen zu stellen. Sie gingen als letzte zur Tür hinaus und schlossen sie leise hinter sich. Zuallererst versuchte Artur etwas durch die dicke Tür zu vernehmen, doch als dies scheiterte, fragte er: »Warum bringt Ihr mich zum Meister?«

»Bruder Martin meinte, jetzt, da schon wieder ein Mord geschehen ist, gebe es nichts Wichtigeres, als dass du mit deinem Studium anfängst.«

»Welches Studium?«, fragte Artur argwöhnisch.

»Der Großmeister wird dir alles genau erklären«, sagte der fremde Mönch beflissen und steuerte auf die Wohngemächer zu. Sie betraten das kühle, steinerne Haus und stiegen eine Wendeltreppe hinauf. Artur hatte das Gefühl, als nehme sie kein Ende, und doch gelangten sie nach einiger Zeit zu einer großen, hölzernen Tür, die aussah, als hinge sie dort schon seit Hunderten von Jahren. Arturs Herz raste. So viel Angst und Schrecken war er nicht gewohnt. Von einem Mord zu hören war eine Sache, aber selbst den Toten zu begutachten, war etwas anderes, und noch viel mehr, wenn sich der Mord erst vor kurzer Zeit ereignet hatte. Offenbar war der Mord noch nicht lange her. Die alte Tür wurde aufgestoßen und Artur in den kleinen Raum gedrängt. Hinter ihm warf der Mönch die Tür ins Schloss und dröhnende Stille breitete sich aus.

Dies war mit Abstand der merkwürdigste Raum, den Artur je betreten hatte. Er war vollgestopft mit Tischen und Bücherregalen, die prall gefüllt waren mit alten und neuen Büchern, mit Schriftrollen aus Papyrus und Pergament. Auf den Tischen lagen Federn und Tintenfässer, welche Artur stark an das Scriptorium erinnerten. Die dunkelroten Vorhänge warfen ein warmes und schimmerndes Licht in den Raum und ließen ihn wärmer erscheinen, als er war. Im hinteren Teil des Zimmers standen eigentümliche Geräte, Pflanzen und Kräuter lagen neben einem großen Mörser. »Ich dachte schon, man würde dich mir vorenthalten«, ertönte plötzlich eine alte und weise klingende Stimme aus dem Schatten.

Kapitel 6

Ein altehrwürdiger Mann, der sich auf einen reich verzierten Gehstock aus Holz stützte, auf dessen Spitze eine hölzerne Kugel thronte, auf der die Hand des Mannes ruhte, kam aus dem Schatten hervor gehumpelt. Er hatte langes weißes Haar, einen ebenso langen Bart, und sein Gesicht war so faltig, dass es so aussah, als wäre es mit Spinnweben überzogen. Das schneeweiße Gewand verlieh ihm den seltsamen Eindruck eines Mannes, der stets über alles nachzudenken schien. Seine Ausstrahlung war zugleich unheimlich und weise. Artur war beeindruckt von dem Mann. Ihm kam es sogar in den Sinn, sich vor dem Mönch zu verneigen, er ließ es dann aber bleiben, da der Mönch erneut zu sprechen begann: »Du musst Artur sein. Ich habe dich erwartet. Nachdem nun auch Bruder Vesto zu den Toten zählt, wird es sehr wichtig sein, dich so schnell wie möglich in die Kunst des Wissens einzuweihen.«

Artur wollte etwas sagen, doch er brachte noch immer kein Wort hervor und starrte so weiter die unglaubliche Erscheinung des alten Mannes an. »Ich denke man hat dir noch nicht gesagt, weshalb du meine Gesellschaft in Zukunft genießen wirst.«

Endlich fand Artur seine Stimme und sagte dann: »D… doch. Bruder Martin meinte, wenn ich eines Tages der Abt dieses Klosters werde, dann gebe es nichts Wichtigeres, als dass ich zu den Gebildeten gehöre.«

»Und er hat natürlich vollkommen recht, nicht wahr? Scientia potentia est. Darum gehe nicht unüberlegt und leichtsinnig mit dem um, was du Bildung nennst«, sagte der Mönch.

»Tut mir leid, ich spreche leider kein Latein«, sagte Artur ein wenig bedrückt und blickte auf den Boden.

»Ich weiß, mein Sohn. Und genau deshalb bist du hier. Aber wenn du erst einmal der lateinischen Sprache mächtig sein solltest, du die wunderschönen Formeln der Mathematik verstehst und auch siehst, dass es einen göttlichen Plan gibt, in welchem wir alle eingeordnet sind, dann wirst du bereit sein, ein mehr als guter Abt und somit deiner Aufgabe gerecht zu werden.«

»Aber ich kann nicht einmal lesen und schreiben. Wie soll ich denn all das hier lernen?«, fragte Artur ungläubig, blickte dem Mönch offen ins Gesicht und streifte mit dem Blick über die vielen Bücher und Pergamentrollen.

»Ultra posse nemo obligatur. Aber jenes, was ich dich hier lehren werde, ist ganz sicher im Rahmen des Möglichen«, sprach der Mönch und sah ihn lächelnd an. »Ich bin übrigens Meister Callidus«, stellte er sich vor, als habe er über das weise Gerede hinweg völlig vergessen, wie er hieß. »Und ich denke, wir fangen am besten gleich einmal an.«

Nach ein paar wirklich anstrengenden und mit Wissen vollgestopften Stunden wurde Artur mit dröhnendem Schädel in den kühlen und angenehmen Abend entlassen. Er betrat den Innenhof und eine leichte Brise umspielte sein Gesicht. Er streckte seinen Kopf noch ein bisschen weiter und atmete die frische Luft ein. Er fühlte sich jetzt, da er schon einiges gelernt hatte, mehr als gesättigt mit Wissen, denn Meister Callidus hatte ihn sehr gefordert. Er hatte ihn in die Kunst des Lesens, des Schreibens und der Zahlen eingeführt, wenngleich das Ganze in ihm mehr Fragen als Antworten aufwirbelte. Am nächsten Tag würde es weitergehen und Artur hatte sich wieder in dem abgedunkelten Zimmer einzufinden.

Doch jetzt wollte er erst einmal nichts mehr davon hören, schlenderte erleichtert über den Hof und sah, wie die Sonne langsam hinter dem Berg verschwand. Er wandte seinen Kopf leicht nach links zur Schneiderei, die aussah wie immer, doch er wusste, dass sie nie wieder wie zuvor sein würde. Artur bemerkte, wie Bruder Martin auf ihn zugeeilt kam und ihn dann hastig begrüßte. »Ich hoffe, der Großmeister hat schon mit deiner Ausbildung begonnen?«

»Ja, und …«

»Sehr gut«, unterbrach ihn Bruder Martin forsch. »Je eher, desto besser.«

Artur blieb stehen. Bruder Martin drehte sich stirnrunzelnd um. »Bruder Martin«, sagte Artur jetzt in fast sanftem Ton. »Was ist hier eigentlich los?« Artur blickte ihn noch einmal an und fügte mit Nachdruck hinzu: »Ihr könnt mir nichts vormachen.«

Bruder Martin lief zu ihm zurück und sagte: »Wovon sprichst du?«

»Na ja, ich glaube, Ihr habt nicht alle Tage zwei Morde auf eurem Kloster zu erdulden, nicht wahr?«

Bruder Martin zuckte zusammen, als hätte man etwas nach ihm geworfen. Nach langem Zögern sagte er immer noch unentschlossen: »Nein, nein, du hast ja recht, wir …«

»Habt Ihr schon herausgefunden, was passiert ist?«, fragte Artur und unterbrach dieses Mal den Mönch.

»Leider nein. Es ist uns ein Rätsel und viele unserer Brüder sind in Angst und Schrecken verfallen. Nicht nur weil wir keine Ahnung haben, wer es war und jeder Angst hat, er könnte der nächste sein, sondern auch weil der Tote keine Anzeichen von Gewalteinflüssen zeigt und dies schlichtweg Hexerei wäre.«

Artur nickte langsam. Sie gingen jetzt viel langsamer und ruhiger über den Hof. Dennoch warf Bruder Martin immer noch nervöse Blicke über seine Schulter. »Wem von Euren Mönchen wäre es denn zuzutrauen, einen Mord zu begehen, und was noch viel wichtiger ist, warum?«

»Ich würde es offen gestanden niemandem zutrauen. Wir alle haben geschworen, unsere Aufgabe, die wir hier haben, zu erfüllen und dem jeweiligen Abt zu dienen. Ich kann es mir nicht vorstellen, dass es ein Mitglied von diesem Orden war.«

»Aber wie sollte ein Außenstehender in das Kloster gelangt sein, wo es doch von dicken Mauern umgeben ist, bewacht wird, und nur wenige um die Existenz des Klosters wissen?«, fragte Artur.

»Das haben wir uns zunächst auch gefragt und sind zu dem Schluss gekommen, dass es unmöglich ist, in das Kloster einzudringen. Es gibt auch nirgends Spuren von einem Einbruch.«

»Und was hat der Hohe Rat damit zu tun, den sie nach dem Mord einberufen haben?«, fragte Artur jetzt und beobachtete Bruder Martin genau.

»Der Hohe Rat St. Caritums besteht aus sechs Mönchen, die zusammen mit dem Abt das Kloster leiten und führen. Ich gehöre ebenfalls dazu, und da ich, zusammen mit Meister Callidus, die Stellung des Großmeister des Hohen Rates inne habe, ging auch an uns beide die Leitung über als … als der Abt ermordet wurde«, sagte Bruder Martin beflissen. »Bruder Vesto war einer der Mönche die im Hohen Rat waren.«

»Moment«, sagte Artur. »Was ist St. Caritum?«, fragte er.

Bruder Martin blickte ihn verwirrt an. »Das ist der Name unseres Klosters«, sagte Bruder Martin ungläubig. »Ich dachte, das wüsstest du.«

»Nein«, sagte Artur leise und dachte an seine Mutter, die ihm nicht einmal gesagt hatte, wie das Kloster genannt wurde. Dann fuhr er fort. »Aber warum musste Bruder Vesto sterben? Er hat doch nichts getan.«

»Dein Vater hat auch nichts getan und dennoch musste er sterben«, sagte Bruder Martin nachdenklich und zeigte ehrliches Mitgefühl. Artur hatte einen Gedanken im Kopf, doch er zögerte, ihn auszusprechen, da er nicht wusste, wie Bruder Martin darauf reagieren würde. »Bruder Martin, wäre es denkbar, dass der Papst von diesem Kloster hörte und von den Vorgängen hier, die nicht den Vorstellungen Roms entsprechen? Wäre es möglich, dass der Papst das Kloster infiltriert hat?«

»Ich glaube«, sagte Bruder Martin und wirkte angespannt, »dass dies unmöglich ist. Rom ist weit weg und wie sollte der Papst von unserem Kloster erfahren haben, wo doch niemand weiß, was wir tun und wo wir zu finden sind. Nicht einmal in der nächsten Stadt kennt man das Kloster St. Caritum.« Und dennoch sah Bruder Martin besorgt aus. »Und auch genau darum glaube ich nicht, dass der Papst etwas damit zu tun hat.«

»Aber habt Ihr eine Ahnung, warum gerade ein Mitglied des Hohen Rates St. Caritums sterben musste? Ich kann zwischen der Ermordung meines Vaters und der von Bruder Vesto keinen Zusammenhang erkennen.«

»Nun ja«, sagte Bruder Martin und sah zur Bergspitze hinauf, welche nun golden zu leuchten schien, weil die Sonne sie erhellte, »dein Vater wurde ebenfalls tot aufgefunden. Auch bei ihm wurden keinerlei Spuren von Gewalt entdeckt.«

Artur blieb erneut stehen. »Aber wie ist das möglich?«, fragte er und musste nun unwillkürlich an Hexerei denken.

»Ich habe dir bereits gesagt, dass wir vor einem Rätsel stehen. Ich habe veranlasst, dass man Bruder Vesto, bevor er bestattet wird, zu Meister Callidus bringt, der ihn eingehend untersuchen wird und vielleicht Anzeichen einer Vergiftung erkennen kann. Dies würde dann alles erklären.« Doch besonders überzeugt schien der Mönch nicht.

»Aber wäre es nicht möglich, dass der Mörder, wer immer es ist, den gesamten Hohen Rat umbringen will, aus welchen Gründen auch immer?«

»Daran haben wir auch schon gedacht und darum die Sicherheitsvorkehrungen enorm verschärft, sodass wir Wachposten vor den Schlafzimmern der Mitglieder des Hohen Rats postiert haben. Auch haben wir mehr Wachen als sonst auf den Mauern postiert und patrouillieren stündlich durch die Gänge.«

»Und warum lasst Ihr keine Waffen herstellen oder kauft welche, um Euch im Ernstfall zu verteidigen.«

»Artur«, sagte Bruder Martin entsetzt. »Ein Mönch, und auch niemand sonst auf dieser Welt, sollte eine Waffe führen. Weder um sich zu verteidigen noch um anzugreifen. Wenn du den Mörder töten möchtest, dann bist du nicht besser als er, auch wenn du einen anderen Grund hast. Steht nicht in den zehn Geboten, dass es ein unverzeihbares Vergehen ist zu morden?«

Doch Artur dachte in dieser Hinsicht ganz anders. Wenn diese Mönche schon fähig waren ein Gesetz Gottes zu brechen, nämlich indem der Abt ein Kind zeugte, dann waren sie doch sicherlich auch in der Lage Waffen zum Schutz bei sich zu tragen. Doch für Bruder Martin war dies offenbar unvorstellbar und er blickte Artur noch vorwurfsvoller an. »Außerdem wäre es unklug von uns, auf einen öffentlichen Markt zu gehen, nur um Waffen zu kaufen. Wie sähe es denn aus, wenn ein halbes Dutzend Mönche mit einer Hand voll Schwerter den Marktplatz verlassen würden. Es bestände die Gefahr verfolgt zu werden und nur für ein paar Waffen können wir dieses Risiko nicht eingehen.«

Ja, das sah Artur ein. Und doch machte er sich weiterhin Sorgen, dass ein Mitglied des Hohen Rates nach dem anderen getötet würde.

An diesem Abend war Artur nicht in der Lage, still zu sitzen oder zu liegen. Er schritt in seiner Zelle auf und ab und die Gedanken eilten in seinem Kopf umher, unfähig aus seinem Kopf zu verschwinden. Nun waren schon zwei Morde auf dem Kloster St. Caritum geschehen und vermutlich standen beide in engem Zusammenhang, auch wenn keiner wusste, warum. Natürlich wurde Artur

nun auf Schritt und Tritt überwacht. Als er die Gänge entlanggegangen war, hatte er ein paar Mönche gesehen, die vor einigen Zellen Wache hielten. Vermutlich die Zellen, die die Mitglieder des Hohen Rates beherbergten. Auch vor seiner Zelle hatte man einen großen Mönch postiert, doch konnte man ihm trauen? Konnte man überhaupt jemandem trauen? Artur fühlte sich seit dem Mordanschlag merkwürdig fremd und eingekreist. Was, wenn der Mörder schließlich alle Mönche aus dem Hohen Rat ermordet hatte? Was, wenn tatsächlich der geheimnisvolle Bibliothekar etwas damit zu tun hatte? Doch dieser hatte angesichts des Leichnams so überzeugt den geschockten Mönch gespielt, dass Artur sich nicht sicher war, was er glauben sollte. Vielleicht, schoss es Artur durch den Kopf, vielleicht wollte der Mörder alle aus dem Weg haben um schließlich ihn zu töten, damit er eines Tages die Leitung über das Kloster übernehmen konnte. Dann war da noch das Mysterium, wie Bruder Vesto zu Tode gekommen war. Wenn er keine Anzeichen eines Mordes zeigte und auch Meister Callidus nichts herausbekommen würde, was würde dann geschehen? Würde eine Massenpanik eintreten und die Mönche würden das Kloster fluchtartig verlassen? Würden sie sich wehren und den Mörder fangen? Wenn der Tote keine Spuren von Gewalt zeigte, dann konnte doch unmöglich ein Mensch etwas damit zu tun haben. Artur fühlte sich, als ob ihm etwas schweres im Magen liegen würde. Er beschloss, sich jetzt nicht mehr verrückt zu machen und schlafen zu gehen.
Es war komisch zu wissen, dass jemand vor seiner Tür stand, nur um ihn zu bewachen. Er kletterte noch einmal aus dem Bett, schlich auf Zehenspitzen zur Tür und verriegelte sie leise. So, jetzt konnte keiner, ohne dass er es merkte, in seine Zelle kommen und ihm irgendetwas anhaben.

Die nächsten Tage verliefen recht ereignislos. Artur hatte von nun an jeden Tag regelmäßigen Unterricht bei Meister Callidus und machte glänzende Fortschritte. Nach Meister Callidus, der Artur allwissend erschien, hatte Artur einen brillanten Kopf und lernte schnell und viel. Er konnte jetzt schon einige Sätze lesen, etwas schreiben und er sprach auch schon einige grundlegende Sätze in Latein. Meister Callidus brachte ihm auch die hohe Kunst der Mathematik bei und bald rechnete Artur schwierige Formeln aus, wie den Umfang eines Pentagramms und er lernte die Ideologien von Pythagoras. Eines der wichtigsten Fächer, nach Meister Callidus Ansicht, war die Religionswissenschaft. Artur wurde in die Grundzüge der Bibel eingewiesen, die man jedoch nur auf lateinisch lesen konnte. Er bekam eine alte Bibel von Meister Callidus geschenkt und musste einige Psalmen auswendig lernen. Auch dies fiel ihm sehr leicht und er machte großartige Fortschritte. Meister Callidus erklärte ihm auf die Frage hin, warum die Bibel im Lateinischen geschrieben sei, dass nur gebildete und weise Männer die

Bibel lesen sollten, denn sie allein waren imstande, die Bibel vollkommen zu verstehen. Artur dachte in diesem Punkt ganz anderes. Warum sollten nur gebildete und reiche Menschen das Wort Gottes verstehen? Auch das einfache Volk sollte die Bibel lesen können und als er Meister Callidus seine Meinung mitteilte, sagte dieser, dass Arturs Argumentation durchaus berechtigt sei. Meister Callidus sprach mit Artur öfters über Themen, die nach seinem Erachten sehr wichtig waren, für Artur aber wenig Sinn bezüglich des Unterrichts ergaben. Die Tatsache, dass Bruder Vesto ermordet worden war, erschütterte zwar das ganze Kloster, doch gerade in dieser Zeit rief Bruder Martin alle auf, zusammenzuhalten, und das taten sie auch. Auch wenn der Bibliothekar, wo er nur konnte, sein Misstrauen zu bedenken gab, schenkte ihm anfangs offenbar niemand viel Gehör, denn alle hatten einfach viel zu viel zu tun. Meister Callidus schien zwar erschüttert zu sein über den zweiten Mord, doch er sagte Artur immer wieder, dass er sich lieber auf den Unterricht konzentrieren sollte als in die Vergangenheit zu blicken.

Als Artur eines Tages vom Unterricht zurückkam und beschloss, noch einen Spaziergang über den Hof zu machen, kam Bruder Martin mit besorgtem Gesicht auf ihn zu. Artur kam ihm entgegen und fragte sofort: »Ist ein Bruder angegriffen worden? Ist jemand tot? Ist es Bruder Clarens?«

Doch Bruder Martin schüttelte den Kopf. »Nein, nein. Kein Grund zur Sorge. Ich wollte dir nur mitteilen, dass in diesem Moment Bruder Vesto beerdigt wird. Die heilige Messe hat schon stattgefunden und wir wollten dich nicht in deinem Unterricht stören. Aber wenn du ihm die letzte Ehre erweisen willst, dann solltest du dich beeilen.«

»Er wird beerdigt?«, fragte Artur bestürzt. Natürlich hatte er das schon vermutet, doch es schockte ihn dennoch, wenn ein Mensch für immer in ein dunkles Grab verschwand, der noch vor wenigen Tagen gesund unter ihnen weilte. »Natürlich«, sagte er schnell. »Ich komme.«

Bruder Martin nickte schnell und eilte über den Hof auf die Kirche zu. Doch sie gingen nicht etwa außen herum, sondern schritten geradeaus auf das große Tor zu. Als sie in die große Kirche gingen und dort von der angenehmen Kühle empfangen wurden, flüsterte Artur: »Wird er nicht auf einem Friedhof beerdigt?«

»Nein«, antwortete Bruder Martin und schluckte. »Wir haben eine Gruft, in der alle Brüder, die jemals unserem Kloster beigetreten sind, ihre letzte Ruhestätte finden.« Eine Gruft? Artur verstand den Zweck eines solchen Gewölbes nicht, aber er fragte auch nicht danach. Sie gingen nicht in den vorderen Teil der Kirche, sondern in den hinteren Teil, der Artur noch gar nicht aufgefallen war. Sie schritten zwischen den Bänken auf eine steinerne Treppe zu, welche von zwei riesigen Holzkreuzen flankiert wurde.

»Diese Kreuze dienen dazu, das Böse fernzuhalten, damit die Toten in ihrem Schlaf nicht gestört werden«, sagte Bruder Martin und seine Stimme war nicht mehr als ein Flüstern. »Der Legende nach sind dies die Kreuze, an denen die Verbrecher, die mit unserem Herrn Jesus Christus starben, gekreuzigt wurden.« Bruder Martin sprach mit ehrfürchtigem Ton. »Sie sollen kurz nach der Kreuzigung von zwei Brüdern aus unserem Orden direkt vom Berg Golgatha hierher gebracht worden sein. Angeblich haben sie die Kreuze alleine auf ihrem Rücken bis hierher getragen.«

Artur klappte der Unterkiefer herunter. »Aber Golgatha ist doch sehr weit ...«

»Es ist eine Legende«, unterbrach ihn Bruder Martin. »Aber auch, wenn uns diese Legende nur etwas zeigt, uns Mut macht auf Dinge, die unmöglich zu sein scheinen, hat sie ihren Zweck erfüllt.«

Sie waren jetzt an der Treppe angekommen, ein Wind, der aus der Gruft zu kommen schien, blies ihnen ins Gesicht und die Haare aus der Stirn. Bruder Martin kniete nieder und flüsterte etwas. Artur ahmte ihn schnell nach. Von Meister Callidus wusste er, dass die Christen mit dem Niederknien ihre Dankbarkeit und Untertänigkeit bezeugten. Jetzt sah Artur, dass über dem Eingang einige Worte in den Stein gemeißelt worden waren: Mors ultima linea rerum est sed omnia vincit amor. Artur hatte erst sehr wenig Latein gehabt. Dennoch verstand er zumindest den Kern des Satzes. »Ja, Artur«, sagte Bruder Martin, als hätte er seine Gedanken gelesen. »Der Tod steht am Ende aller Lebensprozesse, aber selbst der Tod ist vielerlei Dingen nicht gewachsen. Und dennoch empfängt er jeden. Mich, dich, auch wenn wir es nicht wollen. Eines ist jedoch gewiss: Der Tod ist nicht halb so schlimm wie seine Vorstellung.« Er nickte und sie schritten die Treppe hinunter. Die Stufen schienen seit einer Ewigkeit nicht benutzt, denn überall waren sie feucht und vermodert. Die Treppe ging steil nach unten und wurde nur gelegentlich von einer flackernden Fackel erleuchtet. Als sie nach einer gefühlten Ewigkeit hinab in das Reich der Toten gegangen waren, hörte die Treppe endlich auf und ein schmaler Gang führte geradeaus. Nach einer Weile kamen sie in einen runden Raum. Ein seltsamer Geruch hatte sich hier in der Gruft verbreitet, welcher Artur unweigerlich an den vollkommenen Tod erinnerte. Fast alle Mönche schienen hier versammelt und machten einen betrübten, ja bestürzten Eindruck. Ein Mönch sprach gerade etwas auf Lateinisch und verspritzte Weihwasser über den glänzenden, hölzernen Sarg. Dann reichte ihm ein anderer Mönch ein Gefäß, aus dem Qualm drang, welches an einer langen Kette geschwungen wurde. Erst jetzt fiel Artur auf, dass an den Wänden überall Löcher waren. Die Decke konnte man von hier aus nicht mehr sehen. Das musste bedeuten, dass ganz oben überall Särge mit verstorbenen Mönchen lagerten. Um den Sarg von Bruder Vesto in eine der Nischen zu bringen, brauchte man eine kleine Leiter, denn sein Loch war immer noch etwas über dem Erdboden. Was, schoss es Artur in den Sinn, passierte, wenn der Raum voll war mit Leichen, die an den Wänden in kleinen Räumen lagerten? Doch er schob den albernen Gedanken beiseite. Jetzt traten die Mönche zurück und Bruder Martin trat vor. Er kniete vor dem Sarg nieder und schloss die Augen. Nach einer Weile stand er auf und alle anderen taten es ihm gleich. Als Artur an der Reihe war, kniete er auch nieder, schloss die Augen und faltete die Hände. Hinter ihm wurde es sehr still. Artur versuchte nur über seine Gedanken Bruder Vesto das zu sagen, was er ihm jetzt eigentlich sagen würde, wenn er noch leben würde. Hinter ihm hörte Artur, dass sich jemand die Nase putzte, doch dann war es wieder vollkommen still. Als Artur sich erhob, kamen zwei Mönche und packten den Sarg an zwei Griffen, die an der Seite angebracht waren. Sie bestiegen die kleine Leiter und schoben den Sarg vorsichtig in eine Nische. Ein kleinerer Mönch brach in Tränen aus, bekreuzigte sich dann rasch und blickte entschuldigend in die Runde, aber niemand schien ihn zu bemerken. Auch die anderen Mönche hatten feuchte Augen und tupften sie an ihren Gewändern trocken. Als der Sarg endlich richtig lag, kamen zwei weitere Mönche herbei und jeder der vier packte einen Steinklotz, der genau in die Nische passte, und hob ihn hoch. Dann, als sie auf der Höhe des Loches waren, schoben sie ihn hinein und drückten dagegen, damit er vollständig in der Nische verschwand. Auf dem Stein war etwas eingemeißelt. Der Geburtstag und der Todestag. Auch der Name Bruder Vestos prangte auf dem Stein und eine kleine Inschrift, die man nur lesen konnte, wenn man nahe genug heranging: Mors certa, hora incerta. Artur wusste dieses Mal nicht, was es bedeutete, doch er fragte nicht danach. Er blickte nach oben und überlegte, wie man früher, als die ersten Mönche gestorben waren, die Särge nach oben gebracht hatte, ganz zu schweigen von den gigantischen Steinklötzen.

Als die Zeremonie vorüber war, gingen sie bedächtig aus der Gruft und kletterten schweigend die Treppe nach oben. Artur fühlte sich leer, einsam und traurig. Noch nie war ein Mensch, den er gekannt hatte, gestorben. Besonders schlimm war für ihn, dass Bruder Vesto keines natürlichen Todes gestorben war. Als er in das dämmrige Licht der Abendsonne trat, verstreuten sich die Mönche in alle Himmelsrichtungen, um gleich Essen zu gehen oder noch kurz davor etwas zu arbeiten.

Er wusste nicht, wie das alles weitergehen sollte. Seit Tagen dachte er an nichts anderes mehr. Er wünschte sich, er könnte seinen Kopf und seine Gefühle ausschalten und einfach ein paar Tage in einer geistlosen Hülle leben, bis sein unruhiges Gewissen Bruder Vesto vergessen hatte. Doch dies war unmöglich. Meister Callidus fütterte ihn derart mit Wissen, dass Nichtstun unvorstellbar war. Doch jetzt musste er einfach schlafen. Er schleppte sich mit Mühe zum

Dormitorium und stapfte langsam die lange Wendeltreppe hinauf. In seiner Zelle angekommen hatte er weder die Kraft noch die Lust sich umzuziehen. Er ließ er sich auf die Pritsche fallen und schlief sofort ein.

Er hatte das Gefühl, binnen weniger Sekunden eingeschlafen zu sein, doch genauso schnell erwachte er am nächsten Tag auch wieder. Sein Unterricht würde bald beginnen und Meister Callidus war immer sehr gewissenhaft und würde eine Verspätung sicherlich nicht gutheißen. Artur hastete nach unten und rieb sich dabei immer noch den Schlaf aus den Augen. Als er am Refektorium angekommen war, richtete er sich auf und marschierte durch die Tür. Er hatte, trotz der fortgeschrittenen Stunde, schon einige Mönche erwartet, die bei Tisch saßen, doch er war mehr als erstaunt, als niemand da zu sein schien. Sogar die Küche, in der normalerweise der dicke und freundliche Mönch, der sich Bruder Clarens nannte, leckere Speisen zubereitete, war leer. Nun war Artur ernsthaft besorgt. Eigentlich war die Küche immer besetzt – egal, zu welcher Tageszeit. Er riss die Tür zum Innenhof auf und stürmte hinaus. Was ging hier vor sich? Plötzlich nahm er eine Bewegung war, dort, wo der Garten des Klosters angelegt war und die Mühle ihren Platz hatte. Artur ging schnell auf den Garten zu und warf hin und wieder verstohlene Blicke über den Hof. Als er am Garten angelangt war, dachte er zuerst wieder, dass der nächste Mönch getötet worden war, denn so wie alle dastanden und Mienen machten, die bei einer Beerdigung angebracht wären, hätte dies durchaus so sein können. Er sah noch nicht viel. Er kämpfte sich durch die Menge, um nach vorne zu kommen, und was er dann sah, ließ ihn erstarren. Alle Pflanzen, alle Getreidehalme und alle Blumen waren herausgerissen worden. Die Bäume, die im hinteren Teil standen, lagen auf dem Boden und waren offensichtlich gefällt worden. Bruder Martin stand in der Mitte des Gartens und machte ein Gesicht, als ob die Welt untergegangen sei. Nachdem alle einen Augenblick in ungläubigem Schweigen ausgeharrt hatten, erhob Bruder Martin sachte die Stimme: »Ich denke, es wäre am besten, wenn alle wieder an ihre Arbeit gehen würden. Der Hohe Rat, auf ein Wort zu mir, bitte.« Bruder Martin schluckte kurz und dann verstreuten sich wieder alle Mönche, nur die drei Mönche, die auch schon bei Bruder Vestos Tod zusammenberufen wurden, hasteten auf Bruder Martin zu. Artur hatte dieses Mal nicht die Absicht weg zu gehen und den anderen diese Angelegenheit zu überlassen. Er erreichte Bruder Martin als erster, doch der sagte: »Artur, du gehst am besten auch. Ich werde dir nachher alles…«

»Nein, Bruder Martin. Dieses Mal bleibe ich hier«, antwortete Artur bestimmt. »Ich habe ebenso wie Ihr ein Recht darauf zu erfahren, was hier geschehen ist.«

Bruder Martin runzelte nur kurz die Stirn, nickte dann aber knapp. Als die drei Mönche bei Bruder Martin angekommen waren, erkannte Artur das erste Mal, wer sie überhaupt waren. Es waren Bruder Hora, Bruder Scriba und Bruder

Ovis. Die anderen Mönche waren jetzt hinter dem Haus verschwunden und es war nur noch das Brausen des großen Wasserfalles zu hören. »Ich denke, es hat keinen Sinn, einen von Euch zu fragen, ob jemandem etwas Merkwürdiges aufgefallen ist, oder?« Alle schüttelten steif ihre Köpfe, ließen ihre Augen ein weiteres Mal über den verwüsteten Garten schweifen und sahen sich das Feld der Zerstörung an. Was in Gottes Namen war hier passiert? Wer oder was war zu so etwas fähig?

»Ich muss Euch wohl nicht sagen, dass wir nur noch wenige Vorräte haben, dies wäre unsere letzte Ernte gewesen wäre. Das soll heißen, dass wir binnen weniger Tage keine Vorräte und auch keine neue Samen mehr zur Verfügung haben.« Die Mönche nickten und machten traurige Gesichter.

»Aber wer?«, meldete sich Artur nun zu Wort. Alle wandten sich zu ihm um.

»Wenn wir das wüssten, dann wäre wir schon einmal ein gutes Stück weiter«, sagte Bruder Ovis und zwang sich zu einem verzerrten Lächeln, welches niemand erwiderte.

»Ihr wisst wohl, was jetzt unsere Aufgabe ist und dass dies mit dem höchsten Risiko verbunden ist, welches es für unser Kloster gibt? Ich denke, es ergibt keinen Sinn, jetzt nach dem Verbrecher zu suchen, denn hier werden wir nicht weiterkommen. Unsere erste Aufgabe wird jetzt sein, unser Kloster wieder mit Nahrungsmittel zu versorgen, und dann können wir uns um den Täter kümmern.« Artur hatte keine Ahnung was er damit meinte, doch er wagte es nicht danach zu fragen. Noch immer schockierte ihn dieses Bild, der offenbar mutwilligen Zerstörung. Bruder Martin vergrub das Gesicht in den Händen. Und es war dieses Zeichen von Schwäche, welches Artur die Zunge löste. »Vielleicht kann ich helfen«, sagte er. Er sah es als seine Pflicht, als angehender Abt, zu fragen, ob er nicht etwas für die Mönche tun konnte. Bruder Martin ließ so schnell die Hände sinken, dass es beunruhigend war. »Nein, auf keinen Fall«, sagte er in schneidenden und besorgten Ton.

»Warum nicht?«, fragte Artur geduldig und blickte in die Runde des Hohen Rates. »Was ist zu tun? Ich werde tun, was ich kann.«

Bruder Martin warf den Mitgliedern des Hohen Rates einen warnenden Blick zu. »Artur, wir wissen es wirklich zu schätzen, dass wir auf deine Hilfe zählen können, aber du musst bedenken, dass wir in einer sehr gefährlichen Situation sind.« Artur zog die Augenbrauen hoch. »Du musst bedenken, dass zwei unserer Mönche getötet wurden und wir nicht wissen, wer es war, wie es geschah und wer sein nächstes Opfer ist oder was seine nächste Missetat sein wird. Du musst bedenken, dass du der einzige Nachfahre deines Vaters bist, und wenn dir etwas geschieht, dann waren all die Opfer, die unsere Vorbrüder gebracht haben, umsonst. Du sollst einmal der Wächter sein, der Wächter des größten Schatzes, den ein Christ je besitzen kann, und solltest du sterben, oder dir etwas anderes zustoßen, dann wäre unser Kloster dem Untergang geweiht.«

Artur blickte grimmig umher. »Sagt mir doch erst einmal, um was für ein Problem es sich handelt dann ...«

»Nein! Es tut mir leid, Artur, aber ich kann dir nicht erlauben, bei dieser Aufgabe zu helfen. Sollte dir etwas zustoßen, dann ist alles, was wir hier treiben, umsonst. Irgendwann wirst du es verstehen.«

Irgendwann. Ja irgendwann sicherlich. Aber wann war irgendwann?

»Aber Bruder«, sagte Bruder Hora nun und Bruder Martin warf ihm erneut einen warnenden Blick zu, doch Bruder Hora ließ sich nicht beirren. »Vielleicht kann Artur in der Tat helfen um ...«

»Ja«, sagte Artur schnell, bevor Bruder Martin Bruder Hora unterbrechen konnte, denn dieser hatte schon wieder den Mund geöffnet, um zu widerlegen, was auch immer Bruder Hora sagen wollte.

»Er, in seinem jugendlichen Alter, kann vielleicht einen besseren Preis bei den Händlern erzielen oder ...«

»Ihr wollt also den Jungen zum Feilschen benutzen und riskieren, dass ihm etwas geschieht, nur um den Preis zu drücken?«

Artur wusste nicht im Geringsten was sie meinten, doch er sagte: »Ja, das könnte ich machen.«

»Wie glaubt Ihr denn, sieht es aus, wenn drei Mönche mit einem Jungen auf einem Marktplatz auftauchen? Wie oft denkt Ihr, kommt es vor, dass Mönche zusammen mit einem Jungen gesehen werden?«

»Aber er könnte sich verkleiden, sodass es niemand bemerken würde«, sagte Bruder Hora schnell.

»Macht Euch nicht lächerlich«, warf Bruder Martin spöttisch ein.

»Ich denke«, meldete sich nun Bruder Ovis leise zu Wort. »Ich denke, wir sollten unseren Streit mit einer simplen Abstimmung begraben.«

Bruder Scriba nickte zustimmend, doch seine Augen blickten ins Leere. »Ist es nicht so, dass man bei schwierigen Entscheidungen alle Argumente berücksichtigen muss? Und so finde ich es am besten, wenn wir aus dem Hohen Rat bei der Entscheidung mitwirken.«

Bruder Martin schien von dieser Idee nicht begeistert zu sein, doch ihm blieb schließlich nichts anderes übrig. »Nun gut«, sagte er und seine Stimme zitterte ein wenig. »Ich möchte nur noch hinzufügen, dass ich mir sicher bin, dass Meister Callidus ebenfalls nicht einverstanden wäre«, und er winkte mit seiner dicken Hand hinüber zum düsteren Dormitorium. Dann holte er tief Luft und sagte: »Wer möchte, dass Artur mitkommt, um die Aufgaben zu erledigen, die es zu erledigen gilt?«

Bruder Hora, Bruder Scriba und Bruder Ovis hoben sachte, aber einstimmig die Hand. Bruder Martin richtete sich nun zu seiner vollen Größe auf und sagte dann mit zitternder, aber gebieterischer Stimme: »Nun gut. Ich sehe schon, ich werde überstimmt, aber ich bitte Euch nur zu bedenken, dass, wenn Artur etwas geschieht, Jahrhunderte lange Anstrengungen und gebrachte Opfer umsonst waren.«

Den ganzen Tag über rätselte Artur darüber, welche Aufgabe ihm zuteil geworden war und ob es nicht doch besser wäre, hier zu bleiben, denn so, wie Bruder Martin die Situation geschildert hatte, musste es etwas Gefährliches sein. Man hatte Artur aufgetragen, sich bei Anfang der Dämmerung am großen Hoftor einzufinden und mit niemandem über irgendetwas zu sprechen. Artur war den ganzen Tag in seiner kleinen Zelle und packte zusammen, was er für die Reise benötigte. Er wusste, dass er mit den drei Mönchen aus dem Hohen Rat, Bruder Scriba, Bruder Ovis und Bruder Hora, die Aufgabe erfüllen musste, und so war er sehr aufgeregt, als er an diesem Abend seine Zelle verließ und den dunklen Gang entlangeilte. Es war ihm ein Rätsel, warum die Aufgabe unbedingt in der Nacht getan und nicht bei Sonnenschein erledigt werden konnte. Er lief über den Hof und sah schon von weitem eine Laterne, die in der Dunkelheit auf und ab hüpfte. »Ist dir auch sicher niemand gefolgt?«, begrüßte ihn Bruder Ovis leise flüsternd.

Artur stutzte. »Nein«, sagte er zögernd. »Nein, nicht dass ich wüsste. Warum? Ist es wichtig?«

»Alles ist wichtig, junger Artur«, bemerkte Bruder Scriba, der neben Bruder Ovis aufgetaucht, war und die Mönche spähten durch die Dunkelheit über den steinernen Innenhof. Dann gaben sie dem Torwärter ein Zeichen und dieser öffnete das Holztor, welches leise ächzte. Sie traten hinaus und fast im selben Moment wurde das Tor wieder geschlossen. Als habe der Mönch Angst, etwas Schreckliches könnte durch das offene Tor herein gerauscht kommen. Bruder Ovis, mit der Laterne in der Hand, ging voraus. Doch sie gingen nicht, wie Artur es mit Bruder Martin getan hatte, um den großen und zentralen Berg herum, sondern schritten auf den steilen Abhang zu, den Artur in der Nacht seiner Ankunft mit seiner Mutter erklommen hatte. Wieder dachte er voller Angst und Grauen an die mörderische Tat seiner Mutter und den verwesenden Leichnam des Kutschers, der wohl schrecklich entstellt auf den spitzen Felsen aufgespießt worden war. »Gehen wir dort runter?«, fragte Artur entgeistert und mied den Blick zum steilen Fels.

»Leider ja. Es gibt keinen anderen Weg hinunter, außer du möchtest den Weg im freien Fall zurücklegen, dann bist du um einiges schneller.«

Artur blickte Bruder Scriba genervt und verärgert an, begann aber hinter Bruder Hora mit dem Abstieg. Immer wieder warf er einen unverhohlenen Blick nach unten und jedes Mal wurde ihm schlecht dabei. Er war mehr als froh, als der Boden nach einer halben Stunde endlich wieder in Reichweite war. Endlich war ein Sturz nicht mehr lebensgefährlich. Einmal wäre er fast vorn übergekippt, doch Bruder Scriba hatte ihn gerade noch gepackt und an die Felswand gedrückt. Seine Mönchskutte hatte er ablegen müssen, denn wie Bruder Martin gesagt hatte, würden drei Mönche, die mit einem Jungen unterwegs waren, auf einem Markplatz ziemliches Aufsehen erregen.

Noch immer wusste Artur nicht, wohin die Reise gehen sollte. Als er seine Frage nun endlich auf dem wunderbar festen Boden aussprach, zischten die Mönche nur leise und sagten: »Nicht jetzt. Erst einmal müssen wir einige Stunden zwischen uns und das Kloster bekommen.«

Artur runzelte die Stirn. Mussten sie etwa das Kloster vollkommen verlassen? Die drei Mönche gingen nun raschen Schrittes auf den nahen Wald zu und Artur fürchtete schon, sie müssten hineingehen. Doch sie blieben auf dem breiten Weg, den Artur noch von der Reise mit seiner Mutter kannte. »Bruder Scriba«, sagte Artur jetzt ein wenig nervös. »Wo gehen wir hin? Sollten wir nicht …«

»Gleich, Artur. Wir müssen nur sicher sein, dass wir weit genug vom Kloster weg sind.«

Artur verstand jetzt gar nichts mehr. Die Dunkelheit war jetzt so vollkommen und erdrückend, dass man fast nichts mehr sah. Nur noch die Laterne leuchtete ihnen den Weg. Unvermittelt bogen sie nach links in den Wald ab und Bruder Hora schlug sich nahezu geräuschlos durchs Unterholz. Artur warf nun immer wieder Blicke durch den dunklen Wald, er achtete auf jedes noch so kleine Geräusch. Doch kein Blatt und kein Ast regten sich. Es war, als ob man dem Wind verboten hätte zu blasen und den Tieren sich zu rühren. Man hörte nur die vier Paar Füße durch den Wald stapfen. Und dann sah Artur ein Haus. Doch war es wirklich ein Haus? Sie näherten sich langsam, wobei sie angespannt Augen und Ohren offenhielten. Bruder Hora legte einen Finger auf den Mund und bedeutete Artur, so leise wie möglich zu sein. Sie schlichen sich heran und betraten das vollkommen hölzerne Häuschen. Doch erst jetzt merkte Artur, dass es kein Haus, sondern ein Stall war. Ein Stall, welcher vier Pferde beherbergte. Was machte ein Stall mit Pferden mitten in einem Wald am Fuße eines Klosters, von dessen Existenz niemand wusste. Doch er hatte keine Zeit, um Fragen zu stellen, denn die Mönche bugsierten ihn mit sanfter Gewalt in den Stall zu den Pferden hin, die merkwürdigerweise schon gesattelt waren. »Ich nehme an, du kannst reiten, nicht wahr?«, fragte Bruder Ovis. Artur nickte verwirrt. »Gut, das wird es leichter machen.« Und er zog ein schwarzes Pferd mit einer Blässe an der Stirn heran und sagte: »Das ist Nigredo. Du wirst ihn reiten.«

»Aber wohin?«, fragte Artur nun erneut.

»Nicht hier«, zischte Bruder Hora, der gerade einen wunderschönen Fuchs bestieg. Bruder Scriba eilte zu einem Gatter und öffnete es. Dann packte Bruder Scriba Artur um den Bauch und wuchtete ihn auf den Rücken des schwarzen Pferdes. Der Anspannung des Pferdes zufolge wusste sogar das Tier, dass hier etwas Seltsames und Geheimnisvolles vor sich ging. Doch Artur hatte keine Zeit mehr, lange zu überlegen, denn drei Pferde rauschten im Galopp an ihm vorbei in die dunkle Nacht hinaus. Artur rammte seinem Pferd die Fersen in die Seiten. Dieses stürmte mit einem lauten Wiehern hinter den anderen Pferden her.

Kapitel 7

Artur konnte es kaum fassen. Sie waren bei Nacht und Nebel aufgebrochen, den ganzen Klosterberg hinabgeklettert, in den dunklen Wald gestapft und ritten nun auf Pferden in der kühlen Nacht ins Nirgendwo. Alle Versuche, von den Mönchen Informationen zu bekommen, waren kläglich gescheitert. Nun waren sie auf dem Weg zu einem für ihn unbekannten Ziel. Bäume und Wiesen rauschten an ihnen vorbei. Die Pferde trugen sie nun schon seit einigen Stunden durch sich stetig veränderndes Gelände. Allmählich wurden Arturs Finger taub. Er war schon mehrmals geritten, aber noch nie so lange und schon gar nicht mitten in der Nacht. Er wünschte sich nichts sehnlicher, als zurück auf dem Kloster zu sein, wo er sich in seinem zwar nicht bequemen Bett um nichts Sorgen machen musste. Er fragte sich gerade, wie lange sie noch reiten mussten, da hob Bruder Ovis, der ganz vorne offensichtlich die Gruppe anführte, die Hand zum Zeichen, dass sie langsamer werden sollten. Die Pferdeschritte wurden immer unregelmäßiger und schließlich kamen sie zum endgültigen Stillstand. Das unruhige Tänzeln der Pferde hallte in der nächtlichen Stille wider.

»Nur noch wenige Fuß bis zu unserem ersten Rastplatz«, sagte Bruder Ovis. »Dort sollten wir verweilen, da wir ansonsten vom plötzlichen Sonnenaufgang überrascht werden.« Die beiden anderen Mönche nickten zustimmend. Sie ließen die Pferde nun im Schritt vorwärts laufen. Artur ergriff schließlich die Gelegenheit, auf der kurzen Strecke, bis zum ersten Platz, wie Bruder Ovis ihn nannte, erneut seine Frage zu stellen: »Ist es jetzt möglich, dass Ihr mir endlich sagt, wohin es geht und was wir überhaupt vorhaben?«

Bruder Ovis drehte sich nicht zu ihm um, doch er begann nun endlich zu sprechen. Er sprach immer noch sehr leise, doch Artur verstand jedes Wort: »Wie du mitbekommen hast, wurden unsere gesamte Ernte und all unsere Bäume entweiht und herausgerissen. Unsere Vorräte gehen langsam zur Neige. Wir hätten in den nächsten Tagen die Ernte einholen müssen, um wieder Brot backen und kochen zu können. Doch auch unser Saatgut wird langsam knapp. Das Wetter lässt es nicht zu, noch einmal auszusäen.« Bruder Ovis machte eine Pause. Dann sprach Bruder Scriba, der links von ihm ritt, weiter: »Unsere Aufgabe ist es, in die nächste Stadt zu reiten und so viele Nahrungsmittel zu besorgen, wie uns nur möglich ist.«

Auf diese Worte folgte ein langes Schweigen. Nur das Hufgetrappel der Pferde war zu hören. Wegen der Lebensmittel machten die Mönche ein derartiges Geheimnis, dass man glauben könnte, sie planten die Kronjuwelen des Königs zu rauben. »Wir müssen mit den Lebensmitteln, die wir dort erwerben, den gesamten Winter überstehen und unsere Aufgabe ist mit dem größten Risiko verbunden, welches nur denkbar für unseren Orden ist.«

»Welches Risiko?«, wollte Artur sofort wissen. »Du hast gesehen, dass unsere Ernte wohl oder übel nicht von einem Sturm, sondern offenbar von Menschenhand zerstört wurde. Es deutet alles darauf hin, dass wir in unserer Mitte einen Verräter haben und wir niemandem trauen können. Niemandem!«, sagte er nachdrücklich und Bruder Ovis blickte nun endlich zu ihnen nach hinten und seine Augen wanderten über Bruder Scriba und Bruder Hora. »Darum ist unsere Aufgabe sehr gefährlich, denn wenn der Täter mitbekommen würde, was wir planen, wäre die Gefahr groß, dass er alles daran setzen würde, uns aufzuhalten. Außerdem ist es, wie Bruder Martin gesagt hat, äußerst auffällig, wenn drei Mönche mit einem Jungen in einer Stadt auftauchen. Wenn uns jemand folgen und unser Kloster entdecken würde, wäre es das Ende für uns.«

Artur begriff. Sie ritten weiter vor sich hin. »Aber wem wäre es denn zuzutrauen, dass er die Mönche aus dem Kloster umbringt und außerdem noch die Ernte zerstört? Wem aus unserem Kloster ist das zuzutrauen?«, fragte Artur zaghaft.

»Das haben wir im Hohen Rat auch schon besprochen. Die schlichte Antwort ist, wir wissen es nicht«, sagte Bruder Ovis mindestens so zaghaft wie Artur.

»Und wie erklärt Ihr Euch, dass Bruder Vesto, und auch mein Vater, keinerlei Gewaltspuren aufgewiesen haben?«

»Auch hier ist die Antwort dieselbe: Wir stehen vor einem scheinbar unlösbaren Rätsel. Wenn man Hexerei ausschließt, dann bleibt eigentlich nur noch die Wut des Herrn selbst.« Und Bruder Ovis deutete nach oben in den Himmel und bekreuzigte sich dann. Von Bruder Scriba kam ein trockenes Hüsteln und Artur sah, wie er einen zornigen Blick zu Bruder Ovis warf. Artur zog die Augenbrauen hoch. Die Wut Gottes? Artur bezweifelte, dass der Herr selbst die Mönche ermordet hatte, auch wenn ihre Körper unversehrt waren. Und wie sollte Gott selbst die Bäume gefällt und die Pflanzen herausgerissen haben? Wenn dies die einzige Idee der Mönche war, dann hatte Artur enormen Grund zur Beunruhigung. Wenn dies wirklich das war, was die Mönche glaubten, dann hatten sie, so dachte Artur, keine Chance, die anderen Ratsmitglieder zu schützen, um das Kloster zu bewahren. Denn wie sollte man Menschen vor einem göttlichen Wesen schützen, welches weder geistig noch körperlich auf dieser Erde zu sein schien. »Aber warum solltet Ihr den Zorn Gottes auf Euch gezogen haben?«, fragte Artur und seine Stimme war zum Zerreißen gespannt. Die Mönche schwiegen, dann sagte Bruder Ovis: »Artur, unser Kloster ist nicht wie andere. Unsere Aufgabe ist nicht, für immer zu schweigen oder von früh bis spät zu beten. Unsere Aufgabe ist viel wichtiger, viel komplexer, viel gefährlicher und viel wunderbarer. Wir können sie nicht öffentlich machen. Wir können nicht darüber reden oder Lob und Anerkennung der Menschen dafür verlangen. Die Aufgabe, den größten Schatz zu schützen, den die Christenheit kennt, ist nicht so einfach, wie es sich anhört. Wir verstoßen schon seit hunderten von Jahren gegen Gottes Gesetz, indem unser Abt ein Kind zeugt, welches der nächste Schatzhüter wird.«

»Was für ein Schatz?«, fragte Artur schnell und seine Stimme zitterte vor Erregung.

»Dort vorne können wir uns schlafen legen«, ertönte Bruder Horas Stimme schnell von hinten, und es hatte den Anschein, dass die Mönche ganz genau hingehört hatten, um bei einem bestimmten Punkt des Gesprächs einzugreifen.

»Dort ist die kleine Höhle, in der Platz für uns alle ist.« Und mit diesen Worten beendete er mit Nachdruck das Gespräch.

Artur schlief sehr schlecht. Nicht weil es in der kalten Höhle ungemütlich war oder weil immer wieder kleine Tiere über seinen Körper krabbelten. Nein, er dachte noch Stunden über das kurze Gespräch nach, welches er mit den drei Mitgliedern des Hohen Rates geführt hatte. Glaubten sie allen Ernstes, dass dies Gottes Zorn sei, der auf sie herabgekommen war? Glaubten sie wirklich, dass er der Grund war, warum diese Dinge passierten? Nur weil sein Vater und all die anderen gegen Gottes Gesetz verstoßen hatten? Sollte der Herr selbst so zornig auf sie alle sein, dass er Mönche skrupellos ermordete und deren Ernte zerstörte? Artur wurde unwillkürlich an die sieben Plagen von Ägypten erinnert. In seinem Religionsunterricht hatte Meister Callidus ihm davon erzählt und er hatte gespannt gelauscht. Artur glaubte dennoch nicht an den Zorn Gottes. Er war nach wie vor überzeugt, dass diese Morde und die Verwüstung einem Menschen zuzuschreiben waren, welcher entweder einen enormen Hass auf das Kloster zu haben schien oder einfach nur grenzenlosen Schaden anrichten wollte. Doch sollte dieser Mensch im Kloster St. Caritum leben, würde er dann solange weitermachen, bis er selbst Artur getötet hatte? Warum sollte jemand innerhalb des Klosters so etwas tun? Es gab eigentlich nur diese eine Möglichkeit, denn kaum jemand von außerhalb wusste von diesem Kloster. Doch wenn die Mönche anfingen zu glauben, dass er der Grund war, der den Zorn Gottes auf sie zog, wie lange würde es dann dauern, bis jemand Artur anzweifelte und ihn aus dem Weg haben wollte, um all dem ein Ende zu setzen? War dies vielleicht sogar die Absicht des Verräters, der theoretisch aus dem Kloster kommen musste, was praktisch aber unmöglich war?

Artur glitt erst, als die Sonne schon hoch am Horizont stand, in einen unruhigen Schlaf über, der immer wieder von plagenden Albträumen unterbrochen wurde. Schließlich weckte ihn Bruder Scriba sachte, um ihm mitzuteilen, dass sie ihre Reise fortsetzen mussten.

»Es tut mir leid, dass ich dich wecken muss, aber wir müssen weiter«, sagte er sanft und stupste Artur noch einmal an. Artur wusste natürlich jetzt, warum sie nur bei Nacht reiten durften, und doch wollte er noch liegen bleiben. Er rappelte sich dennoch auf und sagte: »Bleibt noch Zeit, um etwas zu essen?«

Die Mönche schauten sich kurz an und Bruder Scriba sagte dann: »Ja, ich denke, eine kleine Mahlzeit wird uns allen gut tun, bevor wir weiterziehen.«

»Wie lange müssen wir denn noch reiten, bis wir in eine Stadt kommen, wo wir uns Nahrungsmittel beschaffen können?«, fragte Artur vorsichtig.

»Ich denke, wir werden die Stadt Patria gegen Mitternacht erreichen«, sagte Bruder Ovis und blickte zur untergehenden Sonne. »Wir werden leider vor den Stadttoren warten müssen, bis der Morgen graut, denn in der Nacht sind die Tore geschlossen.«

Artur nickte. Doch dann fiel ihm etwas ein: »Habt Ihr etwas zu Essen mitgenommen?«, sagte er mit fast erwartungsvollem Ton.

»Nein, wir konnten nur das Nötigste mitnehmen. Wir werden wohl schnell in den Wald gehen müssen, um etwas zu suchen. Es sollte hier genügend Beeren und Pflanzen geben, die sich als nützlich erweisen könnten.«

Die Aussicht auf ein pflanzliches Frühstück war zwar nicht gerade verlockend, doch es war besser als nichts. »Ich werde nach den Pferden sehen, ich habe nicht besonders viel Hunger«, sagte Bruder Hora. Sie hatten die Pferde direkt hinter ihrer Höhle auf einer Wiese an Bäume angebunden, in deren Nähe sich ein kleiner Bach befand, aus dem sie trinken konnten. Bruder Hora ging um die Höhle herum und schlenderte einen kleinen Abhang hinunter. Artur und die beiden anderen Brüder brachen erneut durchs Unterholz und sammelten Essbares, solange ihnen noch die letzten Sonnenstrahlen bei der Suche behilflich waren. Bruder Ovis warf immer wieder Blicke durch den Wald, in dem es schon wieder dunkler wurde. Bruder Scriba kannte sich gut mit Pflanzen aus. Er wusste genau, was man essen konnte und wovon man lieber die Finger ließ.

»Ich glaube nicht, dass uns jemand gefolgt ist«, sagte Bruder Scriba schließlich und ließ seinen Blick umherwandern.

»Das hoffe ich«, sagte Bruder Ovis leise und senkte den Blick wieder auf den Waldboden. Als sie weiter im Wald umhergestapft waren und einiges an Proviant gesammelt hatten, geschah etwas, was in Artur das erste Mal seit Aufbruch der Reise große Angst hervorrief. Sie waren gerade auf dem Weg zurück zu ihrer Höhle, als Bruder Hora mit angstverzerrtem Gesicht und Tränen in den Augen auf sie zugerannt kam. »Sie sind tot!«, schrie er ihnen mit zitternder und schluchzender Stimme entgegen. »Sie sind alle tot! Ich kam zu ihnen hinunter und da liegen sie. Mit weit aufgerissenen Augen und heraushängenden Zungen.« Seine Worte hallten durch den dunklen unheimlichen Wald und klangen in der Stille nach.

»Wovon redet Ihr?«, fragte Bruder Ovis geschockt, näherte sich Bruder Hora und packte ihn an den Schultern, damit er sich beruhigte. Doch Bruder Hora schien außerstande, ihnen noch mehr zu berichten. Er brach in sich zusammen. Dann, als Artur schon fürchtete, dass Bruder Hora ohnmächtig geworden war, hob dieser sachte den Kopf und sprach mit bebender Stimme: »Die Pferde. Alle tot. Sie liegen alle auf dem Boden, sie sind tot. Alle tot.«

Auf diese Worte folgte eine unheimliche Stille, die den ganzen Wald auszufüllen schien. Nur Bruder Horas Schluchzer waren zu hören die in dem großen Wald widerhallten. Artur wurde unwillkürlich an ein Gespenst erinnert. Dann sagte Bruder Scriba in scharfem Ton: »Bringt uns zu ihnen. Jetzt!« Bruder Ovis zog Bruder Hora auf die Beine. Widerwillig ging er durch den immer dunkler werdenden Wald voran. Als sie wieder bei ihrer Höhle waren, legte sich die Dunkelheit wie ein Fluch über sie. Bruder Ovis zündete erneut eine Laterne an. Er drückte sie Bruder Hora in die Hand, der jetzt einen kleinen Weg hinunter schritt, immer wieder besorgte Blicke um sich warf und dabei einige Schluchzer ausstieß. Als sie an der Wiese angekommen waren, auf der sie die Pferde angebunden hatten, konnte Bruder Hora nicht mehr weitergehen. Er blieb zitternd stehen. Die anderen gingen vorsichtig durch das nasse Gras weiter. Als der Mond schließlich hinter einer großen schwarzen Wolke auftauchte und auf die Lichtung fiel, schlug Artur die Hand vor den Mund. Nigredo, das Pferd, das er geritten hatte, lag auf dem Boden, alle Viere von sich gestreckt, die Augen weit aufgerissen und den Mund geöffnet. Auch die anderen Pferde kamen nun in Sicht. Bruder Scriba bekreuzigte sich und sprach einige Worte im Lateinischen. Von weit hinten konnte man immer noch Bruder Horas Seufzer hören, welche sich in der Dunkelheit merkwürdig schaurig anhörten.

Die Mönche traten nun näher heran und tasteten die Bäuche der Pferde ab. Der strömende Fluss plätscherte vor sich hin, und wenn man den Blick von dem schrecklichen Bild löste, konnte man sich vorstellen, auf einer sonnigen Lichtung mit einem schönen klaren Fluss zu sein. Artur drehte sich erneut zu den Pferden und den Mönchen um. Die Brüder tauschten immer wieder besorgte Blicke und murmelten sich Dinge zu. Endlich erhoben sie sich und Artur fragte schüchtern: »Was machen wir jetzt?« Bruder Ovis vergrub das Gesicht in den Händen. Dann sprach er dumpf durch seine Finger hindurch: »Ich habe keine Ahnung. Der Plan war, so schnell wie möglich zur Stadt zu reiten und diese so schnell wie möglich wieder zu verlassen. Bruder Martin erwartet uns spätestens in fünf Tagen wieder zurück. Eine Nachricht können wir ihm nicht überbringen, weil wir nicht wissen, wie, außerdem können wir nicht riskieren, dass sie in die falschen Hände gerät.«

»Ich denke, wir sollten erst einmal wieder zurück zur Höhle gehen. Vielleicht haben wir dort eine gute Idee.«

»Ihr glaubt doch nicht schon wieder, dass dies etwas mit dem Herrn selbst zu tun hat?«, fragte Artur und versuchte seine Stimme nicht verächtlich oder ängstlich klingen zu lassen.

»Hast du eine Idee, wie die Pferde gestorben sind?«, fragte Bruder Ovis und zeigte nun wieder sein Gesicht.

Artur zögerte. »Nun, nein, aber es könnte doch sein …«

»Es spielt jetzt auch keine Rolle mehr. Fest steht nur, dass wir nicht weiter können, aber ich denke, Ihr habt Recht, Bruder Scriba. Gehen wir zurück zur Höhle.« Und mit diesen Worten ließen sie die Pferde hinter sich, gingen auf Bruder Hora zu, der sich zu allem Überfluss auch noch den Fuß verknackst hatte und kaum laufen konnte. Gemeinsam kehrten sie zur Höhle zurück.

Schweigend und von schrecklichen Gedanken geplagt, kamen sie schließlich an der kalten Höhle an. Sie schien noch nasser und unfreundlicher zu sein als zuvor. Die Nacht war jetzt unaufhaltsam hereingebrochen und alles wurde durch schwarzen Dunst verschluckt. Es war, als ob die Nacht beschlossen hätte, noch dunkler zu werden, als sie es für gewöhnlich gewesen wäre. Kalter Nebel war vom Fluss her zu ihrer Höhle aufgezogen und hüllte selbst die Straße silbrig ein. Betrübt saßen sie alle da und blickten ins Leere. Wenn das so weitergehen sollte, dann würden sie weder vor noch zurück kommen können. »Wir könnten laufen«, sagte Bruder Scriba, nicht einmal selbst von seinem Vorschlag überzeugt, in die Stille hinein. Bruder Ovis blickte ihn an, als wäre er verrückt geworden. »Habt Ihr eine Ahnung, wie weit es noch bis zur Stadt Patria ist? Wir hätten die ganze Nacht reiten müssen, um überhaupt rechtzeitig anzukommen. Ihr könnt Euch nun ausrechnen, wie lange wir zu Fuß brauchen würden.«

»Aber was nützt es denn, hier herumzusitzen und auf den morgigen Sonnenaufgang zu warten?«, fragte Bruder Scriba verständnislos. Bruder Ovis wollte gerade etwas entgegnen, als Bruder Hora ein zischendes Geräusch ausstieß. Er legte einen Finger auf den Mund, gleichzeitig deutete er zum Höhlenausgang. Dort draußen war etwas. Dem Geräusch zufolge etwas Großes und Schnelles. Bruder Ovis sprang sofort auf und schlich zum Eingang der Höhle. Die anderen folgten ihm rasch und sie traten aus der Höhle heraus. Sie spähten den Weg hinunter und erkannten erst beim zweiten Mal, dass sich etwas aus der Richtung, aus der sie gestern Nacht gekommen war, näherte. Der Boden erzittert nun leicht und sie hörten das unmissverständliche Trommeln von Hufen auf dem Boden. Bruder Ovis verengte die Augen zu Schlitzen und Artur erkannt, dass das Große, von Pferden gezogene Etwas eine gigantische schwarze Kutsche war. Auch die Mönche bemerkten dies und versuchten nun mit allen Mitteln auf sich aufmerksam zu machen. Anscheinend hatten sie vollkommen vergessen, welche absolute Diskretion sie ihrer Aufgabe zugeschrieben hatten. Die Kutsche kam drohend näher und nun sah Artur auch den Kutscher auf dem Kutschbock sitzen. Bruder

Ovis schob Artur und die anderen von der Straße, um nicht überrollt zu werden. Als die Kutsche noch etwa fünf Pferdelängen von ihnen entfernt war, nahm der Kutscher sie wahr und die Pferde begannen langsamer zu werden. Bruder Scriba stieß einen heißeren, erleichternden Lacher aus und Bruder Hora griff sich an die Brust. »Guten Abend, Pater«, sagte ein dicker, bärtiger Kutscher freundlich. »Kann ich Euch in irgendeiner Weise behilflich sein?«

»Ja, ja«, sagte Bruder Ovis erleichtert und seine Stimme zitterte ein wenig vor unterdrückter Freude. »Wir sind auf dem Weg in die nächste Stadt und ...« Er zögerte kurz. »Unsere Reittiere sind nicht mehr in der Lage uns dorthin zu bringen. Meint Ihr … oder sollte ich besser fragen, hättet Ihr etwas dagegen … habt Ihr denn überhaupt noch Platz in Eurer Kutsche?«

Der Kutscher lächelte. »Ja, Platz haben wir genug. Ich bin ebenfalls auf dem Weg in eine Stadt um meinen Herrn abzuholen. Wohin müsst Ihr denn?«

»Zur Stadt Patria«, sagte Artur schnell. Der Kutscher blickte nun das erste Mal auf ihn herab.

»Oh, hier haben wir ja noch einen jungen Mann. Guten Abend«, nickte er freundlich. »Da habt Ihr aber wirklich Glück. Ich bin zufällig auch genau dorthin unterwegs. Wenn Ihr wollt, könnt Ihr gerne mitfahren.«

Bruder Ovis stieß einen erleichterten Laut aus. »Oh, großer Gott. Ist das wahr? Der Herr wird es Euch vergelten«, sagte er und kletterte in das Innere der Kutsche.

»Da bin ich mir sicher«, sprach der Kutscher vielsagend. Ich heiße übrigens Louis, ich arbeite für meinen Herrn, den Baron von Optimas. Ich komme gerade aus der Stadt Oppidium, wo ich für meinen Herrn einen wichtigen Botengang unternehmen musste. Sitzt Ihr auch gut, Pater?«, fragte er.

»Ja, ausgezeichnet. Es kann losgehen.« Artur und die anderen waren mittlerweile ebenfalls in die Kutsche geklettert und mit einem Peitschenhieb trieb Louis die zwei Pferde vor der Kutsche an.

»Aber Bruder Ovis«, sagte Artur leise. »Ist es nicht gefährlich, bei einem wildfremden Mann einzusteigen? Wir wissen doch nicht, ob er nicht die Pferde getötet hat.«

»Aber Artur«, sagte Bruder Ovis. »Warum hätte ein Fremder unsere Pferde töten sollen? Außerdem haben auch sie keine Anzeichen von Gewalt gezeigt.«

»Warum habt Ihr ihm nicht gesagt, dass unsere Pferde getötet wurden?«

»Weil, wie du gesagt hast, dieser Mann ein Fremder ist. Denke immer daran, Artur. Die halbe Wahrheit ist keine ganze Lüge.« Er zwinkerte, offenbar mehr als erleichtert, dass sie ihre Reise nun wie geplant fortsetzen konnten.

Artur war froh, dass er nun nicht mehr selbst reiten musste. Er verschlief die ganze Nacht.

Erst im Morgengrauen kamen sie an ihrem gewünschten Ziel an. Natürlich hatte sich ihre geplante Ankunftszeit enorm verschoben, nicht nur weil sie lange hatten warten müssen, sondern auch weil sie viel langsamer waren. Die zwei Pferde mussten schließlich alle vier Männer ziehen und dazu noch einen Jungen. Der Kutsche hatte aufgrund seines einflussreichen Herrn eine Sondergenehmigung erhalten, wonach er auch noch nach Verschluss der Tore in die Stadt einreisen konnte.

Als sie schließlich mitten in der Stadt von dem freundlichen Kutscher abgesetzt wurden und die Brüder sich unzählige Male bedankten, schien es unsinnig, noch eine Bleibe zu suchen. Schließlich hatten ein paar Läden bereits geöffnet. Bruder Hora organisierte eine weitere Kutsche mit Pferden, die er zu einem günstigen Preis erwerben konnte, was ihm ein selbstgefälliges Lächeln ins Gesicht trieb, auf welche sie all das Saatgut sowie die Lebensmittel laden konnten, die sie bekamen. In der Stadt gab es viel zu sehen; Artur konnte sich von manchen Geschäften und den großen Gebäuden gar nicht losreißen. Dennoch musste Bruder Scriba ihn immer wieder daran erinnern, sich völlig natürlich aufzuführen. Auch achteten sie darauf, dass Artur immer in einem kleinen Abstand vor ihnen herging, damit es nicht zu deutlich wurde, dass er zu ihnen gehörte. Doch die Stadt war so voll, dass es ohnehin niemandem aufgefallen wäre. Als sie bis zum Abend schließlich alles bekommen hatten, was sie wollten, schien Bruder Ovis das erste Mal auf dieser Reise entspannt, friedlich und zufrieden zu sein. Sie schlenderten langsam zur Kutsche zurück, um noch an diesem Abend aufzubrechen, damit sie die verloren gegangene Zeit wieder aufholen konnten.

Sie fuhren schnell in dieser Nacht. Bruder Ovis hatte die Zügel übernommen und steuerte die Kutsche so schnell er konnte und musste gleichzeitig gegen die immer wiederkehrende Müdigkeit ankämpfen. Auch Artur war mehr als müde. Er hatte seit einigen Tagen nicht mehr richtig geschlafen. Er war sehr froh, dass er nicht die Kutsche zu fahren hatte. Sich in der Kutsche auszubreiten war ebenfalls nicht möglich, da überall Mehlsäcke, Säcke mit Samen und Brote herumlagen. Sie hatten wirklich einiges eingekauft, um gegen den Hunger anzukommen.

Als sie schließlich, nach mehr als zwei Tagen Fahrt, an der großen Bergkette ankamen, wo sie schon ansatzweise das Kloster erkennen konnten, war Artur sehr froh und wusste, was er als erstes tun würde, wenn sie dort oben waren.

Bruder Scriba, der Bruder Ovis abgelöst hatte, steuerte die Kutsche zum Fuß der Berge. Sie kletterten umständlich aus dem Gefährt. »Gott sei Dank«, murmelte Bruder Hora und spähte nach oben zum Kloster. Bruder Ovis küsste das Kreuz, welches er um den Hals trug, und Bruder Scriba faltete ehrfürchtig die Hände. »Nun, ich würde sagen, wir beginnen mit dem Aufstieg«, sagte Bruder Ovis, und auch er klang, als ob er erst einmal schlafen gehen würde, sobald sie das Kloster erreichten. Sie kletterten mühsam mit letzter Kraft den steilen Berghang hinauf und schritten dann glücklich auf das große Tor zu. Als Bruder Hora entkräftet auf das Holz klopfte, wurde nur Sekunden später das kleine Türchen geöffnet und der Mönch, der Artur und seine Mutter schon begrüßt hatte, erschien. Niemand brauchte etwas zu sagen. Er stieß einen freudigen Schrei aus und gab dann lauthals den Befehl, das Tor zu öffnen. Mit einem Krachen wurde es aufgeschoben und der Mönch begrüßte sie strahlend. »Die Brüder Ovis, Hora, Scriba und der junge Artur«, sagte er schnell. Doch sie konnten noch nicht antworten, nicht einmal, als Bruder Martin über den Hof auf sie zugerannt kam und hysterisch schrie: »Oh, Gott. Oh, mein Gott.« Als er bei ihnen angekommen war, prustete er theatralisch los: »Geht es Euch gut? Ist alles gut verlaufen? Ist Artur etwas passiert? Habt Ihr die Lebensmittel? Ich kann nicht verhehlen, dass ich kein Auge in den Nächten zubekommen habe. Der Herr sei gepriesen.«

Der Empfang, der ihnen bereitet wurde, hätte herzlicher nicht sein können. Da sie sich tagelang von Pflanzen ernährt hatten und nur in der Stadt hin und wieder etwas Richtiges gegessen hatten, sah das Essen, welches man extra für sie vorbereitet hatte, wie ein Festmahl aus, auch wenn man merkte, dass die frischen Zutaten fehlten. Nachdem sie mit ihrem köstlichen Schmaus geendet hatten, schickte Bruder Martin alle zu Bett und duldete keinen Widerspruch. Artur war ihm im Stillen dankbar, froh zu wissen, dass es nun am Hohen Rat lag, festzustellen, ob der Tod der Pferde etwas mit ihrer Aufgabe zu tun hatte. Er jedenfalls würde sicherlich zwei Tage schlafen und erst dann für Fragen zur Verfügung stehen.

Die Sonne, die durch den Spalt zwischen den Vorhängen leuchtete, weckte Artur. Er fühlte sich, als ob jeder einzelne seiner Knochen gebrochen war und er wollte für immer und ewig hier in diesem warmen und bequemen Bett liegen bleiben. Doch in seinem Bewusstsein schwebten immer noch die Ereignisse der Reise, die den Tod der vier Pferde mit sich gebracht hatte. Immer noch musste er sich die Frage stellen, wer so etwas getan haben konnte. Artur hatte schon länger mit dem Gedanken gespielt, ob nicht vielleicht Bruder Hora etwas mit der Sache zu tun hatte. Hätte er genügend Zeit gehabt, die Pferde zu töten? Außerdem war er es doch gewesen, der sie auf den Mord von Bruder Vesto aufmerksam gemacht hatte. Warum war er nicht mit ihnen in der Kirche gewesen? Hätte er es in dieser Zeit schaffen können, Bruder Vesto zu ermorden? Doch was viel wichtiger war, warum sollte er so etwas tun und wie hatte er dies geschafft? Artur glaubte selbst nicht wirklich an seine Theorie. Doch musste schnell eine Antwort gefunden werden für die ganzen merkwürdigen Ereignisse, die immer wieder vorfielen. Sollte es tatsächlich einen Verräter innerhalb des Klosters geben, würde es schwer sein, ihn zu enttarnen. Doch noch schwerer würde es sein, einen gänzlich unbekannten Täter zu fassen. Artur schwang sich trotz der

Schmerzen, die eine Folge der anstrengenden Reise waren, aus dem Bett und begann sich etwas Frisches anzuziehen. In einem Mönchsgewand ging er durch die verlassenen Gänge des Klosters nach unten.

Als er unten im Refektorium angekommen war, war er nicht im Mindesten darüber verwundert, niemanden anzutreffen. Es war schon spät, die Mönche waren längst bei der Arbeit. Artur ging in die geräumige Küche, und als Bruder Clarens ihn sah, dröhnte er mit lauter Stimme: »Artur. Es freut mich, dich wohlbehalten wieder bei uns begrüßen zu dürfen. Du hast bestimmt Hunger, nicht wahr?« Artur nickte steif. Erst jetzt bemerkte er, wie viel Hunger er tatsächlich hatte. Bruder Clarens bereitete kurzerhand ein üppiges Mahl zu und trug es für Artur nach draußen auf den großen leeren Holztisch. Nachdem Artur still das Essen verzehrt hatte, machte er sich auf, um Meister Callidus aufzusuchen, denn er hatte seit einer Woche keinen Unterricht mehr bekommen, und er wusste, wie viel Wert der Großmeister auf regelmäßiges Arbeiten legte. So stieg er, immer noch erschöpft, aber satt, die lange steile Treppe nach oben und klopfte sachte an die Tür. Ein schwaches »Herein« war zu vernehmen und er öffnete langsam die Tür. Meister Callidus saß an einem Tisch und zerrieb gerade etwas in seinem großen Mörser, als Artur eintrat. Ein Buch überdeckte den restlichen Tisch und Meister Callidus sagte, ohne sich umzudrehen, mit seiner brüchigen und weisen Stimme: »Ah, Artur. Ich habe schon von deinem Triumph gehört. Es ist euch also gelungen, Güter zu besorgen, mit denen wir diese schlimme Katastrophe überdauern können.«

Artur nickte. Dann fiel ihm ein, dass Meister Callidus mit dem Rücken zu ihm sprach und er ihn nicht sehen konnte. »Ja, Meister. Nach ein paar Komplikationen haben wir es dann doch noch geschafft.«

Artur zweifelte nicht daran, dass Meister Callidus genau darüber informiert war, was vorgefallen war, und tatsächlich: »Ja, davon habe ich Kenntnis genommen. Tragisch, wenn man bedenkt, dass die Pferde nun schon seit über zehn Jahren in unserem Besitz waren.«

»Aber Großmeister«, sagte Artur zögernd und sprach mit so viel Respekt wie er aufbringen konnte. »Habt Ihr im Hohen Rat denn noch nichts unternommen, um gegen so etwas vorzugehen?«

»Wir haben natürlich darüber gesprochen«, sagte Meister Callidus, während er eine Pflanze fein zerrieb. »Wir haben leider sehr wenige Anhaltspunkte.«

»Glaubt Ihr, dass die Morde hier auf dem Kloster, diese schrecklichen Taten, wie die zerstörte Ernte oder die toten Pferde, in irgendeiner Weise in Verbindung stehen?«, fragte Artur und hielt den Atem an.

»Oh ja«, sagte der Meister, als hätte ihn Artur eben beleidigt. »Ja, ich denke schon. Die Pferde, zeigten, nach der Beschreibung der Mönche, die gleichen Anzeichen eines Mordes wie die Mönche. Nämlich gar keine. Ja, es ist höchst erstaunlich, aber kein Opfer, ob Mensch oder Tier, hat bisher irgendeine Spur von Gewalt aufgewiesen. Nur einzig und allein das Grauen war ihnen ins Gesicht geschrieben. Ich glaube, du hast genauso wenig wie ich, schon einmal von jemandem gehört, der zu Tode geängstigt worden war.«

»Wenn das alles ist, was wir wissen, dann haben wir doch keine Chance, diese grausamen Taten aufzudecken, nicht wahr?«

Meister Callidus drehte sich nun um. »Kein Verbrechen ist perfekt, Artur. Man muss den Fehler nur finden.«

»Also glaubt Ihr auch nicht, dass es irgendetwas mit dem Zorn Gottes zu tun hat, weil das Kloster schon so lange gegen Gottes Gesetz verstößt, da der Abt immer ein Kind zeugt?«, bohrte Artur sofort nach.

»Artur, du musst sehen, dass die Opfer auf Einflüsse von Gewalt und sogar auf die uns bekannten Gifte geprüft wurden. Nichts. Nicht einmal die kleinste Spur war zu finden. Wenn wir nicht schnell eine Lösung finden, könnte es zu einer Panik unter den Mönchen kommen, und sie könnten fordern, dich zu ersetzen, um den Herrn zu besänftigen. Verstehst du? Sie haben Angst, und Angst bringt die Menschen dazu, furchtbare Dinge zu tun. Non mortem timemus, sed cogitationem mortis.« Meister Callidus wandte sich wieder dem Tisch zu.

»Habt Ihr dennoch eine Idee, wer es sein könnte? Wer diese ganzen Morde begehen könnte. Wer so skrupellos wäre, die komplette Ernte zu zerstören und uns zu folgen, nur um die Pferde zu töten?«

»Das ist es ja. Wir haben ebenso wenig Ahnung wie du. Prinzipiell könnte es jeder sein, aber praktisch nur der, der gegen unseren Eid verstößt, den er geleistet hat, und natürlich gegen Gottes Gebot. Wie lautet das fünfte Gebot Gottes, Artur?«, fragte Meister Callidus und lächelte nur unmerklich.

»Du sollst nicht töten«, sagte Artur prompt.

»Genau.« Meister Callidus schien zufrieden. Doch Artur musste weiter fragen: »Aber könnte es nicht auch jemand von außen sein? Ein gänzlich Unbekannter.«

»Das wäre möglich, dennoch müsste man sich dann fragen, wie er in das Kloster gekommen wäre. Es wäre bemerkenswert, nach all den Sicherheitsvorkehrungen, die der fleißige Bruder Martin getroffen hatte, und ich würde zu gerne wissen, wie das möglich sein soll.«

Artur wollte gerade etwas erwidern, als sich Meister Callidus erneut umwandte. »Dein Glaube an meine Allwissenheit ist sowohl rührend als auch unangebracht. Ich werde dir nur noch eines sagen: Derjenige, der uns das alles angetan hat, wird eines Tages sehr hoch hinauf gelangen … nur, um zu fallen.«

Artur blickte Meister Callidus verwirrt an, doch er sagte nichts mehr, da Artur wusste, dass es nichts bringen würde, außer neuen Auseinandersetzungen. Dann sprach Bruder Callidus erneut: »Es nützt nichts, jetzt darüber zu reden. Gerade in dieser Zeit müssen wir enger zusammenhalten denn je. Ich würde vorschlagen, wir fahren wie üblich mit dem Unterricht fort. Bruder Martin drängt mich, wir sollen uns beeilen, damit du auch ansehnliche Fortschritte machst.«

Artur hatte begriffen, dass das Gespräch nun vorüber war und erwiderte auch nichts. Er nickte nur und sie fingen mit ihrem Unterricht an.

Als Artur völlig erschöpft am Nachmittag aus dem dunklen Zimmer kam, konnte er kaum noch die Energie aufbringen, nach unten zu gehen. Er hatte keine Lust, zum Abendessen zu gehen, um dort mit Fragen von Bruder Martin erschlagen zu werden. Er ging leise und schnell durch die kühlen Gänge des Klosters, wobei das Dunkel nur durch ein paar Fackeln unterbrochen wurde. Er wusste genau, dass er zum Essen erwartet wurde, doch er war nach dem Unterricht total erschöpft. Er schleppte sich mühsam in seine Zelle, wo er sich ermattet auf das Strohbett fallen ließ.

Artur schlief schlecht in dieser Nacht. Er wurde in seinen Träumen von einem unbekannten Fremden heimgesucht, der ein wenig Bruder Hora ähnelte. Nachdem der Fremde erst an einem großen Gebäude stehen geblieben und dann hineingegangen war, folgte ihm Artur schnell. Die Gestalt hatte offenbar noch nicht bemerkt, dass jemand hinter ihr her war. Als der Fremde begann, an etwas herum zu hantieren, das aussah wie ein großer Altar, blickte er auf und erkannte Artur. Die Gestalt begann zu rennen und Artur begann die Verfolgung aufzunehmen. Doch je schneller er lief, desto schneller flüchtete die Gestalt. Plötzlich wurde die Gestalt von etwas Rotem und Warmen umschlungen und war nicht mehr zu sehen. Artur wachte auf, schweißgebadet und zitternd. Es war noch dunkel. Draußen waren noch keine Sonnenstrahlen zu sehen. Regen prasselte gegen das Fenster und Blitze zuckten über den pechschwarzen Himmel. Artur richtete sich auf und spähte aus dem Fenster. Die Gestalt war immer noch so klar in seinem Bewusstsein, dass Artur umherblickte, um sicher zu gehen, ob sie nicht irgendwo aus dem Schatten treten könnte. Ein Blitz zuckte über den schwarzen Himmel und erhellte für Sekunden den steinernen Innenhof. Als er einen Blick hinüber zur kreuzförmigen Kirche warf, stockte er. Aus den unteren Fenstern drang Licht. Ein warmes und flackerndes Licht. Durch die kunstvoll verzierten Fenster war es merkwürdig verschwommen, fast verzerrt, und doch war es da. Artur sprang aus dem Bett und schlüpfte in seine Schuhe. Was war dort los? Es war mitten in der Nacht und nachts sollte niemand in der Kirche sein. Als Artur auf den Gang trat, sah er den Mönch, der seine Zelle bewachen sollte, auf dem Boden sitzen und schlafen. Er schlich an ihm vorbei und stahl sich im Schatten der Gänge nach unten auf den nassen Innenhof. Das Licht in der Kirche war inzwischen heller geworden und man konnte es jetzt noch deutlicher sehen. Artur schritt über den Hof auf die große Kirchentür zu. Als er merkte, dass er kaum vorankam, begann er zu rennen. Irgendetwas stimmte nicht, das hatte er im Gefühl. Wer sollte so spät in der Nacht in der leeren Kirche sein? Vielleicht konnte jemand nicht schlafen ... und dennoch kam es Artur merkwürdig vor. Ein Blitz schlug auf dem Gipfel des Berges ein, doch nichts passierte. Als er an der Tür angekommen war, drückte er zuallererst ein Ohr gegen das Holz. Ein leises Knacken war über dem anhebenden Donner zu hören und dann konnte Artur nicht länger warten. Er riss die schwere Eichentür auf und betrat die in Flammen stehende Kirche.

Kapitel 8

Als Artur eintrat, konnte er zunächst wenig erkennen. Doch dann wanderte sein Blick zum Hochalter, der lichterloh brannte. Feuer züngelte um ihn herum und tauchten die ganze Kirche in mattgoldenes Licht. Das Knistern und Knacken des Feuers war nun deutlicher zu hören als zuvor. Die gelbroten Flammen leckten bereits am ganzen Hochaltar und schienen ihn vollkommen zu verschlingen. Arturs Füße schienen wie festgefroren zu sein. Doch dann durchfuhr seinen Körper ein Ruck, er löste sich aus seiner Erstarrung und stürzte hinaus. »FEUER, FEUER!« Er rannte, wie er noch nie gerannt war, über den steinernen Innenhof und übertönte sogar den lauten Donner. »FEUER! HILFE, FEUER! DIE KIRCHE STEHT IN FLAMMEN!« Er sprintete auf den Eingang des Dormitoriums zu und riss die Tür auf. »FEUER! HELFT MIR DOCH, FEUER! DIE KIRCHE BRENNT!« Als er den ersten Stock erreicht hatte, meinte er am Ende des Ganges eine Tür zufliegen zu hören, doch er achtete nicht weiter darauf. »FEUER!« Er hämmerte gegen die nächstbeste Tür und schrie erneut: »FEUER! WARUM HÖRT MICH DENN KEINER! DIE KIRCHE STEHT IN FLAMMEN. FEUER!« Plötzlich schlugen überall auf dem Gang Türen auf. Mindestens ein Dutzend Mönche kamen in heillosem Durcheinander aus ihren Zellen geschossen. Artur sah nicht genau hin, wer dabei war, er schrie nur weiter: »FEUER! DIE KIRCHE STEHT IN FLAMMEN! SCHNELL, IHR MÜSST EUCH BEEILEN!« Die Mönche stürzten nach unten und Artur rannte die nächste Treppe nach oben, schrie und brüllte sich dabei die Seele aus dem Leib.

Als er die Mönche von allen Stockwerken alarmiert hatte, rannte er wieder nach unten. Ein chaotisches Durcheinander war ausgebrochen. Mönch um Mönch rannte in den Gängen auf und ab und versuchte nach draußen zur Kirche zu kommen. Als Artur wieder auf dem Hof war, waren bereits einige Mönche auf dem Weg zum Wasserfall. Einige Mönche wankten schon mit randvollen Eimern zur Kirche. Die Eimer waren prall gefüllt mit klarem Wasser. Der Regen erschwerte den Mönchen die Löscharbeiten um ein Vielfaches und Artur verspürte den starken Drang zu helfen. Er wollte gerade losrennen, als jemand die Arme um seinen Bauch schlang. Bruder Martin war soeben im Eingang erschienen und hatte Artur gepackt. »Artur, du bleibst hier. Wir werden das erledigen. Begib dich nicht in Gefahr.«

Bruder Martin rannte so schnell ihn seine kurzen Beine tragen konnten hinüber zu der Kirche, aus deren Fenstern mittlerweile orangerote Flammen schlugen, und es machte den Anschein, als ob sie den nackten Stein der äußeren Mauer verschlingen wollten. Artur beobachtete, wie alle Mönche zum Wasserfall eilten und dort Wasser holten. Ja, das Feuer war gierig und würde nichts freiwillig wieder hergeben. Bruder Ovis, Bruder Hora, Bruder Scriba, Bruder Clarens und auch der unfreundliche Bibliothekar, dessen Gespräch mit Bruder Martin er belauscht hatte, waren allesamt mit Löschen beschäftigt. Artur wusste nicht, ob er es sich einbildete, aber Bruder Horas Schritte schienen sonderbar langsam für einen aufgebrachten Mönch, dessen Gotteshaus gerade in Flammen stand. Dann schlich sich ein Gedanke, der viel zu schrecklich war, um ihn auszusprechen oder nur darüber nachzudenken, in seinen Kopf. Vielleicht hatte Bruder Hora selbst etwas mit diesen Vorfällen zu tun. Vielleicht war der Hohe Rat infiltriert worden. Artur hielt es jetzt nicht mehr aus. Er konnte nicht einfach hier herumstehen und alles geschehen lassen. Er musste etwas unternehmen. Er setzte seine braune Mönchskapuze auf und rannte hinüber zur Mühle. Regen schlug ihm hart ins Gesicht, die Schreie der vielen Mönche wurden immer wieder vom Donner unterbrochen. Als er an der Mühle angekommen war, sah er gerade, wie Bruder Martin Wasser aus dem niederbrausenden Wasserfall schöpfte. Er wandte sein Gesicht ab und schnappte sich einen Eimer der dort herumstand. Ohne abzuwarten rannte er zum Wasser und machte den Eimer randvoll. Er schleppte ihn so schnell er konnte hinüber zur brennenden Kirche, bei der es mittlerweile von Mönchen wimmelte und pures Chaos herrschte. Artur sprang nach vorne und kippte seinen Eimer über die nächsten Flammen, die gerade den Ambo befallen wollten, und trieb sie ein Stück zurück. Erst jetzt bemerkte er, wie aussichtslos das alles war. Denn mit keiner Wassermenge die ein Eimer fasste, konnte man etwas ausrichten. Artur stürzte erneut zur Tür hinaus und musste sich unter Bruder Martin wegducken, damit er nicht erkannt wurde. Wieder kamen Mönche vom Wasserfall zu ihnen herüber gerannt, die Hände nass und die Eimer voll mit kaltem Wasser. Der Regen peitschte nun so heftig, dass man kaum noch etwas sah.

»Artur?« Eine Stimme hatte seinen Namen genannt und sofort zuckte er zusammen und wirbelte herum. Bruder Hora kam eilends auf ihn zugerannt und sagte: »Was tust du denn hier? Du solltest nicht helfen, nicht bei einer so gefährlichen Aufgabe. Geh schnell zurück zum Dormitorium. Wenn Bruder Martin dich hier sieht, bekommst du Ärger.«

Artur nickte. Er wollte aber nicht zurücklaufen und all die Mönche das Feuer allein bekämpfen lassen. Als Artur wieder bei den Wohnungen war, sah er, dass das Feuer nun schon den kompletten vorderen Teil der Kirche erfasst hatte. Mönch um Mönch stolperte in die Kirche und schüttete Eimer um Eimer auf die alles vernichtenden Flammen. Als Artur gerade wieder loslaufen wollte, weil er es nicht länger aushielt, sah er, wie eine Gestalt, die an der Tür gestanden hatte, zurück ins Dunkel trat. Artur runzelte die Stirn und verengte die Augen zu Schlitzen. Wer von den Mönchen hatte die Nerven, jetzt, wo ihr Gotteshaus in Flammen stand, hier zu bleiben und nichts zu tun? Artur ging langsam auf die Tür zu und öffnete sie. Niemand war da. Nachdem er eingetreten war, vernahm er Schritte, die sich schnell den Gang entlang bewegten und es offenbar eilig hatten zu verschwinden. Artur stahl sich um eine Ecke und folgte der dunklen Gestalt im Schatten, sodass er nicht zu sehen war. Es war mehr als nur merkwürdig, dass es hier auf dem Kloster St. Caritum Mönche gab, die es sich anmaßten, in einer solchen Situation im sicheren Dormitorium zu bleiben. Die Gestalt beschleunigte ihre Schritte und lief nun geradewegs auf eine Tür zu, die am Ende des Ganges war. Als die Gestalt sie aufstieß, blickte sie noch einmal den Gang auf und ab und verschwand dann darin. Artur blieb vor der Tür stehen und drückte nun ein Ohr auf das glatte Holz. Es war nicht das leiseste Geräusch zu vernehmen. Als er einige Momente dort ausgeharrt hatte, musste er einsehen, dass es keinen Sinn mehr hatte hier zu warten. Doch sollte er so einfach weggehen und den Feigling hier drin in Ruhe warten lassen, bis die Kirche vollständig abgebrannt war und alles in einer Katastrophe endete? Nein, soweit würde es nicht kommen. Artur fasste sich ein Herz und stieß die Tür auf.

Zuallererst erweckte die Zelle den Anschein, als ob sie vollkommen ruhig, sauber und verlassen dalag. Doch als Artur sich ein wenig in dem Raum umsah, bemerkte er eine Gestalt, die in einem kleinen Sessel saß. Sie hatte noch immer die dunkle Kapuze auf und war offenbar in ein Buch vertieft. Als Artur die Tür schloss, blickte sie langsam auf. Ihr Gesicht lag im Schatten, sodass es nicht zu erkennen war. »Solltest du nicht draußen bei den anderen sein, um dafür Sorge zu tragen, dass unsere Kirche den morgigen Sonnenaufgang noch erlebt?«, fragte eine Stimme, die Artur entfernt vertraut war.

»Solltet Ihr nicht draußen bei den anderen sein, um dafür Sorge zu tragen, dass unsere Kirche überhaupt noch die Nacht übersteht?«, warf Artur in angriffslustigem Ton dem Bibliothekar entgegen.

»Natürlich«, sagte er und stieß ein leises Kichern aus. »Aber ich bin über solche Gewalteinflüsse der Natur erhaben.« Nun setzte er endlich die Kapuze ab. »Ich habe mich dir noch gar nicht vorgestellt.« Der Mönch unterbrach sich für einen Augenblick, und es hatte den Anschein, dass er lauschte, ob er noch die wütenden Flammen im steinernen Innenhof vernehmen konnte. Der Bibliothekar hatte ein schmales und bleiches Gesicht und machte den Anschein, als ob er immer über irgendetwas Unheil verkündendes nachdenken würde. Seine grauen Augen huschten über Arturs Gesicht hinweg, als wolle der Mann seine Gedanken lesen. »Ich bin Bruder Vanum, und wie du schon gesehen hast, ist es meine Aufgabe, die alten Bücher in der Bibliothek zu erhalten, damit sie niemals in Vergessenheit geraten. Ganz genau wie unsere Traditionen und Schicksale.«

Artur lachte bellend auf und sagte dann spöttisch: »Auf einmal seid Ihr positiv unseren Traditionen gegenüber gestimmt?« Seine Stimme bekam einen leichten wütenden Unterton. »Ich dachte, Ihr wärt es, der die Traditionen für Unfug hält und meine geistigen Weisheiten infrage stellt«, sagte Artur.

Bruder Vanum blickte ihn erschüttert an. Sicherlich fragte er sich genau in diesem Moment, woher Artur dies wusste. »Nun, du hast sicherlich ...«

»Ich würde liebend gerne noch ein wenig mit Euch plaudern, aber angesichts der Tatsache, dass unsere Kirche gerade lichterloh brennt, wäre ich erfreut, dies zu verschieben, und ich bin sicher, Ihr werdet jetzt Eure Erhabenheit über die Naturgewalten überwinden, nach draußen gehen und helfen zu retten, was zu retten ist.«

Bruder Vanum sah aus, als hätte Artur ihm ins Gesicht geschlagen. Sicherlich hatte ihm noch kein sechzehnjähriger Junge einen direkten Befehl erteilt, der gewaltige Folgen hätte, wenn er sich widersetzen würde. Der Bibliothekar erhob sich langsam aus seinem Sessel und legte das Buch beiseite. Ruhig ging er auf Artur zu. Im ersten Moment dachte Artur, er würde ihn schlagen doch er rührte keinen Muskel, er blickte nur voller Abscheu auf Artur herab. »Ich mahne Euch zu eilen«, sagte Artur und seine Stimme zitterte vor unterdrückter Wut. Dann ging Bruder Vanum um ihn herum und verschwand in der Dunkelheit.

Artur konnte es nicht fassen. Bruder Vanum zog sich in seine sichere Zelle zurück, während alle anderen draußen versuchten die Kirche zu retten und ihr Leben riskierten. Er wusste nicht, was er davon halten sollte, und doch wusste er, dass es mehr als verdächtig war. War er es vielleicht sogar gewesen, der die Kirche in Brand gesteckt hatte? Doch wie sollte Artur dies beweisen? Die Mönche glaubten sicherlich wieder, dass es der Zorn Gottes war, der auf sie herabkäme, doch dies war einfach unglaublich. Aber welchen Grund hätte Bruder Vanum gehabt, die Kirche anzuzünden? Was nützte es ihm, sein eigenes Gotteshaus in Brand zu stecken? Als Artur den dunklen Korridor wieder eilends durchschritt, hallten seine Schritte noch lauter als zuvor. Als er die Tür erreicht hatte, trat er in die kalte Nacht hinaus und blickte erwartungsvoll zur Kirche hinüber. Die Flammen waren inzwischen durch die emsigen Mönche zurückgedrängt worden, und man sah nur noch ein kleines Flackern und Glimmen in der Kirche. Bruder Vanum, der gerade in gemächlichem Schritt auf die Kirche zuging, warf immer wieder scheue Blicke umher und vergewisserte sich, dass niemand sah, wie langsam er über den Hof ging. In Artur kochte die Wut ein zweites Mal in dieser Nacht hoch und er hätte Bruder Vanum am liebsten hinterhergeschrien, er solle sich beeilen. Ein paar Augenblicke später, die Artur wie Stunden vorkamen, war es endlich vorbei. Das feuerrote Glühen in der Kirche erstarb und die Flammen verschwanden zur Gänze. Nichts deutete nun mehr darauf hin, dass hier etwas Schreckliches geschehen war, außer vielleicht die vielen Mönche, die immer noch aufgeregt über den ganzen Hof liefen, oder der Qualm, der aus den Fenstern der Kirche drang, von denen einige zersprungen waren. Artur hielt es nun nicht mehr für sehr gefährlich, die Kirche zu betreten oder sich ihr zu nähern, und schritt nun eilig über den dunklen Hof. Als er die Kirche erreicht hatte, trat er hinein und ging bestimmt auf den Hochaltar zu. Ein beißender Geruch von Asche, vermischt mit Rauch, wirbelte in der ganzen Kirche umher und tauchte alles in dunkles, unheilvoll wirkendes Licht. Der vordere Teil des Gebäudes war vollständig ausgebrannt. Der gesamte Hochalter war zerstört worden und viele Heiligenstatuen waren beschädigt und manche Bilder konnte man nur noch im Ansatz erkennen. Ein beißender Geruch von Feuer, vermischt mit Asche und Rauch, drang in Arturs Nase. Bruder Martin stand vorne beim Altar mit den drei anderen Mitgliedern des Hohen Rates. Alle sahen mit leeren Blicken auf den Trümmerhaufen, der nun ruhig vor ihnen lag – unschuldig und nichts ahnend, was der Anblick für eine Trauer bei allen Mönchen auslöste.

»Bruder Martin?«, begann Artur zaghaft. Bruder Martin reagierte nicht sofort. Er drehte den Kopf langsam in Arturs Richtung und erwiderte traurig seinen Blick. »Ja?«, sagte er tonlos.

»Geht es Euch gut?«

Bruder Martin lächelte gequält. »Nun, mir geht es soweit gut, aber unsere Kirche hat einiges abbekommen.«

Nachdem Bruder Martin die Kirche vollkommen hatte räumen lassen und alle wieder ins Bett geschickt hatte, blickte Artur durch das Fenster in seiner Zelle noch einmal auf die halb zerstörte Kirche. Von außen war jetzt nicht viel zu sehen, vor allem, weil der Regen noch dichter geworden war. Artur ließ sich auf das weiche Bett fallen und war fassungslos. Was, um Himmels Willen, war in dieser Kirche heute Nacht geschehen? Hatte wirklich Bruder Vanum etwas damit zu tun gehabt? Oder war es nur Zufall, dass Artur ihn in seiner Zelle angetroffen hatte? Hatte Bruder Vanum nicht gesagt, dass er über solche Naturgewalten erhaben war? Aber dieser Brand konnte nichts mit dem Gewitter zu tun haben oder mit einem anderen Naturereignis, schließlich war das Feuer innerhalb der Kirche ausgebrochen. Würden diese Katastrophen, angefangen von den Morden der Mönche und Pferde bis hin zu dem Kirchenbrand und dem Zerstören der Ernte, solange weitergehen, bis schließlich alle Mönche die Ansichten von Bruder Vanum teilten und ihn, Artur, vertreiben wollten? Würden die Mönche ihre Bestimmung, die Tradition und all das, für was sie die letzten Jahre gekämpft hatten, verraten, nur weil momentan alles schief ging? Doch was würde dann aus dem größten Schatz der Christenheit werden? Würden sie ihn weiter beschützen, ohne Artur? Hatte Bruder Martin nicht gesagt, dass der Abt alleine der Schatzhüter sein konnte? Hatte er nicht erwähnt, dass der jeweilige Abt ein Kind zeugen musste, damit die Tradition weiter bestehen konnte? Hatten also Arturs Vorfahren seit das Kloster existierte die Stellung des Abts inne? Oder waren die Mönche so dreist und würden ihm diese entreißen und die Aufgaben des Abts einem anderen Mönch übertragen? Als Artur schließlich nicht mehr klar denken konnte, fielen ihm die Augen zu und der Schlaf übermannte ihn.

Am nächsten Morgen erwachte Artur so jäh und unerwartet, als hätte man ihm Wasser ins Gesicht geschüttet. Erst nach einigen Momenten wusste er, was ihn geweckt hatte: Von draußen drang Lärm in die verdunkelte Zelle und schien den ganzen Raum zu erfüllen. Trister Nebel hing über dem gesamten Kloster. Artur sah hinüber zur Kirche, von der noch immer etwas Rauch in den grauen Himmel aufstieg. Dutzende von Mönchen kletterten schon an der Kirche entlang und reparierten, was sie konnten. Auch im Inneren waren Männer, die mit Hämmern und Brettern auf und ab liefen und reparierten. Artur ging gleich nach unten, um etwas zu essen, bevor er nach draußen ging und sich die Sache bei der Kirche ein wenig näher ansah. Als ihn die kühle Luft empfing, atmete er sie in tiefen Zügen ein und schritt dann schnell zur Kirche hinüber. Bruder Martin leitete und beaufsichtigte offenbar die Arbeiten an der Kirche und gab lauthals Anweisungen, wo man Bretter anbringen musste, welche Bilder man ersetzen sollte und schrie dies kreuz und quer über den Hof.

»Ah, Artur«, sagte er und schenkte ihm ein entschuldigendes Lächeln. »Es tut mir leid, dass ich gestern Nacht so unfreundlich zu dir war. Ich weiß, dass wir es nur dir zu verdanken haben, dass unsere Kirche noch steht.«

Artur nickte. »Was werdet Ihr jetzt tun?«, fragte er unsachlich, doch es war ihm gleich.

»Nun wir werden den vorderen Teil der Kirche erneuern müssen. Gott sei Dank ist das Feuer dort geblieben und hat nicht einmal den Glockenturm beschädigt. Nicht auszudenken, was passiert wäre, wenn das Feuer auf die hölzerne Treppe übergegriffen hätte«, sagte Bruder Martin theatralisch, erschauerte und blickte unwillkürlich nach oben.

»Habt Ihr eine Ahnung, wie das Feuer ausgebrochen ist?«, fragte Artur gespannt.

»Nein«, seufzte Bruder Martin, nachdem er einem kleinen Mönch eine Anweisung zugebrüllt hatte, etwas vorsichtiger mit einem Bild umzuspringen, welches er gerade aus der Kirche trug. Dann warf er ihm einen geheimnisvollen Blick zu. »Einige Mönche munkeln von einem zerstörerischen Blitz, der die Mauern durchbrochen haben könnte und das Innere der Kirche getroffen hat. Ich habe schon versucht, die Gerüchte über die zerstörerische Kraft zu mildern, denn manche haben schon Gerüchte gestreut, dass Gott selbst seine Finger im Spiel gehabt hätte.«

Arturs Inneres verkrampfte sich schmerzhaft, doch er ließ sich nichts anmerken. Er wandte Bruder Martin den Rücken zu, ging schnellen Schrittes in das Innere der Kirche und versuchte den Blicken der Mönche auszuweichen. Dort, wo das Feuer seine unglaubliche Kraft entladen hatte, waren deutliche Spuren zu sehen. Fast der gesamte Hochaltar war zerstört worden. Teile des Altars hatten

Risse und die Statuen und Bilder waren zerstört. Artur ging langsam nach vorne und versuchte, nicht auf die Mönche zu achten, die ihn alle anstarrten. Als er dort angekommen war, sah er sich um. Nichts deutete darauf hin, dass ein Blitz durch die meterdicke Decke gedrungen war. Die vielen Kerzen, die hier brannten, waren geschmolzen, und das Wachs war an den Sockeln heruntergeflossen. Dann fiel Artur etwas ins Auge. Ein Gefäß, welches an einer silbernen Kette befestigt war, lag schräg gegen den hölzernen Hochaltar gelehnt. Es bot einen komischen Anblick, fast so, als hätte es jemand dort hingelegt. Artur stutzte und ging darauf zu. In diesem Gefäß war ein heruntergebrannter Docht und es roch stark nach verschüttetem Öl. Auch an der Stelle des Hochaltars, wo es gelegen hatte, war ein intensiver Ölgeruch.

»Entschuldigt«, sagte Artur zu einem untersetzen, kleinen Mönch, der gerade dabei war, eine zersprungene Statue zu inspizieren. »Könnt Ihr mir sagen, was das hier ist?«, fragte Artur höflich und zog den Mönch hinüber zu dem grotesken Gefäß. Der Mönch schaute einen Augenblick verwirrt, ganz so, als ob er nicht wusste, ob er Arturs Frage ernst nehmen sollte und sich nicht Sorgen um seinen Geisteszustand machen müsste, dann antwortete er jedoch: »Das ist das Ewige Licht. Es muss wohl bei dem Brand heruntergefallen sein. Dort drin brennt normalerweise immer ein Licht, welches an die ständige Anwesenheit Gottes erinnern soll.« Er wuselte zurück zu seiner Arbeit und hinterließ Artur dem beißenden Gestank nach erloschenem Feuer.

Als Artur die Kirche wieder verließ, kam sofort Bruder Martin auf ihn zu. »Artur«, sagte er freundlich und schnell, bevor Artur wieder weglaufen konnte. »Ich möchte, dass du dich in einer Stunde in unserem Refektorium einfindest.«

»Warum?«, wollte Artur wissen. Er hasste es, Anweisungen zu bekommen, ohne den Grund dafür zu kennen. »Ich erkläre dir alles später, jetzt muss ich schnell weiter.«

»Aber ich ...« Doch Bruder Martin war schon zum nächsten Bruder gehastet, er hatte auch diesem gegenüber den gleichen Wunsch geäußert.

Nach einer Stunde, die nur zäh verstrich und in der Artur nichts anderes unternahm, als bei der Kirche zu bleiben und zuzusehen, wie diese notdürftig aufgeräumt wurde, machte er sich auf zum vereinbarten Treffpunkt. Als er schließlich auf seinem Stuhl Platz genommen hatte, bemerkte er, zu seiner eigenen Verwunderung, dass sogar Meister Callidus von seinem Turmzimmer herabgekommen war. Artur hatte ihn noch nie hier unten gesehen. Er saß zwar in einer dunklen Ecke, war aber wegen seines weißen Gewandes immer noch gut zu erkennen. Es war höchst ungewöhnlich, aber die bloße Anwesenheit von Meister Callidus brachte vollkommene Ruhe in die sonst so hektische Runde der Mönche. Doch Meister Callidus schien nichts anderes zu tun, als lediglich in Kontemplation zu verfallen und zu lauschen. Bruder Martin, der in der Mitte der

Tafel saß, erhob sich schließlich: »Ich darf Euch alle zu unserer Versammlung begrüßen. Ihr wisst wohl alle, warum wir hier sind.«

Als jeder Mönch begriffen hatte, dass dies keineswegs eine rhetorische Frage gewesen war, blickten viele hastig auf den Boden. Niemand machte Anstalten, Bruder Martins Frage zu beantworten, und so fuhr er langsam fort: »Nun, es geht darum, dass auf unserem Kloster Dinge geschehen, die eigentlich nicht geschehen dürften. Wir haben keine Ahnung, wer oder was dafür verantwortlich ist.« Gespanntes Schweigen trat ein. Bruder Martin konnte es sich nicht anmaßen, einen Verdacht gegenüber einem Mönch auszusprechen, der vielleicht überhaupt nichts mit dieser Sache zu tun hatte. Doch Artur war der festen Überzeugung, dass niemand über den Verdacht des Verrates erhaben war, nur weil er ein braunes Mönchsgewand trug. »Ich denke, keiner von uns weiß, was gestern Nacht in unserer Kirche geschehen ist, nicht wahr?« Noch immer rührte sich keiner. Bruder Martin schien halbwegs erleichtert, dass niemand aufsprang und alles gestand, denn sonst hätten sie ein ernsthaftes Problem gehabt. Artur blickte gespannt zu Bruder Vanum, dem Bibliothekar, der sich die Freiheit genommen hatte, im sicheren Kloster zu verweilen, bis alles vorbei war. Sollte er ihn jetzt erneut darauf ansprechen und darauf warten, dass er ihm wieder irgendein Märchen auftischte? Als erneut niemand sprach, lehnte sich Artur in seinem Stuhl vor und sagte dann laut: »Bruder Vanum?« Der Mönch zuckte zusammen, als hätte man etwas nach ihm geworfen. »Ihr habt Euch zu diesem bedauerlichen Zwischenfall noch gar nicht geäußert. Höchst erstaunlich. Ich denke, Ihr solltet dem Hohen Rat und allen hier Versammelten Eure Sicht der Dinge detailliert darlegen oder denkt Ihr, dass ich mit meinem Verstand nicht folgen kann?«, sagte Artur von oben herab. Alle blickten Artur an. Sogar Meister Callidus schien verdutzt. Im ersten Moment sah Bruder Vanum aus, als hätte Artur von ihm verlangt, sich seinen rechten Arm abzuhacken. Artur war sicher, dass er abwog, ob es klug war, so früh Feindseligkeiten zu eröffnen. Dann zog sich eine Art Lächeln über seinen Mund und er sprach: »Natürlich, Artur«, sagte er und seine Stimme zitterte ebenfalls vor unterdrückter Wut, doch er versuchte, mit aller Macht ruhig zu bleiben. »Sicherlich haben einige von Euch bemerkt, dass ich nicht in der Lage war, beim Löschen des Brandes zu helfen, da mein Wohlbefinden an diesem Abend es nicht zuließ. Mea Culpa«, sprach er in die Runde und sein Gesicht nahm einen demütigen Ausdruck an. »Und dennoch denke ich, dass ich meine Ansichten und mein Wissen mit Euch allen teilen sollte.«

»Nun gut«, sagte Artur. »Lasst uns teilhaben an Eurer unsagbaren Weisheit.«

Bruder Vanum blickte ihn jetzt böse an und sagte dann laut über den Tisch hinweg, als habe er vergessen, dass er gerade seine Ansichten verdeutlichen wollte: »Es ist an der Zeit, dass du etwas Respekt lernst, mein Junge.«

Artur blickte nicht weniger böse zurück und sagte dann vollkommen ruhig: »Es ist an der Zeit, dass Ihr Euch Respekt verdient.«

Bruder Vanums Augen blitzten bedrohlich. »Nach meinem Erachten«, sagte Bruder Vanum, als hätte er Artur nicht gehört, »ist ein Blitz in die Kirche eingeschlagen und hat …«

»Aber wie«, sagte Artur laut, um Bruder Vanum zu übertönen. »Wie soll ein Blitz durch eine meterdicke Mauer dringen, ohne diese zu beschädigen? Ich bin sicher, Ihr werdet auch darauf eine passende Antwort haben.«

»Natürlich«, sagte Bruder Vanum sofort und die Brüder wandten ihre Blicke wieder ihm zu. »Ich habe schon vor längerer Zeit von einem Phänomen gehört, bei dem ein Blitz die Gestalt einer runden Kugel annimmt, um sich auf dem Boden fortbewegen zu können. Diese könnte durch die Tür oder durch ein Fenster hereingekommen sein. Ganz zweifellos hat der Herr selbst diese Kugel geschickt, um uns ein Zeichen zu setzen, und vielleicht hat sogar der Teufel seine Hand im Spiel.«

Rund um den Tisch hob Geflüster an. Meister Callidus schüttelte in seiner Ecke den Kopf und murmelte etwas in sich hinein. Artur schaute in das Gesicht von Bruder Martin. In dessen Gesicht spiegelten sich Angst und Trauer: »Meine Brüder. Ich hoffe, wir sind uns alle einig, dass mit unserer Kirche etwas Schreckliches geschehen ist. Aber ich denke, wir können nicht einfach den Herrn selbst in diese Angelegenheit hineinziehen.«

Wieder hob ein Gemurmel an und verstummte jäh, als plötzlich Meister Callidus aufstand und auf den Tisch zuging. Mit einem Mal herrschte Totenstille. Niemand wagte es, auch nur einen Mucks von sich zu geben, wenn der Großmeister etwas sagen wollte. »Meine lieben Brüder«, sagte er mit seiner alten Stimme, doch er sprach laut und deutlich. Kein Geflüster hatte nun den Tisch ergriffen. »Alle an diesem Tisch Sitzenden haben offenbar vergessen, warum unser Orden dieses Kloster schon seit Jahrhunderten bewohnt. Es steht uns nicht zu, zu entscheiden ob Gott – oder selbst der Teufel ...«, und er warf einen flüchtigen Seitenblick auf Bruder Vanum, »... selbst etwas mit diesen Machenschaften zu tun hat. Wir dienen einzig und alleine dem Abt um zu bewahren, was bewahrenswert ist. Den größten Schatz der Christenheit zu schützen ist keine leichte Aufgabe, und doch ist diese Aufgabe seit Jahrhunderten im Besitz der Familie Arturs. Ich denke, Ihr erinnert Euch nur zu gut an unseren vergangenen Abt. Sein Andenken mit dieser Schande zu beflecken, alle glauben zu lassen, der Herr selbst würde uns für den Verrat bestrafen, dass der jeweilige Abt ein Kind zeugt, ist einzig und allein Blasphemie.« Jetzt hatte er seine Worte direkt an Bruder Vanum gerichtet. Dieser wich seinem Blick zwar nicht aus und doch schien Betroffenheit in seinen Augen erkennbar zu sein. Schweigen war nach diesen Worten die Devise. Niemand, nicht einmal der Hohe Rat, sagte ein Wort.

Artur vermutete, dass es selten vorkam, dass der Großmeister aus seiner Zelle kam und an solchen Versammlungen teilnahm, und dass er dabei immer mit größtem Respekt behandelt wurde. Dann humpelte er wieder zurück auf seinen Stuhl und Bruder Vanum ergriff schnell das Wort. »Ich bin sicher, wir werden immer voller Ehrfurcht an den Abt denken, doch dann müssen wir uns trotzdem fragen, wenn alle meine Ansicht infrage stellten, wie die Kirche Feuer fing?«

Darauf hatte offenbar niemand eine Antwort. Doch Artur erinnerte sich plötzlich an etwas. »In der Kirche lag das ewige Licht in einem sehr komischen Winkel am Hochaltar, der natürlich aus Holz ist. Ich will es niemandem unterstellen, aber dass es von allein dorthin gekommen ist, ist wohl sehr fraglich.«

»Willst du damit sagen, dass einer von uns ...«, doch Bruder Vanum wurde augenblicklich von Bruder Ovis unterbrochen: »Ruhe. Seid sofort still. Ihr werdet nicht schon wieder das Wort des Jungen anzweifeln und Eure Lügenmärchen zu Ungunsten Arturs verbreiten.« Bruder Vanum verstummte sofort und blickte verärgert über den Tisch zu Bruder Ovis. Viele Brüder hatten nun betroffen den Kopf von der Szenerie abgewandt, und Artur war sich sicher, dass einige von ihnen bereits Bruder Vanums Geschichten gelauscht hatten. Artur nickte Bruder Ovis dankend zu und fuhr fort. »Ich habe es nicht angerührt. Wir können zur Kirche gehen und es uns ansehen.«

Bruder Martin sprang auf. Die anderen taten es ihm gleich. »Das werden wir sofort machen«, sagte er, ging hastig zur Tür und hielt sie für alle anderen auf. Bruder Vanum sah erst so aus, als wolle er Anstalten machen zu widersprechen, erhob sich dann jedoch und ging stolzierend hinaus. Artur war mit Meister Callidus der Letzte, der den Raum verließ. Schweigend liefen alle über den Innenhof und betraten schließlich die kühle Kirche. Der gesamte Hohe Rat, und dieses Mal sogar Meister Callidus und Artur, gingen nach vorne zum Hochaltar. Sie schritten auf das ewige Licht zu, welches immer noch auf dem Boden lag und gegen den Hochaltar lehnte. Das Glas hatte einen Sprung. »Wenn das Licht ewig brennt«, sagte Artur, »dann muss es doch durch irgendetwas gespeist werden, denn sonst könnte es nicht brennen.«

»Richtig«, sagte Bruder Scriba leise. »Das Öl«, sagte er mehr zum Hohen Rat als zu Artur. »Es ist weg.«

Jetzt verstand Artur. Das ewige Licht wurde durch Öl am Erlöschen gehindert. Bruder Martin hob schließlich das Gefäß auf und zog eine kleine Kerze heraus. Dann sah er hinein und sagte: »Es stimmt. Das Öl ist weg.« Da meldete sich plötzlich Bruder Ovis zu Wort, so leise, dass nur der Hohe Rat es hören konnte: »Ich habe bei meinem morgendlichen Kontrollgang durch das Lager bemerkt, dass etwas Öl fehlte. Ich glaubte zuerst, es war meine Schuld. Vielleicht hatte ich die Aufschriebe unsauber angefertigt, mit welchen wir die Bestandteile des Lagers kontrollierten. Doch nach dem heutigen Abend glaube ich, dass jemand für das Öl anderweitig Verwendung gefunden hat.« Er blickte vielsagend in die Runde und nickte Unheil verkündend. »Das Öl in der Lampe könnte verbrannt sein«, ertönte nun eine Stimme hinter ihnen. Bruder Vanum kam die Treppen zum Hochalter herauf.

»Natürlich, das wäre möglich«, sagte Bruder Ovis. »Das erklärt dennoch immer noch nicht, warum das ewige Licht nicht mehr an den Ketten an der Decke hängt, sondern hier auf dem Boden liegt.«

Darauf hatte Bruder Vanum offenbar keine Antwort. Er blickte nur auf das Gefäß in Bruder Martins Händen. »Nun gut. Da wir hier nicht weiter kommen, denke ich, ist es das Beste, wenn alle an ihre Arbeit zurückkehren. Und dennoch möchte ich noch einmal jeden einzelnen beschwören, die Augen offenzuhalten; jeder Zwischenfall ist mir sofort mitzuteilen.« Mit diesen Worten entließ Bruder Martin alle aus der abgebrannten Kirche.

An diesem Abend ging Artur früh zu Bett. Er hatte schon gegessen, als alle Mönche zum Essen kamen, denn er verspürte nicht die geringste Lust, sich wieder böse von Bruder Vanum anblicken zu lassen. Als er auf seiner Pritsche lag, ging die Sonne gerade unter. Er dachte noch einmal an das Gespräch und dass Bruder Vanum in irgendeiner Weise mit diesen schrecklichen Vorkommnissen zu tun haben könnte. Nachdem er die Versammlung in seinen Gedanken noch einmal durchlebt hatte, fielen ihm schließlich die Augen zu und er wogte hinüber in den sanften Schlaf.

Kapitel 9

Als Artur am nächsten Morgen erwachte, schien es, als hätte er kaum geschlafen. Eine schwarze Gestalt hatte seine Träume heimgesucht und ihn nicht zur Ruhe kommen lassen. Artur wusste jedoch, dass er aufstehen musste, denn Meister Callidus würde es nicht gutheißen, wenn er schon wieder bis Mittag schlief und so viel wertvolle Zeit vergeudete. Als Artur hinausblickte, dachte er eigentlich, er würde weitere Mönche sehen, wie sie wieder an der Kirche bauten, doch es war niemand zu sehen. War denn schon wieder etwas geschehen? Artur kletterte aus dem Bett und zog sich rasch an. Er öffnete die Tür, glitt in den kühlen Flur hinaus, wobei er den Weg einschlug, der ihn zum Refektorium führte. Er begegnete niemandem und die kalten Wände schienen seine Ängste noch zu vertiefen. Als er die Tür zu dem holzgetäfelten Raum öffnete, stieß er einen leisen Seufzer aus. Auch hier war niemand. Was war geschehen? Er ging zurück zum Dormitorium und suchte die Stockwerke ab. Doch er wurde nicht fündig und mittlerweile war er davon überzeugt, dass das Kloster verlassen war. Wo waren denn alle? Als er auf den steinernen Innenhof hinaustrat, sah er dann plötzlich etwas. Links, neben der kreuzförmigen Kirche, war ein kleiner Raum, in dem sich offenbar alle Mönche des Klosters versammelt hatten. Dieser schlichte und kleine Raum war Artur bei seinem ersten Rundgang durch das Kloster überhaupt nicht aufgefallen, denn es sah so aus, als wäre dieser Raum ein Anbau an die Kirche, was jedoch nicht so war. Dort drin waren Stimmen zu hören. Viele Stimmen. Das war sicher. Artur betrat das Zimmer und stand allen Mönchen des Klosters gegenüber. Sie waren vornübergebeugt und begutachteten etwas mit starrem Blick. Noch hatte niemand bemerkt, dass Artur soeben dazugekommen war. Als er sich nervös räusperte, wirbelten alle zugleich herum und keuchten. Angst und Verzweiflung spiegelten sich in ihren Gesichtern wider. »Was ist denn hier los?«, fragte er laut in die Runde, und als niemand antwortete, bekam er es mit der Angst zu tun. Er stürzte auf die Menge zu und kämpfte sich einen Weg hindurch. Als der letzte Mönch zur Seite getreten war, offenbarte sich schließlich der grausame Anblick: Bruder Ovis lag reglos auf dem schmutzigen Boden. Die Augen waren weit aufgerissen und er blickte verängstigt an die Decke, wo er zuletzt wohl Schreckliches gesehen haben musste. Der Leichnam von Bruder Ovis war noch warm und beweglich. Das konnte nur heißen, dass es noch nicht lange her war, als er den Tod begrüßt hatte. Auf einigen Tischen lagen Bücher, in denen Bruder Ovis etwas aufgeschrieben haben musste. Offenbar war er mit für die Verwaltung des Klosters zuständig gewesen, denn auch Tabellen, Listen der Nahrungsmittel und des Lagerbestandes waren hier zu finden. Da Bruder Martin der Cellerar des Klosters war, mussten diese zwei Mönche sicherlich eng miteinander verbunden gewesen sein und oftmals zusammengearbeitet haben. Auf einem anderen Tisch waren ein Krug und daneben ein leerer Kelch zu sehen. Artur brach auf der Stelle zusammen. Das konnte einfach nicht sein. Nicht Bruder Ovis. Dieser alte, fürsorgliche und freundliche Mönch. Der Raum begann sich zu drehen und um ihn herum wurde es schwarz.

Als Artur wieder erwachte, lag er auf einer weichen Pritsche und warme Decken umgaben ihn. Was war geschehen? Hatte er das alles nur geträumt? War er tot und im Himmel? Wenn das stimmte, dann war der Himmel sehr angenehm und warm. Doch da erblickte er schon die Mönche des Hohen Rates. Bruder Ovis war nirgends zu sehen. »Ich denke, es nützt nichts zu fragen, ob all dies nur ein Traum war«, sagte er zaghaft und die Brüder schüttelten wie gelähmt ihre Köpfe. Über Bruder Scribas Gesicht liefen noch immer Tränen, Bruder Martin sah fast so aus, als ob er vollkommen die Fassung verloren hatte. Bruder Hora stand in der Türe und machte den Eindruck, als wüsste er nicht so recht, ob er hereinkommen wollte oder nicht.

»Ich weiß nicht, ob es schon der richtige Zeitpunkt ist, es dir zu sagen aber ...«

»Was?«, fragte Artur und saß mit einem Mal kerzengerade im Bett. »Ist noch wer tot? Brennt es?«

Die Brüder sahen sich an und Bruder Martin fuhr behutsam fort. Artur ließ sich zurück auf die Pritsche sinken, da er merkte, wie ihm erneut schwindlig wurde. »Nun, es geht nicht um einen Todesfall. Wir … also ich vermute, du hast mitbekommen, dass wir unsere Wasservorräte von unserem Wasserfall beziehen.«

»Ja«, sagte Artur schnell, als wolle er das Ganze so rasch wie möglich zu hören bekommen.

»Nun, das Wasser ist … es ist weg.«

»Weg?«, sagte Artur und runzelte die Stirn.

»Der Wasserfall ist versiegt«, sagte Bruder Hora als wäre die Wahrheit weniger schmerzhaft für Artur, wenn er es schnell sagte. Artur schloss die Augen. Mehr und mehr nahm er den Glauben an, dass sie es hier tatsächlich mit Hexerei zu tun hatten, und er konnte es manchem Mönche jetzt nicht einmal mehr verdenken, dass sie dachten, Gottes Zorn würde auf sie herabkommen.

»Aber wie ist das möglich? Und was bedeutet dies jetzt für das Kloster?«, fragte er mit noch immer geschlossenen Augen. Niemand sagte auch nur ein Wort. Als Artur die Augen wieder aufschlug, sah er sie gerade noch Blicke austauschen.

»Nun, es bedeutet, dass wir die Ursache für diesen Umstand finden müssen, und zwar auf dem Gipfel des Berges. Ich bin sicher, es gibt eine plausible Erklärung.«

»Die Ursache?«, fragte Artur, und Wut, unerklärliche Wut, stieg in ihm hoch.

»Wie wollt Ihr eine Ursache finden, wenn Gott selbst dafür verantwortlich ist? Wie wollt Ihr denn einen Fehler beheben, wenn doch Gottes Zorn auf uns herab kommt und uns alle ins Verderben stürzten will?« Artur konnte nicht verhindern, dass seine Stimme spöttisch, ja höhnisch klang. Auf diese Worte folgte ein Schweigen und niemand sagte etwas. »Bevor wir hier eine Diskussion eröffnen, will ich Euch gleich sagen, dass ich erneut mitkomme, um zu helfen. Keine Widerrede«, sagte er gebieterisch und schnell, als Bruder Martin schon den Mund öffnen wollte. Bruder Martin sah aus, als hätte Artur ihm ein persönliches Leid angetan und Bruder Hora sah tatsächlich für einen kurzen Moment so aus, als wolle er lachen. Für Artur war die ganze Sache schon beschlossen, aber Bruder Martin, das wusste er, würde alles in seiner Macht stehende tun, um ihn umzustimmen. Wenn die Mönche glauben, ich sei der Grund, wegen dem Gott so zornig ist, dann komme ich mit, dachte Artur verbissen und blickte in die Runde. »Lasst mich nur noch eines sagen«, erwiderte Artur und erhob seine Stimme: »Wenn es einen Gott gibt, dann ist dieser Gott weder rachsüchtig noch willens, solche Dinge geschehen zu lassen, die hier auf unserem Kloster vor sich gehen.« Meister Callidus nickte langsam auf seinem Stuhl, auf dem er saß und murmelte ganz leise: »Omnia vincit amor.«

Nachdem Artur sich sicher genug fühlte, um aufzustehen und hinauszugehen, wurde er von den Mitgliedern des Hohen Rats zum Essen nach unten begleitet. Meister Callidus war wieder in seinen Turm verschwunden. Artur hörte die Brüder Martin und Hora hinter sich tuscheln, während Bruder Scriba ihn stützte, und Artur hätte schwören können, Bruder Hora belustigt sagen zu hören: »Eines müsst Ihr ihm lassen: Er hat Charakter, findet Ihr nicht auch?«

Bruder Martins Stimme nahm einen leicht gereizten Ton an und er flüsterte zurück: »Es scheint so.«

Als Artur fertig war mit dem Essen, gönnten die Mönche ihm noch ein wenig Ruhe, besprachen noch einige Schritte, doch dann mussten sie auch schon aufbrechen. Es war ein schöner Tag, und sie würden, wenn alles glatt ging, nur wenige Stunden unterwegs sein. Sie schritten über den steinernen Innenhof und Artur warf im Vorbeigehen jedem Mönch, den er sah, einen bösen Blick zu, und die Mönche erschraken sichtlich. Artur wusste, dass nicht alle Mönche das Ammenmärchen glaubten, er wäre schuldig an ihrer Misere. Doch es war ihm gleich. Viele mieden Arturs Blick und machten auf halber Strecke kehrt, als sie sahen, dass Artur sich näherte. Artur konnte sich das nur mit jener Tatsache erklären, dass die Mönche immer noch an den Unfug glaubten, der Zorn Gottes käme auf sie herab. Artur glaubte, oder er wusste, dass Bruder Vanum diese Gerüchte streute und er hatte sogar von Bruder Hora erfahren, dass dieser Bruder Vanum einst belauscht hatte, wie er einigen neueren Mönchen diesen Mythos anvertraut hatte. Als sie am Tor angekommen waren, wurde es ohne viel

Lärm und Aufsehen geöffnet und sie glitten geschwind hindurch. Sie schlugen den Weg ein, welchen Artur und Bruder Martin genommen hatten, als Bruder Martin ihm erklärt hatte, dass sein Vater der ehemalige Abt dieses Klosters war. Schweigend gingen sie nebeneinander her, Bruder Hora und Bruder Scriba warfen ihm immer wieder besorgte Blicke von der Seite her zu. »Artur, wir ...«, begann Bruder Scriba schließlich, als die Stille unerträglich wurde.

»Ihr braucht jetzt nichts zu sagen«, erwiderte Artur, bevor Bruder Scriba seinen Satz beenden konnte. »Ich weiß, dass Ihr nur das Beste für mich wollt und mich unterstützt, wo es nur geht.«

»Das wissen wir«, sagte Bruder Scriba. »Ich will dir nur sagen, dass dein Vater sehr stolz auf dich gewesen wäre.«

Artur drehte sich zu ihm herum. »Mein Vater?«

»Ja Artur, dein Vater. Er hätte sich geschämt für einen Sohn, der den Herrn verleugnen und ihm Gewalt und Grausamkeit nachsagen würde.«

Artur lächelte. Es schien, als hätte er ewig nicht mehr gelächelt und diese Verzerrung seines Gesichtes fühlte sich im ersten Moment komisch an. Aber er hatte auch sechzehn Jahre lang nicht viel zu lachen gehabt.

»Warum?«, fragte Artur. Nun, da sie Zeit hatten, konnte er auch endlich ein wenig über seinen Vater erfahren. »Warum musste mein Vater mich nach der Geburt weggeben? Warum hat nicht er mich erzogen? Warum meine Mutter? Ich hätte gleich auf dem Kloster bleiben können.« Es schien, dass er diese Fragen schon seit der Ankunft auf dem Kloster stellen wollte, doch einfach nicht den richtigen Augenblick gefunden hatte. Die Brüder blickten sich für einen kurzen Moment an. Bruder Scriba beförderte einen kleinen Stein mit seinem Fuß in den Abgrund, doch Bruder Hora antwortet ihm: »Nein. Du hättest nicht unmittelbar nach deiner Geburt bei uns bleiben können. Es ist so in unseren Prinzipien verankert, dass der zukünftige Abt erst von dem Kloster erfährt und es betritt, wenn der vergangene Abt dahingeschieden ist.«

»Waren alle aus meiner Familie einst Abt auf diesem Kloster?«, fragte Artur gespannt.

»Alle aus dem Hause deines Vaters. Dein Vater, dein Großvater und dein Urgroßvater, aber nur väterlicherseits. Diese Ehre und diese Aufgabe liegen bei euch und nur bei euch. Vor hunderten von Jahren hat dein Ahne dieses Kloster gegründet, um zu bewahren, was niemals verloren gehen sollte.«

»Was?«, fragte Artur nun ein wenig zu schell. »Was ist der größte Schatz, den ein Christ je besitzen kann?«

Die Mönche lächelten sich nun vertrauensvoll an. »Du wirst es erfahren, wenn du soweit bist.«

»Ich bin soweit«, sagte Artur prompt.

»Nein, das bist du nicht. Ich weiß, du hörst es nicht gerne, wenn ich sage, es wird Zeit brauchen, aber genau das braucht es.«

Artur verstand, dass er nichts Genaueres aus ihnen herausbekommen würde. »Aber wenn der jeweilige Abt ein Kind zeugen muss und das Kloster doch geheim ist, wie kann man dies dann vor der Frau geheim halten?«

»Nun, das geht natürlich nicht. Die jeweilige Frau, wie auch deine Mutter, wird immer so weit, wie wir es für nötig halten, in unsere Existenz eingeweiht sein und dann von uns versorgt, solange, bis sie das Kind abgeben muss. Natürlich ist es schwer für die Mütter, sicherlich auch für deine Mutter, aber so hat man es mit ihnen vereinbart und sie wissen um diese Pflicht.«

Artur hatte keine Lust, die Mönche eines Besseren zu belehren und zu erklären, dass seine Mutter eine abscheuliche und widerwärtige Frau war, und so fuhr er fort: »Wie kommen neue Mönche und Brüder auf unser Kloster?« Dieses Thema schien für ein Kloster, welches ein so striktes Geheimhaltungsabkommen hegte, von größter Wichtigkeit. »Wenn es wieder an der Zeit ist, Mönche zum Kloster zu holen und sie nach unseren Gesetzen auszubilden, dann gehen wir dort hin, wo wir auch unsere Lebensmittel geholt haben und verweilen ein paar Tage in der Stadt. Du glaubst nicht, wie viele Mönche täglich dorthin kommen, um ein geeignetes Kloster zu finden, in dem sie aufgenommen werden. Wir beobachten viele Novizen und stellen hin und wieder ein paar Fragen, bleiben aber immer diskret im Hintergrund, damit wir nicht zu viel Aufmerksamkeit erregen. Dann, wenn wir uns bei einem Mönch sicher sind, sprechen wir ihn an und bieten ihm einen Platz in unserem Kloster an. Diese Aufgabe ist sehr, sehr wichtig, denn wenn ein Mönch auf unserem Kloster war und merkt, dass dieses Kloster nicht seinen Vorstellungen entspricht, dann weiß er von unserer Existenz und kennt unseren Aufenthaltsort und alles, alles, wofür die Äbte gekämpft haben, ist in Gefahr. Du siehst, das ist alles sehr kompliziert. Bruder Hora hier ist übrigens auch auf diesem Wege zu uns gekommen. Es ist noch gar nicht so lange her, nicht wahr?«, sagte Bruder Scriba und die beiden schweiften ab in alte Erinnerungen.

»Wie war er?«, fragte Artur plötzlich und holte sie in die Wirklichkeit zurück.

»Er?«, sagte Bruder Hora verwirrt.

»Mein Vater«, sagte Artur und beobachtete sie genau. Beide lächelten verständnisvoll. »Abt Clemens war einer der gütigsten, weisesten und gerechtesten Äbte, die wir auf dem Kloster St. Caritum hatten«, sagte Bruder Scriba und wischte sich eine Träne aus den Augen.

»Clemens?«, fragte Artur. »War das sein Name?«

»Oh, nein«, erwiderte Bruder Scriba. »Wie dir Meister Callidus sicherlich schon erzählt hat, darf unser Heiliger Vater, der Papst, nach seiner Wahl zum Pontifex einen Namen wählen, der für ihn Bedeutung hat. So ist es auch bei unseren Äbten. Jeder Abt darf sich, nachdem er im Amt ist, einen Namen aussuchen, welcher seine Person und seine Charakterzüge widerspiegelt.«

»Und er war auch wirklich so, wie Ihr es erzählt?«, fragte Artur unsicher. Die Mönche blickten ihn väterlich an und dann sagte Bruder Scriba: »Artur, hättest du ihn gekannt, wärst du, allein bei dem Gedanken an ihn, zu Tode betrübt, dass er schon so früh von uns gehen musste. Er war einer der weisesten Männer, die mir je begegnet sind, obwohl er noch jung war.«

In Artur regte sich plötzlich etwas. Etwas Warmes durchströmte ihn. Stolz, reiner Stolz auf so einen wunderbaren Vater verspürte er nun im ganzen Körper. Als sie um eine Kurve bogen, sagte Bruder Hora: »Wir sind bald da. Ich hoffe, das Problem ist zu lösen, ansonsten wären die Folgen katastrophal.«

»Warum?«, wollte Artur wissen.

»Na ja, unsere Vorräte an Wasser reichen noch eine Weile, aber wenn diese zur Neige gehen, haben wir nichts mehr zu trinken und um unsere Mahlzeiten zuzubereiten.«

»Aber wer oder was könnte denn überhaupt dafür verantwortlich sein, dass der Wasserfall versiegt ist?«, sagte Artur und grübelte.

»Wir wissen es nicht.«

»Aber glaubt Ihr, dass es irgendeine Verbindung zwischen dem Mord an Bruder Ovis und dem Wasserfall gibt?«, warf Artur schnell ein.

»Es ist sehr ungewöhnlich, dass uns gleich zwei Unglücke auf einmal aufgesucht haben. Sollte eine Person dafür verantwortlich sein, würde es mich interessieren, wie man es schafft, in einer Nacht zwei solch gravierende Taten zu begehen.«

Artur schwieg. Er wusste genau, wen er im Verdacht hatte, aber konnte er so dreist sein und seinen Verdacht laut aussprechen? »Glaubt Ihr nicht auch, dass Bruder Vanum ...«

»Darüber können wir nicht mutmaßen«, sagte Bruder Scriba sofort. »Bruder Vanum mag einige Fehler haben und auch andere Ansichten, was unsere Tradition betrifft, aber ihm einen dreifachen Mord anzuhängen, ohne einen Beweis, ist töricht. Wir haben im Moment einfach keine Ahnung, wer oder was für diese ganzen Katastrophen verantwortlich sein könnte und können nur hoffen, dass Gott auf unserer Seite steht.«

Den Rest des Weges legten die drei schweigend zurück. Niemand sagte auch nur ein Wort, sie blickten immer wieder hinter sich, um sicherzugehen, dass auch alles in Ordnung war. »Es ist nicht mehr weit«, sagte Bruder Scriba, als sie schließlich an eine Treppe kamen, die grob in den Fels geschlagen war. Die Stufen waren ziemlich glitschig, aber als Artur sich an den halsbrecherischen Aufstieg zum Kloster erinnerte, schienen ihm diese Stufen durchaus passierbar zu sein. Als sie endlich um die letzte Biegung gegangen waren, sahen sie erst einmal nichts. Sie standen nun vor einer glatten und kahlen Felswand, die steil nach oben ragte. Artur fragte sich, ob sie sich verlaufen hatten, doch es gab eigentlich keine Abzweigungen bei ihrem Aufstieg. Bruder Hora schritt nun voran und tastete an der Felswand entlang. Mit einem Lächeln wandte er sich um: »Hier ist es.« Artur wusste nicht, was er meinte und fürchtete schon, sich Gedanken über den Geisteszustand der Mönche machen zu müssen, doch plötzlich schlüpfte Bruder Hora zur Seite weg und war scheinbar verschwunden. Bruder Scriba schob Artur mit sanfter Gewalt auf die große Felswand zu, und erst jetzt sah Artur, dass sich die Wände hier überlagerten und einen schmalen Durchgang freigaben. Er glitt nun ebenfalls hindurch, fand sich sogleich in einem engen, sehr hohen Gang wieder, welcher geradeaus weiter führte. Je mehr sie in den Spalt vordrangen, desto weniger Licht hatten sie, und ihre Augen gewöhnten sich nur langsam an die Dunkelheit. Der Gang wurde nach einigen Metern immer niedriger und schmaler, bald mussten sie auf Händen und Füßen kriechen, um weiter zu kommen. Artur wollte gerade fragen, wie lange sie noch so dahinkriechen mussten, als sich vor ihm Bruder Hora erhob. Sie waren in einer großen Höhle, in der sich ein See aus klarem Wasser befand. Ein seltsames bläuliches Licht erfüllte die steinerne Höhle und ließ alles schimmern. Der kleine Pfad, auf dem sie standen, führte rings um das Wasser herum. Am hinteren Ende der Höhle hatte sich das Wasser einen geräumigen Gang gefressen, wo es anscheinend um eine Biegung floss. Erst jetzt bemerkte Artur, dass vor ihnen im Wasser ein kleines, hölzernes Boot mit zwei alten Paddeln darin lag. Das Boot war an einem Pfosten mit Seilen festgemacht worden. »Ist das die Quelle unseres Wasserfalls?«, fragte Artur und seine Stimme hallte schier hundert Mal verstärkt über das Wasser.

»Ja«, erwiderte Bruder Scriba. »Von hier beziehen wir unser Wasser und irgendetwas muss passiert sein, dass der Wasserfall zum Stillstand gekommen ist.«

»Ich denke, wir müssen nach vorne rudern und uns all das näher ansehen«, sagte Bruder Hora und kletterte voraus in das Boot, in dem die drei gerade so Platz fanden. Bruder Hora und Bruder Scriba nahmen je ein Paddel in die Hand und Artur setzte sich an die Spitze des Bootes und sie glitten sanft über das ruhige Wasser. Erst jetzt bemerkte Artur, dass sich im Boot ein wenig Wasser angesammelt hatte. Er fragte sich, woher das kam, denn ein Leck hatte das Boot offenbar nicht. Nach einigen Metern kamen sie schon zu dem Durchgang, durch den das Wasser anscheinend zum Wasserfall floss, und Artur musste ein wenig seinen Kopf einziehen. Sie mussten sehr aufpassen, dass sie nirgends anstießen, denn Artur bezweifelte, dass das Boot so viel aushalten konnte. Als sie erneut um Biegungen fuhren, meinte Artur, eine kleine Strömung zu vernehmen, und tatsächlich wurden sie nun ein wenig schneller vorangetrieben. Das bläuliche

Licht verschwand allmählich und sie ruderten einige Zeit weiter. »Ich glaube wir sind gleich beim Wasserfall«, sagte Bruder Hora schließlich, als sie erneut um eine Ecke ruderten und fast mit dem harten Fels zusammengestoßen wären. Schließlich glitten sie nur noch geradeaus und doch verdeckten ihnen die Schatten der Höhle den Blick auf den, hoffentlich nahenden, Ausgang. Doch sie kamen nicht etwa zum Ausgang des Wasserfalls sondern in eine andere Höhle, die mindestens genau so groß war wie die davor. Und jetzt erst sahen sie Licht. Licht am Ende eines dunklen Tunnels. Das Wasser hatte sich einen weiteren Gang in den Jahrhunderte alten Stein gefressen, wie Borkenkäfer in einen wehrlosen Baum. Und vor dem klaffenden Loch im Fels waren drei gigantische Bretter abgebracht worden, die verhinderten, dass das Wasser weiterhin in die Tiefe stürzte. Eine hölzerne Vorrichtung war dort angebracht worden, um die Bretter dorthin zu schieben, wo sie jetzt waren oder sie an Land zu legen, um dem Wasser freie Bahn zu lassen. »Ich dachte mir schon, dass dies der Fehler ist«, sagte Bruder Scriba und deutliche Erleichterung schwang in seiner Stimme mit. Sie paddelten so schnell sie konnten an das trockene Ufer und waren froh, wieder festen Boden unter den Füßen zu haben. Sie legten am Rand der Höhle an und verließen das Boot geschwind. Dann eilten sie zum Rand des steinernen Weges, von wo aus sie die Bretter entfernen konnten. Doch wie es aussah, war es keineswegs so leicht, die Barriere zu entfernen. Bruder Hora zog und rüttelte an dem obersten Brett und schaffte es nur mit größter Mühe, es zu lösen. Wasser, klares Wasser rauschte nun ein wenig über den Rand und Artur konnte sehen, wie es den Berg hinab donnerte. Er meinte sogar das Kloster zu sehen, doch bei dem leichten Nebel war er sich nicht ganz sicher. »Sehr gut«, sagte Bruder Scriba, nahm ihm das Brett ab und legte es auf den Boden. Bruder Hora machte sich erneut an den Brettern zu schaffen und ihm gelang es auch, das zweite Brett zu lösen, doch weiter wollte es nicht mehr gehen. Ein anderer müsste auf die andere Seite des Ganges und von dort aus versuchen, gleichzeitig mit Bruder Hora das Brett zu lösen. Doch es gab keinen Übergang über den mindestens drei Meter breiten Spalt. »Was sollen wir jetzt tun?«, fragte Artur und blickte abwechselnd Bruder Hora und Bruder Scriba an.

»Ich denke, ich muss dort hinüber springen«, sagte Bruder Scriba.

»Nein«, sagte Artur sofort. »Ihr könnt doch nicht springen. Das ist viel zu gefährlich und zu weit … für Euch«, sagte er mit Nachdruck.

Doch Bruder Scriba sagte ebenfalls: »Nein. Nein, Artur das kann ich nicht erlauben.«

»Aber Ihr seid …«, er versuchte es würdevoll zu umschreiben und sagte dann: »Ihr seid nun einfach nicht mehr der Jüngste und ich denke, es ist das Beste, wenn ich springe.«

»Artur, nichts ist wichtiger, als dass du am Leben bleibst, und wenn dir irgendetwas geschieht, könnte ich mir das niemals verzeihen.«

»Ich werde das schaffen«, sagte Artur zuversichtlich. Bruder Scriba schüttelte den Kopf, doch er sagte leise: »Deo volente.«

Artur begriff und holte tief Luft. Er blickt zu Bruder Hora, der betend die Hände gefaltet hatte. Dann nahm er Anlauf und begann zu rennen. Er schoss an Bruder Scriba vorbei. Bremsen konnte er nun nicht mehr, selbst wenn er es gewollt hätte, und dann kam der Absprung. Bruder Scribas Schrei ging in Arturs Schrei unter. Der Junge flog über das Wasser, konnte sich gerade noch so mit beiden Händen an der Klippe festhalten und zog sich mühsam hoch.

»Ist dir auch nichts passiert?«, fragte Bruder Scriba sofort.

»Nein, nein mir geht es gut.« Er versuchte, seine blutende Hand hinter seinem Rücken zu verbergen und wischte sie schnell an der Mönchskutte ab. Dann fing Bruder Hora plötzlich an zu lachen. »Ich denke, das nächste Mal solltest du einfach das Boot nehmen«, sagte er immer noch lachend und deutete auf das hölzerne Kleinschiff. Auch Bruder Scriba blickte nun auf das Boot und fing an zu lachen. Sie hatten vollkommen vergessen dass sie auch mit dem Boot hätten übersetzen können. »Nun ja, ich denke wir sollten fortfahren«, sagte Bruder Hora. Diese kleine Panne schien ihnen allen wieder Zuversicht geschenkt zu haben, und Artur packte das zweite Brett und zog zeitgleich mit Bruder Hora daran. Ein Schwall Wasser brach über die Schwelle hinaus und jetzt begann all das Wasser wieder zu fließen und zum Kloster hinabzustürzen. Beim letzten Brett mussten sie sich flach auf den Boden legen, um es zu erreichen, und zogen mit vereinten Kräften daran. Doch plötzlich geschah das, wovor Artur sich schon die ganze Zeit gefürchtet hatte.

Kapitel 10

Das morsche und durchweichte Brett brach in zwei Teile und Bruder Hora, der nicht schnell genug loslassen konnte, wurde in den nun reißenden Fluss gezogen. Er konnte sich nur noch an der hölzernen Befestigung festhalten, welche die drei Bretter im Wasser gehalten hatte. Bruder Scriba schrie erneut auf, doch jetzt wurde der Schrei vom Wasser selbst unterbrochen. Aus den Augenwinkeln sah Artur noch etwas. Ihr Boot trieb geradewegs an ihnen vorbei in Richtung Abgrund. Bruder Hora musste sich flach an die Steinwand drücken, um nicht von dem Boot mitgerissen zu werden, welches nun mitsamt dem Wasser nach unten rauschte. Bruder Scriba kam nun herbeigerannt und streckte Bruder Hora die Hand entgegen. Doch Bruder Horas Hand war so nass, dass Bruder Scriba immer wieder abrutschte. Lange würde sich der Mönch dort nicht mehr halten können, denn die Wucht des Wassers war einfach zu groß.

Artur ging erneut ein paar Schritte zurück und sprang, bevor Bruder Scriba etwas erwidern konnte, auf die andere Seite. Dieses Mal musste er sich nicht festhalten, denn er kam mit einem Satz auf der anderen Seite an. Bruder Scriba sagte nichts und winkte ihn nur heran. Artur legte sich nun ebenfalls auf den Boden neben Bruder Scriba und gemeinsam zogen sie Bruder Hora zu sich heran. Er packte den klammen Fels und zog sich mit letzter Kraft zu ihnen nach oben. Als er fast bei ihnen war, griffen sie ihn unter den Achseln und hievten ihn zu sich auf den Fels. Für ein paar Augenblicke lagen alle nur keuchend und zitternd auf dem Felsen und sagten kein Wort. Dann, als sich Bruder Hora endlich pitschnass, wie er war, aufrichtete, erhoben sich auch die beiden anderen.

»Jetzt haben wir ein Problem«, sagte Bruder Scriba und musste schreien, um das Tosen des Wasserfalls zu übertönen. Bruder Hora nickte. Ihr Boot war den Wasserfall hinab gerissen worden und so hatten sie jetzt keine Chance mehr zurückzukommen. Schwimmen wäre lebensgefährlich gewesen, da die Strömung sie wieder zum Wasserfall getrieben hätte. Sie blickten sich in der Höhle um, als hofften sie, einen anderen Ausgang zu finden, doch ohne Erfolg. In den Gesichtern der Brüder war nun Angst und Verzweiflung zu lesen und das Rauschen des Wasserfalles war nun so laut wie noch nie. Der Wasserfall hatte seine alte unglaubliche Kraft zurückgewonnen und raste nun in die Tiefe. Und Arturs Sorgen steigerten sich noch mehr, als er jetzt darüber nachdachte, wie sie wieder nach draußen gelangen sollten. Man konnten zwar nach draußen sehen, doch verlassen konnte diese Höhle niemand, außer er besaß eine Kraft, die in diesem Moment der Menschheit noch gänzlich unvertraut war, oder aber er hätte fliegen können. »Was sollen wir jetzt tun?«, schrie Artur über den Wasserfall hinweg. Die Mönche schüttelten nur die Köpfe, was bedeuteten sollte, dass sie genau so ahnungslos waren wie Artur.

»Jetzt sind wir in Gottes Händen«, sagte Bruder Scriba laut über den Wasserfall hinweg. Bruder Hora setzte sich auf den Boden und vergrub das Gesicht in den Händen, und da Artur nicht im Mindesten ertragen konnte, wenn Leute in seiner Nähe resignierten, rappelte er sich auf und begann die Höhle abzusuchen. Als er sich einige Schritte entfernt hatte sagte Bruder Scriba sofort: »Wo gehst du hin?« Artur drehte sich um und sagte laut: »Ich sehe mich ein wenig um. Vielleicht gibt es noch einen anderen Ausgang.«

»Achte auf deine Schritte, Artur. Hier ist es sehr gefährlich«, rief Bruder Scriba ihm besorgt hinterher. »Und mach dir nicht zu viele Hoffnungen. Hier gibt es keinen Ausgang. Ich kenne diese Höhle«, sagte Bruder Hora verbittert.

Doch Artur konnte es nicht ertragen, dort zu sitzen und nichts zu tun. Er tappte durch die Dunkelheit und achtete sorgfältig darauf, nicht von dem kleinen und schmalen Weg abzurutschen, den er bewanderte. Er tastete sich an der Wand entlang und hoffte vielleicht doch einen lockeren Stein zu finden, den er womöglich beiseiteschieben konnte, um, wie durch ein Wunder, in die süße Freiheit zu entkommen. Erst jetzt sah Artur, dass die Höhle um einiges größer war, als er geglaubt hatte. Es schien, als ob das Wasser, in den hunderten von Jahren, in denen es hier schon wütete, eine Wand zum Einsturz gebracht und so aus zwei Höhlen eine große geschaffen hatte. Als Artur um eine Ecke bog und der Weg noch schmaler wurde, erblickte er jedoch ein Licht im hinteren Teil der zweiten Höhle, die sich mit der ersten großen Höhle durch das Wasser verbunden hatte. Das Loch, welches nach draußen führte, und so viel konnte Artur erkennen, war klein, aber nicht zu klein, um die gewaltigen Wassermassen austreten zu lassen, die sich in der Höhle gestaut hatten, als die Bretter den Weg zum Kloster versperrten. Doch das Loch war nicht zu erreichen, denn der Weg, auf dem Artur ging, war zehn Fuß später zu Ende und Artur konnte nur noch der süßen Freiheit entgegenblicken, sie aber nicht erreichen. Artur blickte sich enttäuscht um und kehrte zu den Mönchen zurück. Nun musste auch er sich eingestehen, dass es kein Entkommen gab. Die einzige Möglichkeit war zu schwimmen, aber das war entweder mit Wahnsinn, Verzweiflung oder mit beidem zu begründen. Wer sollte merken, dass sie hier drin festsaßen? Dann fiel ihm das Boot ein, welches den Wasserfall hinabgefallen und nun sicherlich im Kloster gesichtet worden war. Außerdem war er sich ziemlich sicher, dass Bruder Martin merken würde, wenn sie längere Zeit verschwunden blieben. Doch die Verzweiflung war stark in ihm und er versuchte mit Vernunft und Verstand dagegen anzukämpfen. Was, wenn das Boot so zerstört und kaputt war, dass es durch die Mühle getrieben und in dem verräterischen Fels verschwunden war, den das Wasser benutzte um noch weiter hinab zu rauschen? Was, wenn es niemand bemerkt hatte, weil gerade alle beim Essen saßen? Und so langsam machte sich etwas Großes, etwas Kaltes in seinem Magen bemerkbar und Artur verspürte

Angst. Er war nun wieder bei den anderen zwei Mönchen angekommen und setzte sich nun ebenfalls hier hin. Die Kälte der nassen Felsen wurde langsam in Arturs Körper getrieben und schien ihn von innen heraus zu Fall zu bringen. Warum hatten sie nicht daran gedacht, etwas zu Essen mitzunehmen.

Langsam wurde es dunkel vor ihrer Höhle und Arturs Hoffnungen, dass sie hier jemals jemand finden sollte, sanken immer mehr. Wenn sie vielleicht doch durch einen glücklichen Zufall gefunden wurden, dann wahrscheinlich erst in Jahren, wenn sie alle nur noch Skelette waren. Sie hatten seit Stunden nun so dagesessen und ins Leere gestarrt. Leider waren sie immer noch gefangen und niemand hatte auch nur ein Zeichen verlauten lassen, dass man sie befreien wollte. Auch Artur schwand allmählich der Mut, und als er in die bleichen Gesichter der Mönche blickte, sah er, dass sie genau das gleiche dachten wie er. Auch Hunger machte sich nun in ihnen breit und in der Höhle wurde es nun dunkler und dunkler. Die Dunkelheit schien sie alle zu verschlucken und legte sich wie ein Fluch auf sie. Hin und wieder sahen sie hoffnungsvoll auf, weil sie meinten, ein befreiendes Geräusch gehört zu haben, doch als sie merkten, dass es nur ein Stein war, der sich gelöst hatte und ins Wasser gefallen war, gaben sie sich wieder ihrem sinnlosen Nichtstun hin. Als es schließlich vollkommen Nacht wurde, fiel nur noch ein wenig Mondlicht zu ihnen herein und beleuchtete die aussichtslose Szenerie. Artur hatte sich schon halb mit dem Gedanken angefreundet, dass er hier wohl sterben müsse, als er plötzlich aufschreckte. Ein Licht.

Ein grelles Licht war in dem Tunnel erschienen, den sie vor Stunden mit dem Boot passiert hatten. Es wurde größer und heller und kam immer näher. Artur ging schnell auf die zwei Mönche zu, die auf einem Fels geschlafen hatten, um ihre Kräfte zu schonen. Er weckte sie barsch und sie schreckten aus ihrem unruhigen Schlaf hoch. »Hier, wir sind hier«, brüllte Artur los und die beiden anderen schlossen sich ihm hoffnungsvoll an.

»Bruder Scriba? Bruder Hora? Artur? Seid Ihr das?« Die Stimme von Bruder Martin hallte über den glatten See zu ihnen herüber.

»Ja«, brüllte Bruder Hora nun. »Wir sind hier bei dem Wasserfall. Kommt schnell und rettet uns.« Er begann zu lachen. »Deo gratias!«, murmelte er immer wieder vor sich hin und Bruder Scriba bekreuzigte sich und strahlte nun zu Artur hinab. Endlich kam ein kleines Boot in Sicht, welches aus dem Tunnel kam und langsam auf sie zutrieb. »Vorsicht, nicht, dass Euch der Wasserfall erfasst«, sagte Bruder Hora warnend. Zwei andere Mönche waren bei Bruder Martin, die geschickt mit den Rudern dafür sorgten, dass das Boot auf Kurs blieb. »Wie habt Ihr uns gefunden?«, fragte Artur und war so erleichtert endlich aus der Höhle herauszukommen, dass er vor Freude hätte schreien können.

»Wir haben uns gefragt, was Ihr so lange hier oben treibt, und schließlich kam auch noch Bruder Vicilinus und sagte, er habe gerade ein Boot vom Wasserfall herabstürzen sehen«, sagte Bruder Martin über den Rand des kleinen Schiffes.

»Oh, Gott sei Dank«, murmelte Bruder Scriba. »Und woher habt Ihr dieses Boot?«, sagte er laut, denn das Rauschen des Wasserfalls erfüllte nun wieder die ganze Höhle. »Das Ersatzboot«, sagte Bruder Martin schlicht.

»Ah, natürlich. Ich verstehe.« Doch Artur verstand nicht. Angesichts seiner verständnislosen Miene sagte Bruder Martin hastig. »Wir haben in der anderen Höhle immer ein Ersatzboot für alle Fälle.«

»Ich sah aber kein anderes Boot«, sagte Artur wahrheitsgemäß.

»Natürlich nicht. Wir haben es in einer kleinen angrenzenden Höhle versteckt, die man sehr schlecht sieht und die im Schatten eines großen Fels liegt. Dieses Boot benutzen wir nur, wenn es dringend notwendig ist. Bisher haben wir es noch kein einziges Mal gebraucht, aber es gibt für alles ein erstes Mal.«

Bruder Scriba lachte schallend auf. Endlich war das Boot mit den drei Mönchen an dem Fels angekommen. Artur und die zwei anderen kletterten unbeholfen an Bord, froh, die muffige Höhle endlich verlassen zu können. Dieses Boot war viel größer als das Ihrige und so hatten sie trotz der großen Anzahl an Männern bequem Platz. Die zwei Mönche, die ruderten, versuchten mit aller Kraft den Wasserfall großräumig zu umfahren und schafften es zu Arturs großer Erleichterung. Sie steuerten ohne große Probleme durch das Tunnellabyrinth, welches das Wasser in den Jahrhunderten erschaffen hatte. Als sie endlich wieder in der vorderen Höhle waren, sah Artur schon den schmalen Gang, der in die erhoffte Freiheit führen sollte. Ein frischer Wind blies in die Höhle hinein und Artur war dankbar für dieses kleine Zeichen der Natur von Freiheit. Sie legten mit dem Boot an dem Felsen an und banden es zur Sicherheit mit zwei Seilen fest. Dann krochen sie nach draußen und Artur wurde von Glücksgefühlen nur so übermannt. Er kletterte aus der Höhle und wusste tief in seinem Inneren, dass nur die Tatsache, dass er hier stehen und den leichten, silbernen Nebel betrachten durfte, eigentlich das schönste Geschenk Gottes sein sollte. Doch er konnte es nicht genießen. Bruder Ovis war tot. Genauso wie Bruder Vesto. Und sie tappten immer noch im Dunkeln, wie sich diese Morde zugetragen hatten. Als schließlich Bruder Martin als Zweiter draußen war, sagte Artur: »Bruder Martin? Darf ich Euch etwas fragen?«

»Natürlich, mein Junge«, sagte er und Artur wusste, dass auch er überaus glücklich war, dass sie wieder heil bei ihnen waren. »Was werden wir jetzt unternehmen, bezüglich der Morde? Wir können doch unmöglich weiterhin nichts tun und Mord für Mord geschehen lassen.«

Bruder Martins Gesicht verfinsterte sich. »Nein, nein, das können wir wohl nicht«, sagte er leise. »Artur, ich denke, wir besprechen das besser woanders.«

Er warf einen Blick über seine Schulter, als die anderen Brüder aus der Höhle geklettert kamen. »Im Kloster haben wir genügend Zeit und es gibt auch noch andere Dinge, die wir zu erledigen haben«, zischte er schnell.

»Was für Dinge?«, fragte Artur sofort.

»Sei still«, sagte Bruder Martin schnell und entfernte sich ein paar Schritte von ihm, sodass es ihm nicht mehr möglich war Fragen zu stellen, ohne die Aufmerksamkeit der anderen Mönche zu erregen. Schweigend gingen sie den Weg zurück, den Artur und die anderen beiden Mönche, wie es schien vor Tagen, zurückgelegt hatten. Jetzt, da sie in Sicherheit waren, lastete der Tod von Bruder Ovis schwer auf ihnen und erstickte jedes andere Gefühl. Artur fragte sich tatsächlich, ob er jemals wieder würde froh sein können. Dieser Tag war bei weitem nicht so schön wie der vorherige. Nebel hing über den Bergen und sie mussten sehr aufpassen, auf dem Weg zu bleiben, obwohl er doch ziemlich breit war. Artur hatte das Gefühl, dass sie den Rückweg schneller zurücklegten als den Weg am Vortag. So standen sie schneller als erwartet vor dem großen Tor und baten um Einlass.

Artur und die zwei anderen Mönche wurden wieder königlich empfangen. Das Essen an diesem Abend war besonders gut und kein Mönch, nicht einmal Bruder Vanum, wagte es, Kritik walten zu lassen an der Aufgabe, die die drei geschafft hatten. Es war tatsächlich so, dass alle Mönche sich bemühten, zu zeigen, wie froh sie waren, dass Artur Anteil an der geschafften Aufgabe hatte. Artur war nun der festen Überzeugung, dass Bruder Vanum für die schrecklichen Morde verantwortlich war und auch für die Katastrophen, die sonst noch passierten. Natürlich konnte er seinen Verdacht nicht aussprechen, ohne einen Beweis dafür zu haben. Er hatte jedoch den Eindruck, dass mittlerweile auch andere Mönche Zweifel an dem Gerücht hegten, dass es Gott selbst war, der sie bestrafte. Zwar wusste immer noch keiner, wie die Mönche umgekommen waren und dies bereitete zweifellos den meisten Sorge. Der Hohe Rat bemühte sich diese Schreckensgeschichten nicht noch weiter zu verbreiten.

An diesem Abend war sogar Meister Callidus zum Essen erschienen, da er ebenfalls seine Freude kund tun wollte, dass Artur und den anderen Mönchen diese wichtige Aufgabe geglückt war.

Nach dem Essen wandte Artur sich leise an Meister Callidus, denn er hatte seit einiger Zeit etwas im Hinterkopf, über das er immer und immer wieder nachdenken musste. »Meister Callidus«, sagte Artur zaghaft und so leise, dass nur der Meister es hören konnte. »Kann ich Euch etwas fragen?«

Meister Callidus musterte ihn eingehend und sagte dann ebenfalls leise: »Natürlich, mein Junge«, und Artur wusste, dass Meister Callidus merkte, wie wichtig es für ihn war. Dies war einer der wunderbaren Züge des Großmeisters, dass er für alles und für jeden Verständnis zeigte. »Kann ich … Ich meine, ist es in Ordnung …« Es war schwieriger auszudrücken, als er erwartet hatte.

»Du möchtest wissen, ob du das Grab deines Vaters aufsuchen darfst«, sagte Meister Callidus so bestimmt, als könne er Gedanken lesen.

»Woher wisst Ihr ...?«

»Es war nur eine Frage der Zeit, bis du diese Frage stellen würdest«, sprach er weise und lächelte. »Und es ist ganz natürlich.« Meister Callidus erhob sich langsam und stützte sich dann seufzend auf seinen Gehstock. »Ich denke, es ist das Beste, wenn wir gleich gehen«, sagte er mit brüchiger Stimme und ging voran aus dem Raum. Blicke folgten ihnen, und als Bruder Martin etwas sagen wollte, nickte ihm Meister Callidus nur beruhigend zu und ging mit Artur hinaus auf den immer kühler werdenden Innenhof. »Wo ist er?«, fragte Artur gespannt. »Ist er bei den anderen in der Gruft?«

»Oh, nein.« Meister Callidus schüttelte den Kopf. »Die Äbte haben ihre eigene Gruft. Du wirst es sehen.« Sie schritten auf die große Kirche zu und Meister Callidus öffnete mit Arturs Hilfe das große Tor. Hier drin war es sogar noch kälter als draußen und Artur war wieder einmal beeindruckt von dem Inneren des Gotteshauses. Die Erneuerungsarbeiten an der Außenseite der Kirche hatten schon vor langer Zeit begonnen und man konnte schon ein paar kleine Veränderungen sehen. Dennoch würde es Jahre brauchen, bis die Kirche wieder ihre alte Schönheit zurückgewinnen würde. Der Hochaltar war noch ein größeres Problem. Zwar hatte man begonnen, diesen wieder herzustellen, doch viel geschafft hatte man auch hier noch nicht. Sie bogen nach links und schritten, wie auch beim letzten Mal, auf den Eingang der unheimlichen Gruft zu. Artur verstand nicht. Meister Callidus hatte doch gesagt, die Äbte hatten ihre eigene Gruft und doch sah alles ganz danach aus, als würden sie wieder dort hinabsteigen. Und tatsächlich schritt Meister Callidus die Treppenstufen hinab und bemühte sich nicht zu fallen. Dieser Ort gehörte nach Arturs Auffassung zu den unheimlichsten Orten im ganzen Kloster und erneut blies ein starker Wind aus der Gruft zu ihnen herauf, als wolle er sie von dieser Grabstätte fernhalten. Meister Callidus ging nun Stufe um Stufe weiter nach unten und es wurde mit jedem Schritt, den sie machten, kälter. Als sie die letzte Treppenstufe erreicht hatten, bog Meister Callidus in den Gang ein, den Artur vor Wochen benutzt hatte, um der Bestattung von Bruder Vesto beizuwohnen. Doch nun folgten sie dem Gang nicht durchgehend bis zu der Gruft am Ende. Auf halbem Weg ging plötzlich ein steinerner Gang nach links ab. Dieser war Artur beim ersten Besuch gar nicht aufgefallen. Meister Callidus griff sich nun eine leuchtende Fackel in einer Halterung, denn das wenige Licht, welches von der Kirche herab schien, drang nicht mehr bis zu ihnen vor. Dieser Gang schien länger zu sein als der andere. Einige Kurven schlängelten sich ihnen voraus wie Schlangen. Als die Kälte so durchdringend wurde, dass ihr Atem fast gefror, und Artur gerade fragen wollte, wie lange sie noch zu gehen hatten, blieb Meister Callidus stehen. In diesem Moment bemerkte Artur, dass sie angekommen waren. Eine Gruft, die größer und mächtiger war als der rundliche Turm, in dem die gewöhnlichen Mönche bestattet wurden, erstreckte sich vor ihnen. Unzählige steinerne Gräber zogen sich über den kalten Boden, und in einem dieser Särge lagen die Überreste seines Vaters. Meister Callidus trat beiseite und schritt nach rechts. Sie kamen an vielen Gräbern vorbei und Artur achtete auf jedem Namen, der in den Stein gemeißelt war. Doch kein Sarg ließ schließen, dass hier Abt Clemens begraben war. Als Meister Callidus nach links bog und weiter in die Gruft vordrang, meinte Artur das erste Mal den Namen des Vaters gelesen zu haben, doch als er erneut hinsah, musste er feststellen, dass er sich getäuscht hatte. Er kam an Särgen vorbei, die aussahen, als wären sie hunderte von Jahren hier unten, und man sah nur noch ansatzweise die Namen wie Abt Amans oder Abt Venus. Noch einmal bogen sie nach links und dann blieb Meister Callidus so abrupt stehen, dass Artur fast gegen ihn gelaufen wäre. Als der Meister sich in seinem weißen Gewand umdrehte und Artur anlächelte wusste er, dass sie angekommen waren. Die Reise quer durch das Kloster hatte nun, da sie das Grab erreicht hatten, ein Ende gefunden. Meister Callidus schwang seine knochige und von blauen Adern durchzogene Hand auf ein Grab zu und nun hatte Artur freie Sicht auf ein weißes Marmorgrab auf dessen Deckel folgende Worte standen:

Abt Clemens 24.12.1247 – 13.09.1287
In necessariis unitas, in dubiis libertas, in omnibus caritas

»Was bedeutet dieser Spruch?«, fragte Artur mit trockenem Mund und einer höheren Stimme als gewöhnlich.

»Er bedeutet«, antwortete Meister Callidus aufmunternd lächelnd, »dass was für ein Gefühl du auch hast oder was du auch denken magst, du dich immer erinnern sollst an die unerschöpfliche Liebe, die dein Vater dir und uns zuteilwerden ließ und seinem Beispiel sollten wir alle folgen. Dein Vater ist nicht umsonst gestorben, Artur. Er hat etwas geschafft, er hat etwas bewirkt und uns etwas hinterlassen.«

»Was?«, fragte Artur und drehte sich zu ihm um.

»Dich.« Meister Callidus nickte ihm zu. »Er hat uns dich hinterlassen, um uns weiter zu führen. Eines Tages.«

Artur drehte sich wieder zu dem Sarg um und sah erst jetzt, eine einzelne, blutrote Rose auf dem hinteren Teil des Sargdeckels liegen. Der Anblick war wunderschön und traurig zugleich.

»Wie war er?«, fragte Artur und drehte sich dieses Mal nicht um, da ihm Tränen in den Augen standen.

»Dein Vater?« Stille trat ein. Dann sprach Meister Callidus wieder. »Er war wie du.«

Kapitel 11

Eine Kutsche rollte einen langen Waldweg entlang. Steine und Äste auf der Straße warfen die Insassen des Gefährts wild hin und her. Eine milde Nacht war es, in welcher die Kutsche ihrem Ziel entgegenrollte. Der Kutscher rief den Pferden etwas zu und wie, als hätten sie nie etwas anderes gemacht, erhöhten sie schon beim Klang der Stimme ihr Tempo.

Es war eine wunderschöne Nacht, doch in dem jungen Mann, der auf der Sitzbank seiner Mutter gegenüber saß, kam jetzt allmählich ein kribbelndes Gefühl der Nervosität auf. Die Mutter des Mannes stand nun auf und versuchte in der holpernden Kutsche nicht umzufallen. Sie streckte ihren Kopf aus dem Kutschenfenster und rief dem Kutscher etwas entgegen. Der Kutscher sagte etwas, doch der Mann verstand es nicht. »Wie lange geht es noch, Mutter?«, fragte er, als seine Mutter wieder den Kopf hereingezogen hatte. Es war merkwürdig: Sie waren bei Nacht und Nebel aufgebrochen und seine Mutter hatte ihm immer noch nicht gesagt, wo es hinging. Das war für seine fürsorgliche Mutter höchst ungewöhnlich. »Ich weiß es leider nicht, Tristan. Der Kutscher meinte, er beeile sich so sehr er kann, aber wir dürfen nicht zu viel Aufmerksamkeit auf uns ziehen.«

»Warum, wo ...?«

»Das wirst du noch früh genug erfahren. Mach dir jetzt keine Gedanken. Gott ist mit uns«, unterbrach sie ihn hastig und lächelte ihm zu. Doch sie konnte ihn nicht täuschen. Irgendetwas stimmte nicht. Seine Mutter hatte einige tiefe Falten auf der pergamentdünnen Haut und einige Blutäderchen krochen ihr bereits die Hände hinauf.

Die Bäume standen nun so dicht, dass man nicht einmal mehr in den Wald hinein sehen konnte. Und immer noch fragte sich Tristan, wohin die Reise sie brachte. Normalerweise war seine Mutter sehr darauf erpicht, ihn immer in alles einzuweihen und ehrlich zu sein. Ja, Ehrlichkeit. Wie wichtig ihr diese Tugend doch war. Doch in letzter Zeit war sie geheimnisvoll geworden und hatte kaum noch etwas zu ihm gesagt. Was ging hier vor? Er hatte alles stehen und liegen lassen und er hatte seiner Mutter in die Kutsche folgen müssen. Den Kutscher hatte er noch nie gesehen und doch steuerte er die Kutsche seit Stunden durch diese unvollendete Nacht. Die zwei Schimmel, die die Kutsche zogen, waren schnelle und geschickte Pferde, doch wie Tristans Mutter gesagt hatte, durften sie nicht zu viel Aufmerksamkeit auf sich ziehen, warum, war Tristan nicht klar. Die Fahrt war an sich recht ereignislos, doch die Pferde liefen immer schneller und der Kutscher trieb sie immer noch mehr an. Er hoffte, dass seine Mutter recht behielt, wenn sie sagte, dass Gott auf ihrer Seite war. Im Stillen hatte er in den letzten Stunden mehrmals gebetet und zu Gott gesprochen. Seine Mutter hatte ihn sehr gottesfürchtig und liebevoll aufgezogen, wie es von einer guten Mutter erwartet wurde. Doch diese drastische Veränderung ihrer Persönlichkeit bereitete ihm Sorge. Und langsam stieg noch ein anderes Gefühl in ihm auf, das er als Angst erkannte. Dieses Gefühl hatte er im Laufe der Jahre nicht oft verspürt. Ja, es war ihm fast gänzlich fremd. Es hatte dazu auch nie einen Grund gegeben. Seine Mutter hatte ihn immer in Schutz genommen. Durch das große Haus, in dem sie wohnten, war er auch immer von der dunklen Seite der Stadt geschützt geworden. Auch wenn Tristan nicht wusste, woher seine Mutter das Geld hatte, um so ein Haus zu bauen, war er froh, die dicken Mauern zwischen sich und den Straßen zu wissen. Seine Mutter arbeitete eigentlich nicht und Tristan verdiente nur wenig beim städtischen Schmied. Doch trotzdem hatten sie eines der größten Häuser der Stadt Patria. Von seinem Vater konnte das Geld auch nicht stammen. Sein Vater starb schon kurz nach seiner Geburt an einer sonderbaren Krankheit und seine Mutter hatte ihm zwar nicht viel über ihn erzählt, aber Tristan wusste dennoch, dass er ein Kaufmann gewesen war.

Er blickte seine Mutter an. Sie hatte noch nie einen solch besorgten Ausdruck auf ihrem Gesicht gezeigt. Vor ein paar Tagen kam ein Brief bei ihnen zu Hause an. Nachdem sie ihn gelesen hatte, hatte sie den Brief einfach verbrannt. Schließlich hatte sie stundenlang nur dagesessen, aus dem Fenster geblickt und still vor sich hin geweint. Der Regen, der zu dieser Zeit eingesetzt hatte, schien ihre Stimmung und ihre Gefühle widerzuspiegeln. Tristan war völlig schockiert und hatte versucht herauszufinden, was denn passiert war. Als sie ihm mehrfach nicht antworten wollte, versuchte er zumindest sie zu trösten.

Es war nun bestimmt schon weit nach Mitternacht, doch Tristan verspürte nicht die geringste Müdigkeit. War es die Tatsache, dass er bei dem andauernden Gewieher der Pferde ohnehin nicht schlafen konnte, oder war es die Tatsache dass er in einer fremden Kutsche ins Ungewisse fuhr? Oder beides?

Plötzlich gab es einen Ruck, der die ganze Kutsche durchfuhr, denn die Pferde wurden von einem großen Etwas erschreckt, was soeben aus dem Wald gestürzt war. Der Kutscher schrie auf und zerrte an den Zügeln, um nicht den beeindruckenden Hirsch zu überfahren und Schlimmeres mit der Kutsche anzurichten. Nachdem die Kutsche offenbar in ein Schlammloch gefahren war, einige Spritzer voll mit Dreck zu ihnen herein geschleudert worden waren und genau das Kleid von Tristans Mutter getroffen hatten, kreischte sie kurz auf. Dann erhob sie sich, leicht schwankend, und streckte ihren Kopf aus der Kutsche. »Ist alles in Ordnung bei Euch?«, fragte sie in besorgtem Ton.

»Es geht mir gut«, rief er zurück. »Geht wieder in die Kutsche, Gnädigste, und macht Euch keine Sorgen.«

Tristans Mutter setzte sich wieder auf ihren Platz und versuchte ihr Kleid nun ein wenig zu säubern. »Mutter, wohin ...«, setzte Tristan erneut an, doch seine

Mutter sagte: »Bald wirst du es erfahren. Sei unbesorgt.« Doch das war er nicht. Er war noch nie so weit außerhalb der Stadt gewesen und fühlte sich sehr unbehaglich. Doch plötzlich begann die Kutsche langsamer zu werden. Sie hörten den Kutscher »Ho, Ho, langsam« rufen und die Pferde bremsten allmählich ab.

Tristan streckte seinen Kopf aus dem Fenster. Er erkannte schemenhaft ein großes, altes Haus, vor dem mehrere Laternen angezündet worden waren. Der Kutscher sprang von der Kutsche herunter und öffnete die Tür. »Wir sind da, Herrin«, sagte der Mann in aufrichtigem und freundlichem Ton.

»Danke, Achatius«, sagte seine Mutter und der Kutscher geleitete sie aus der Kutsche. »Komm, Tristan«, sagte sie und er erhob sich von seinem Platz und folgte ihnen nach draußen in die neblige Nacht. Immer wieder warf Tristan einen Blick über die Schulter, denn er fühlte sich sehr unbehaglich in dieser seltsamen Nacht. Als sie schließlich an dem Gebäude angekommen waren, sah Tristan, dass über der Tür ein Schild hing. Darauf konnte man einige Männer sehen, die vor einem großen Wirtshaus saßen. Das Schild ächzte, da eine Windböe von Westen kam, und es schwankte bedrohlich. Als Achatius die Tür aufstieß, kam sofort ein junger Mann auf sie zugehastet. »Es ist uns eine große Ehre, Euch hier in unserem Gasthaus willkommen zu heißen, Herrin.«

Er machte eine kleine Verbeugung und seine Mutter sagte. »Vielen Dank. Ich bin wirklich froh, dass wir hier die Nacht verbringen können.«

»Es ist uns eine Ehre«, sagte der Mann erneut und nickte nun auch freundlich Tristan zu. »Wir haben unser bestes Zimmer für Euch vorbereitet«, sagte der Mann und bedeutete ihnen mit einer Handbewegung ihm zu folgen.

Sie erreichten den ersten Stock des warmen und behaglichen Gasthauses und der Mann zeigte ihnen ein großes und einladendes Zimmer, in dessen Kamin ein Feuer brannte. »Ich hoffe, Ihr habt eine angenehme Nacht«, sagte der Mann schließlich und ging unter einer weiteren Verbeugung aus dem Zimmer.

Achatius, ihr Kutscher, hatte offenbar ein anderes Zimmer bekommen, denn er war nicht mit herein gekommen. Seine Mutter ließ einen tiefen Seufzer hören und setzte sich auf die Kante des Bettes. »Mutter, was ist hier eigentlich los«, sagte Tristan, jetzt, da sie hier im Warmen und Trockenen waren und seine Mutter ein kleines Anzeichen von Schwäche zeigte.

»Nichts, mein Junge«, sagte sie schnell und huschte zur Tür, um sie zu verriegeln.

»Mutter. Mach mir doch nichts vor. Ist irgend ...«

»Nein, nein. Es ist alles in Ordnung. Mach dir keine Sorgen und versuche nun ein wenig zu schlafen. Morgen müssen wir weiter.«

Tatsächlich kroch die Müdigkeit ihm langsam in die Augen. Vielleicht weil er nicht mehr in der lärmenden Kutsche saß oder weil er nun endlich eine richtige Behausung hatte. Und so legte er sich in das eine Bett und seine Mutter kletterte mühsam in das andere. Sie hatte die Kerzen gelöscht, sodass alles im Dunkeln lag. Der Mond glitzerte durch den Spalt zwischen den Vorhängen zu ihnen herein. Das knacksende Feuer warf unheimliche Schatten an die Wände und flackerte munter vor sich hin. Immer noch fragt sich Tristan, was sie hier überhaupt taten und warum sie nicht zu Hause waren. Der Schmied würde ihn sicherlich schon vermissen. Tristan wusste, dass dieser ein jähzorniger Mann war, der Tristans spurloses Verschwinden nicht gutheißen würde.

Als Tristan wieder von seiner Mutter geweckt wurde, war er immer noch müde. Er hatte kaum geschlafen, sondern war alles noch einmal im Kopf durchgegangen. Doch einen Sinn in diesem Unterfangen zu finden, war für ihn schlichtweg unmöglich. Er schlüpfte aus den warmen und behaglichen Kissen. Er folgte rasch seiner Mutter aus dem Raum, die sich jetzt einen schwarzen Reiseumhang über ihr Kleid gezogen hatte. Als sie den unteren Teil des Gasthauses betraten, warf sie dem Wirt einen scharfen und berechnenden Blick zu und nickte kurz. Dann führte sie ihren Sohn durch die Tür, hinaus in den Wald, der noch immer vom Nebel beherrscht wurde. Der Zufahrtsweg kam ihnen noch länger vor als in der Nacht zuvor. Der Kutscher wartete bereits bei der Kutsche auf sie. Auch in der Kutsche war es nicht angenehmer als draußen. Zwar waren sie vor den Nebelschwaden geschützt, doch es war noch immer bitterkalt. Die Kutsche kam nur langsam ins Rollen, da sich ihre Räder tief in den Schlamm gegraben hatten. Achatius knallte drei Mal mit der Peitsche, sogleich verfielen die Pferde in den stürmischen Galopp, wie auch in der Nacht davor. Der Wald, der sie umgab, schien kein Ende nehmen zu wollen. »Mutter, ich würde jetzt wirklich gerne wissen ...«, begann er, doch seine Mutter schüttelte abwehrend den Kopf. »Wir sind bald da, dann wirst du alles erfahren«, sagte sie und in ihrer Stimme schwang ein leichter Anflug von panischer Hysterie mit.
»Wo ist das?«, fragte Tristan in der Hoffnung, in einem unachtsamen Moment etwas aus seiner Mutter herauszubekommen. Sie schenkte ihm ein kleines Lächeln, dann blickte sie besorgt aus dem Fenster.

Während der nächsten Stunden herrschte in der Kutsche stetiges durchdringendes Schweigen. Niemand sagte etwas und selbst der Nebel schien sich zu lichten, doch ihn ganz verschwinden zu lassen, kam für Mutter Natur nicht infrage. In einem kurzen Aufblitzen von Lächerlichkeit dachte er an Hexerei, die den Nebel verursacht hatte, doch er fing sich schließlich und begann wieder nach draußen zu sehen. Und als die Kutsche schließlich langsamer wurde und auch die Peitschenschläge verstummten, wusste Tristan, dass sie da waren – wo auch immer das war. Eine Stimme, die Tristan als die von Achatius erkannte, drang in die Kutsche und verkündete erschöpft, dass sie nun ihr Ziel erreicht hatten. Seine Mutter erhob sich und kletterte umständlich mit ihrem Kleid sowie dem Umhang aus der Kutsche. Tristan folgte ihr mit pochendem Herzen und erwartete schon etwas zu sehen, das ihm Antworten auf seine Fragen liefern würde. Doch im ersten Moment schien es, als hätten sie im Nirgendwo angehalten. Nichts, gar nichts war zu sehen, was ein Grund für ihr Anhalten hätte sein können. Als seine Mutter nach oben sah, folgte Tristan ihrem Blick. Eine Bergkette war vor ihnen erschienen, auf dieser Verstrickung von Bergen thronte eine Art kleinerer Stadt. Durch den Nebel konnte man gerade noch die Mauern sehen, die sie umgab und schützte. Seine Mutter atmete beruhigend und tief ein und aus. Sie wandte sich schließlich an ihn. »Nun«, sagte sie langsam und mit leicht zitternder Stimme. »Wir sind da. Ich denke, wir werden erst einmal den mittleren Berg erklimmen, ehe ich anfange etwas zu erklären.«

Tristan brannte inzwischen auf Neuigkeiten, doch er konnte das Angebot seiner Mutter nicht abschlagen, da der Nebel nun wieder aufzog und es gefährlich gewesen wäre, bei einem solchen Wetter einen Berg zu besteigen. Sie hasteten auf den Fuß der Bergeskette zu und erst jetzt sah Tristan einen schmalen Aufstieg, der aussah, als hätte man ihn seit hunderten von Jahren nicht mehr benutzt. War dies ihr Ernst? War es nicht lebensgefährlich, einen Berg bei diesem Wetter zu erklimmen, auch noch wenn der Weg in so einem Zustand war? Doch seine Mutter begann schon den Weg entlang zu wanken und Achatius schob Tristan hinter ihr her. Ihm war schnell klar, dass dies mit Abstand das Gefährlichste war, was er je getan hatte. Überall war es rutschig; die Steine waren nass und glitschig. Hin und wieder wurde oberhalb von ihnen eine kleinere Gerölllawine ausgelöst und Steine stürzten auf sie hinab. Dann mussten sie sich in Felsspalten zwängen, die überall in den Berg hineinführten. Je weiter sie nach oben vordrangen, desto dichter schien der Nebel zu werden und desto mehr musste sich Tristan dazu zwingen, nicht nach unten zu sehen. Er wollte inzwischen gar nicht wissen, wie weit es nach unten ging. Man konnte es jetzt auch nicht mehr klar erkennen, denn der Nebel war hier oben so dick geworden, dass man keine fünf Fuß weit mehr sehen konnte. Dann geschah das, wovor sich Tristan schon den ganzen Aufstieg gefürchtet hatte: Gerade kam wieder eine Gerölllawine herab und Tristan wurde von seiner Mutter in eine Felsspalte gedrängt, als ein schrecklicher Schrei sie zusammenfahren ließ. Achatius war von einem Stein getroffen worden und hatte den Halt verloren. Hilflos mussten sie zusehen, wie er hinten überkippte und den Berghang hinunterfiel. Tristan schrie auf und wollte zur Klippe rennen, doch seine Mutter hielt ihn zurück. »HILFE!«, schrie der Kutscher aus Leibeskräften und jetzt konnten sie sehen, dass er sich noch an einer Wurzel festgehalten hatte. »HILFE!«, schrie er erneut und seine Stimme ließ Tristan die Nackenhaare zu Berge stehen, da das Echo merkwürdig schaurig erklang. Seine Mutter näherte sich so schnell sie konnte dem Abgrund.

»Helft mir doch! Ich kann mich nicht mehr länger festhalten! HELFT MIR DOCH!« Blut und Schweiß rannen sein Gesicht hinab und tropften Unheil verkündend in den Abgrund. Seine Finger rutschten langsam über die Wurzel ab und Tränen sickerten seine Wangen hinunter. Dann stieß die rettende Hand seiner Mutter hinab und packte den Unterarm des schluchzenden Kutschers. Doch die Hände, des mit dem Tode ringenden Mannes, waren nass von seinem Schweiß – von seinem Angstschweiß. Tristans Mutter jedoch packte ihn erneut und versuchte nicht loszulassen. Sie brachte ihre ganze Kraft auf und zog den schreienden Achatius wieder hinauf auf den steinernen Weg. Dort lagen beide keuchend und sagten kein Wort. Tristan wollte gerade aus seiner Felsspalte kommen, als seine Mutter rief: »Nein. Wir gehen jetzt sofort weiter. Es bleibt keine Zeit, hier zu verweilen.« Und immer noch keuchend richtete sie sich auf und auch der Kutscher erhob sich mühsam. »Meine Herrin«, sagte er voller Ehrfurcht und kniete vor ihr nieder. Immer noch tropfte Blut aus seinem Kopf auf die Erde. »Ihr habt mir das Leben gerettet. Wie kann ich Euch nur jemals danken? Ich weiß nicht ...« Doch seine Mutter fiel ihm ins Wort: »Euer Vertrauen und der Geleitschutz bis nach oben sind mir Dienste und Treue genug, Achatius. Bringt uns einfach nach oben.«

»Natürlich«, sagte Achatius und übernahm nun die Führung. Von nun an waren sie über die Maßen vorsichtig. Achatius achtete besonders darauf, dass ihnen nichts mehr zustieß, und er überquerte auch als erster die alte Holzbrücke, um zu sehen ob sie begehbar war. Die Blutung hatte irgendwann gestoppt. Es schien überhaupt so, als hätte der Kutscher den Sturz vollkommen vergessen. Und schließlich kam auch die kleine Stadt in Sicht, die auf dem Gipfel eines großen Berges lag. Tristan zitterte am ganzen Körper, da er inzwischen nass bis auf die Haut war. Nicht nur wegen der Kälte, sondern auch, weil ihm der Sturz von Achatius noch immer in den Knochen steckte. Er hatte nicht erwartet, dass seine Mutter so mutig war. Doch erfüllte es ihn mit wärmendem Stolz und Zuversicht auf das Kommende. Und dann betraten sie schließlich einen festen und breiten Weg, der vor das Tor der Stadt zu führen schien. Sie schritten schnell auf das Tor zu, und je näher sie kamen, desto größer schien alles zu werden. Tristan konnte eine kreuzförmige Kirche im Inneren sehen und einen rauschenden Wasserfall hören, der in die Tiefe stürzte. Dann erhob seine Mutter die Hand und klopfte drei Mal gegen das schwere Holz. Im ersten Moment rührte sich auf der anderen Seite nichts. Dann wurde ein kleines Fenster auf Augenhöhe geöffnet und ein männliches Gesicht erschien dort. Seine Mutter straffte den Umhang enger und sagte dann in freundlichem aber vielsagendem Ton: »Ich bin Frouwe Vecultas. Ich komme mit meinem Sohn Tristan und unserem Kutscher Achatius, um Einlass auf dem Kloster St. Caritum zu erbeten.«

Kapitel 12

Artur blickte in das alte und faltige Gesicht von Meister Callidus. Wenn sein Vater so gewesen war, wie Meister Callidus ihm erzählt hatte, dann hätte sich Artur keinen besseren Vater wünschen können. »Was geschah mit dem Kutscher und …« Artur wusste nicht, wie er es ausdrücken sollte. »Was passierte mit meiner … meiner Großmutter?«, fragte er und fühlte, wie ihm erneut Tränen in den Augen standen. Meister Callidus blickte auf das Grab des Vaters und bot Artur so die Möglichkeit, sich die Tränen unbemerkt abzuwischen. »Sie wurden in unserem Kloster versorgt und verließen es am anderen Morgen. Natürlich stand Achatius, nun da deine Großmutter ihm das Leben gerettet hatte und er von dem Kloster wusste, in ihrer Schuld, und er blieb bei ihr, um ihr zu dienen. Dein Vater, dein Vater wurde nun von mir unterrichtet.«

»Von Euch?«, fragte Artur und seine Stimme zitterte.

»Ja«, flüsterte Meister Callidus. »Ich war zu dieser Zeit, wie auch heute, der Lehrmeister. Natürlich war dein Vater schon älter als du. So konnten wir schnell und gezielt vorgehen, da er schon lesen wie auch schreiben konnte. Er konnte schon nach einem Jahr unser Kloster als Abt Clemens weiterführen.«

Artur stellte sich einen jungen Mann vor, der in einem langen prachtvollen Gewand in der Kirche während eines feierlichen Gottesdienstes zum Abt ernannt wurde, und die Mönche schlossen ihn respektvoll in ihre Gebete ein. Unwillkürlich lächelte er und blickte wieder zu Meister Callidus auf. »Dann ist mein Großvater gestorben, bevor mein Vater auf das Kloster kam?«, fragte er gespannt. Meister Callidus schloss die Augen und nickte, »Ja, ich hatte zu meinem Glück auch noch die Ehre und die Freude, deinen Großvater ebenfalls kennenzulernen. Als er noch Abt war, kam ich gerade auf das Kloster und war ein einfacher Mönch, der seiner Arbeit nachging. Ich war vom Kloster St. Caritum über alle Maßen fasziniert. Ich kam als junger Mann auf das Kloster, um den Sinn des Lebens zu ergründen. Wie unverschämt einfältig ich doch war«, sagte er träumerisch und lächelte über seine eigene Torheit. »Im hohen Alter starb dein Großvater eines natürlichen Todes, doch nicht bevor er mit Minerva Vecultas einen Sohn zeugte. Deinen Vater.« Er nickte und schenkte ihm ein warmes Lächeln.

»Ist das der Name meiner Großmutter? Minerva?«

»Richtig«, bestätigte Meister Callidus. »Minerva ist eine ungewöhnlich gütige und großzügige Frau, die deinen Vater mit aller Liebe aufzog, die sie aufbringen konnte.«

Artur blickte erneut auf das weiße Grabmal und wusste, dass unter seinen Füßen der Leichnam seines Vaters lag, dem es jedoch jetzt egal war, dass er seinem eigenen Sohn so nahe war, wie seit sechzehn Jahren nicht mehr.

»Nun, ich denke, jetzt, da du den Weg kennst, wirst du sicherlich des Öfteren deinen Vater besuchen, aber nun sollten wir wieder nach oben gehen. Du möchtest doch morgen ausgeruht für den Unterricht sein, nicht wahr? Außerdem wollen wir Bruder Martin die Gelegenheit nicht länger verwehren, uns vorzuwerfen, wie unglaublich verantwortungslos es war, alleine hier herunter zu kommen?«

Artur lächelte nun ebenfalls und zusammen verließen sie die kalte Grabstätte der Äbte und gingen wieder nach oben.

Die folgenden Wochen vergingen zu Arturs Erleichterung ohne große Ereignisse. Weitere Todesopfer waren nicht zu beklagen. Dennoch verschärfte Bruder Martin nach dem Tod von Bruder Ovis alle Sicherheitsvorkehrungen. »Ich bedaure die Notwendigkeit, dass solche Mittel nötig sind, um unser Kloster zu schützen, aber ich sehe keinen anderen Weg«, sagte er eines Abends, als alle Mönche versammelt waren. Darauf ließ er noch mehr Wachen aufstellen. Alle Mönche wurden von da an in einen Wachdienst eingeteilt, der den ganzen Tag und die ganze Nacht über für Ruhe sorgen sollte. Bruder Vanum hatte es zwar nicht gewagt zu widersprechen und doch hatte Artur den Ausdruck auf seinem Gesicht nicht vergessen, als er hörte, dass von nun an Wachposten das Kloster bewachen sollten. Artur war immer noch fest davon überzeugt, dass dieser Mönch in irgendeiner Weise mit diesen schrecklichen Ereignissen in Verbindung stand, doch er wagte es nicht, eine direkte Anschuldigung auszusprechen, aus Furcht, er könnte mögliche Verbündete von Bruder Vanum gegen sich aufbringen. »Ich bin mir sicher, dass diese Maßnahmen den Übeltäter nicht stoppen können, wenn wir es denn mit Gott selbst zu tun haben«, sagte Bruder Vanum gedämpft zu einem Mönch, der neben ihm saß. Als der Mönch bemerkte, dass Artur sie beobachtete, erbleichte er und blickte auf seine Knie. Danach sah er den ganzen Abend nicht mehr auf. Artur schämte sich inzwischen ein wenig, dass er Bruder Hora verdächtigt hatte, obwohl er immer noch zugeben musste, dass es merkwürdig war, dass immer er die schrecklichen Ereignisse bemerkte, obwohl er natürlich nicht wusste, wer Bruder Ovis gefunden hatte. Die einzigen, von denen er überzeugt war, dass sie unschuldig waren, waren Bruder Martin, Meister Callidus und Bruder Scriba. Natürlich hatte sich Bruder Hora nichts zur Last fallen lassen, was gegen ihn verwendet werden könnte, und von den anderen Mönchen schien niemand seine Ansichten zu teilen, denn er hatte sich in dieser Sache noch niemandem anvertraut. Er hatte auch noch niemand anderen über solche Mutmaßungen sprechen gehört.

Das Wetter veränderte sich nun stetig. Der Nordwind brachte viele Stürme und Gewitter mit sich, obwohl hier oben auch sonst nicht oft schönes Wetter herrschte. Der Sommer war nun endgültig verbraucht und doch kämpften sich noch ein paar letzte Sonnenstrahlen durch die dunkle Wolkendecke und erhellten für einen letzten Moment das Kloster. Artur besuchte tatsächlich, nun da er wusste, wo es war, öfters das Grab seines Vaters. Er konnte dort unten stundenlang sitzen und nur über seinen Vater nachdenken, bis dann schließlich ein freundlicher Mönch kam und ihm sagte, er solle doch wieder nach oben kommen oder er würde sich erkälten. Allmählich fand er sich auch in der Kirche während des Gottesdienstes zurecht. Er konnte inzwischen die einzelnen Gegenstände benennen, die während der heiligen Messe verwendet wurden, und hatte auch gelernt, welchen Heiligen jede einzelne Statue darstellte. Im Gottesdienst selbst hatte er noch Mühe, die Gebete zu sprechen, denn er konnte sie noch nicht vollkommen auswendig. Ansonsten waren viele der Mönche beeindruckt von den Leistungen, die er schon nach so kurzer Zeit brachte. Dies war sicherlich auch Meister Callidus zu verdanken, der ihn mit viel Herzblut unterrichtete. Es gab keinen Tag, an dem Artur nichts Neues lernte, und er machte in allen Unterrichtseinheiten glänzende Fortschritte. Meister Callidus hatte ihn außerdem eine Woche lang nicht unterrichtet. In dieser Zeit musste Artur das ganze Kloster einmal durchlaufen und bei allen Arbeiten dabei sein, damit er einen Eindruck von dem täglichen Klosterleben bekam. Nur die Bibliothek, auf die er sich eigentlich gefreut hatte, denn er liebte Bücher, überging er, denn er verspürte nicht die geringste Lust, auf Bruder Vanum zu stoßen, um sich seinen Sticheleien und seinen Drohungen auszusetzen. Auch wurde Artur nun das Vaterunser beigebracht, denn Meister Callidus meinte, es sei das wichtigste Gebet auf Erden, und er war zutiefst erschüttert, als Artur ihm berichtete, dass er es nicht konnte. So saß Artur stundenlang in dem Turmzimmer bei Meister Callidus und betete das Vaterunser auf lateinisch. So war es auch an jenem Tag, als sich der Winter mit weißem, pulvrigem Schnee endgültig ankündigte. Artur betete es gerade herunter und Meister Callidus korrigierte ihn wie üblich, wenn er einen Fehler machte: »Quia tuum est regnum et potestas et glorie …«

»Warte«, sagte Meister Callidus schließlich und Artur stutzte. Doch dann sagte er hastig: »Quia tuum est regnum et potestas et gloria, in saecula. Amen.«

»Sehr gut«, lobte ihn Meister Callidus und mit diesen Worten entließ er ihn in den Abend.

Als Artur, hochzufrieden mit seiner Leistung, gerade an einer Tür im Dormitorium vorbeilief und auf dem Weg zu seiner Zelle war, hörte er Bruder Martins Stimme zu jemandem sprechen: »… gleich gehen und zögert nicht. Es wäre am besten, wenn Artur nicht einmal merkt, dass Ihr fort wart. Ich wäre beruhigter, wenn er dieses Mal hier bleibt und nicht wieder in irgendwelchen Wäldern umherschleicht und mit ansieht, wie Pferde abgeschlachtet werden.«

Er hatte eigentlich nicht lauschen wollen, doch als nun sein Name fiel, drückte er sein Ohr gegen die Tür. »Wir haben uns bereits um neue Pferde gekümmert und so sollte es kein Problem sein, die Stadt zügig zu erreichen, nicht wahr?«, hörte Artur Bruder Martin von drinnen sagen. Bruder Scriba und Bruder Hora stimmten ihm leise zu und sagten dann: »Wie viele sollen es nach Eurer Meinung sein?«

»Nun, ich denke, es wird genügen, wenn wir uns an zwei oder drei Neuen auf unserem Kloster erfreuen könnten.«

Artur hatte keine Ahnung, was hier vor sich ging, und wusste nicht, worüber sie dort redeten.

»Ihr wisst natürlich wie viel von Eurer Wahl abhängt?«, fragte Bruder Martin mit schneidender und angespannter Stimme.

»Natürlich. Wir werden unsere Wahl nicht leichtsinnig treffen«, sagte Bruder Hora entschlossen.

»Denkt daran, dass niemand außer uns erfährt, was wir besprochen haben, denn ich möchte um jeden Preis vermeiden, dass wir einem Mörder, der möglicherweise hier auf unserem Kloster haust, irgendeinen Anlass bieten, uns erneut zu schaden. Geht nun am besten und bereitet Euch vor. Ihr werdet noch vor dem morgendlichen Gebet aufbrechen.« Schritte waren zu hören und die Tür wurde aufgestoßen. Da stand Artur. Er hatte noch nicht einmal die Zeit gehabt, sich ansatzweise zu verstecken. Als die Mönche ihn erblickten, sagte er beinahe grinsend: »Ihr hattet doch nicht im Ernst vor, ohne mich zu gehen?«

»Nein, Artur«, sagte Bruder Martin, als er ihn erblickte und es nicht ganz schaffte zu verbergen, wie verärgert er war, dass Artur sie belauscht haben musste. »Dieses Mal wirst du nicht mitgehen. Ich verbiete es dir …«

»Ihr verbietet es mir?«, fragte Artur und blickte ihn an.

»Nun … Nun ja. Ich denke … es ist zu gefährlich«, sagte Bruder Martin stotternd und die zwei anderen Mönche nickten entschlossen.

»Aber ich habe Euch das letzte Mal auch in die Stadt begleitet und bei dem Wasserfall habe ich auch geholfen.«

»Du weißt doch noch nicht einmal, was wir vorhaben«, sagte Bruder Scriba. »Ich denke Bruder Martin hat dieses Mal recht. Es ist einfach zu gefährlich.«

»Aber ...«, setzte Artur an, doch Bruder Martin schnitt ihm das Wort ab.

»Es tut mir leid, Artur. Aber dieses Mal werden dich die Mönche nicht mitnehmen. Das ist mein letztes Wort.«

Damit schritten sie an ihm vorbei den Flur entlang. Wenn sie wirklich geglaubt hatten, dass Artur sich so leicht geschlagen geben würde, dann hatten sie ihn über die Monate wirklich nicht gut genug kennengelernt. Er lief so schnell er konnte in seine Zelle und nahm ein Blatt Papier, zusammen mit einer Feder, zur Hand. Er schrieb eine kurze Nachricht für Bruder Martin darauf und faltete es zusammen. Dann beschloss er, heute Abend nicht zum Essen, sondern gleich zu Bett zu gehen, damit er morgen früh, wenn er sich hinunter zu den Pferden schleichen würde, ausgeschlafen war.

Als Artur am nächsten Morgen erwachte, stahl er sich so leise er konnte aus dem Bett. Er wusste, dass, wenn er jemanden aufwecken würde, ihn Bruder Martin aufhalten wollte und sehr erzürnt sein würde. Draußen war es noch fast dunkel. Man konnte schon einiges erkennen, doch die Dunkelheit beherrschte noch immer das Kloster. Artur zog sich rasch an und legte die Notiz für Bruder Martin, dass er sich keine Sorgen machen sollte, sorgfältig auf seine Pritsche. Nun war es an der Zeit aufzubrechen. Er entriegelte die Tür und blickte verstohlen nach draußen. Niemand war da. Der Mönch vor seiner Tür war wie immer eingeschlafen und stellte kein großes Hindernis dar. Er stieg über den dicken, schnarchenden Mönch hinweg und ging dann so leise er konnte den Korridor entlang. Am Ende des Ganges warf er noch einen Blick zurück und vergewisserte sich, dass ihn niemand bemerkt hatte. Dann stieg er die Wendeltreppe hinab und gelangte so in die süße Freiheit. Die Luft war kalt und klar. Kein Laut war zu vernehmen und im Schutze der Dunkelheit schlich er sich geräuschlos zu dem großen Tor, das er unter größter Anstrengung öffnete. Die Wachen, die hier postiert waren, waren ebenfalls in einen Schlaf versunken, und Artur fragte sich zugleich, welchen Sinn es hatte, Wachposten aufzustellen, wenn diese bei ihrer Arbeit schliefen. Er schlich nun auf dem knirschenden Kiesweg entlang. Sobald es möglich war, ging er auf dem stillen Gras weiter. Dann war er auch schon am Abstieg angekommen. Er versuchte schnell und leise diese gefährliche Herausforderung unbeschadet hinter sich zu bringen. Er achtete besonders darauf, keinen Stein zu berühren, der nach unten fallen konnte und so vielleicht die Wachen am Tor aufweckte. Als er unter größter Anstrengung unten angekommen war, kletterten langsam die ersten Sonnenstrahlen über die nahestehenden Berge und tauchten alles in goldenes Licht. Artur schlich durch die Bäume des Waldes hindurch und versuchte sich an irgendetwas zu orientieren, was er noch in Erinnerung hatte. Er wusste nicht mehr genau, wo der Stall mit den Pferden war. Er fand ihn schließlich nach einer Weile versteckt zwischen dichten Sträuchern. Er öffnete die Tür und betete, dass die Mönche noch nicht weg waren, und tatsächlich waren vier neue Pferde in dem Stall untergebracht. Artur ging leise hinüber zu einem großen Berg Heu und begann sich einzugraben. Als er schließlich vollkommen von Heu bedeckt war und nichts mehr von ihm zu sehen war, hörte er draußen Stimmen. Es waren Männer. Mindestens zwei, die offenbar in seine Richtung kamen und miteinander sprachen. Als die Stalltür aufgestoßen wurde, wusste Artur, dass es Bruder Hora und Scriba waren, die tatsächlich gekommen waren.

»Ich denke wir werden nicht allzu lange brauchen«, sagte Bruder Scriba, als er die Tür weiter aufstieß, damit Mann und Pferd hindurchpassten.

»Ja, ich hoffe auch, dass es nicht länger als ein paar Tage in Anspruch nehmen wird. Glücklicherweise hat von den anderen Brüdern niemand etwas von unserem Aufbruch mitbekommen.«

»Es wäre einfach eine Schande, wenn uns erneut jemand folgen würde, oder glaubt Ihr auch daran, dass es der Herr selbst war, der die Pferde getötet, die Kirche in Brand gesteckt hat und den Wasserfall versiegen ließ – mit Holzbrettern?« Arturs Magen krampfte sich zusammen.

»Nein«, sagte nun Bruder Scriba und Artur hörte, wie sie ihre Pferde sattelten. »Ich persönlich halte es für abscheulich, dem Jungen solche Steine in den Weg zu legen, aber Bruder Vanum scheint hierbei andere Ansichten zu haben.«

»Hat er das nicht immer?«, fragte Bruder Hora sarkastisch, und obwohl Artur ihn nicht sehen konnte, hätte er schwören können, dass er die Augen verdrehte.

»Ich denke, wir wählen den gleichen Weg wie das letzte Mal, nicht wahr?«, sagte nun Bruder Hora.

»Ja, dies ist der sicherste, wenn auch der am häufigsten benutzte.«

Ein Pferd stieß ein lautes Wiehern aus. »Ruhig«, zischte Bruder Scriba und er begann schnell es zu tätscheln.

»Aber wir werden nicht die Nacht durchreiten?«, fragte Bruder Hora unsicher.

»Nein, ich denke, es wird besser sein, ein Gasthaus zu suchen, in dem wir die Nacht verbringen und dann am nächsten Morgen weiter zu reiten. Ich habe alles mit Bruder Martin besprochen, und er ist einverstanden, dass wir uns so viel Zeit wie nötig lassen, damit wir alles einwandfrei planen können.«

Bruder Hora stimmte leise murmelnd zu. »Sehr gut. Wie viele wollte er denn nun?«

»Ich dachte, Ihr wüsstet das«, sagte Bruder Scriba verärgert. Doch dann sagte er schnell: »Ah, ich glaube Bruder Martin sagte, wir sollten zwei bis drei mitbringen.«

»Richtig«, bestätigte Bruder Hora und klang erleichtert. »Wir versuchen es doch bestimmt am besten auf dem Mercatus Platz, dort, wo Ihr mich bekehrt habt.«

Da zwei Mönche innerhalb weniger Wochen gestorben waren und auch der Abt tot war, brauchte man nun natürlich neue Brüder. Artur war entschlossen zu helfen, wo er nur konnte. Er richtete sich auf und warf die letzten Büschel Heu von seinen Haaren. Bruder Scriba stieß einen spitzen Schrei aus und ein paar Mäuse rannten aus einem nahe gelegenen Heuhaufen und verschwanden quickend im Wald.

»Artur, was machst ...«

»Schhhh«, zischte Bruder Scriba. Er baute sich über ihm auf. »Was tust du hier?«, sagte Bruder Scriba mit leiser Stimme und mit zusammengebissenen

Zähnen. »Ich dachte, wir hatten dich angewiesen, im Kloster zu bleiben. Hast du eine Ahnung, was Bruder Martin macht, wenn er erfährt, dass du hier bist?«

»Er wird vermutlich nicht begeistert sein«, sagte Artur.

»Nicht begeistert?«, wiederholte Bruder Scriba und seine Stimme zitterte vor unterdrückter Missbilligung. »Er wird zu Gott beten, dass es dir gut geht, und uns dafür verantwortlich machen, dass du hier bist.«

»Aber Ihr müsst ihm ja nicht erzählen, dass Ihr mich hier entdeckt habt. Sagt ihm, ich wäre Euch gefolgt und Ihr hättet es nicht bemerkt. Denn wisst Ihr, die halbe Wahrheit ist keine ganze Lüge.«

»Fang jetzt bloß nicht an, mit Zitaten von Bruder Ovis um dich zu werfen«, sagte Bruder Scriba sichtlich außer sich. Doch Artur lächelte. Bruder Scriba schien mit Gedanken zu ringen, die so schrecklich waren, dass er es nicht wagen konnte sie auszusprechen. Er wandte sich an Bruder Hora. »Wir müssen ihn zurückbringen, das seht Ihr doch auch so?«

»Aber wenn ich ins Kloster komme, dann sehen die anderen Mönche mich. Jeder wird wissen, dass Ihr jetzt auszieht, um Eure Aufgabe zu erledigen. Das möchte Bruder Martin doch sicherlich auch nicht«, warf Artur ein, ehe Bruder Hora etwas erwidern konnte.

»Es tut mir leid, das zu sagen«, sagte Bruder Hora und wandte sich nun an Bruder Scriba. »Aber ich denke, der Junge hat leider recht. Wenn wir ihn jetzt auf das Kloster bringen, dann werden uns alle sehen. Wenn wir dann wieder aufbrechen, dann fragen sich alle, was wir vorhaben. Das heißt nicht, dass ich es unterstützte, dass du dich hierher geschlichen hast«, sagte er schnell zu Artur, der strahlte, und zu Bruder Scriba, dessen Miene sich verfinstert hatte. Bruder Scriba ließ sich in einen anderen Heuhaufen sinken und vergrub das Gesicht in den Händen. »Außerdem habe ich eine Nachricht an Bruder Martin hinterlassen, denn er wird zweifellos nach mir suchen, und wenn er meine Nachricht findet, dann weiß er, dass ich bei Euch bin und es mir gut geht.«

Bruder Scriba lugte verstohlen durch seine langen Finger und sagte dann mit gedämpfter Stimme, als würde es ihn alle Überwindung kosten, die er aufbringen konnte: »Quod deus bene vertat.«

»Sehr gut«, sagte Bruder Hora und begann Arturs Pferd zu satteln.

»Was? Was ist denn nun?«, fragte Artur verwirrt, weil er nichts verstanden hatte.

»Er hofft, Gott möge es zum Guten wenden«, sagte Bruder Hora.

»Das wird er. Danke, Bruder Scriba«, sagte Artur freudig und half nun Bruder Hora, das Pferd zu richten.

Nach einiger in Stille verbrachten Zeit, in der Bruder Scriba Artur immer wieder böse Blicke zuwarf, bestiegen die drei ihre Pferde. Artur war nun sehr aufgeregt, obwohl er selbst nicht wusste, weshalb.

»Ich hoffe wirklich, dass wir dieses Mal alles richtig gemacht haben und niemand von unserer Abwesenheit erfährt. Du hast es doch niemandem gesagt«, sagte Bruder Scriba mit leiser Stimme und klang offensichtlich verärgert über seine eigene Gutmütigkeit.

»Nein, nein, ich bin, nachdem ich Euch belauscht … ich meine, nachdem ich unfreiwillig gehört habe, wie Ihr darüber geredet habt, gleich in meine Zelle und habe mit niemandem mehr gesprochen.«

Bruder Scriba nickte grimmig, schnalzte gleichzeitig ungeduldig mit der Zunge und die Pferde verfielen in einen langsamen Trab. Als sie sich vom Stall entfernten und auf die Straße zusteuerten, schlugen alle mit ihren Fersen gegen die Flanken der Pferde. Im Galopp begannen sie somit zugleich ihre Reise zur Stadt Patria.

Artur hatte, wie immer, wenn er ritt, jedes Zeitgefühl verloren, und so meinte er auch noch nicht lange geritten zu sein, als Bruder Scriba schließlich langsamer wurde und sie vor eben der Höhle hielten, in der sie das letzte Mal schon genächtigt hatten.

»Was tun wir hier?«, fragte Artur, denn die Sonne war noch nicht untergegangen. Es blitzten noch einige Sonnenstrahlen über die Bäume.

»Wir werden hier kurz eine Rast machen und dann den Weg zu einem Gasthaus fortsetzen, welches ich bei unserer letzten Reise entdeckt habe. Es ist nicht mehr weit von hier.«

Artur war erleichtert dies zu hören, denn erst jetzt machte sich großer Hunger in ihm breit. Die Müdigkeit verdrängte fast alles andere aus seinem Kopf. Er war außerdem froh zu wissen, dass er sich dieses Mal nicht von Pflanzen zu ernähren brauchte. »Wie lange glaubt Ihr, brauchen wir in Patria, um zwei oder drei neue Mönche aufzutreiben?«, fragte Artur gespannt.

»Schwer vorherzusagen«, sagte Bruder Hora. »Es kommt immer darauf an, wie viele Mönche in der Stadt nach einem geeigneten Kloster suchen, nicht wahr, Bruder Scriba?« Bruder Scriba führte die Pferde nun auf eine naheliegende Wiese, damit sie etwas fressen konnten. »Ja«, sagte er, als er die Straße überquerte und zurückkam. »Als wir das letzte Mal dort waren, dauerte es sehr lange. Wir können unsere Wahl nicht leichtsinnig treffen, denn sollten wir einen ungeeigneten Mann mit auf das Kloster bringen, hat er sich ja eigentlich vorher verpflichtet, es nie wieder zu verlassen und unsere Geheimnisse niemandem zu verraten.«

»Aber ich nehme an, Ihr habt bei mir nicht allzu viel Zeit vergeudet«, fragte Bruder Hora lächelnd.

»Nein, bei Euch waren wir uns eigentlich relativ schnell einig, dass Ihr einen hervorragenden Stallburschen abgeben würdet.« Bruder Hora schenkte ihm ein herablassendes Lächeln und Artur lachte.

»Aber irgendwann habt Ihr offenbar einen Fehler gemacht, wenn jetzt solche Dinge in unserem Kloster geschehen, oder?«, bemerkte Artur und bemühte sich nicht zu vorwurfsvoll zu klingen.

Die Mönche warfen einander einen raschen Blick zu. »Nun ja, wir wissen natürlich noch nicht, ob nicht ein Außenstehender dafür verantwortlich ist, aber nach unseren Sicherheitsvorkehrungen und der Tatsache, dass niemand weiß, dass unser Kloster überhaupt existiert, wird es wohl ein Mönch aus unserem Kloster sein, sofern wir nicht an den Zorn Gottes glauben. Dennoch darf man nie vergessen, dass derjenige, der am meisten Nutzen aus den Verbrechen zieht, auch theoretisch der Verursacher sein muss. Doch können wir nicht einfach mutmaßen über einen Mann, der vielleicht gar nichts mit unserer Sache zu tun hat.«

»Hat der Hohe Rat noch immer keine Anhaltspunkte auf einen Täter?«, fragte Artur und kannte doch schon die Antwort.

»Leider nein«, sagte Bruder Hora niedergeschlagen. »Wir haben alle Leichen vor ihrer Bestattung genauestens untersucht. Meister Callidus hat sogar seine Kenntnisse der Alchemie angewandt, jedoch ohne Erfolg.«

»Aber was für ein Motiv könnte es denn überhaupt geben?«, fragte Artur. Die Brüder antworteten nicht sofort. Dann sagte Bruder Scriba weise: »Ein Motiv ist für diese Taten nicht erforderlich. Es gibt Menschen, hier auf unserer Erde, die die Welt einfach nur brennen sehen wollen.«

Dann sagte Bruder Hora rasch: »Der Hohe Rat steht tatsächlich vor einem Rätsel, welches für uns unlösbar erscheint. Leider kommen dann noch die zerstörte Ernte, die ausgebrannte Kirche und der versiegte Wasserfall hinzu. Diese Probleme haben wir natürlich beseitigt, jedoch sind es große Steine, die uns in den Weg gelegt werden. Diese Katastrophen schüren die Gerüchte um den Zorn Gottes und machen vielen Mönchen Angst.«

»Aber wir vom Hohen Rat und alle, die davon auch nicht überzeugt sind, versuchen die anderen Mönche zu beruhigen, um eine Panik zu verhindern«, sagte Bruder Hora schnell, bevor Artur den Mund öffnen konnte. »Aber wie könnt Ihr Euch sicher sein, dass Bruder Martin und Meister Callidus in der Zeit, in der wir weg sind, vollkommen geschützt sind?«, fragte Artur. Das können wir nicht«, antwortete Bruder Hora schlicht. »Aber weißt du, wie viele Menschen beispielsweise Bruder Martin schon tot sehen wollten, bevor er schließlich auf unser Kloster kam?«, fragte Bruder Scriba.

»Viele?«, fragte Artur zögernd und fragte sich, was Bruder Martin wohl getan hatte, bevor er sich dem Kloster St. Caritum verschrieben hatte. Es schien fast, als wäre er schon dick, freundlich und als friedliebender Mönch geboren worden.

»Sehr viele«, bestätigte Bruder Hora. »Und weißt du, wie viele von denen noch unter uns weilen?«

»Wenige?«, mutmaßte Artur.

»Sehr wenige«, sagte Bruder Scriba und lächelte beruhigend. »Aber mach dir keine Sorgen. Wir haben Sicherheitsvorkehrungen getroffen, und ich denke, dass diese ausreichen werden. Auch für dein Wohlbefinden haben wir einige verdeckte Schutzmaßnahmen errichtet.«

Artur schloss seinen Mund wieder und nickte dann dankend. »Ich weiß das wirklich zu schätzen«, sagte er und wurde sich erst jetzt peinlich bewusst, dass er sich eigentlich noch nie richtig bei den Mönchen, die ihm ihr Vertrauen schenkten, bedankt hatte. »Ich weiß, dass Ihr alle in Eurer Macht stehende tut, um mich zu schützen und diese schrecklichen Dinge aufzuklären.«

Die Mönche lächelten. »Wir wissen, dass du später einmal ein genauso großherziger Abt sein wirst wie dein Vater, Artur«, sagte Bruder Scriba, nun milde gestimmt, lächelnd.

Als Pferde wie auch Reiter sich ein wenig gestärkt hatten und Bruder Scriba keine weiteren Einwände hervorbrachte, in denen er seine Missbilligung bezüglich Arturs Anwesenheit kundtat, bestiegen sie ihre Pferde und ritten in einem zügigen Galopp in Richtung Süden. Die Sonne war nun beinahe verschwunden und die Dämmerung setzte langsam ein. Der große Feuerball war endgültig untergegangen, ehe sie merkten, dass ihnen kalt wurde. Dann standen sie auch schon vor einem schönen alten Bauernhaus, welches als Gasthaus für vorbeiziehende Reiter oder ganze Kutschbesatzungen diente.

»Zum goldenen Apfelbaum«, las Artur laut von einem Schild über dem Eingang ab. Es war wieder wie in der Nacht, als er mit seiner Mutter in einem solchen Wirtshaus geschlafen hatte, nur dass das Gasthaus wohl einen anderen Namen getragen hatte, es in Strömen geregnet hatte, und er in einer kleinen dunklen Kammer schlafen musste. Er bezweifelte, dass auch nur ein einziges dieser Dinge wieder eintreten würde. Auf dem hölzernen Schild prangte ein großer Apfelbaum, welcher goldene Äpfel trug. Die Mönche führten ihre Pferde rasch um das Haus herum in einen gemütlich wirkenden Stall, in dem es den Pferden an nichts mangelte. Der Stall war groß, trocken und mit Stroh ausgelegt. In einer Ecke befand sich ein Becken, das randvoll mit klarem Wasser war, daneben lagen büschelweise saftiges Gras und Heu.

»Glaubt Ihr, wir werden hier freundlich empfangen?«, fragte Artur gespannt.

»So Gott will«, sagte Bruder Hora weise und lächelte, während er seinem Pferd den Sattel abnahm.

»Mach dir keine Sorgen«, sagte Bruder Scriba und Artur erwiderte fast etwas trotzig: »Ich mache mir keinen Sorgen.«

Die Mönche lachten. »Was sagt Ihr, woher wir kommen, sollte jemand danach fragen?«, sagte Artur und beschloss, sich die Antwort genau zu merken.

»Dass wir von einem entfernten Kloster kommen, hier gerne die Nacht verbringen würden, denn wie du weißt, ist die halbe Wahrheit keine ganze Lüge.«

Artur lachte nun ausgelassen und vergewisserte sich ein letztes Mal, dass es dem Pferd gut ging. Er wollte nicht, dass auch diese Pferde einen Tod starben wie die letzten und fragte Bruder Scriba: »Haben die neuen Pferde denn schon einen Namen?«

»Ich glaube nicht. Wisst Ihr etwas darüber?«, fragte Bruder Scriba den anderen Mönch.

»Nein, ich habe gehört, wie Bruder Martin darüber gesprochen hat und er meinte, dass die Pferde wohl ohnehin nicht oft benutzt werden.«

»Darf ich dann meinem Pferd einen Namen geben?«, fragte Artur aufgeregt. »Natürlich«, sagten die beiden Männer und lächelten erneut verständnisvoll. »Dann soll er Nigredo heißen«, sagte er glücklich und dachte an das verstorbene Tier, das er schon nach kurzer Zeit ins Herz geschlossen hatte.

»So soll es sein«, sagte Bruder Scriba. »Ich denke, es ist das Beste, wenn wir jetzt hineingehen«, sagte Bruder Hora und nickte mit dem Kopf in Richtung Wirtshaus. Zusammen schritten sie über den holprigen Weg zurück zu dem großen Haus und öffneten die Tür. Sogleich schoss ihnen eine einladende Wärme entgegen und ein Duft, der Artur das Wasser im Mund zusammenlaufen ließ, kroch in ihre Nasen. »Ich denke, dass wir uns nach dieser Reise etwas zu Essen verdient haben, meint Ihr nicht auch?«, fragte Bruder Scriba Bruder Hora.

»Ich bin wie immer Eurer Meinung«, sagte dieser und auch Artur nickte und frohlockte über ein baldiges und schmackhaftes Mahl, welches sie sich einverleiben würden. Bruder Scriba schickte Artur und Bruder Hora zu einem nahe gelegenen Tisch und ging zum Wirt hinüber. Nach einigen Augenblicken kam er glücklich zu ihnen herüber und sagte: »Es ist alles erledigt. Der Wirt hat drei Zimmer für die heutige Nacht und beauftragt die Küche, uns etwas zu Essen zuzubereiten.«

Bruder Hora atmete beruhigt durch und lehnte sich in seinem Stuhl zurück. »Sehr gut, so habe ich mir meine Übernachtung vorgestellt und nicht wie das letzte Mal in einer von Käfer befallenden Höhle.« Die anderen beiden stimmten ihm fröhlich nickend zu und zusammen erwarteten sie das köstliche Mahl aus der Küche.

Artur torkelte, noch ganz benommen von dem guten Essen, nach einem sehr unterhaltsamen Abend mit den Brüdern hoch in seine Kammer, wo ihn schon ein bequemeres Bett als im Kloster erwartete. So gut hatte er sich seit Wochen nicht mehr gefühlt, und doch war er besorgt darüber, was Bruder Martin bei ihrer Rückkehr über seine Missachtung der Anweisungen wohl sagen würde. Wahrscheinlich war er jetzt schon halb verrückt vor Sorge, ob die zwei Mönche Artur auch gefunden hatten und er in Sicherheit war. Doch benachrichtigen konnten sie ihn nicht. Artur hatte den Vorschlag gemacht, einen Boten zu schicken, doch wie er ständig erinnert wurde, war das Kloster streng geheim und so für niemanden zugänglich, damit niemand erfuhr, was sie genau für einen wertvollen Schatz hüteten. Niemand durfte erfahren, dass auf dem Kloster Gottes Gebot, dass Äbte keine Kinder zeugen durften, gebrochen wurde. Doch wie die Mönche immer sagten, sei der Grund warum sie sich nicht an dieses Gebot hielten diese Sache wert, und sollten sie auch im Fegefeuer landen, wäre es nicht halb so schlimm, wie wenn der größte Schatz der Christenheit verloren gehen würde.

Artur zog sich aus, legte seine Sachen in den Schrank in der Ecke und ging hinüber zum Bett. Er zog die Vorhänge zu und kuschelte sich in das mit Bettpfannen erwärmte Bett. Doch das Thema um den Schatz wollte ihn einfach nicht loslassen. Noch immer hatte Artur nicht herausgefunden, was es denn für ein gigantischer Schatz war. Natürlich wusste er nun eine ganze Menge über das Kloster. Dass jeder Abt ein Kind zeugen musste, damit dieser der nächste Hüter des Schatzes wurde, oder dass das Kloster streng geheim war. Doch die Tatsache, dass er immer noch im Dunkeln tappte, was den Schatz anging, verärgerte ihn, denn der Schatz war schließlich das Kernstück des Klosters und der Aufgabe, die Artur in Zukunft zu bewältigen hatte. Wann sollte er denn erfahren, was es war? Natürlich mutmaßte er und so dachte er an Gold, Edelsteine, Silber oder Juwelen. Doch überlegte er auch, dass diese Dinge vielleicht für Mönche, denen es eigentlich nur wichtig war, Gott zu dienen, von nachrangiger Bedeutung waren. Vielleicht, dachte er, war es auch ein Stück vom Kreuz Jesu Christi oder die Gebeine des Sohnes Gottes? Doch sollte er auch bei einem dieser Dinge richtig liegen, so wusste er immer noch nicht, wo sie den Schatz aufbewahrten. In diesem riesigen Kloster zu suchen war aussichtslos, auch wenn er ab und zu, wenn niemand genau wusste, wo er war oder was er tat, nach einem verborgenen Eingang suchte oder nach einer unterirdischen Grotte. Doch bisher war er erfolglos geblieben. Sollten Bruder Martin oder Meister Callidus es ihm erst sagen, was dieser Schatz war, wenn er zum Abt ernannt wurde, dann konnte dies noch Jahre dauern, wie Bruder Martin selbst gesagt hatte. Konnte oder wollte er solange denn noch warten? Doch nachdem er das Thema so tiefgründig durchdacht hatte, schlief er schließlich ein.

Kapitel 13

Der Mond glitzerte durch das Fenster in seine Zelle. Er hatte noch nicht einmal richtig geschlafen, als er wusste, dass es schon wieder Zeit war aufzustehen. Er glitt aus seinem Bett wie ein dunkler Schatten und durchquerte in schnellen, leisen Schritten die Zelle. Er wusste genau, wie er es anstellen musste, doch die Wachposten, die dieser gotteslästernde Bruder Martin hatte aufstellen lassen, waren sicherlich ein ernst zu nehmendes Problem. Was, wenn er erwischt wurde? Was, wenn er dann seinen Plan nicht mehr verwirklichen konnte. Doch das würde nicht geschehen. Er hatte bisher alles geschafft und war sogar ungesehen bis zum Wasserfall gekommen und zurück. Das alles in einer Nacht. Als er die Tür öffnete, blies ihm ein kalter Wind die kurzen Haare aus dem glatten Gesicht. Er spähte in der Dunkelheit den Korridor auf und ab und vergewisserte sich, dass niemand draußen war. Dann ging er in den Gang und schloss die Tür – bereit, seine Aufgabe zu erledigen. Er hatte kaum die Türe leise hinter sich geschlossen, als er Schritte hörte. Ein Mönch kam näher und er wusste nicht, woher. In heller Aufregung zwängte er sich in eine nahe Nische, in der eine große Vase stand. Ein Schatten, dick und klein, schlich an seinem Versteck vorbei und drückte ein Ohr gegen die Zelle, die er gerade verlassen hatte. Bruder Martin, dieser kleine und undankbare Mönch, spionierte ihn offenbar aus. Hatte er Verdacht geschöpft und dem Jungen geglaubt? Aber sie hatten keine Beweise, und als Bruder Martin das Ohr von dem Holz nahm, atmete er leise auf. Der Mönch glitt an der Wand entlang, verschmolz mit der Dunkelheit und ging dann rasch einen Stock höher, wo er ihn in seine Zelle gehen hörte. Jetzt war er sicher. Er kam wieder auf den Korridor gestolpert und ging dann raschen Schrittes in Richtung der Tür, die zum steinernen Innenhof führte. Als er die Treppe erreicht hatte, die nach unten führte, hörte er erneut etwas. »… glaube nicht, dass es jetzt noch irgendjemand schafft, in das Kloster zu kommen«, sagte eine Stimme ganz in der Nähe. Zwei Mönche waren auf der steilen Treppe, die zum Innenhof führte und kamen nach oben. Er rechnete schon fast damit, dass sie ihn hören mussten, als er in einen kleinen Nebenraum schlich, der als eine Art Abstellkammer genutzt wurde.

»Da bin ich mir sicher«, sagte der andere beruhigend. »Bruder Martin hat ganze Arbeit geleistet, und ich denke, der Wachdienst ist eine gute Sache, um den Jungen zu schützen.«

Die beiden Mönche gingen nahe seinem Versteck vorbei den Korridor hinauf. Ja, Bruder Martin hatte daran gedacht, das Kloster vor seinen äußeren Feinden zu schützen, doch der innere Feind war unerschütterlich. Ihm war kein Risiko zu hoch und kein Mittel zu schrecklich. Er schlüpfte schnell aus seinem Versteck und ging die Wendeltreppe hinab. Die beiden Mönche waren inzwischen am

Ende des Ganges und konnten ihn weder hören noch sehen. Er hoffte nur, dass Bruder Scriba und Bruder Hora ihm nicht in die Quere kamen. Sie waren sicherlich auch im Kloster unterwegs und achteten darauf, dass die Sicherheitsvorkehrungen eingehalten wurden. Demnach war es nämlich nicht mehr erlaubt, nach Mitternacht auf den Gängen zu sein, außer man hatte Wachdienst. Da er erst in zwei Tagen wieder an der Reihe war, sollte er nun in seiner Zelle sein und schlafen. Als er zu der Tür kam, hinter welcher der Innenhof begann, klopfte sein Herz sehr schnell. Sollte er jetzt erwischt werden, musste er sich eine gute Geschichte einfallen lassen. Warum sollte er so spät noch unterwegs sein? Doch an Aufgeben war nicht zu denken. Er öffnete die Tür und ging hinaus. Glücklicherweise war der Mond gerade von einer schwarzen Wolke verdeckt und so wurde er von der Dunkelheit verschluckt. Er ging dicht an den Gebäuden entlang und achtete darauf, stehen zu bleiben, wenn der Mond sein Licht auf sie herab warf. Er konnte seine Aufgabe nicht ohne das Mittel erledigen. So schlich er noch immer an den Wänden weiter um eine Ecke, womit er nun bei der großen Mühle war. Auf Geräusche brauchte er nun nicht mehr zu achten, da der Wasserfall, den die Mönche und der unbrauchbare Junge wieder zum Fließen gebracht hatten, tosend in die Tiefe rauschte. Er drückte sich an die Wand und sah nun im Schein des Mondes drei Mönche, die auf der Mauer patroullierten und Wache hielten. Einer war vorne am Tor und die anderen beiden waren auf der Mauer um das Kloster verteilt. Nun musste er besonders aufpassen, doch der rauschende Wasserfall sollte ihm bei seiner Aufgabe entscheidend helfen.

Er duckte sich und kroch nun auf dem Boden zu der nahe gelegenen Mauer, die das Kloster zu schützten schien und auf der gerade ein Mönch stand, der gebannt nach unten in den Nebel spähte. Dann war er an der Ecke angelangt, an der das Backhaus an die Klostermauer angrenzte. Im Schutze der Dunkelheit zählte er nun die untere Steinreihe ab und hielt beim dreizehnten Stein inne. Ja, hier war es. Es packte den Stein, der nur ein wenig herausragte und erblickte den kleinen Sack, den er dort schon vor einigen Jahren entdeckt hatte und mit dessen Hilfe er auch schon andere Dinge hatte geschehen lassen. Er hatte nie weiter darüber nachgedacht, wieso ein Sack mit hochgiftigem Pulver hier in der Mauer versteckt lag. Er packte ihn, zog ihn heraus und nahm sich eine Handvoll des grünen Pulvers, das in dem Beutel gelagert war. Er schob den Sack zurück und verbarg ihn wieder durch den Stein, den er wieder in die Mauer zurück schob. Nun schlich er wieder zurück zum Backhaus und blickte nach oben. Der Mönch, der gerade noch hier gewesen war und in das Tal geblickt hatte, war verschwunden. So konnte er gefahrlos seine Position verlassen. Er ging zurück und prägte sich ein, wo die anderen beiden Mönche standen und wann er sich unbemerkt bewegen konnte. Schließlich, nach einer gefühlten Ewigkeit, war er wieder an der Tür des Dormitoriums. Doch er ging nicht etwa wieder hinein und zurück in die schützende Zelle. Nein, er schlich an der Eichentür vorbei in Richtung des großen, hölzernen Tores. Der Mönch stand immer noch oben auf dem großen Tor und ließ das nebelige Tal nicht aus den Augen. Sie hatten ihm alle den Rücken zugewandt, als er am Scriptorium vorbeiging und um die Ecke der kleinen Schneiderei schlüpfte. Er ging nun zielstrebig auf die geräumigen Ställe zu und nun hatte er nichts mehr zu befürchten. Der Schafsstall kam immer näher. Jetzt würde ihn nichts mehr aufhalten. Er kam an das kleine Gatter des Stalles, welches er geräuschlos öffnen konnte. Er war eigentlich nicht der Mönch, der einfach schutzlose Tiere tötete. Doch heiligte nicht der Zweck die Mittel? Wenn diese selbstgefälligen Mönche den Zorn Gottes tatsächlich noch auf sich ziehen wollten, dann sollten sie nur so weitermachen. Es wiederstrebte ihm heftig, dass die Äbte auf diesem Kloster Kinder zeugten, und er war der Meinung, dass dies tatsächlich ein Verstoß gegen Gottes Gebot war. Er würde dafür sorgen, dass bald alle so dachten. Das Gerücht, dass der Herr selbst für diese Taten verantwortlich war, welches er häufig verbreitete, hatte sich bisher gut in die Köpfe der meisten Mönche eingeschlichen. Er musste nur so weiter machen, bis irgendwann alle davon überzeugt waren, dass der Junge daran schuld war, denn er war das Zeugnis der Verstöße all der Äbte. Irgendwann würden sie vielleicht einen anderen Abt verlangen. Einen anderen, besseren und älteren. Jemanden wie ihn. Dann ging er zwischen den Schafen hindurch. Einige schliefen, einige blökten auf, als sie ihn erblickten, gerade als wollten sie etwas zu essen. Nun, das konnte er ihnen durchaus anbieten. Er nahm das grüne Pulver, welches im Mondlicht zu leuchten schien und streute es in den Futtertrog der Schafe. Sie begannen zu blöken und zu schreien. »Seid still, ihr blöden Viecher«, sagte er, als der Mönch am Tor zu ihnen herüberblickte. Er duckte sich rasch und hoffte, dass er nicht gesehen wurde. Doch der Mönch war offenbar zu dem Schluss gekommen, dass es keinen besonderen Grund für die Unruhe der Schafe gab. So kletterte Bruder Vanum leichtfüßig und hastig aus dem Stall hinaus, tauchte in die dunklen Schatten ab und schlich zurück in seine sichere Zelle.

Kapitel 14

Der nächste Morgen kam schnell. Viel schneller, als es Artur lieb war. Er hatte einen sonderbaren Traum gehabt, doch er konnte sich einfach nicht mehr erinnern, wovon er gehandelt hatte. Die Gestalt, die den Traum beherrscht hatte, beunruhigte ihn immer noch, als er aus dem warmen Bett stieg. Artur hatte mit den beiden Mönchen vereinbart, früh am nächsten Morgen aufzubrechen, da sie nicht unnötig lange an einem Ort bleiben und so Aufsehen erregen wollten. Auch das Frühstück wollten sie verschieben und sich erst nach getaner Arbeit in der Stadt ein wenig verwöhnen lassen. So packte er so schnell er konnte seine Sachen zusammen und stieg die Stufen zu dem großen Schankraum hinunter. Dort grüßte ihn der Wirt freundlich und machte ihn darauf aufmerksam, dass die zwei anderen Mönche bereits nach draußen gegangen waren. Artur folgte ihnen rasch und achtete darauf, nicht zu überstürzt aus dem Raum zu hasten. Draußen ging gerade die Sonne auf und der Himmel hatte sich rot verfärbt. Wie Meister Callidus Artur erklärt hatte, stand in der christlichen Symbolik die Morgenröte für die Gottesmutter Maria und war somit ein gutes Zeichen. Die Bäume waren von einer leichten Brise des silbernen Nebels umschlungen und Artur lief nun rasch über den taugetränkten Rasen.

Als er um das Gasthaus herumging, sah er schon die beiden Mönche in der frischen Morgenluft vor dem Stall die Pferde satteln und immer wieder ungeduldige Blicke umherwerfen. Als sie Artur erblickten, ruderten sie mit den Armen durch die Luft und bedeuteten ihm schnell zu ihnen zu kommen. »Gut, dass du gerade kommst. Ich wollte gerade zu Bruder Hora sagen, er solle nach oben und dich wecken.«

»Reiten wir gleich weiter?«, fragte Artur nervös und schaute sich nun auch um, ob nicht doch jemand durch den leichten Nebel auszumachen war, der sie vielleicht beobachtete.

»Hier«, sagte Bruder Hora dann und drückte ihm den Sattel in die Hand. Artur begann sein Pferd ebenfalls für den Ritt fertig zu machen.

Als sie sich, nachdem alle Pferde gesattelt waren, noch einmal umgeblickt hatten und Bruder Scriba in das Wirtshaus gegangen war, um für die Zimmer zu bezahlen, ritten sie endlich weiter. Die kalte Morgenluft peitschte Artur ins Gesicht und zerrte an seinen Haaren. In dieser Kälte wurden seine Lebensgeister wieder erweckt und ersetzten das frühe Essen, welches er sonst zu sich genommen hätte. Er fragte sich, wie weit es noch bis zu Stadt Patria war. Hatte Bruder Scriba nicht gesagt, es wäre nach dieser Nacht nicht mehr weit. Doch die Mönche sagten viel und bei nur wenigem war sich Artur mittlerweile sicher.

Als es allmählich wärmer wurde, die Sonne noch höher am Horizont stand, begann Arturs Magen dann aber doch laute Geräusche auszustoßen. Über das laute Hufgetrappel hinweg waren diese jedoch nicht zu hören. Als Bruder Scribas Pferd schließlich am späten Nachmittag langsamer wurde und sich Artur schon zu fragen begann, ob sie sich vielleicht verirrt hatten, sah er endlich in einiger Entfernung die Umrisse einer Stadt. »Wir können nicht in die Stadt hineinreiten, als wäre der Teufel hinter uns her«, sagte Bruder Hora auf Arturs fragenden Blick.

»Wir werden wie normale Mönche in die Stadt kommen, um so wenig Aufmerksamkeit wie möglich auf uns zu lenken«, sagte Bruder Scriba ohne Artur anzusehen. Er blickte hin und her und vergewisserte sich, dass sie alleine waren. In einem mäßigen Schritt kam langsam das Tor in Sicht, wurde größer, eindrucksvoller, und der Wald machte einem ebenen Land Platz. Wachen waren an den Eingängen postiert und ließen niemanden durch, der ihnen merkwürdig vorkam oder vielleicht sogar gesucht wurde. Vor den Mönchen und vor Artur machten sie jedoch eine kleine Verbeugung und nickten ihnen zu. Mönche waren hier offenbar etwas Besonderes und genossen ein hohes Ansehen. Als sie das Stadttor passierten, waren sie sogleich von dem hektischen Treiben der Stadt gefangen. Sofort kamen fahrende Händler auf sie zugestürmt und bedrängten sie mit Schmuck, Lebensmitteln oder Antiquitäten.

»Weiterreiten«, murmelte Bruder Scriba leise. »Einfach weiterreiten und gar nicht beachten.« Doch dies war schwieriger, als es sich anhörte. Die Händler stellten sich meist vor die Pferde und nahmen es in Kauf, dass sie von Reitern niedergeritten wurden. Die Mönche und Artur jedoch umrundeten alle und sprachen kein Wort mit ihnen. Als sie weiter in die Stadt eindrangen, erreichten sie langsam den Markt von Patria. Viele Stände waren hier aufgebaut worden. Männer, Frauen und manchmal auch fast noch Kinder versuchten ihre Ware zu verkaufen, um ihre Familien zu ernähren. »Frische Fische, frische Fische! Kommt, meine Damen und Herren, und überzeugt Euch selbst!« »Kommt, hier findet Ihr die die besten Waffen im ganzen Land! Beste Qualität zu einem Preis, der selbst Könige und Kaiser überrascht!« »Getreide! Kauft Getreide und erntet schon in ein paar Wochen das beste Getreide, welches Ihr Euch wünscht!«

Leute schlenderten interessiert umher, manche kamen offenbar von weiter her und erledigten wichtige Geschäfte in der Stadt.

»Wo gehen wir hin?«, fragte Artur und blickte zu den großen Häusern auf, die im Sonnenlicht blitzten.

»In eine kleine Herberge, hier ganz in der Nähe, ein wenig abgelegen von diesem Menschenauflauf«, sagte Bruder Scriba leise. Sie durchritten den Markt und bogen schließlich in eine schmale Seitenstraße ein. »Dort vorne ist es schon«, sagte Bruder Hora und deutet mit einem Finger auf ein kleines, aber feines Häuschen, welches unverkennbar eine Herberge war. Die Gasse, in der sie jetzt waren, war schmal, dunkel und Artur verspürte ein komisches Gefühl in seinem

Bauch. Plötzlich hörten sie etwas, was sie stutzen ließ. Ein Zischeln, ein leises und fast nicht zu vernehmendes Zischeln drang aus dem Schatten einer noch schmaleren Gasse. Und dann trat ein dünner Mann aus dem Schatten heraus. »Verzeiht, wenn ich Euch aufhalte, Pater«, sagte er mit seiner öligen und rauen Stimme. Die Mönche blickten sich kurz an und Bruder Scriba sagte dann freundlich und unverkennbar nervös: »Was gibt es, mein Sohn?«

Der Mann zögerte. Es sah aus, als wusste er nicht, wie er sich ausdrücken sollte. Vielleicht konnte er es auch nicht. Dann sagte er langsam, als würde er jedes Wort einzeln abschätzen und blickte hastig in der Gasse umher: »Mein Kind ist sehr krank und wir haben leider nicht die Mittel, um uns Medizin zu kaufen oder uns einen Heiler leisten zu können. Da Ihr gerade in der Stadt seid, wollte ich fragen, ob Ihr nicht einen Blick auf unser Kind werfen könntet. Wenn Ihr ihm nicht helfen könnt, wären wir Euch dennoch sehr verbunden, wenn ihr ihm wenigstens Gottes Segen erteilen könntet, damit es in Ruhe sterben kann.«

Eine Träne drang aus dem linken Auge des Mannes hervor und tropfte auf den schmutzigen Boden. »Nun wir ...«, begann Bruder Scriba hin und her gerissen von Angst jemandem zu trauen und schlechtem Gewissen.

»Natürlich. Es war mir klar, dass Ihr nicht wollt«, unterbrach der Mann Bruder Scriba und wandte sich ab. Er wollte gerade zurück in den Schatten schleichen, als Bruder Scriba sagte: »Wo ist dein Kind, mein Sohn?« Der Mann wirbelte herum. Sein Gesicht wurde von einem merkwürdigen freudlosen Lächeln durchleuchtet. »Ihr wollt ihm helfen?«, fragte der Mann in heller Aufregung.

»So Gott will«, sagte Bruder Hora und stieg von seinem Pferd. Artur und Bruder Scriba taten es ihm gleich. Die Pferde banden sie kurzerhand an einen nahe gelegenen Pfosten. Dann schritten sie langsam auf den Mann zu. Artur wusste nicht, warum, aber es behagte ihm hier nicht. Auch wenn diese Leute so arm waren, wie der Mann behauptete, dann würde es dem kranken Kind in diesen Zuständen nicht besser gehen. Der Mann roch fürchterlich nach Schweiß, Schmutz und Alkohol. »Ich danke Euch, zu freundlich«, sagte der Mann immer wieder. »Es ist hier gleich um die Ecke. Oh, Gott möge es Euch vergelten. Was wird nur mein Weib Avidus sagen?«, sagte der Mann und hastete voraus in die Schatten. Als Artur ihm leicht zögernd folgte, zitterten seine Hände ein wenig, obwohl er nicht wusste, warum. Doch er ballte sie zu Fäusten, um sie ruhig zu halten. Nun kamen auch Bruder Scriba und Bruder Hora hinterher. Dann geschah es. Sie waren nur ein paar Schritte hinter dem Mann hergelaufen, als plötzlich Bruder Hora aufschrie. Artur wirbelte herum und sah gerade noch, wie die zwei Pater zusammenbrachen. Noch bevor sie auf dem Boden aufschlugen, waren sie ohnmächtig. Dann spürte er etwas Schweres gegen seinen Kopf schlagen und es wurde ihm schwarz vor Augen.

Kapitel 15

Als Artur erwachte war er gelähmt. Gelähmt vor Angst und Schrecken. Er spürte eine große Beule an seinem Hinterkopf schmerzhaft pochen. Er hielt seine Augen weiterhin fest geschlossen. Eigentlich war er überzeugt, den schmutzigen Boden und die Kälte zu spüren, doch das tat er nicht. Sein ganzer Körper tat ihm weh, doch er hatte das unerklärliche Gefühl, dass er nicht auf einem steinigen Boden, sondern auf weichen Kissen und Decken lag. War er tot? War dies der weite und herrliche Himmel? Doch Artur war sich sicher, dass im Himmel keinerlei Schmerzen mehr zu fühlen waren. Nun hob Geflüster an. Vielleicht weil sie bemerkt hatten, dass seine Augenlider gezuckt hatten oder weil eine Blutader an seiner Schläfe pochte. Nun bemerkte er auch eine Decke, unter der er offenbar lag und sorgfältig eingewickelt war. »Ich glaube er wacht auf«, sagte eine Stimme, die ganz und gar nicht rau und gefährlich war. Es war eine weibliche, gänzlich unbekannte Stimme, und sie sprach offenbar über ihn, denn einen Moment später fühlte er ihre weiche und zarte Hand auf seiner Stirn. »Lass ihn«, sagte eine andere Stimme, ebenfalls weiblich und sie hatte eine unbekannte Wärme in sich. »Er muss sich jetzt erholen. Mein Gott, ich darf gar nicht daran denken, was passiert wäre, wenn ich nicht ausgerechnet heute durch diese Gasse gegangen wäre. Vielleicht hätte man ihn erst Stunden später gefunden und dann wäre es zu spät gewesen.« Die Stimme der zweiten Frau war brüchiger und pfeifender, aber nicht unangenehm. Es musste eine ältere Frau sein.

»Sollten wir nicht doch einen Heiler rufen?«, fragte die jüngere der beiden. Die andere Frau antwortete nicht sofort. »Nein, nein, ich denke, wir bekommen das auch so wieder hin. So Gott will«, und dieser letzte Satz ließ Artur das erste Mal stutzen. Genau diese Worte sagten auch immer die Mönche auf St. Caritum. Aber kannte diese Frau … nein, das war unmöglich. Es war sicherlich ein altes Sprichwort. »Aber dieser Kratzer im Gesicht sieht ziemlich übel aus«, sagte die jüngere Frau. Doch Artur fühlte keinen Kratzer im Gesicht. Er wusste nur, dass er eine große Beule hatte, aber ansonsten fühlte er nichts.

»Es tut mir leid, aber einen Heiler werden wir nicht rufen, selbst wenn sie dem Tode nahe sind«, sagte die ältere Frau und Arturs Magen verkrampfte sich. Hatten diese Frauen die Absicht sie zu töten? »Aber … aber das ist unverantwortlich und gegen Gottes Gebot. Warum sollten wir ...«

»Es tut mir leid, aber das ist eine Sache, von der du nichts verstehst«, sagte die Frau entschuldigend, und Artur spürte deutlich den Blick der jüngeren Gestalt auf sich ruhen. Er hielt es jetzt nicht länger aus, hier im Ungewissen zu liegen. Er öffnete die Augen einen winzigen Spalt. Dabei erblickte er tatsächlich zwei Frauen. Sie saßen am Fußende seines Bettes und blickten zu ihm hinab.

»Und was ist mit den anderen?«, fragte die jüngere der beiden und warf nun einen Blick in eine andere Ecke des Zimmers wo, und er sah es erst jetzt, noch ein Bett stand.

»Ich weiß nicht«, sagte die andere und klang nun nervös. »Ich denke, es wird keine bleibenden Schäden geben. Was sie jetzt brauchen, ist Ruhe.« Sie blickte nun auch zu einem dritten Bett. Waren etwa auch Bruder Scriba und Bruder Hora hier gefangen, fragte sich Artur. Sein Magen entspannte sich ein wenig. Er war nicht alleine und sollten die anderen beiden aufwachen, hatten sie gute Chancen, die Frauen zu überrumpeln und sie vielleicht irgendwo einzusperren, um zu fliehen. Er war sich jedoch nicht sicher, ob Bruder Scriba handgreiflich werden würde, selbst wenn es um seine Freiheit und vielleicht sogar um sein Leben ginge. Doch in diesem Falle musste er seinem Instinkt einfach nachgeben. Artur verspürte erneut den sehnlichen Wunsch, einfach wieder einzuschlafen, doch er konnte nicht weiterhin hier liegen bleiben. Doch die Dunkelheit war zu dicht, umschlang ihn erneut und Arturs Augen schlossen sich wieder.

Als er erneut erwachte, war das Geflüster verschwunden, und Artur öffnete erneut seine Augen. Die Frauen waren nicht mehr da. Sein ganzer Körper tat noch mehr weh als vorhin, und er blickte aus einem nahegelegenen Fenster. Es war Nacht. Der silberne Vollmond schien herein und beleuchtete das Zimmer. Dies war der ideale Moment, um zu fliehen, und das Fenster würde dafür die beste Möglichkeit bieten. Er warf die Decke zurück und richtete sich auf. Das Zimmer war geräumig und nur mit drei Betten ausgefüllt. Der Holzvertäfelung an den Wänden hatte eine beruhigende Wirkung. Artur drehte seinen Kopf und sah nun, dass Bruder Scriba und Bruder Hora tatsächlich in den anderen Betten schliefen. Erst jetzt fragte sich Artur, was eigentlich mit ihnen passiert war. Er erinnerte sich nur noch, dass der Mann mit ihnen in der dunklen Gasse verschwunden war. Dann schien ein riesiges Loch in seinem Erinnerungsvermögen aufzutauchen und Arturs restliche Gedanken zu verschlingen. War der Mann etwa ein Räuber, ein Wegelagerer, gewesen und hatte sie bestohlen? Als Artur die Beine aus dem Bett schwang und sich zu seiner vollen Größe aufrichtete, wurde ihm leicht schwindlig und er schwankte. Doch er schlich so leise er konnte zu den anderen Betten und beugte sich über Bruder Scriba, der offenbar von alledem noch nichts mitbekommen hatte. »Bruder Scriba?«, flüsterte Artur leise und beugte sich noch weiter nach unten. Plötzlich vernahm er ein Knacken, das offenbar vor der Tür ausgelöst wurde. Er rannte so schnell und so leise er konnte zurück zu seinem Bett, ließ sich darauf fallen und schloss die Augen. Augenblicklich danach wurde die Tür leise geöffnet und eine Person kam herein. Offenbar hatte sie eine Kerze in der Hand und kam geradewegs auf Artur zu, denn er spürte, wie es um ihn herum heller wurde. Er bemühte sich seine Atemzüge langsam und ruhig zu kontrollieren. Wieder wollte er sich nichts entgehen lassen und er öffnete einen Spalt breit seine Augen. Die jüngere der beiden Frauen war wieder gekommen und begutachtete ihn eingehend. Wieder legte sie ihm die Hand auf die Stirn und fühlte nach seinem Puls. Als sie sicher war, dass es ihm gut ging, oder zumindest glaubte Artur, dass sie das überprüfen wollte, glitt sie weiter zum nächsten Bett. Was ging hier vor? Hatte all dies etwas mit ihrer Aufgabe zu tun? Aber Artur konnte sich nicht vorstellen, dass Bruder Scriba es gutheißen würde, wenn er wildfremden Leuten erklären müsste, was sie hier eigentlich in der Stadt machten. Dann war da auch noch dieser Mann, der sie in diese Gasse gelockt hatte unter dem Vorwand, dass sein Kind krank sei. Steckten diese Frauen mit diesem Mann unter einer Decke und hatten sie ausgeraubt? Wollten sie nun auch noch Lösegeld für sie? Aber wie sollte das funktionieren? Artur war sich sicher, dass Bruder Scriba eher sterben würde, als diesen Leuten zu verraten, wo das Kloster war, damit diese dort eine Lösegeldforderung stellen konnten. Doch Artur war nicht bereit, sein Leben zu lassen – egal, was dort in St. Caritum bewacht wurde. Und nun kam die Frau nochmals zu Arturs Bett, blickte ihn noch einmal genauer an und verließ dann den Raum. Nun war der Mond die einzige Lichtquelle und Artur wurde erneut in silbernes Licht getaucht. Er lauschte noch einige Augenblicke, ob die Frau vielleicht wieder zurückkam, doch die Schritte entfernten sich eindeutig von der Tür und jetzt erhob sich auch Artur wieder. Er ging nun zu Bruder Hora hinüber und tippte ihn sachte mit dem Finger an. »Bruder Hora? Wacht auf.« Doch als auch er sich nicht regte, fühlte Artur angsterfüllt nach dem Herzschlag des Mönchs. Und als er ein leises Klopfen des Herzens vernahm entspannte er sich wieder. Er hastete nun durch das Zimmer und sah endlich etwas, was er gebrauchen konnte. Ein steinerner Wasserkrug stand auf dem Fensterbrett und wurde vom Mond erleuchtet. Er packte das Gefäß am Griff und ging hinüber zu Bruder Hora. Dann schüttete er ein klein wenig Wasser in das Gesicht von Bruder Hora. »Was zum ...«

Doch Artur schlug dem Mönch die Hand auf den Mund, damit er nicht weiter schrie. Bruder Hora prustete und schlug Arturs Hand weg und erst dann erkannte er Artur. »Artur, was zum ...«, doch er fing sich rasch wieder und sagte leise: »Was geht hier vor sich? Wo sind wir? Wo ist Bruder Scriba? Wo ist das kranke Kind? Haben wir es schon geheilt?«

Artur fuchtelte mit den Händen durch die Luft und gebot ihm still zu sein. Als Bruder Hora endlich verstummte, schlich Artur zu Bruder Scribas Bett. Bruder Hora kam leise und besorgt hinterher. »Artur, wo sind wir?«, fragte Bruder Hora erneut, doch Artur überhörte ihn. Er senkte den Wasserkrug und neigte ihn zu Bruder Scribas Gesicht. Als die klare Flüssigkeit auf das alte Gesicht des Mönches tropfte, hatte Artur gleichzeitig die Hand auf dessen Mund gelegt, um so etwas wie mit Bruder Hora zu vermeiden. Als Bruder Scriba jedoch die Augen aufschlug, war er vollkommen ruhig, und es schien als hätte er es erwartet, dass er nun seine beiden Weggefährten über sich sah. Er blinzelte Artur und Bruder Hora entgegen und schob dann vollkommen verwirrt Arturs Hand weg. »Was geht hier vor?«, fragte er langsam und richtete sich ein Stück auf, ließ sich dann aber wieder sinken und griff sich schmerzend an den Kopf.

»Was ist passiert? Wo sind wir? Ist das hier der Gasthof? Wo ist dieser Mann? Was ist mit dem ...« Doch Artur legte den Finger so schnell er konnte auf seine Lippen und schloss für einen kleinen Moment die Augen, als würde er um Vernunft flehen. Dann sagte er zum ersten Mal seit Stunden etwas in der Gegenwart der beiden verwirrten Mönche, und er hatte das Gefühl, dass er seine Stimme seit Tagen nicht mehr benutzt hatte. »Ich weiß nicht, wo wir sind. Ich bin auch erst vor einigen Stunden aufgewacht und da waren wir in diesem Raum. Zwei Frauen haben nach uns gesehen und sind dann wieder gegangen. Ich glaube, sie stecken mit diesem Mann unter einer Decke.«

»Diesem Mann?«, fragte Bruder Scriba und blickte sich nun in diesem Zimmer um.

»Der Mann, der von uns verlangt hat, das Kind zu segnen?«, sagte Bruder Hora. Im ersten Moment sah Bruder Scriba verdattert aus, dann sagte er langsam: »Ja, jetzt erinnere ich mich. Er wollte, dass wir mit ihm kommen und dann sind wir in diese dunkle Gasse und dann ...«

»Ja, was dann?«, fragte Artur. »Ich kann mich ab diesem Zeitpunkt an nichts mehr erinnern. Ihr etwa?«, fragte er an Bruder Hora gewandt.

»Ich verspürte einen harten Schlag auf meinen Hinterkopf und brach vermutlich zusammen«, sagte Bruder Hora.

Artur war erleichtert. Sein Gedächtnis hatte offenbar nicht gelitten. »Ich erinnere mich noch, dass der Mann sich grinsend umgedreht hatte, doch an mehr nicht.«

Bruder Scriba seufzte lange. »Wir sind Räubern zum Opfer gefallen«, sagte er. »Durch unsere eigene Gutmütigkeit und Hilfsbereitschaft haben wir diesen Banditen die Möglichkeit ...«, doch er brach ab und machte ein Gesicht, als hätte man ihn erneut geschlagen. Er zog seine Hand aus den Taschen der Mönchskutte und zeigte den beiden anderen, was er entdeckt hatte. Ein großer Beutel aus Stoff baumelte zwischen seinen Fingern. »Sie haben nichts gestohlen«, sagte er noch verwirrter als vorhin. »Wir hatten nur dieses Geld bei uns, mehr nicht.« Artur und Bruder Hora sahen sich an. Wie konnte das sein? Dann sagte Bruder Hora langsam: »Sollten meine Kenntnisse über Diebe und Wegelagerer nicht vollkommen veraltet sein, so ist es doch die Aufgabe dieser Menschen, das Eigentum anderer unrechtmäßig zu entwenden, nicht wahr?«

»Ich stimme Euch zu«, sagte Bruder Scriba.

»Doch jetzt gibt es noch eine Frage zu klären«, sagte Bruder Scriba sachlich. »Unseren Aufenthaltsort«, sagte er auf das fragende Gesicht von Artur.

»Selbst wenn diese Frauen mit den Dieben etwas zu tun haben«, sagte Artur schnell und aufgeregt. »Dann hätten sie doch bestimmt unsere Taschen nach Gold und anderen Wertgegenständen durchsucht, oder?«

»Das glaube ich auch«, sagte Bruder Hora.

»Nun, es spielt keine Rolle, ob diese Frauen dahinter stecken oder nicht. Sie dürfen auf keinen Fall erfahren, was wir hier machen oder woher wir kommen. Das wäre das Aus für St. Caritum«, sagte Bruder Scriba warnend und reagierte genauso, wie Artur es vorhergesagt hatte.

»Nun, dann wäre es doch das logischste, wenn wir das Fenster als Fluchtweg benutzen«, sagte Artur und deutete auf das Glas.

»Ja«, sagte Bruder Scriba und schwang sich schnell aus seinem Bett. Zusammen durchquerten sie leise das Zimmer und Bruder Hora versuchte das Fenster zu öffnen. Es rührte sich nicht. »Es ist verschlossen«, teilte er ihnen und dem Rest des leeren Raumes mit.

»Schlagen wir das Glas ein«, schlug Artur spontan vor.

»Nein«, sagte Bruder Scriba schnell. »Das Geräusch wird alle wecken und sollten wir hier in einem Bezirk der Stadt sein, der nur so von Räubern wimmelt, dann würden wir nicht weit kommen.« Er blickte sich in dem Zimmer um und lief dann zur Tür. »Sie ist offen«, sagte er.

»Das kann nicht Euer Ernst sein«, sagte Bruder Hora.

»Wir haben keine andere Möglichkeit«, sagte Bruder Scriba und Artur kam zu ihm. Der dunkle Flur erstreckte sich vor ihnen und bot die verlockende Möglichkeit zur Flucht. Nach kurzem Zögern kam auch Bruder Hora und zusammen traten sie hinaus. Leiser war Artur noch nie gegangen. Sie hatten den Flur zur Hälfte durchquert, als plötzlich vor ihnen ein Licht auftauchte. Aus einem offenen Zimmer drang der Schein einer Kerze heraus und hüpfte auf und ab. Bruder Scriba wollte schon umkehren, als der Schein immer größer wurde und schließlich eine alte Frau aus dem Raum trat. Kein Muskel bewegte sich in Artur und den Mönchen. Die Frau trat auf den Flur und erst jetzt bemerkte sie, dass drei Mönche hier standen. Ein spitzer Aufschrei entfuhr der alten Frau und sie hätte beinahe die Kerze fallen lassen. Bruder Scriba wollte gerade zurückschreien, als er wie versteinert inne hielt. Dann sagte er: »Minerva? Minerva Vecultas?«

Artur wagte nicht zu atmen. Das konnte nicht sein. Bruder Scriba kannte diese Frau, wo doch alle so erpicht darauf waren, niemandem zu nahe zu kommen oder auch nur das Kloster zu erwähnen. »Minerva?«, sagte er noch einmal. »Bist du das?«

Die Frau, die viele Falten und ein freundliches Gesicht hatte, nickte nun. Der Name Minerva Vecultas kam ihm vage bekannt vor. Etwas rührte sich bei dem Namen in Artur. Er wusste, dass er ihn schon einmal gehört hatte, doch es wollte ihm nicht einfallen, wo. Er wurde ganz und gar davon in den Bann gezogen, dass Bruder Scriba diese Frau offenbar kannte. Dann machte Bruder Scriba einen Schritt auf die Frau zu und umarmte sie wie eine Mutter. Er drehte sich nun zu dem völlig perplexen Artur und Bruder Hora um und sagte dann zu Artur gewandt: »Artur, darf ich dir deine Großmutter vorstellen?«

Kapitel 16

Nun sah die alte Frau so aus, als wäre sie versteinert worden. »Das ist er also?«, fragte sie hoffnungsvoll und blickte Artur an, wie ihn noch nicht einmal seine Mutter angeblickt hatte. Artur brachte kein Wort hervor, doch das brauchte er auch nicht. Die alte Frau wankte auf ihn zu und schloss ihn so herzlich in die Arme, dass Artur zu ersticken drohte. Dann ließ sie von ihm ab und blickte in seine erstaunlich grünen Augen. Eine Träne kullerte über ihre faltigen Wagen und tropfte nach unten. Und dann bemerkte Artur, und dies löste wilde Glückseligkeit in ihm aus, dass die Frau die gleichen Augen wie er hatte. Ihre Farben ähnelten sich, wie es keine zwei anderen vermocht hätten, und selbst die Form war ähnlich. »Du siehst aus wie dein Vater«, sagte sie glücklich, doch mit einem Glucksen in der Stimme. »Die gleichen Augen, die gleiche Nase, und auch er hatte dort einen kleinen Leberfleck«, sagte sie liebevoll, mehr zu den Mönchen als zu Artur und deutete auf seine Nasenspitze. Artur wusste immer noch nicht, was er sagen sollte, doch dann fiel ihm mit einem Schlag ein, wer diese Frau schon einmal erwähnt hatte. Damals, als Artur und Meister Callidus bei dem Grab seines Vaters waren und der Großmeister die Geschichte seines Vaters erzählt hatte, war dieser mit seiner Mutter – Minerva Veculatas – zum Kloster gekommen. Und plötzlich drängte sich ein Satz, den Meister Callidus gesagt hatte, in sein Gedächtnis: *Minerva ist eine ungewöhnlich gütige und großzügige Frau, die deinen Vater mit aller Liebe aufzog, die sie aufbringen konnte.*

Artur hätte es damals schon erkennen müssen, dass sie noch lebte, da Meister Callidus gesagt hatte, dass Minerva eine ungewöhnlich gütige Frau sei und nicht war. Und jetzt ging auch Artur einen Schritt auf seine Großmutter zu und erwiderte ihre Umarmung so herzlich, dass sie zu schluchzen begann. Als er wieder von ihr abließ, wandte sie sich erneut an Bruder Scriba. »Ihr müsst sofort wieder zurück ins Bett«, sagte sie nun streng und klang so, als ob sie eine starke Erkältung hätte.

»Na ja, jetzt müssen wir uns immerhin keine Gedanken mehr machen, wie wir hier rauskommen sollen, nicht wahr?«, sagte Bruder Sriba lächelnd durch die Dunkelheit, die nur durch den schwachen Kerzenschein durchbrochen wurde. Dann sagte er noch hinzufügend: »Das hier ist übrigens Bruder Hora. Einer unserer neueren Mönche.«

»Ah, ja. Euch kenne ich nicht«, sagte sie und blickte zu Bruder Hora hinüber.

»Nein«, sagte Bruder Hora fast entschuldigend. »Ich kam nach Eurer Zeit, Frouwe Vecultas.«

»Oh, bitte«, sagte sie und zog die Augenbrauen nach oben. »Bitte, nennt mich Minerva. Ich war noch nie ein Freund überflüssiger Förmlichkeiten. Und jetzt geht Ihr wieder zurück ins Bett und ...« Doch Bruder Scriba sagte schnell, als wäre es ihm erst gerade wieder eingefallen: »Nein, das geht nicht. Es tut mir leid, Minerva, aber Bruder Martin sagte, wir sollen so schnell, wie es geht, wieder zurückkommen, und wir haben Stunden, wenn nicht Tage verloren.«

»Ach, der alte Bruder Martin übertreibt gerne ein wenig«, sagte Minerva, lächelte und dachte belustigt an den dicken, kleinen Mönch.

»Nein, es tut mir leid«, sagte Bruder Scriba erneut. »Wir müssen versuchen, unsere Pferde wiederzubekommen und ...«

»Was geht denn hier vor sich?«, sagte plötzlich eine Stimme hinter Artur und er machte vor Schreck einen Sprung. Er drehte sich verlegen um und blickte in das Gesicht eines Mädchens. Ihre braunen Haare fielen ihr um den Kopf und ihre leuchtenden grünen Augen waren wie zwei Diamanten durch die Dunkelheit zu sehen. Sie war das hübscheste Mädchen, welches Artur je gesehen hatte, obwohl er sich eingestehen musste, dass er bei seiner Mutter nie ein gleichaltriges Mädchen zu Gesicht bekommen hatte.

»Das«, sagte nun Minerva »ist Pupilla.«

Bruder Scriba starrte entgeistert das Mädchen an, als hätte er noch nie eines gesehen. »Du hast noch ein Kind bekommen?«, fragte er und seine Stimme zitterte leicht, als er sich wieder umwandte.

»Nein, nein«, sagte Minerva schnell und lachte. »Sie ist nicht mein Kind, aber so gut wie. Ihre Eltern wurden von Banditen getötet, als sie noch ein Säugling war. Ich war eine der Ersten, die das zerstörte Haus gesehen haben, und ich war auch eine der Ersten, die handelte und das arme kleine Ding aus den Ruinen holte. Feiges Pack«, fügte sie grimmig hinzu und ihre Miene verdüsterte sich.

»Was geht hier vor?«, wiederholte Pupilla erneut und Artur blickte sie immer noch unverwandt und mit offenem Mund an.

»Das …«, sagte Minerva zögernd, »sind alte Bekannte. Wir kennen uns schon seit einiger Zeit.« Sie warf einen raschen Blick zu den Brüdern.

»Du kennst diese Leute? Du hast Verbindung zu Mönchen?«, sagte Pupilla ungläubig. »Aber warum hast du mir das nie erzählt?«

»Ich habe es selbst nicht mehr gewusst«, sagte sie und lächelte in der Dunkelheit. Doch nun meldete sich Bruder Scriba wieder zu Wort: »Minerva, du weißt, wie dankbar wir dir sind, aber wir müssen weiter. Wir haben eine Aufgabe und ...«

»Was für eine Aufgabe?«, wollte Minerva sofort wissen.

»Das tut hier nichts zur Sache. Aber ich muss dich fragen, ob du weißt, wo unsere Pferde sind?«

Minerva überlegte. Dann sagte sie schnell: »Tut mir leid. Ich habe euch nur in dieser Gasse liegen sehen. Ich weiß auch nicht, was in mich gefahren ist. Normalerweise mach ich einen großen Bogen um diese Gasse aus dem Grund, was euch vor einigen Stunden passiert ist. Einige dunkel gekleidete Männer standen um euch herum und flüsterten aufgeregt miteinander. Gott sei Dank bemerkten sie mich nicht und ich konnte zur Hauptstraße zurücklaufen und die Wachen informieren. Augenblicke später kam ich mit zwei Wachen zurück und sie verhafteten die Räuber. Ich sagte gleich, dass ich Euch mitnehmen und versorgen würde. Sie schienen sehr erleichtert darüber zu sein, wenn ich es mir recht überlege, ja sogar froh. Dachten wohl, sonst müssten sie noch nach einer Unterkunft für Euch suchen«, sagte Minerva und blickte nun wieder zu Artur.

»Ganz offensichtlich hatten wir reines Glück, dass du uns gefunden hast. Wir hätten uns sicherlich erklären müssen, wenn wir den Wachen zur Last gefallen wären. Ich darf gar nicht daran denken, was dann passiert wäre.« Er schauderte.

»Nun ich sehe, ich kann euch nicht aufhalten«, sagte Minerva und Bruder Scriba bekräftigte dies mit einem Kopfschütteln. Doch erst jetzt wandte Artur den Blick von dem Mädchen ab und erst jetzt wurde ihm bewusst, was es bedeutete, wenn sie jetzt gingen. Er würde dieses Mädchen sicherlich nie wiedersehen. Er war schon halb daran zu glauben, dass sie wohl ein Engel sein musste. »Ich darf dich dennoch einladen, uns wieder einmal zu besuchen«, sagte Bruder Scriba höflich und schenkte ihr nun ein Lächeln. »Wir würden uns sehr freuen, wenn du uns in den nächsten Wochen für ein paar Tage einen Besuch abstatten würdest.« Artur blinzelte. Sie würden zu ihnen auf das Kloster kommen? Sein Herz hüpfte auf und ab und kam nicht mehr dazu, normale Schläge auszuführen. Dann sagte Bruder Hora: »Ich kann das nur bestätigen. Wir danken Euch für Eure fürsorgliche Gastfreundschaft und ich würde mich ebenfalls freuen, Euch bald bei uns zu sehen und ...« Doch bevor er zu Ende sprechen konnte, flog eine andere Tür auf und ein alter Mann trat heraus. Alle wirbelten herum und blickten in das Gesicht eines Mannes mit langen Haaren und einem schwarzen Gewand.

»Ist alles in Ordnung, Herrin?«, fragte er und trat nun in das Licht der Kerze. Bruder Scribas Gesicht entspannte sich: »Achatius. Ich freue mich sehr, dich zu sehen«, sagte er, ging auf den Diener von Arturs Großmutter zu und umarmte ihn wie einen Bruder.

»Es freut mich ebenfalls, Euch wiederzusehen«, sagte Achatius würdevoll und blickte nun auf Bruder Hora, der ihn freundlich anlächelte. »Das ist er also?«, fragte er und sah Artur an, als hätte man ihm eben erst erlaubt, Neugierde zu zeigen.

»Ja«, sagte Minerva stolz und legte den Arm um ihren Enkel.

»Du siehst deinem Vater sehr ähnlich«, sagte er und lächelte. »Und ich bin sicher, du wirst einmal ein genau so großer Mann, wie er es war.« Artur nickte stumm und es erfüllte ihn dennoch mit Stolz.

»Tragisch, dass er als einer der größten unter den Äbten so schnell dahingeschieden ist. Grausam, dass ...«

»Schon gut«, sagte Bruder Scriba schnell und warf einen misstrauischen Blick auf Pupilla. »Wir müssen uns nun wirklich beeilen. Wir haben schon genug Zeit verloren«, sagte er schnell.

»Und Zeit wieder zu gewinnen, die man verloren hat, ist bekanntermaßen unmöglich«, sagte Achatius mit tief liegender Ironie in der Stimme.

»Nun gut, wenn dies Euer Wunsch ist, dann werde ich Euch nicht aufhalten«, sagte nun Minerva und führte sie zu der großen Haustür. Artur wandte sich zu seiner Großmutter um und blickte in ihr altes und freundliches Gesicht: »Gratias ago«, sagte er, doch er bezweifelte, dass seine Großmutter jemals die lateinische Sprache erlernt hatte. »Rogatio«, sagte sie lachend und überraschte so alle. »In memoriam abbas Clemens … non … in memoriam Tristan«, fügte sie hinzu und legte ihre mit Blutäderchen bedeckte Hand auf Arturs Kopf. Ja, das Haus hier in Gedenken an Arturs Vater zu verlassen schien ihm ehrenhaft und er schloss seine Großmutter fest in die Arme. »Wann werden wir uns wiedersehen?«, fragte Artur und seine Großmutter erwiderte: »Quam primum possum.« Und er wusste, dass es bald soweit sein würde. »Du hast mich gestern noch nicht einmal gekannt. Heute haben wir uns getroffen und morgen siehst du mich vielleicht schon wieder«, sagte sie strahlend. »Dich hat der Herr selbst geschickt, um uns zu helfen«, sagte Bruder Scriba, als sie sich ihm zuwandte.

»Mit an Sicherheit grenzender Wahrscheinlichkeit«, sagte Minerva lächelnd. »Es war mir eine Freude, Euch kennenzulernen«, sagte Bruder Hora nun unterwürfig und machte eine kleine Verneigung vor Arturs Großmutter. »Euch ebenfalls«, sagte er und nickte zu Pupilla und Achatius hinüber. Artur war aufgeregt. Er wusste nicht, wie er sich von dem hübschen Mädchen angemessen verabschieden sollte, und beschloss, erst einmal im Hintergrund zu bleiben. Als die Männer sich von ihren Gastgebern verabschiedet hatten, traten sie einen Schritt zurück und gingen lächelnd die dunkle Gasse entlang. Artur wusste nicht, was er jetzt tun sollte, doch Bruder Scriba rief schon über seine Schulter: »Artur?« Er stolperte rückwärts und verfing sich in seinem Umhang. Dann wirbelte er herum und folgte den Mönchen die Straße entlang. Die grünen Augen des Mädchens folgten ihm durch die Gasse. Erst jetzt, als er sich noch einmal umgedreht hatte, merkte er, wie groß das Haus offenbar war.

»Warum?«, fragte Artur, als sie außer Hörweite waren und er sicher war, eine Tür ins Schloss fallen zu hören. »Warum habt Ihr mir nie gesagt, dass ich noch eine Großmutter habe? Ich hätte sie besuchen können, ich hätte ...«

»Nein«, sagte Bruder Scriba. »Genau deswegen. Du hättest uns keine Ruhe mehr gelassen, bis du sie gesehen hättest. Jetzt hast du gesehen, wie gefährlich es in der Stadt ist.«

»Aber sie werden wiederkommen, nicht wahr?«, fragte Artur hoffnungsvoll.

»Nun, wenn sie sich an ihr eigenes Versprechen halten, dann dürften wir rasch Besuch von ihnen erhalten.«

»Aber warum haben sie uns nicht schon vorher besucht?«

»Weil deine Großmutter genau weiß, wie gefährlich es für uns wäre, wenn jemand herausfinden würde, dass es uns gibt. Sie hat es nicht einmal dem Mädchen erzählt.«

»Pupilla«, sagte Artur prompt ohne zu überlegen. Die Mönche blieben am Ende der Gasse stehen. Dann warfen sie sich einen vielsagenden Blick zu. »Sie gefällt dir«, sagte Bruder Hora verschmitzt lächelnd. Das war eine Feststellung, keine Frage. Artur wurde rot, doch in der Dunkelheit war es nicht zu sehen. »Wie kommt Ihr denn darauf?«

»Nun du ...«

»Müssen wir nicht weiter?«, fragte Artur bissig und ging an den Mönchen vorbei, die sich amüsierte Blicke zuwarfen.

»Warum?«, fragte Pupilla, als die Mönche und der Junge außer Hörweite waren und sie die Tür geschlossen hatte. »Warum hast du mir nie gesagt, dass du noch einen Enkel hast und eine Verbindung zu Mönchen? Wir hätten sie besuchen können und ...«

»Nein«, sagte Minerva sofort. »Genau deswegen. Du hättest mir keine Ruhe mehr gelassen, bis du ihn und die Mönche gesehen hättest. Jetzt hast du auch gesehen, wie gefährlich es für diese Männer ist, in die Stadt zu kommen.«

»Aber wir werden sie besuchen, nicht wahr?«, sagte sie hoffnungsvoll.

»Nun, wenn wir unser eigenes Versprechen halten wollen, dann dürften wir rasch auf dem Kloster zu Gast sein.«

»Aber warum haben wir sie nicht schon früher besucht?«, fragte Pupilla.

»Weil ich genau wusste, wie gefährlich es für die Mönche ist, wenn jemand herausfände, dass es sie gibt. Ich habe es darum nicht einmal dir erzählt.«

»Dein Vertrauen ehrt mich«, sagte Pupilla kühl.

»Pupilla«, sagte Minerva warnend. »Ich weiß, es kommt dir alles mehr als merkwürdig vor ...«

»Oh ja.«

»... aber ich kann dir nicht erzählen, was es genau mit diesem Kloster auf sich hat. Wir werden es aber besuchen.« Und mit diesen Worten schickte sie Pupilla wieder zurück ins Bett und fing an, mit sich selbst zu grübeln.

»Es ist nicht weit von hier, glaube ich«, sagte Bruder Scriba aufgeregt, als sie wieder auf der dunklen Hauptstraße waren. Er deutet auf einen Durchgang, der offenbar zu einen Wirtshaus führte. Hier waren sie am Tag zuvor überfallen worden. Ein kleiner Trupp von Wachen marschierte an ihnen vorbei und warf grimmige Blicke um sich, um mögliche Verbrecher einzuschüchtern. Als die drei wieder in die schmale Gasse einbogen, die ihnen am Vortag zum Verhängnis wurde, steuerten sie sogleich auf das Haus auf der anderen Seite zu und machten sich daran, so schnell wie möglich an dem Ort des Überfalls vorbei zu kommen. Als sie das große Haus mit angrenzendem Stall erreicht hatten, fiel ihnen sogleich der ungewöhnlich volle Stall auf. Ein halbes Dutzend Pferde stand hier drin, obwohl der Stall nur für drei oder vier Pferde ausgebaut war. Als Artur eines der Pferde näher betrachtete, blieb er wie versteinert stehen, als er es erkannt. »Nigredo?«

»Was?«, sagte Bruder Scriba schreckhaft.

»Unsere Pferde. Sie sind hier.«

»Wo?«, schrie Bruder Hora fast und ein paar Wachen drehten sich zu ihnen herum.

»Ja, hier sind sie. Ich erkenne Nigredo.«

Sie näherten sich dem Stall und öffneten das Gatter, doch da kam auch schon eine Wache auf sie zu und sagte gebieterisch: »Halt, mein Herr. Was tut Ihr hier? Seid Ihr Gast? Gehören Euch die Pferde?«

Bruder Scriba drehte sich mit geschwellter Brust um. »Nein zum Ersten, Ja zum Zweiten. Die Pferde gehören uns, aber wir sind nicht Gast in diesem Wirtshaus … noch nicht. Wir wurden gestern dort drüben überfallen und man hat unsere Pferde gestohlen.« Er deutete mit seiner Hand in die dunkle Gasse.

»Oder habt Ihr etwas anderes mit den Pferden vor?«, fragte Bruder Scriba. Der Wachmann blickte ihn argwöhnisch an und auch die anderen Wachen kamen nun auf sie zu. »Könnt Ihr auch beweisen, dass die Pferde Euch gehören?«, fragte der Wachmann böse lächelnd.

»Könnt *Ihr* es?«, fragte Artur und kam hinter Bruder Scriba hervor.

»Was erlaubst du dir, Junge?«, sagte der Mann und griff nach seinem Schwert.

»Lasst den Jungen aus dem Spiel«, sagte Bruder Hora und kam nun zu Bruder Scriba. »Die Pferde gehören uns und wir haben sie gestern bei dem Überfall verloren. Was für ein Interesse hättet Ihr an den Pferden?«

Der Mann überlegte. »Nun, es stimmt, wir haben sie gestern dort drüben in der Gasse gefunden, doch wie ich schon sagte, könnt Ihr es beweisen, dass diese Pferde Euch gehören?« Er warf einen wütenden Blick zu Artur, der ihn trotzig erwiderte.

»Ihr gebt also offen zu, dass Ihr die Pferde gefunden habt?«, fragte Artur. »Nun, angenommen sie gehören nicht uns, sondern einem anderen bemitleidenswerten Manne, der seine Pferde verloren hat. Was macht dies für einen Unterschied? Was wollt Ihr mit fremdem Eigentum anstellen?«

Der Mann blickte ihn bösartig an. »Die Stallungen hier in der Stadt zahlen zur Zeit einen guten Preis für Rappen und Füchse«, sagte der Mann.

»Ach«, sagte Artur und seine Stimme zitterte nun. »Ihr bereichert Euch also an dem, was andere verloren haben, oder an dem, was anderen gestohlen wurde? Welch interessanter Einblick in die Grundzüge der Stadt.«

Doch nun war er zu weit gegangen. Der Wachmann zog sein Schwert aus der Scheide und hielt es Artur unter sein Kinn. Die anderen Wachmänner kamen herbeigeeilt und bildeten einen Kreis um die drei Mönche. Bruder Hora murmelte etwas und bekreuzigte sich. »Ja, Bruder. Betet und teilt dem Herrn mit, dass er gleich Besuch bekommen wird«, sagte der Wachmann und hob sein Schwert an.

»Hört auf«, schrie Bruder Scriba in heller Aufregung. »Hört sofort auf und lasst den Jungen in Ruhe.« Bruder Scriba war inzwischen kreidebleich geworden und zitterte. Wie sollte er es Bruder Martin jemals erklären, wenn Artur den Wachen von Patria zum Opfer gefallen war? Doch dann meldete sich Artur: »Es gibt einen leichten Weg herauszufinden, ob wir die Wahrheit sprechen oder nicht«, sagte er ruhig.

»Ach, gibt es den, Junge?«, sagte der Wachmann, funkelte Artur böse an und hob sein Schwert noch höher, sodass Artur beinahe gezwungen war in den Nachthimmel zu blicken. »Ja, den gibt es, und es wäre besser, Ihr würdet uns jetzt zuhören, denn wir sind zeitlich sehr beansprucht, und ich denke auch, Eure Zeit ist nur knapp bemessen.« Einige Wachen zischten sich etwas zu, doch der Mann sagte: »Sei vorsichtig, Junge, mit dem was du sagst.«

»Lasst ihn in Ruhe. Seid Ihr von allen guten Geistern verlassen? Ihr habt keine Ahnung, was geschieht, wenn Ihr ihm etwas antut.«

Der Mann wandte sich an Bruder Scriba. »Droht Ihr mir?«, fragte er und richtete nun das Schwert auf ihn.

»Ja, genau das tun wir«, sagte Bruder Hora und war sichtlich erfreut, dass der Wachmann diese Tatsache so schnell erfasst hatte. »Ihr seid weder befugt, fremdes Eigentum an die Stallungen zu verkaufen, noch unschuldige Leben auszulöschen. Ich denke, beide Delikte wird sich ein Mann in Eurer Position nicht leisten können, oder irre ich mich da? Ich sage es noch einmal, senkt Euer Schwert oder es wird Konsequenzen haben, die Ihr Euch nicht einmal vorstellen könnt.«

»Seid still, seid sofort still«, sagte der Wachmann und hob das Schwert bedrohlich an.

»Glaubt Ihr, ein paar jämmerliche Mönche und ein unverschämter Knabe können einfach so in …«

»Favete linguis!«, sagte Bruder Scriba nun und sein Gesicht hatte einen wutentbrannten Ausdruck angenommen. Der Wachmann schien einen Augenblick verdutzt, doch dann sagte er, als hätte er die tote Sprache des Mönches nicht vernommen, die er ohnehin nicht verstehen konnte: »Ich glaube, Ihr habt mir nicht richtig zugehört.« In den Augen des Wachmannes waren Hass, und Artur meinte sogar etwas wie Verzweiflung zu sehen. Es schien, dass der Wachmann in der Hoffnung lebte, Bruder Scriba mit einer anderen Tatsache überrumpeln zu können, doch es war offensichtlich, dass ihm keine durchschlagenden Argumente mehr einfallen wollten.

»Nein, ich glaube, Ihr habt mir nicht richtig zugehört. Wenn Ihr dem Jungen etwas antut, dann kann ich Euch versichern, dass Ihr in diesem Leben nicht mehr froh werdet.«

Artur war sicher, für kurze Zeit in dem feindseligen Gesicht eine Spur von Verunsicherung zu sehen, doch dann war es schon wieder verschwunden und der Mann wandte sich wieder an Artur: »Nun Junge, was für einen Weg gibt es denn, um eure absurde Behauptung zu überprüfen?«

»Die erste Möglichkeit ist, doch diese wir Euch sicherlich nicht überzeugen, dass Ihr nicht einmal den Namen der Pferde kennt. Ich dagegen schon.«

Die Wachen begannen zu lachen. »Denkst du, ich bin ein Narr, Junge?«

Artur lächelte. »Natürlich nicht, Ihr seid, was Ihr seid«, flüsterte er und wippte auf den Fußballen hin und her. Dem Wachmann klappte der Unterkiefer herunter, doch bevor die Wachen etwas erwidern konnten, sprach Artur weiter: »Darum gibt es noch eine andere Möglichkeit. Schaut in den Satteltaschen der Pferde nach und Ihr werdet eine vollständige Mönchskutte darin finden, die zusammengerollt dort lagert.«

Der Wachmann wandte seine Augen und das Schwert nicht von ihm ab und sagte: »Ferus, schau in den Satteltaschen nach.«

Artur sah, wie ein Mann zu dem Stall ging, das Gatter aufriss und in den Taschen herumwühlte. »Es ist wahr. Hier sind die Mönchskutten.« Er kam wieder zu ihnen und hielt die braunen Kutten dem Wachmann unter die Nase. Dieser steckte sein Schwert wieder ein, packte das braune Stoffbündel und begutachtete es. »Errare humanum est«, sagte Artur mit beißendem Sarkasmus in der Stimme. Der Wachmann blickte ihn an. Dass er Artur nicht verstand, schien ihn nur noch wütender zu machen. Bruder Scriba warf Artur nun einen warnenden Blick zu.

»Dieses Mal hattet Ihr Glück. Doch wenn ich Euch noch einmal bei etwas sehe, was nur im Entferntesten nach einer Unrechtmäßigkeit aussieht, so werden wir nicht mehr ganz so großzügig sein.«

Artur wollte gerade seinen Mund öffnen, um etwas zurück zu fauchen, doch Bruder Hora trat ihm auf den Fuß. Die übrigen Männer lösten den Kreis um sie herum auf. Die Wachmänner zogen ab und verdrückten sich in der Dunkelheit.

Kapitel 17

»Der Grat zwischen den beiden Komponenten Selbstbewusstsein und Hochmut ist schmal und der zwischen Hochmut und Dummheit sogar noch schmäler«, sagte Bruder Hora, als die Männer nicht mehr zu sehen waren.

Bruder Scriba brachte Artur mit sanfter Gewalt dazu, zum Stall zurückzugehen. »Das war sehr mutig von dir, aber Tapferkeit ist ein tückischer Begleiter«, sagte Bruder Scriba ernst. »Du solltest deine Zunge in Zaum halten, wenn du mit den Wachen sprichst.« Bruder Scriba stopfte die Mönchskutten zurück in die Satteltasche.

»Dass sich so etwas Wachmann nennen darf«, sagte Artur zornig und blickte in die Dunkelheit.

»Nun immerhin können wir jetzt Bruder Martin sagen, dass, wenn du nicht gewesen wärst, wir jetzt auch keine Pferde mehr hätten. Das wird ihn besänftigen, hoffe ich«, sagte Bruder Scriba wenig überzeugend. Sie untersuchten ihre Pferde rasch, ob die Männer ihnen vielleicht etwas angetan hatten, doch da diese die Pferde verkaufen wollten, waren sich die Mönche eigentlich sicher, dass sie gesund und munter waren. Anschließend gingen sie rasch in die Herberge und mieteten dort ein Zimmer für die nächste Nacht.

Sie machten sich nun auf zum nahe gelegenen Marktplatz, um ihr Vorhaben, neue Mönche anzuwerben, umzusetzen.

»Warum seid Ihr Euch so sicher, dass Mönche auf diesem Markplatz sind, die nach einem geeigneten Kloster suchen?«

»Weil dies die Art der Mönche ist, einen Platz zu finden, wo sie für immer bleiben können«, sagte Bruder Hora, als die Sonne endgültig aufging und sie auf die Hauptstraße bogen. »Jeder Mönch, der ein Kloster sucht, kommt zuallererst auf den Marktplatz, denn dort sind öfters Mönche wie wir, die neue Novizen suchen.«

»Novizen?«, fragte Artur verwirrt.

»Novizen«, sagte Bruder Scriba ungeduldig. »So nennen wir die Mönche, die neu sind und erst noch ihr Gelübde bei uns ablegen müssen. Sie sind noch keine vollwertigen Mönche, sondern einfache Novizen.«

»Dann wart Ihr auch ein Novize?«, fragte Artur Bruder Hora.

»Das waren wir alle. Selbst Meister Callidus war dies vor vielen Jahren, auch wenn es so scheint, als wäre er schon immer so gewesen.«

Artur versuchte sich Meister Callidus als jungen Mann vorzustellen, doch es war absurd. Es schien, als wäre er schon so auf die Welt gekommen. Alt, mit Bart und unendlich weise.

Als die Sonne nun über die Stadtmauer kletterte, öffneten die ersten Stände und die ersten Pendler verkauften auf der Straße ihre Waren. Oft waren es alte Gegenstände, die sie unter dem Vorwand präsentierten, dass sie tadellos waren.

»Haben wir einen bestimmten Platz, wo wir suchen werden?«

»Nein, der ganze Marktplatz wimmelt nur so von Novizen, die ein Kloster suchen. Wir brauchen nur zu warten, bis wir angesprochen werden«, sagte Bruder Scriba. »Ab und zu sehen wir einen Mönch, dem wir Fähigkeiten zutrauen, die wir schätzen, und diese Leute sprechen wir direkt an. Es kommt jedoch selten vor.«

»Welche Fähigkeiten?«, fragte Artur gespannt. Bruder Scriba räusperte sich. »Wie gesagt, es kommt nicht oft vor und …« Doch in diesem Moment hörten sie einen markerschütternden Aufschrei vor sich. Sie hatten den Marktplatz erreicht und sahen sofort, woher die Unruhe kommen musste. In der Mitte des großen Platzes war ein Stand, um den sich dutzende von Leuten drängten. Die Mönche steuerten vorsichtig darauf zu, um nicht größeres Aufsehen zu erregen. Als sie nahe genug an dem Stand waren, sahen sie einen bulligen Mann mit einem gewaltigen Schnauzbart und wenig Haaren, der offenbar einen dicken Stock in der Hand hielt. Als er mit dem Stock durch die Luft schlug, hörten sie erneut einen Aufschrei. Die Menge um den Stand herum murmelte und einige deuteten mit den Fingern auf den dreckigen Boden, auf dem offenbar etwas war, das die ganze Aufregung ausgelöst hatte. Bruder Scriba, Bruder Hora und Artur drängten sich durch die Menge, um etwas zu sehen, und dann wusste Artur, was hier vor sich ging. Auf dem Boden vor dem Mann kauerte ein Junge, der nicht älter war als er selbst. Der Stock des Mannes sauste immer wieder Unheil verkündend durch die Luft und er schlug mit banaler und endgültiger Wut auf den Jungen ein, der inzwischen schon an manchen Stellen blutete. Artur konnte es nicht fassen. Hier standen dutzende von Leuten um dieses grausame Schauspiel herum und beobachteten heimtückisch, wie dieser Mann, der etwa das Gemüt seiner Mutter besaß, auf diesen Jungen einschlug. Artur wollte gerade vorstürmen und dem Jungen zu Hilfe eilen, als sich Bruder Horas Hände um Arturs Bauch schlangen. Dann, als er gerade protestieren wollte, kam Bruder Scriba an ihm vorbeigestürmt und brach aus dem Kreis der Menschen aus. Als der Mann gerade wieder mit seinem Stock ausholte, um den Jungen zu schlagen, zog Bruder Scriba ebenfalls einen Stock an sich heran. Woher er diesen hatte, konnte Artur nicht sagen. Im ersten Moment dachte Artur, Bruder Scriba würde den Jungen ebenfalls schlagen, doch er hielt den Stock über den Jungen und Holz schlug auf Holz. Der Stock des Mannes hatte den Stock von Bruder Scriba getroffen und den Jungen verfehlt. »Ihr behindert mich daran. meine Arbeit zu machen«, sagte der Mann mit zusammengebissenen Zähnen.

»Eure Arbeit?«, fragte Bruder Scriba und ließ ein falsches Lachen ertönen. Die Menschen waren nun so leise geworden, dass man meinen konnte, sie wären alle verschwunden.

»Ihr seid wohl das erste Mal in der Stadt und wisst nicht, wie es hier zugeht, darum verzeihe ich Euch diese kleine Dummheit«, sagte der Mann, doch Bruder Scriba sagte: »Und Ihr seid wohl das erste Mal außer Haus und wisst nicht, dass man Fremde und Unschuldige nicht schlagen sollte.«

»Was erlaubt Ihr Euch? Dieser Junge ist ein Dieb und wird dafür büßen, dass er mir einen meiner Äpfel gestohlen hat.«

Die Menge murmelte zustimmend, doch Bruder Scriba ging es nun zu weit. Er lachte erneut, ließ den Stock fallen und drehte sich zu der nun wieder schweigenden Menge um. »Ist das wirklich Euer Ernst?«, schrie er und es war nun auf dem ganzen Marktplatz zu hören. »Ist es das, was Ihr wollt? Dass ein jähzorniger und gotteslästernder Mann einen kleinen Jungen zu Tode prügelt, nur weil dieser einen Apfel gestohlen hat, weil er am Verhungern war.«

Die Menge schwieg.

»Was erlaubt Ihr Euch?«, sagte nun der Mann erneut. »Ich und Gotteslästerung? Ich werde Euch bei der Wache ...«

»Ihr meint also, ihr seid ein gottesfürchtiger Mann?«, fragte Bruder Scriba. »Geht Ihr immer in den Gottesdienst und lauscht, was die Priester dort erzählen? Und Ihr glaubt, das sei alles?«, schrie Bruder Scriba nun wieder in die Menge. »Glaubt Ihr wirklich dass dies alles ist? In den Gottesdienst zu gehen und dem Priester zu lauschen? Was nützt es, dem Priester zuzuhören, und dann seine Gebote nicht zu befolgen? Was nützt es, aus der Kirche zu gehen und zu glauben, den Gottesdienst zu besuchen reicht aus, um einen Platz im Paradies zu erhalten?«

»Dieser Junge hat soeben gestohlen. Er hat gegen Gottes Gebot verstoßen und man sollte ihm die Hand abhacken.«

»Und Ihr«, schrie Bruder Scriba. »Habt Ihr nicht ebenfalls gegen Gottes Gesetz verstoßen? Lautet nicht einer der bekanntesten Sätze und Gebote der Heiligen Schrift: Liebe deinen Nächsten wie dich selbst? Und wenn Ihr so weiter auf den Jungen einschlagt, wird er sterben und das ist...«

»Ich werde ihn nicht töten. Nur solange lehren, nicht zu stehlen, bis ...«

Doch Bruder Scriba stieß erneut ein heißeres Lachen aus. »Ist das wirklich Euer Ernst?« Er wirbelte wieder zu den Menschen herum. »Ihr glaubt also wirklich, dass der Herr es gutheißen würde, wenn Ihr einen kleinen Jungen prügelt nur weil er Hunger hatte? Wenn das Hungergefühl ab sofort eine Sünde sein soll, dann bin ich genau so schuldig wie dieser Junge.«

Die Menge murmelte verständnislos. Der Mann zögerte. »So ist das Gesetz Gottes und danach lebe ich«, sagte er verteidigend.

»Nein, das ist das Gesetz des Teufels und danach lebt Ihr«, sagte Bruder Scriba. Die Menge schrie auf. Der Mann wurde kreidebleich. »Ihr habt keine Ahnung von Gott oder von seinen Geboten oder von moralischen Werten und Tugenden.«

»Das reicht«, schrie nun der Mann. »Ihr seid kein Mann Gottes. Ihr seid ein Unruhestifter und jetzt werdet Ihr es bereuen, überhaupt in die Stadt gekommen zu sein.« Er schwang seinen Stock, doch Bruder Scriba war schneller. Er duckte sich, riss den Stock aus dem Staub herauf, und noch bevor der Mann ihm einen Schlag versetzen konnte war Bruder Scriba ausgewichen und hatte in einem geeigneten Augenblick seinen Stock niederfahren lassen und den Mann auf dem Rücken getroffen. Dieser schrie auf, stolperte zurück und versuchte es von neuem. Bruder Scriba wirbelte so schnell herum, dass man ihn nur noch verschwommen wahrnahm. Und dann stürzte der Mann erneut. Dieses Mal blieb er auf dem Boden liegen und hob verdutzt sein Gesicht. »Wer seid Ihr?«, fragte er und hielt sich die Hand vor das Gesicht, um nicht von der Sonne geblendet zu werden. »Jemand, der weiß, dass Gewalt und Erniedrigung schlechte Lehrmeister sind«, sagte Bruder Scriba und ging nun zu dem Jungen hinüber, der immer noch auf dem Boden lag und ehrfürchtig zugesehen hatte. Bruder Scriba half dem Jungen auf seine Beine und führte ihn aus dem Menschkreis heraus, alle machten ehrfürchtig Platz. Dann drehte sich Bruder Scriba noch einmal herum.

»Es genügt nicht, in den Gottesdienst zu gehen und dann gegen alle Grundsätze der Kirche und unseres Gottes zu verstoßen, schon in dem Moment, wenn Ihr die Kirche verlasst. Es gibt nur einen wahren Grundsatz der Kirche und nach dem sollten alle Menschen leben – egal, wie all die anderen Gebote lauten oder wie Ihr sie für euch auslegt.«

»Was soll das Eurer Meinung nach sein?«, fragte der Mann, der sich gerade wieder aufrichtete, verächtlich.

»Liebe«, sagte Bruder Scriba und schritt von dannen.

Artur löste sich nun leise aus der Menge und auch Bruder Hora stolperte hinter ihnen her. Die Menge murmelte laut, als Artur den Kreis verließ. Erst jetzt bemerkten sie, dass der Junge zu den Mönchen gehörte. Er folgte Bruder Scriba in eine schmalen Seitenstraße und überlegte erst, ob sie hier nicht wieder überfallen werden konnten, doch dann fiel ihm ein, wie viele Menschen gerade mit angesehen hatten, wie dieser alte Mann einen körperlich überlegenen mit einem einfachen Stock zu Boden geworfen hatte und es sicher jetzt niemand wagen würde sie zu stören. Bruder Scriba legte den Jungen vorsichtig vor sich auf den Boden und atmete einmal tief ein. Der Junge blickte Bruder Scriba ehrfurchtsvoll, ja fast verängstigt an. »Es ist schon gut, mein Junge. Jetzt ist alles gut. Wie heißt du?« Im ersten Moment sagte der Junge nichts, sondern wich ein wenig vor den Mönchen und Artur zurück. »Cito«, sagte der Junge stotternd und zitterte. Nun beugte sich auch Bruder Hora über den Jungen. »Er braucht Arznei«, sagte er sofort mit einer ungewöhnlichen Kennermiene und blickte skeptisch auf die Wunden, die der Mann ihm zugefügt hatte. »Ich werde losgehen und etwas holen«, sagte er schnell und stürmte aus der Gasse hinaus.

»Kann ich helfen?«, meldete sich Artur nun und Bruder Scriba zuckte zusammen, als hätte er vergessen, dass Artur hier war. »Ja, Ja«, sagte Bruder Scriba zerstreut. »Hol etwas Wasser.« Und Artur folgte Bruder Hora hinaus, um Wasser zu besorgen.

Als Artur mit dem Wasser wiederkam und Bruder Hora mit grünlichen Pflanzen in den Händen auftauchte, gingen sie zielbewusst in die Gasse und übergaben alles Bruder Scriba. Die Sonne schien inzwischen vom klaren Himmel. Bruder Scriba gab dem Jungen zuerst einmal etwas zu trinken. Er trank, als ob er gerade noch so dem Verdursten entkommen war. Dann reinigte Bruder Scriba die Wunden und legte die Heilpflanzen auf die nun rötliche und gereizte Haut. An einigen Stellen blutete es immer noch. Dann umwickelte er alles mit einer Binde, die er aus seiner Mönchskutte zog.

»Bruder Scriba«, sagte Bruder Hora nun und Bruder Scriba zuckte erneut zusammen. »Könnte ich Euch kurz sprechen«, sagte er und winkte ihn zu sich heran. Bruder Scriba blickte zuerst verwirrt, dann verständnisvoll, und erhob sich. »Bleib so liegen«, befahl er dem Jungen und ging hinüber zu Artur und Bruder Hora.

»Was machen wir jetzt mit ihm?«, fragte Bruder Hora sofort und Artur hatte diese Frage erwartet. »Wir können ihn schließlich nicht mitnehmen. Wir wissen nichts von ihm.«

»Ja, ja. Ich weiß. Das wird nicht gehen«, sagte er bitter und blickte auf den Jungen, der erbärmlicher aussah denn je. »Wir müssen einen geeigneten Platz für ihn finden und ihn dort ...«

»Was?«, fragte Artur nun. »Zurücklassen? Ihr wollt ihn zurücklassen?«

»Artur«, sagte Bruder Scriba und kniete sich zu ihm nieder. »Du kennst meine Großherzigkeit, aber selbst wenn ich wollte, wir können ihn nicht mitnehmen. Bruder Martin würde uns einkerkern.« Bruder Hora lacht hohl und dumpf auf und nickte dann. »Es ist unmöglich, einen Jungen in diesem Alter ...«

»Ich bin genauso alt wie er«, sagte Artur trotzig.

»Ja, und du bist der Sohn des Abts Clemens«, sagte Bruder Scriba und lächelte nun auch. Dann erhob er sich wieder und schritt auf den Jungen zu. Er setzte sich neben ihn in den Staub und sagte dann: »Hast du eine Familie, Cito?«, fragte er väterlich und begutachtete gleichzeitig seine Wunden. Der Junge schüttelte langsam den Kopf ohne den Blick von Bruder Scriba zu wenden.

»Warum hast du gestohlen?«, fragte Bruder Scriba Cito sanft. Cito antwortete nicht sofort. Dann öffnete er den Mund und sagte beinahe in trotzigem Ton: »Ich hatte solchen Hunger. Ich habe seit Tagen nichts gegessen und zu trinken habe ich nur das Regenwasser, das in den Pfützen in den Straßen war. Wenn Ihr tagelang nichts zu essen bekommt, ist Euch auch jedes Mittel recht, um etwas Essbares zu bekommen.«

Artur verzog hinter Bruder Horas Rücken das Gesicht zu einer Grimasse, die glücklicherweise niemand sehen konnte. Nun erst spürte er, wie gut er es bei den freundlichen Mönchen hatte.

»Du weißt, dass Stehlen gegen Gottes Gebot ist?«, fragte Bruder Hora ebenso sanft und lächelnd.

»Ich hatte doch solchen Hunger ...«, sagte Cito und Tränen waren nun in seine Augen getreten.

»Das war keine Anschuldigung, mein Junge«, sagte Bruder Hora entschuldigend und kniete sich nun auch zu ihm hinunter. »Zwar ist Stehlen gegen Gottes Gebot, doch natürlich war der Herr dem Hungertod nie nahe und kann natürlich auch darum nicht nachempfinden, wie man sich in einer solchen Situation fühlt, nicht wahr? Ich bin sicher, dass er keine Einwände hätte, wenn er deine Gründe kennen würde. Wenn deine Taten aus einer tiefen Quelle der Verzweiflung kommen und du weißt, dass es keinen anderen Ausweg gibt, dann weiß es auch Gott und er wird dir vergeben, was auch immer du tust, solange es moralisch richtig ist.«

Nun kam Artur zu dem Schauspiel heran und ließ sich hinabsinken. »Keine Sorge«, sagte er zu Cito gewandt. »Du kannst mit uns kommen. Bei uns wirst du es gut haben und ...«

»Das«, sagte Bruder Scriba mit blitzenden Augen. »steht leider außer Frage.« Er sah Artur an, als hätte er ihm am liebsten die Hand auf den Mund gepresst. Er warf Artur einen vielsagenden Blick zu. »Das war keine Frage«, sagte Artur schlicht und half dem arg zugerichteten Jungen auf seine dünnen Beine. »Ist das Euer Ernst?«, fragte Cito aufgeregt und in seinen Augen war ein loderndes Feuer entfacht. »Ihr nehmt mich mit? Weg von dieser Stadt?« Seine Augen leuchteten und er blickte hoffnungsvoll zu den beiden Mönchen auf, die aussahen, als wären sie an einer empfindlichen Stelle getroffen worden. In diesem Moment, als Bruder Scriba den Mund aufmachen wollte, hörten sie jedoch Schritte hinter sich und wirbelten herum. Drei Männer kamen auf sie zu. Sie waren von der Hauptstraße abgebogen und marschierten geradewegs auf sie zu. Im ersten Moment hatte Artur den merkwürdigen Gedanken, sie würden sie angreifen, bis er sah, dass die drei Mönchsgewänder trugen. Nicht so schön und neu wie ihre, obwohl, nachdem sie hier im Staub gesessen hatten, ihre Gewänder gar nicht mehr so gepflegt aussahen. Dennoch machten die Mönche einen guten Eindruck. Bruder Scriba und Bruder Hora erhoben sich gemeinsam. Als die anderen Mönche genau vor ihnen waren, sagten Bruder Scriba fast ein wenig zu misstrauisch: »Ich grüße Euch. Was ist Euer Begehr?«

Der mittlere Mönch lächelte. Er war fast schon in Bruder Scribas Alter, während die zwei anderen noch jünger waren. »Ihr habt eine feine Ausdrucksweise«, sagte er anerkennend. »Sie unterstreicht nur Euer Handeln auf dem Marktplatz, welches höchst ehrenwert war. Gott segne Euch dafür.« Er bekreuzigte sich und die zwei anderen taten es ihm gleich.

»Ich danke Euch für diese Worte und weiß sie zu schätzen, doch wenn es nach mir ginge, dann sollten alle Menschen so handeln, und es ist meiner Meinung nach selbstverständlich jemandem zu helfen, der in einer solchen Lage ist.«

»Gewiss mögt Ihr recht haben«, sagte der Mönch »doch wir sind nicht alle von solchem Mut erfüllt wie Ihr, was natürlich sehr bedauerlich ist.«

»Was ist nun Euer Anliegen?«, sagte Bruder Scriba erneut und seine Stimme wurde nun noch argwöhnischer.

Der Mönch lächelte und sagte dann: »Wir sind drei Mönche, Reisende, möchte ich fast sagen, die auf der Suche nach einem geeigneten Platz sind. Unser Kloster fiel einem Raubüberfall zum Opfer und viele unserer Ordensbrüder wurden getötet. Wir konnten im letzten Moment entkommen, als die Räuber unsere Stallungen und unsere Kirche in Brand steckten und unsere Schätze stahlen.«

Artur horchte auf. Schätze? Gab es in vielen Klöstern solche Schätze wie in ihrem? Hatte vielleicht jedes Kloster einen großen Schatz und war ihrer nur der bedeutendste? Artur spitzte angestrengt die Ohren, um vielleicht einen geheimnisvollen Hinweis zu erfahren. Doch Bruder Scriba sagte nur mit belegter Stimme: »Das tut mir aufrichtig leid und ich werde Eure Brüder in meine Gebete einschließen.«

»Da bin ich sicher«, sagte der Mönch. »Wir würden uns wirklich glücklich schätzen, wenn wir uns zu dem Kreis eines Kloster zählen könnten, wo man so großherzig und mutig ist. Vielleicht könntet Ihr uns auch noch ein paar der Kampfkünste zeigen, die Ihr gebraucht habt?«

»Tut mir leid«, sagte Bruder Scriba dann schnell und schüttelte den Kopf. »Unser Kloster ist absolut friedlich und kommt ohne Gewalt aus. Diese alte Kampfkunst habe ich vor meiner Zeit als Mönch gelernt und ich benutzte sie nur, wenn es wirklich nötig ist. Ich bin mir sicher, Ihr versteht dies.«

Die Mönche schienen im ersten Moment verdutzt, ja sogar enttäuscht, doch dann sagte der mittlere: »Natürlich. Ich wollte Euch nicht ...«

»Gebt uns einen Augenblick Zeit. Wir werden sofort zu Euch kommen«, unterbrach Bruder Scriba sie hastig. Und mit diesen Worten ließ er die Mönche stehen und wandte sich zusammen mit Bruder Hora um und ging weiter in die Gasse hinein. »Ich bin gleich zurück«, sagte Artur zu Cito und sprang auf. Während er zu den Mönchen ging, schüttelte er sich den Staub von den Kleidern.

»… halte sie eigentlich für geeignet und wir müssten uns nicht noch mehr Aufmerksamkeit aussetzen, meint Ihr nicht auch? Außerdem haben wir genug Zeit verloren und es ist ein enormes Risiko, jetzt noch länger als nötig in der Stadt zu verweilen«, sagte Bruder Hora gerade zu Bruder Scriba, als Artur zu den beiden trat. »Sie sind freundlich und ich denke, sie werden uns nicht enttäuschen. Schaut Euch doch nur einmal den älteren Mönch an. Ich bin mir sicher, er möchte nur ein Kloster finden, auf dem er in Ruhe alt werden und seinen täglichen Pflichten nachgehen könnte bis er eines Tages unserem Schöpfer begegnet.«

»Werden wir sie mitnehmen?«, fragte Artur nur und warf den drei Mönchen, die geduldig am Eingang warteten und miteinander tuschelten, einen gespannten Blick zu.

»Ich denke schon«, sagte Bruder Scriba. »Sie machen einen guten Eindruck und ich glaube, die beiden jüngeren könnten wir nach unserem Glauben und nach unseren Grundsätzen formen.«

»Was ist mit Cito?«, fragte Artur leise und blickte nun auf den Jungen hinab, der sich an einer schmutzigen Hauswand aufgerichtet hatte und seine Wunden begutachtete. »Er könnte in der Schneiderei anfangen oder in der Mühle helfen und ...«

»Er ist zu jung«, sagte Bruder Scriba schnell. »Es war nicht klug von dir, ihn derart mit dem Gedanken zu bezaubern, dass er uns begleiten darf.«

»Es wäre auch nicht klug, ihn hier zu lassen, wo er nur Elend und Verzweiflung kennt«, konterte Artur sofort. »Ich dachte, Ihr sagtet, man muss die Liebe über alles stellen. Habt Ihr denn keinerlei Mitleid mit ihm?«

Bruder Scriba besah sich Cito erneut eingehend und sagte dann: »Natürlich, aber du musst verstehen, dass unser Kloster über allem steht. Wir bewahren den größten Schatz der Christenheit und schützen ihn mit allen Mitteln. Woher sollen wir wissen, dass wir ihm wirklich trauen können? Er mag jetzt mitleiderregend aussehen und ...«

»Woher sollen wir wissen, dass wir ihnen wirklich trauen können?«, sagte Artur und deutete mit einer flüchtigen Handbewegung hinüber zu den drei Mönchen.

»Intuition«, schnappte Bruder Scriba. Bruder Hora stieß ein leises Lachen aus, welches er noch rechtzeitig in ein Hüsteln umwandeln konnte. »Ich glaube wirklich, dass wir ihn auf unserem Kloster gebrauchen könnten«, sagte Bruder Hora, um sein Verhalten zu vertuschen, und blickte Bruder Scriba so ernst an, wie er konnte. »Er könnte alle Arbeitsstätten des Klosters kennenlernen, und wenn wir einen so jungen Menschen von Anfang an unsere Grundsätze lehren, wird aus ihm später vielleicht einmal ein guter und brauchbarer Mönch.«

Bruder Scriba runzelte die Stirn. Artur wusste, dass er mit sich rang. »Wenn der Junge merkt, dass es ihm auf unserem Kloster nicht gefällt, was dann?«, fragte Bruder Scriba.

»Wenn die drei Mönche merken, dass es ihnen auf unserem Kloster nicht gefällt, was dann?«, sagte Artur geschickt.

»Das ist etwas völlig anderes«, sagte Bruder Scriba und eine leichte Röte stieg in sein Gesicht.

»Ach«, sagte Artur überrascht. »Erklärt dies.«

Bruder Scriba rang immer noch mit sich. Doch Artur war sich sicher, dass der Junge selbst auf dem schlechtesten Kloster bleiben würde, nur um Mahlzeiten zu bekommen und ein Dach über dem Kopf zu haben. Dann sagte Bruder Hora schließlich: »Wir nehmen ihn mit.«

»Wirklich?«, sagte Artur und strahlte.

»Halt! Wir haben doch noch ...« Doch Artur war schon zu dem Jungen gegangen, hatte brüderlich den Arm um ihn gelegt und sagte: »Du kommst mit uns. Aber enttäusche die Mönche nicht.«

»Ist das Euer Ernst?«, fragte Cito und blickte die Mönche mit einem derart mitleidserregenden Blick an, dass nicht einmal Bruder Scriba nein sagen konnte. Bruder Hora und Bruder Scriba nickten, Bruder Scriba eher ein wenig widerwillig, doch Cito strahlte nun auch wie Artur vor Freude. Die beiden Mönche gingen nun zu den anderen Brüdern und verkündeten ihnen, dass sie gerne mit auf ihr Kloster kommen konnten. Nun strahlten auch sie und Artur sah nur noch glückliche Gesichter. Außer Bruder Scriba, der immer noch ein wenig missmutig aussah. Sie erklärten ihnen, in welchem Gasthaus sie die Nacht verbracht hatten, und zusammen gingen sie zurück, um sich auf die Heimreise vorzubereiten. Bruder Scriba und Bruder Hora nutzen die Zeit, um mit den neuen Mönchen über das Kloster zu sprechen und sie schon einmal langsam auf die Grundsätze und die Gebote in St. Caritum hinzuweisen. Sie wollten herausfinden, ob sie ihren Vorstellungen entsprach. Artur ging mit Cito vorne weg und unterhielt sich mit ihm: »Hast du gar keine Familie mehr?«, fragte Artur ihn gerade, als sie in eine schmale Seitenstraße einbogen.

»Meine Mutter und meine Schwester wurden bei einem Überfall auf die Stadt entführt und kurze Zeit später in einem nahe gelegenen Waldstück tot aufgefunden, während mein Vater als Ritter in diesem Kampf starb.«

»Oh«, sagte Artur gerührt. »Das tut mir wirklich leid. Es muss schrecklich sein so ohne Eltern aufzuwachsen. Meine Mutter kann ich nicht als wirklich liebende Person bezeichnen. Sie denkt, ich bin Ungeziefer«, sagte Artur und achtete darauf, dass die Mönche nichts von ihrer Unterhaltung mitbekamen.

»Wirklich?«, sagte Cito verwundert. »Warum das denn?«, fragte er ungläubig. »Eine Mutter liebt doch ihre Kinder und schützt sie, wo sie nur kann.«

»Ja, so habe ich mir auch immer eine Mutter vorgestellt.«

»Was ist mit deinem Vater?«, fragte er fast zögernd. Artur überlegte. Was sollte er jetzt sagen? Er wusste, dass sein Vater ermordet wurde, warum, wusste er aber nicht. Doch er konnte Cito nicht sagen, dass sein Vater der Abt des Klosters war. Dies würde gegen alles verstoßen, was der Junge je von Klöstern gehört hatte. »Er starb erst vor wenigen Wochen«, sagte Artur und unwillkürlich traten ihm die Worte Bruder Ovis ins Gedächtnis: *Die halbe Wahrheit ist keine ganze Lüge.*

»Aber warum lebst du nicht mehr bei deiner Mutter, wenn sie doch noch am Leben ist?«, fragte Cito interessiert. Artur schluckte. Er wollte nicht lügen und durfte es auch nicht. »Ich habe … sie ist … ich weiß es selbst nicht«, sagte Artur und beschloss zumindest zum Teil bei der Wahrheit zu bleiben. »Sie hat mich eines Nachts einfach auf das Kloster gebracht.«

»Wirklich?«, sagte Cito und seine Stimme klang noch ungläubiger.

»Ja, ähm, sagtest du dein Vater war ein Ritter. Ein richtiger Ritter?«, sagte er hastig, um nicht weiter auf seine Familie eingehen zu müssen.

Citos Brust schwoll an. »Ja«, sagte er stolz. »Er stand im Dienst des Königs und kämpfte für Freiheit, Gerechtigkeit und für das Königreich«, sagte Cito. Er hob dabei ein imaginäres Schwert in die Höhe.

Artur lachte. »Hatte er ein richtiges Schwert?«, fragte Artur, der dieses Thema spannender fand als alles andere.

»Ja, hatte er. Aber das Schwert wurde mit ihm beerdigt«, sagte Cito traurig.

»Ich hätte gerne ein eigenes Schwert«, sagte Artur sehnsüchtig.

»Ja, ich auch«, gab Cito zu und seine Augen starrten träumerisch ins Leere.

»Aber auf dem Kloster ist Gewalt kein angesehenes Mittel und Verbrechen werden nicht geduldet«, sagte Artur warnend und schielte zu Cito hinüber.

»Ja, ich weiß«, sagte Cito ein wenig beschämt. »Aber du hast keine Ahnung, wie es ist, Hunger zu haben ... und ich meine wirklich Hunger zu haben. Wenn dieses Gefühl in dir so stark ist, dass du sogar das isst, was andere wegwerfen, dann ist dir jedes Mittel recht, an Nahrung zu kommen, und sei es noch so verrucht. Als ich kleiner war, brachte mein Vater mir auch immer bei, nie zu stehlen, immer die Wahrheit zu sagen und treu dem König zu dienen.« Cito zögerte. »Doch jetzt ist er tot und ich bin auf mich allein gestellt und musste mich am Leben halten.«

Das verstand Artur natürlich. Bei seiner schrecklichen Mutter hatte er zwar auch des Öfteren gehungert, aber er war sich sicher, dass er nicht wusste, wie es war, entkräftet in einer Straße zu liegen und vielleicht sehnsüchtig auf den Tod zu warten. Nachdem sie eine Weile nichts miteinander gesprochen hatten und sie dem Gasthaus immer näher kamen, sagte Cito schließlich: »Ist euer Kloster groß? Gibt es dort ein … ein richtiges Bett in dem ich schlafen kann? Gibt es Nahrung? Jeden Tag?«

Artur lächelte. Er wusste, dass Cito von dem Kloster fasziniert sein würde, genau wie er, als er ankam. »Die Mönche sind sehr freundlich. Sie sind alle wirklich liebenswürdig und achten darauf, dass es allen gut geht. Wir haben große Wohnbereiche, in denen sicherlich auch du ein eigenes Bett haben wirst und ...«

»Was?«, schnappte Cito ungläubig. »Ich muss es mit niemandem teilen? Ich bekomme einen eigenen Raum zum Schlafen?«

Artur lachte. »Natürlich. Jeden Morgen, Mittag und Abend gibt es in unserem Refektorium Essen.«

»Es gibt drei Mahlzeiten am Tag?«, fragte Cito und seine Stimme überschlug sich nun fast vor unterdrückter Freude.

»Ja«, sagte Artur amüsiert. Aber du wirst auch hart arbeiten müssen. Auf dem Kloster packen alle mit an. Ohne gegenseitige Hilfe würde die Klostergemeinschaft nicht funktionieren. Wenn du fleißig arbeitest und lernst, dann werden dich auch alle gerne haben.« Artur dachte an Bruder Vanum, diesen hinterhältigen Mönch, den er schon seit einiger Zeit in Verdacht hatte. Er fragte sich, wie er wohl reagieren würde, wenn er herausfände, dass sie einen Jungen mitgebracht hatten, der noch nicht einmal ein vollwertiger Mann war. Doch es war ihm gleich, was dieser Mönch dachte. In Arturs Augen war er einfach falsch und böse. Er konnte sich nicht vorstellen, wie so jemand Mönch werden konnte.

»Was meinst du mit lernen?«, fragte Cito aufgeregt. »Du meinst doch nicht so etwas wie lesen und schreiben?« Er sprach die Worte so aus, als ob er noch nie etwas von Bildung oder Wissen gehört hätte, und wartete ehrfurchtsvoll auf Arturs Antwort. Artur wusste, dass Bildung ein Privileg weniger war und so, wie Cito aussah, war er wohl nicht in den Genuss davon gekommen.

»Unser Lehrmeister, Meister Callidus, lehrt alle die, die weder lesen noch schreiben können. Das Lesen, das Schreiben, die lateinische Sprache und unsere Religion. Du wirst sicherlich auch bald in den Genuss seiner ...«

»Ich werde ausgebildet? Ich werde lesen und schreiben können? Ist das wirklich dein Ernst oder ist das nur ...«

»Nein«, sagte Artur und lachte jetzt noch mehr angesichts der Tatsache, dass Cito wegen dieser Privilegien so aufgeregt wurde.

Als sie erneut um ein großes Haus bogen und nun endlich auf die Straße kamen, an deren Ende ihr Wirtshaus stand, stand die Sonne hoch am Himmel. Obwohl es noch nicht auf den Abend zuging, waren alle der Anwesenden müde und so wurde an diesem Tag nichts mehr unternommen.

Die Nacht in ihrem gemütlichen Wirtshaus verlief recht ereignislos, doch Artur sowie die anderen Mönche waren erleichtert und froh, ein wenig Ruhe zu haben. Sie waren Räubern zum Opfer gefallen, die nichts gestohlen hatten, und hatten einen Jungen vor einem jähzornigen Mann gerettet. Alles in allem verlief ihre Reise in die Stadt Patria recht gut, ließ man die Tatsache außer Acht, dass sie kaum stärkeres Aufsehen in der Stadt erregen konnten. Bruder Scriba plagte das schlechte Gewissen, auf dem Marktplatz die Beherrschung verloren und eine Vorführung seiner Kampfkünste zum Besten gegeben zu haben. Damit hatte er sich die Aufmerksamkeit aller Anwesenden gesichert. Doch natürlich war er froh Cito gerettet zu haben, denn sonst hätte der Mann ihn halb tot geschlagen. Die drei Mönche, die sie mittlerweile ein wenig näher kennengelernt hatten, waren sehr nette Leute. Der Älteste von ihnen war ohne Zweifel ein gebildeter und weiser Mann. Er nannte sich Bruder Vetus, während sich die zwei jüngeren Mönche mit den Namen Bruder Nonfido und Bruder Emissarius schmückten. Nachdem sie an jenem Abend fast fürstlich in dem Wirtshaus geschmaust hatten und Cito völlig perplex schließlich in sein eigenes Bett stieg, machte sich auch Artur auf den Weg, sein Zimmer aufzusuchen und sich in den verlockenden Schlaf zu wiegen.

Der nächste Morgen kam schnell, viel zu schnell nach Arturs Geschmack, und er wurde schon früh von Bruder Scriba geweckt, der ihn eher schlecht als recht aus seinem Bett rüttelte. »Wa...«, begann Artur und wollte schon protestieren, als auch Bruder Hora vollkommen angezogen und fertig in sein Zimmer geeilt kam.

»Wir müssen los. Ist alles bereit?«, wollte Bruder Hora von Bruder Scriba wissen. Dieser nickte und richtete sich auf. »Beeil dich. Wir haben wenig Zeit.«

»Was ist denn passiert?«, fragte Artur und rieb sich die Augen. Irgendetwas stimmte nicht, das wusste Artur auch ohne nachzufragen. Bruder Scriba eilte zur Tür und drehte sich noch einmal um: »Wir werden verfolgt.«

Kapitel 18

Als Artur sein Zimmer verließ, verstand er nichts mehr. Das ganze Wirtshaus schien aus einem heillosen Durcheinander zu bestehen. Männer und Frauen, die Artur noch nie gesehen hatte, rannten auf den Gängen umher. Als Artur nach unten kam, standen schon Bruder Hora, Bruder Scriba, Bruder Vetus und Cito bereit und warteten offenbar auf ihn. »Was geht denn hier ...?«, setzte Artur wieder an, doch Bruder Scriba schnitt ihm das Wort ab:

»Sind sie schon da?«, rief er durch den Raum zu einem dicken Mann mit Schürze, der offensichtlich der Wirt war.

»Nein«, rief dieser mit rauer Stimme zurück und spähte aus einem Fenster.

»Dann«, sagte Bruder Scriba und seine Augen blitzten, »wird es Zeit aufzubrechen.« Und er wirbelte auf dem Absatz herum und ging zur Tür hinaus.

Die anderen folgten ihn und auch Artur kam schließlich aus der Tür gerannt, wobei er sich mühte, Schritt zu halten. Noch immer hingen Nebelfetzen der Nacht in den Straßen und machten diese unheimliche Szenerie noch ein wenig makaberer. »Cito, was ist denn los?«, fragte Artur, als er ihn eingeholt hatte.

»Sie haben uns ...«

»Nicht hier«, zischte Bruder Hora rasch und ging nun auf eine Art Planwagen zu, der vor dem Wirtshaus stand und gestern dort noch nicht war. »Schnell, rein dort«, befahl Bruder Scriba den Übrigen. Bruder Vetus, Bruder Hora und Cito kletterten ohne zu zögern hinein und begannen nach Verstecken zu suchen. Artur rührte sich jedoch nicht von der Stelle. »Sagt mir jetzt sofort, was hier los ist«, sagte er und seine Stimme wurde zunehmend wütender und lauter.

»Leise«, fauchte Bruder Hora und Artur sah noch, wie er aus einer hölzernen Tonne herausspähte, die im Inneren des Wagens stand. »Sind denn jetzt alle Verrückt ge...«

»Rein dort«, sagte Bruder Scriba erneut und auch er klang nun gereizt. »Artur, ich verspreche, ich werde dir so bald wie möglich alles erklären, aber bitte steig jetzt in den Planwagen.«

Artur blickte in die verzweifelten Augen des alten Mönches und begriff nun, dass er Bruder Scriba jetzt vertrauen musste. Er setzte einen Fuß in den Planwagen und wurde von Cito nach oben gezogen, der sich daraufhin unter einer Decke einrollte und sich so vor den anderen verbarg. »Versteck dich«, schnappte Bruder Vetus und man konnte nur noch erahnen, wo er war. Artur überlegte nicht lange, sondern kroch zu Cito unter die Decke und achtete sorgfältig darauf, dass man nichts mehr von seinem Körper sah. Dann schlug eine Tür auf und jemand kam zu ihrem Planwagen gelaufen. Dieser jemand hechelte und schnaufte, als wäre er gerade einige Meilen gerannt. »Sind alle bereit?«, fragte er und Artur erkannte die Stimme des dicken Wirtes.

»Alles ist fertig. Möge uns Gott gnädig sein«, sagte Bruder Scriba. »Gut, dann versteckt Euch ebenso. Die Wachen wissen genau wen sie wollen.« Artur runzelte die Stirn unter seiner Decke. Die Wachen? Was war geschehen und erst jetzt bemerkte Artur, dass die zwei jüngeren Mönche Bruder Nonfido und Bruder Emissarius fehlten. Was war geschehen? War ihnen etwas zugestoßen? Doch er hatte keine Zeit mehr, sich darüber Gedanken zu machen, denn er hörte nur noch, wie jemand auf den Planwagen kletterte, sich ebenfalls versteckte und dann hörte er, wie der Wirt den Kutschbock bestieg und die Peitsche knallen ließ. Die zwei Pferde vor ihrem Planwagen stießen ein leises Wiehern aus und schritten los. Artur spürte bald, wie ihm der Schweiß von der Stirn rann, und er fragte sich gleichzeitig, wie lange er noch so liegen bleiben musste. Der Planwagen holperte über die unebenen Straßen und Artur wurde unter seiner Decke hin und her geschleudert. Auch Cito war inzwischen leicht grün im Gesicht und auch die Angst war ihm anzusehen, aber immerhin wusste er, was hier vor sich ging. Plötzlich kam der Wagen zum Stehen. Artur hörte, wie der dicke Wirt, der den Planwagen lenkte, zu einer oder mehreren Personen etwas sagte: »Guten Morgen. Gibt es etwa ein Problem?«

Ein Mann antwortete und nur am Klang seiner Stimme erkannte Artur, dass es offenbar eine Wache war: »Es tut mir leid, mein Herr, aber wir müssen Euren Wagen durchsuchen. Wir sind auf der Suche nach drei Mönchen und zwei Jungen. Sie sind der Blasphemie beschuldigt worden.«

»Was?«, sagte der Wirt und bemühte sich seiner Stimme den Klang tiefer Verwunderung zu geben. »Eigentlich halte ich nichts von Blasphemie, aber Ihr müsst doch zugeben, dass es lächerlich erscheint, wenn man Mönchen Gotteslästerung vorwirft.« Der Wirt stieß ein unbändiges und dröhnendes Lachen aus. »Ist das nun wirklich Euer Ernst, dass Ihr meinen Wagen auf drei Mönche und zwei Jungen durchsuchen müsst? Ihr seht, ich habe kaum Platz, um die Dinge aus der Stadt zu schaffen, die ich geladen habe.«

Artur spürte dass die Wache zögerte.

»Wer hat diese Anklage denn überhaupt erhoben?«, fragte der Wirt und zeigte nun belustigtes Interesse an dem Thema.

»Zwei Abgesandte unseres verstorbenen Papstes Honorius IV.«, sagte die Wache und Artur war sich sicher, dass diese Information eigentlich nicht für die Öffentlichkeit bestimmt war.

»Was?«, sagte der Wirt erneut. »Hat der Papst jetzt sogar seine Informanten und Spione hier bei uns?«

»Nun, es waren zwei junge Mönche, die sich offenbar in ein Kloster einschleusen wollten, um zu sehen, wie die Klöster hierzulande ihre Tätigkeiten ausführen, und bei diesem Kloster sei ihnen etwas besonders aufgefallen. Mehr hatten sie nicht zu sagen.«

Artur hörte Schritte. Er wagte kaum, unter seiner Decke zu atmen, und rührte sich nicht. Was würde geschehen, wenn man sie fasste? Würde man sie hinrichten lassen? Nach Rom bringen und dem zukünftigen Papst übergeben? Würde Bruder Martin sie mit einer geschickten List wieder herausholen können? Dann sagte der Mann wieder: »Es tut mir leid, aber ich muss Euch kontrollieren. Wenn Ihr nur Ware liefert, dann werdet ihr nichts zu befürchten haben, nicht wahr?«

Im ersten Moment sagte der Wirt nichts doch dann sagte er schnell: »Nein, natürlich nicht. Geht um den Wagen herum und öffnet einfach die Plane. Ich wünsche Euch ein gutes Gelingen.«

Artur hörte Kies knirschen, und er wusste, dass die Wache um den Wagen herum lief. Dann hörte er, wie der Mann sich an der Plane zu schaffen machte und sie langsam aufrollte. Und dann hörte er wie etwas Hartes durch die Luft sirrte und sein Ziel fand. Ein dumpfer Aufschlag und der Mann schlug ohnmächtig auf dem harten Boden auf. »Schnell«, sagte der dicke Mann und kam nun auch um den Wagen herum. »Wenn wir zu lange hier stehen, schöpfen sie Verdacht. Leg ihn hier in diese Gasse und komm her.« Schnelle Schritte waren um den Wagen zu hören und etwas wurde über den Boden geschleift. Dann sagte eine andere Stimme sehr laut: »Alles in Ordnung. Ihr könnt passieren. Eine gute Fahrt.«

»Vielen Dank. Auf Wiedersehen«, sagte der Wirt und schnalzte mit der Zunge, um die Pferde zum Gehen zu bewegen.

Stunden später, jedenfalls kam es Artur so vor, wagte sich Bruder Scriba aus seinem Versteck, zischte aber den anderen zu, dass sie liegen bleiben sollten. Dann kletterte er nach vorne zu dem Wirt und spähte gespannt umher. Als er sich beruhigt hatte und sie offenbar außerhalb der Reichweite der Bogenschützen auf den Mauern waren, sagte er: »Deo Gratias! Dass dieser irrsinnige Plan funktionierte, grenzt an ein Wunder. Kommt heraus. Wir sind in Sicherheit.«

Artur und Cito warfen die Decke ab, unter der es mittlerweile so heiß geworden war, als hätten sie darunter ein Feuer entfacht. »Könnte mir jetzt endlich mal einer sagen, was hier vor sich geht?«, sagte Artur.

Bruder Hora kam aus seiner Tonne gekrochen, während sich Bruder Vetus ebenfalls wieder zeigte. »Als sie alle wieder sichtbar waren und sich ihren Schweiß vom Gesicht gewischt hatten, begann Bruder Scriba nun endlich mit der Erklärung: »Wir wurden verraten. Es dämmerte mir schon eine ganze Weile dass es unklug war, die Brüder Nonfido und Emissarius mitzunehmen. Spätestens aber nach unserem Gespräch wusste ich, dass wir ihnen nicht wirklich trauen konnten.«

Er warf einen flüchtigen und argwöhnischen Blick in Richtung von Bruder Vetus, als ob er schon länger hätte erkennen müssen, dass diese zwei Mönche Spione des Papstes waren. »Als ich Bruder Vetus und die anderen sachte auf unsere Art hinführte, wie wir das Kloster leiten und was der Sinn ist, merkte ich schon, dass etwas nicht stimmte. Ich wollte jedoch nicht unhöflich erscheinen und sie abweisen. Ich habe ihnen nichts gesagt, was für uns nachhaltig gefährlich werden könnte, und doch wussten sie mehr, als ich ihnen gesagt habe. Als wir schließlich heute Morgen aufwachten und die Betten der zwei verwaist waren, wusste ich, was sie getan hatten, was ich getan hatte. Auch unser lieber Freund hier sagte mir, als ich nach unten kam, dass die zwei vor geraumer Zeit das Haus verlassen hatten und die ganze Stadt in Aufruhr sei. Die Wachen würden nach uns suchen und die zwei Verräter hatten inzwischen alles über uns erzählt. Es war ihre Aufgabe, die Infrastruktur der Klöster zu prüfen und sicherzustellen, dass alles mit rechten Dingen zuläuft. Doch nicht einmal der Papst selbst versteht, was wir verstehen, und auch er bewahrt nicht, was es zu bewahren gilt.« Bruder Scriba ließ seinen Kopf traurig sinken und sprach dann mit belegter Stimme: »Manche Menschen sind so verlässlich wie Schnee in der Sonne und agieren immer auf der Seite, wo der Wind der Macht sie hinweht. Aber sei's drum. Nun, wenn unser Freund hier nicht gewesen wäre, dann hätte uns nur noch Gott selbst retten können. Er war bereit, uns mit seinem Planwagen zu helfen und uns aus der Stadt herauszuschaffen, denn er hatte offenbar noch eine kleine Rechnung mit den Wachen offen. Die Gelegenheit es ihnen heimzuzahlen, wollte er sich nicht entgehen lassen.«

Der Wirt lachte bellend auf. »Diese falschen und bestechlichen Wachen sind zu nichts nütze. Vor einigen Jahren hat eine Räuberbande mein Wirtshaus geplündert und mir nichts gelassen, außer dem Hemd, welches ich am Leibe trug. Als ich die Wache aufsuchte, meinten sie nur, dass ich besser aufpassen müsste und das nächste Mal meine Türen verriegeln sollte. So ging es auch den anderen Wirtshäusern und Ladenbesitzern, doch die Wache interessierte sich nicht dafür. Wenn Ihr mich fragt, stecken sie mit den Dieben unter einer Decke, oder sie sind selbst für die Überfälle verantwortlich.«

»Auf jeden Fall sind wir nun in Sicherheit und haben es aus der Stadt herausgeschafft«, sagte Bruder Scriba zuversichtlich.

»Aber was ist mit dem Wachmann am Tor? Er wollte doch den Wagen kontrollieren, nicht wahr? Was ist mit ihm geschehen?«

Bruder Scriba lächelte. »Nun glücklicherweise ist der Bruder unseres Wirts auch bei der Wache und war seinem Bruder noch einen kleinen Gefallen schuldig. Diesen löste er heute ein und zwang ihn widerwillig seinen Kollegen, sagen wir einmal, in einen leichten Dämmerschlaf zu versetzen.«

Der Wirt lachte erneut.

»Ich kann Euch gar nicht sagen, wie dankbar ich Euch bin, und es tut mir leid für all die Unannehmlichkeiten, die wir Euch bereiteten«, sagte Bruder Scriba nun zu dem Wirt gewandt. »Macht Euch nicht lächerlich. Ich habe Euch wirklich gerne geholfen, vor allem freut es mich, dass die Wache einmal nicht bekommen hat, was sie wollte.«

»Ich muss Euch nur noch um eines bitten. Nämlich absolutes Stillschweigen zu bewahren über alles, was Ihr wisst. Vergesst am besten alles, was wir gesagt und getan haben. Vergesst, dass wir in eurem Wirtshaus waren.«

»Selbstverständlich«, sagte der Wirt fast beleidigt, als sei es seine Pflicht und seine Ehre diese Geheimnisse zu bewahren.

»Ihr seid womöglich der erste außerhalb unseres Klosters, der von unserer Existenz weiß«, sagte Bruder Scriba beschwörend und verengte seine Augen zu Schlitzen.

Die restliche Fahrt mit dem ramponierten Planwagen war im Vergleich zu den vorigen Geschehnissen recht langweilig. Die Brüder sprachen noch eine ganze Weile mit Bruder Vetus über die zwei Verräter und ob er nicht schon früher in seinem alten Kloster bemerkt hatte, dass sie womöglich aus Rom vom Papst geschickt worden waren, um die Klöster zu überprüfen. »Sie fügten sich nahtlos in unser Kloster ein und arbeiteten fleißig mit. Unserem Abt standen sie sehr nahe und hatten viel mit ihm zu tun. Um was es genau ging, wusste niemand«, sagte Bruder Vetus und Bruder Scriba und Hora hörten aufmerksam zu. Artur und Cito hatten derweil im hinteren Teil des Wagens Platz genommen und sprachen wieder über das zukünftige Klosterleben für Cito, der immer noch ganz aufgeregt schien und sich sichtlich auf das Kloster freute. Dennoch hatte Artur ein mulmiges Gefühl bei dem Gedanken, dass er sich unerlaubt mitgeschlichen hatte, sie nur einen brauchbaren Mönch gefunden hatten, einen sechzehnjährigen Jungen mitbrachten, zwei vertrauenslosen Mönchen ein paar ihrer Geheimnisse verraten und für Unruhen in der Stadt gesorgt hatten. Was würde Bruder Martin zu alledem sagen? Artur kam es vor, als wären sie vor Jahren und nicht vor Tagen aufgebrochen, und die Vergangenheit schien ihm fremd und unwirklich zu sein. Auch Bruder Scriba schien sich über Bruder Martins kommenden Wutausbruch Gedanken zu machen, denn je näher sie dem Kloster kamen, desto stiller wurde er.

Am nächsten Tag hatten sie es fast geschafft. Der freundliche Wirt hatte sie bei einem Pferdehändler abgesetzt, denn ihre Pferde hatten sie in der Stadt zurücklassen müssen. Bruder Scriba hatte darauf bestanden, dass sie das letzte Stück allein zurücklegten, und den Wirt zurückgeschickt, denn er durfte auf keinen Fall in die Nähe des Klosters kommen. Auch wenn er sie unbedingt weiterfahren wollte, hatte er schließlich nachgegeben und sie bei einem befreundeten Händler abgesetzt, der ihnen Pferde verkaufte. Es war nicht mehr allzu weit und doch hätten sie Tage gebraucht, wenn sie zu Fuß gegangen wären. So begannen die Mönche mit dem Händler über den Preis der vier Pferde zu feilschen. Cito sollte bei Artur mitreiten, da er noch nie auf einem Pferd gesessen hatte, und außerdem wollten sie nicht mehr Geld ausgeben als unbedingt notwendig. Als sie schließlich vier brauchbare Pferde erworben hatten, da der Pferdehändler ihnen schließlich doch einen guten Preis gemacht hatte, worauf sich Bruder Scribas Laune ein wenig besserte, sagte er warnend: »Es wird nicht nötig sein, Bruder Martin gegenüber zu erwähnen, dass wir auf dem Weg zum Kloster zurück neue Pferde gekauft haben, wo wir das doch erst vor einigen Wochen taten.«

Artur grinste Cito an. »Dieser Bruder Martin muss ein wirklich … strenger Mann sein«, sagte Bruder Vetus und bemühte sich offenbar die richten Worte zu finden.

»Oh nein, er ist wirklich überaus freundlich und gutmütig, aber es gibt Phasen, in … denen man ihn besser nicht mit schlechten Nachrichten behelligen sollte.«

Und auch Bruder Scriba suchte offenbar nach Worten die Bruder Martin treffend beschrieben.

Als sie losritten, und das Kloster somit unzweifelhaft näher und näher rückte, wurde es Artur seltsam zumute. Er hatte die ganzen Tage eigentlich nicht oft an das Kloster gedacht. Was könnte dort in der Zwischenzeit alles vorgefallen sein? Doch jetzt, wo sie nur noch wenige Meilen entfernt waren, kamen ihm die Schwierigkeiten der Vergangenheit wieder und wieder in den Sinn. Er dachte wieder an die vergangene Zeit, an seine Großmutter, die er nun endlich kennengelernt hatte, und an Pupilla, das hübsche und reizende Mädchen, welches bei seiner Großmutter wohnte. Ja, seine Großmutter war zweifelsohne anständig gewesen und hatte ein schutzloses Kind mütterlich aufgenommen und großgezogen. Nun würden sie sogar bald das Kloster besuchen. Vielleicht konnte er mit Pupilla einen Spaziergang über den Hof machen und ihr das Kloster zeigen. Er könnte auch mit ihr … »Wir sind da«, sagte Bruder Scriba und riss Artur so wieder in die Gegenwart zurück. Erst jetzt bemerkte Artur, wo sie waren. Der Wald kam ihm bekannt vor, und als er die Holzhütte sah, die die Mönche als Stall benutzten, wusste er, dass sie wieder zuhause waren. Sie sattelten die Pferde ab, verpflegten sie und machten sich anschließend an den schwierigen Anstieg zum Kloster. Nach Bruder Vetus' Gesicht zu schließen würde er das Kloster nur verlassen, wenn es unbedingt notwendig war, denn so ein Aufstieg war ganz offensichtlich nichts für ihn. Dann endlich hatten sie es geschafft. Das große und hölzerne Tor machte einen beruhigenden Eindruck, was Artur bisher noch nie aufgefallen war. »Auf jeden Fall denke ich nicht, dass hier oben irgendwelche Räuber zu erwarten sind«, sagte Bruder Vetus beruhigt. »In all den Jahrhunderten, in denen das Kloster St. Caritum schon besteht, hat uns noch niemand gefunden. Geschweige denn Räuber und Wegelagerer.« Er nickte ermutigend und sie gingen zusammen auf das Tor zu. Als ein großer Mönch auf der Klostermauer sie erkannte, hellte sich sein Gesicht auf und er verfiel in beinahe panische Aufregung. Geräusche waren von der anderen Seite zu hören und Artur war sich sicher, dass hinter den Mauern Tumulte ausgebrochen waren. Bruder Martin wurde schnell informiert, dass sie wieder da waren. Dann endlich wurde das Tor aufgestoßen und eine ganze Schar von Mönchen drängte heraus, um sie zu begrüßen.

Als Artur am nächsten Tag erwachte, war er sich zuerst nicht ganz klar, wo er war. Er hatte die letzten Tage immer an fremden und wechselnden Orten geschlafen und zu viel erlebt, um sich gleich orientieren zu können. Als er die Beine aus seinem Bett schwang, fühlte sich alles taub an, und er brauchte eine Weile, um ganz festzustellen, wo er sich genau befand. Der Empfang, der ihnen bereitet worden war, war genau wie das letzte Mal gewesen. Bruder Vetus wurde herzlich begrüßt und man sah Bruder Martin sein Misstrauen nicht an, welches er gegen jeden hegte, der das Kloster zum ersten Mal betrat. Bruder Martin hatte sich Artur schluchzend um den Hals geworfen, kurz gejammert, was er sich eigentlich dabei gedacht hatte, dass er sich schreckliche Sorgen gemacht hatte und ihn nur mit ein paar vorwurfsvollen Blicken bedacht. Er hatte nicht einmal etwas gegen Cito einzuwenden, auch wenn Artur sicher war, dass die Brüder des Hohen Rates dafür noch geradestehen mussten. Bruder Martin vertrat sogar die Auffassung, dass es ohnehin besser war, nur einen neuen Mönch aufzunehmen, um sich mehr mit ihm beschäftigen zu können. Bisher hatten sie noch nicht erzählt, was alles in der Stadt passiert war, doch dies ging ohnehin nur noch den Hohen Rat, Bruder Martin und Meister Callidus etwas an. Alle waren froh, dass Artur und die anderen wohlbehalten wieder zurück waren und Bruder Martin war ungewöhnlich gütig und begrüßte Cito fast so herzlich, wie er Artur begrüßt hatte.

Artur spürte, als er an diesem Tage seine Zelle verließ, dass dennoch eine gedrückte Stimmung über dem Kloster lag. Das Unheil, welches dem Kloster sicherlich wiederfahren war, bedrückte ihn und erfüllte jeden Winkel des Klosters. Artur wusste nicht, was passiert war, doch er ahnte, dass irgendetwas vorgefallen war. Woher er das so plötzlich wusste, konnte er nicht sagen. Als er bei dem freundlichen Bruder Clarens in der Küche vorbeigeschaut und sich etwas zu essen besorgt hatte, spazierte er argwöhnisch über den steinernen Innenhof und wartete gerade nur darauf, dass ein Mönch auf ihn zugehastet kam und ihm erklärte, dass hier etwas Unangenehmes geschehen war. Aber niemand kam. Artur begann sich gerade wieder ein wenig zu entspannen, als er auf das große Tor zusteuerte, durch das sie gestern gekommen waren. Aus dem Augenwinkel sah er, dass hier etwas nicht stimmen konnte. Er wandte sich um und sein Blick fiel auf den völlig verlassenen Schafstall, der aussah, als sei er seit Tagen nicht mehr benutzt worden. Die vielen Schafe waren nicht mehr da und alles war geputzt worden. Was war hier geschehen? Er wirbelte herum und ging schnellen Schrittes zurück zum Dormitorium, wo er den erstbesten Mönch nach den Schafen fragen würde. Als er die Tür zu dem großen Refektorium aufstieß, war dort niemand. Oder doch? In einer dunklen Ecke regte sich etwas.

»Wer ist da? Gebt Euch zu erkennen«, sagte Artur und bemühte sich mutiger zu klingen als er war. Und dann trat Bruder Vanum aus dem Schatten heraus. Arturs Laune verschlechterte sich schlagartig. Dieser Mönch hatte ihm gerade noch gefehlt. »Sieh an, sieh an. Unser junger Abt Artur. Was verschlägt dich zu dieser Tageszeit noch in das Refektorium?«

»Ich könnte Euch dasselbe fragen«, sagte Artur und versuchte seine Stimme ruhig zu halten.

»Nun, ich dachte, dass ich mir eine Pause verdient habe nach der langen und harten Arbeit, die ich in letzter Zeit bewältigt habe.«

Artur musste sich beherrschen nicht laut aufzulachen. Seine lange und harte Arbeit? Meinte er damit den Mord an zwei Mönchen, einem Abt und den ganzen anderen Katastrophen, die das Kloster ereilt hatten? Artur wollte sich gerade wieder von ihm abwenden um nach einem anderen Mönch zu suchen, um diesen mit seinen Sorgen zu betrauen als Bruder Vanum sagte: »Du hast sicherlich bemerkt, dass unsere Schafe nicht mehr hier sind.«

Das war zweifellos eine Feststellung und keine Frage, doch Artur drehte sich nicht mehr um. »Euch bekümmert also das Wohlergehen der Tiere?«, fragte Artur immer noch mit dem Rücken zu ihm. »Rührend«, spottete Artur und drehte sich nun um.

»Nicht wahr?«, sagte Bruder Vanum und zeigte ein höhnisches Lächeln.

»Was hofft Ihr damit zu bezwecken?«, fragte Artur. »Wollt Ihr damit die Tatsache überspielen, dass Ihr selbst für das Verschwinden der Schafe verantwortlich seid?«

Das Lächeln von Bruder Vanum wurde noch ein bisschen breiter, doch er sagte nichts mehr. Wie immer, wenn Artur mit dem Bibliothekaren zusammentraf, verließ er das Treffen wieder voller Wut und aufgewühlten Gefühlen. Doch er ließ sich nicht mehr auf einen Streit ein, öffnete die Tür auf den steinernen Innenhof und marschierte wieder hinaus. Als Artur wütend an einer Hauswand niedersank und das Gesicht in den Händen vergrub, wurde ihm plötzlich vollkommen und unwiderruflich klar, dass Bruder Vanum ganz sicher nicht der war, für den er sich ausgab.

»Artur?« Eine Stimme hatte laut seinen Namen genannt und kam nun offenbar auf ihn zu. »Alles in Ordnung? Geht es dir nicht gut?« Es war Bruder Martin, der zu ihm herüber kam. Artur hob nicht sofort den Kopf. Erst als Bruder Martin sehr nahe bei ihm war, sagte er: »Wo sind die Schafe?«

Das Glitzern in Bruder Martins Augen erlosch sofort und auch seine Aufregung verflog. Er holte tief Luft, öffnete den Mund und schloss ihn dann wieder. Dann ging er in die Knie und sank neben Artur an die Hauswand und blieb dort eine ganze Weile sitzen, bis er schließlich sagte: »Sie sind tot. Wir haben sie am Morgen nach eurer Abreise tot in ihrem Stall gefunden. Sie ...«

»Lasst mich raten. Sie haben keine Anzeichen von Gewalt aufgewiesen und alle Tiere sahen so aus, als wäre ihnen der Teufel selbst begegnet.«

Bruder Martin stieß ein heißeres Gurgeln aus und sagte dann mit brüchiger Stimme: »Ja.«

»Ich nehme an, dass Ihr weder die Todesursache noch den Verursacher feststellen konntet?«

»Nein, aber ...«

»Das spielt jetzt ohnehin keine Rolle mehr. Wenn alle doch glauben, es sei der Zorn Gottes, dann können wir ewig nach einem Schuldigen suchen und das Kloster wird nur noch mehr in Angst und Schrecken versinken«, sagte Artur mit tonloser Stimme.

»Artur!«, sagte Bruder Martin entsetzt. »Ich verbiete dir so zu denken. Jene, die diese Taten verursachen, sind bestimmt nur darauf aus, dass du anfängst, so zu denken. Der Täter, dessen primäre Aufgabe die Provokation ist, hat etwas Schreckliches getan, doch …« Bruder Martin verfiel in Schweigen. Dann sagte er: »Setzte dich ihm zur Wehr oder du wirst eines Tagen deinen eigenen Gedanken zum Opfer fallen.« Bruder Martin blickte ihn grimmig an und sagte dann: »Ein sehr altes Sprichwort besagt: Achte auf deine Gedanken, sie sind der Anfang deiner Taten. Nimm es dir zu Herzen und du wirst sehen, dass alles nicht so schlimm ist, wie es aussieht. Weißt du, wenn die Nacht am dunkelsten erscheint, dann ist auch der Tag am nächsten.« Mit diesen Worten erhob er sich ächzend und fuhr mit seiner Arbeit fort.

Die kommenden Tage waren bei weitem nicht so entspannend, wie Artur sich dies erhofft hatte. Der Unterricht mit Meister Callidus wurde wie geplant fortgeführt und es wurde mittlerweile immer mehr von ihm verlangt. Artur wurde nun immer weiter in die lateinische Sprache eingeweiht und beherrschte mittlerweile das Lesen und Schreiben so gut, dass er selber Texte verfassen konnte und mühelos ihren Sinn verstand. Auch konnte er mit Meister Callidus über schwierige Themen diskutieren und seine Meinung vertreten. Mit der hohen Kunst der Mathematik hatte er noch einige Probleme, doch angesichts der Tatsache, dass es mit den anderen Lehrfächern so gut voran ging, störte dies Meister Callidus nicht sonderlich. In der Religionslehre waren sie nun an einem besonders heiklen Punkt angelangt. Sie sprachen über das Leben und den Tod. Artur musste schwierige Fragen über den Sinn des Lebens beantworten und tiefgründiger werden als normalerweise.

»Kannst du dir denken, was für einen Sinn das Leben hat?«, fragte Meister Callidus freundlich. Er strahlte wie immer eine ungeheure Ruhe und Weisheit aus in seinem weißen Mantel und mit seinem hölzernen Stock. Artur, der diese Frage erwartet hatte, jedoch eigentlich keine Antwort darauf fand, zuckte müde mit den Achseln.

»Du musst wissen, dass jeder Mensch eine Aufgabe, eine Pflicht hat, die er zu erfüllen hat, bevor er stirbt, und das wird jedem gelingen.«

»Aber wenn man stirbt und die Aufgabe noch nicht erledigt hat, was dann?«, fragte Artur. Meister Callidus lächelte. »Ein Mensch stirbt erst dann, wenn seine Aufgabe hier auf Erden erledigt ist. Vielleicht wissen es einige nicht, wenn sie sterben, doch dadurch, dass sie sterben, wird bestätigt, dass sie hier auf Erden nichts mehr zu suchen haben.«

»Aber ich könnte jetzt nicht sterben«, sagte Artur zerstreut. »Ich wäre nicht bereit.«

»Das«, sagte Meister Callidus, »sind wir selten. Doch auch ein Säugling, der nach der Geburt sofort wieder zu seinem Schöpfer zurückkehrt, hat eine Aufgabe erfüllt.«

Artur wusste nicht, was ein kleines Kind, welches noch nicht einmal sprechen, geschweige denn richtig denken konnte, eine Aufgabe erledigt haben konnte. »Aber was ist denn nun die Aufgabe eines jeden Menschen?«, fragt Artur.

»Die Aufgabe, die Gott uns mitgibt, ist die Erde ein klein wenig anders zu verlassen, als wir sie vorgefunden haben«, sagte Meister Callidus weise und nickte beschwichtigend.

»Habt Ihr keine Angst zu sterben?«, fragte Artur bewundernd.

Meister Callidus gluckste. »Der Tod ist etwas Natürliches und er wird jeden von uns ereilen. Der Tod ist nicht halb so schwer wie das Leben. Du solltest die Toten nicht betrauern, sondern sie beneiden«, sagte Meister Callidus. »Weiß du, das Leben ist etwas Schwieriges, etwas Komplexes und etwas Wertvolles. Jeder sollte froh sein, auf unserer wunderschönen Erde Gast zu sein. Doch der Tod ist nur ein Übergang in eine neue und noch wunderbarere Welt.«

»Dann ist es nicht schlimm zu sterben?«, fragte Artur.

»Nein … nein, ist es nicht. Wenn dein Geist und deine Seele sich mit dem Tod eingelassen haben, ja ihn sogar bereitwillig angenommen haben, dann hast du nichts zu befürchten. Doch zurück zu meiner Frage: Kannst du dir denken, was der Sinn des Lebens ist?«

Artur überlegte. Er hatte nie viel über solche Dinge nachgedacht. Er stellte sich vor, wie es gewesen wäre, wenn er mit seiner Mutter versucht hätte, über den Sinn des Lebens zu reden. Dieser wahnwitzige Gedanke war so absurd, dass er in seinem Kopf nicht so wirklich Gestalt annehmen wollte. Dann sagte Artur langsam: »Ich glaube …« Meister Callidus nickte ihm ermutigend zu und Artur fuhr fort, »ich glaube, dass der Sinn des Lebens etwas viel zu Kompliziertes, viel zu Komplexes ist, als dass er von einem Menschen bestimmt werden kann. Ich glaube, dass es uns nicht zusteht, den Sinn der Menschheit zu hinterfragen, denn Gott weiß ganz genau, was der Sinn des Lebens ist und wird alles nach seinen Vorstellungen richten.« Meister Callidus blickte ihn mit einem seltsamen Gesichtsausdruck an und begann dann beeindruckt zu lächeln.

Doch nicht nur der Unterricht war in diesen Tagen verstärkt worden, sondern auch die Sicherheitsvorkehrungen waren erneut verbessert worden. Nach der Misere mit den Schafen war sich niemand mehr sicher, was er nun glauben sollte, denn niemandem war etwas Merkwürdiges aufgefallen. So entstanden neue Gerüchte, denen zufolge Gott all diejenigen bestrafen werde, die jemals mit Artur zu tun hatten, egal, ob Mensch oder Tier. Bruder Vanum musste regelrecht in Ektase verfallen sein, so gut wurden seine Gerüchte aufgenommen und noch mehr Grauen unter den Mönchen entfesselt. Arturs Stimmung sank in diesen Tagen noch weiter, sofern dies überhaupt möglich war. Er verbrachte die meiste Zeit in seiner Zelle, wenn er nicht gerade Unterricht hatte. Cito hatte sich in dem großen Kloster schnell eingelebt. Er war von den regelmäßigen Mahlzeiten und den saubereren Räumen über alle Maßen fasziniert. Er half mit, wo er nur konnte.

Plötzlich waren dann die letzten Herbstsonnenstrahlen endgültig verschwunden. Der Herbst war zu Ende und nachdem auch die letzten Bäume ihre Blätter verloren hatten, erwachte das ganze Kloster eines Morgens und war in eine pulvrige Decke aus Schnee gehüllt. Der steinerne Innenhof musste von fünf Mönchen freigeschaufelt werden und Feuer wurden in den Kaminen des Klosters entfacht um alles halbwegs warm zu halten.

Doch auch die vorweihnachtliche Stimmung konnte das schreckliche Ereignis nicht vertagen, welches das Kloster wieder einmal an einem frühen Morgen ereilte. Es geschah so jäh und endgültig, als wäre es schon immer geplant gewesen. Artur wusste es schon, als er früh morgens in seinem Bett einen lang gezogenen Schrei hörte, der über das ganze Kloster hallte und tief in ihn einzudringen schien. Tränen liefen ihm über beide Wangen und stürzten auf das Kopfkissen, welches das Wasser regelrecht einsog, um die Trauer nicht zu deutlich hervordringen zu lassen. Dem Fußgetrappel zufolge, welches auf dem Gang ausgebrochen war, war schon das gesamte Kloster aufgeschreckt worden und alle eilten nun wild umher. Wer würde es dieses Mal sein? Artur brachte es nicht über sich, jetzt aufzustehen, aus seiner Zelle zu gehen und Bruder Martins grauenerfülltes Gesicht zu sehen. Artur sah vor seinem geistigen Auge den Mönch, der nach seiner Meinung für diese Gräueltaten verantwortlich war. Bruder Vanums Gesicht erschien in der Dunkelheit und ein leises und böses Lachen drang aus dem Schatten hervor und Artur spürte, dass blanker Zorn ihn wie Gift durchflutete. Er stellte sich vor, wie Bruder Vanum jetzt in seiner Zelle saß und sich freute, dass er den nächsten Mönch zu seinem Schöpfer geschickt hatte. Endlich, als die Ungewissheit stärker und stärker in ihn eindrang, als ob sie mit einem Hammer in ihn getrieben wurde, stand er auf und ging hinaus in das von Schrecken erfüllte Kloster.

Kapitel 19

Als Artur auf den Gang trat, kamen ihm von beiden Seiten dutzende von Mönche entgegen, die bei seinem Anblick noch verschreckter wirkten, als sie es ohnehin schon waren. Sein verweintes Gesicht mühte sich, einen mehr oder weniger gefassten Ausdruck anzunehmen, doch es wollte ihm nicht gelingen.

Langsam, wie in Trance wankte er den Gang entlang und achtete nicht auf die Mönche, die vor ihm zurückwichen und schnellstens das Weite suchten. Als Artur auf der Treppe angekommen war, fürchtete er zusammenzubrechen. Er wankte hinaus in den eisigen Morgen und versuchte sich nicht anmerken zu lassen, wie kalt ihm tatsächlich war. Dann sah er, wie alle Mönche des Klosters vom Scriptorium in das Kloster eilten, und er wusste, welcher Mönch nie wieder mit ihm sprechen würde, ihn nie wieder ansehen würde und ihm nie wieder aus einer gefährlichen Situation heraushelfen konnte. Erneut packten ihn schreckliche Gedanken und neue Tränen brachen aus ihm heraus, die auf den weißen Schnee tropften und dort zu Kristallen gefroren. Er wandte sich dem kleinen Raum zu und begann zu rennen. Erst als er unmittelbar davor war wurde er langsamer und verschwand in dem Raum, um Bruder Scriba tot auf dem Boden liegend zu sehen. Als er den verängstigten und alten Mönch auf dem Boden liegen sah, wusste Artur, dass sie auch dieses Mal keinerlei Anhaltspunkte haben würden, den Mord aufzuklären. Das Scriptorium schien wie immer zu sein. Sicherlich in seine jüngste Arbeit vertieft hatte Bruder Scriba irgendwann seinen Herrn begrüßt. Bücher, Pergamentrollen und Papyrus lagen auf den Tischen. Ein kleiner Teller mit einem Stück Brot und ein leerer Kelch standen in einer Ecke. Als Bruder Martin und Bruder Hora eintraten und Artur erblickten sagte Bruder Martin eilig: »Artur, ich weiß ...« Doch Artur wollte keine tröstenden Worte hören. Er wollte nicht, dass ihm jemand sagte, dass es auch dieses Mal schwierig oder besser gesagt unmöglich war, die Todesursache festzustellen. Er hielt mühsam seine Tränen zurück und stürzte aus dem Zimmer.

Auf dem steinernen Hof angekommen sackte er auf dem Schnee zusammen und stieß einen verzweifelten und zugleich wutentbrannten Schrei aus. Er hoffte, dass der Mörder, wer auch immer es war, diesen Schrei jetzt hören konnte, und wusste, dass es auf dem Kloster jemand gab, der ihn jagen würde und ihn für seine Taten bezahlen ließ. Als Bruder Martin und Bruder Hora den völlig verwirrten Artur endlich eingeholt hatten, war er schon am Ende seine Kräfte. Sie brachten ihn so schnell und so unbemerkt sie konnten in seine Zelle zurück und Bruder Martin wies Bruder Clarens an, einen kräftigen Tee zu brauen. Das heiße Gebräu war genau das, was Artur jetzt brauchte. Es schien ihn von innen heraus zu wärmen und als er ganz ausgetrunken hatte, fühlte er sich schon deutlich besser, auch wenn der Tee nicht die dunkle Tatsache überschatten konnte, dass

Bruder Scriba tot war. »Hat er gelitten?«, fragte Artur und sprach damit das erste Mal seit heute in der Gegenwart von Bruder Martin und Hora.

»Wir haben keine Ahnung«, gab Bruder Martin zu und hörte sich nun an, als hätte er eine schlimme Erkältung.

»Was wird jetzt geschehen?«, fragte Artur in einem Anflug von Hysterie. Bruder Hora zuckte nur müde mit den Achseln. Artur spürte, dass sie genau so geschockt waren wie er, und er wusste, dass dieses Ereignis, wie auch die drei anderen Morde, noch Jahre lang auf dem Kloster lasten würden. »Haben wir denn gar keine Anhaltspunkte oder irgendetwas Verdächtiges?«, fragte Artur und kannte doch schon die Antwort.

»Leider nein. Wie schon die anderen Opfer zeigte auch Bruder … Bruder Scriba keine Anzeichen von Gewalt und es schien, als wäre er zu Tode geängstigt worden.«

»Aber es kann doch nicht sein, dass alle Toten nicht einmal etwas Merkwürdiges getan haben oder etwas Komisches in ihrer Umgebung ist. Habet Ihr schon einmal nach ...«

»Artur, wir versichern dir, dass wir alles Erdenkliche unternommen haben und unternehmen werden, um den Schuldigen zu fassen, aber es ist nicht so leicht, wie du glaubst.« Für einen Augenblick gab er sich dem wahnwitzigen Gedanken hin, dass auch Bruder Hora als Verdächtiger mit einbezogen werden musste. Hatte Artur ihn nicht schon vor Bruder Scribas Tod verdächtigt? Und warum war Bruder Hora als letzter der vier noch übrig geblieben? Konnte es wirklich sein, dass er dafür verantwortlich war? Artur wollte es ihm eigentlich nicht zutrauen. »Wer hat Bruder Scriba gefunden?«, fragte Artur und war sich nicht sicher, ob er die Antwort hören wollte. Die Brüder sahen sich an und Bruder Hora sagte nach einer Weile: »Ich. Ja, ich habe ihn heute Morgen gefunden, als ich mir seinen Rat einholen wollte.«

Auf grausame Weise wurde der Verdacht auf Bruder Hora verstärkt. Konnte es wirklich sein? Eigentlich hatte er gehofft, dass Bruder Vanum ihn entdeckt hatte, dann hätte er noch einen Beweis, um den Mönch anzuprangern. Doch Bruder Hora hatte nun schon zwei der toten Mönche gefunden. Hätte Bruder Hora genug Zeit gehabt, um Bruder Vesto zu töten und dann ganz aufgelöst in den Gottesdienst zu kommen? Hätte er genug Zeit gehabt, Bruder Scriba zu ermorden, ohne dass er ertappt wurde? Hatte Bruder Scriba nicht unglaubliche Nahkampffertigkeiten bewiesen? Vielleicht hatte Bruder Hora ihn tatsächlich aus einem Hinterhalt überfallen. Doch dann musste man sich immer noch fragen, warum? Warum sollte ein junger Mönch wie Bruder Hora, der eigentlich immer freundlich war, seine Brüder aus dem Hohen Rat töten und das gesamte Kloster in Angst und Schrecken versetzen?

»Ruh dich aus«, sagte Bruder Martin schließlich mit ruhiger Stimme. »Du hast in letzter Zeit genug mitgemacht. Ich werde Meister Callidus sagen, dass du heute nicht zum Unterricht erscheinen wirst.« Und mit diesen Worten gingen die beiden Mönche hinaus und ließen Artur mit seinen schrecklichen Gedanken alleine.

Angst, Schrecken, Verbitterung, Trauer und Verzweiflung. Dies waren die Worte, mit denen man die Stimmung auf dem Kloster in den nächsten Tagen beschreiben konnte. Nichts ging mehr seinen gewohnten Gang, auch wenn sich alle darum bemühten, so zu tun, als sei nichts gewesen. Artur versuchte jedoch gar nicht erst seine Trauer zurückzuhalten, denn er war der Ansicht, dass man Bruder Scribas Andenken nicht auch noch totschweigen sollte. Der alte Mönch war für ihn allmählich wie ein Vater geworden, der ihn tröstete, wenn er Trost brauchte, der ihn aufmunterte, wenn er schlechte Laune hatte und der ihn beschützte, wenn er schutzbedürftig war. Jetzt würde er ihn niemals wiedersehen.

Bruder Martin bestand ab sofort darauf, dass Arturs Unterricht öfter und intensiver als sonst stattfand und verstärkte die Sicherheitsvorkehrungen nochmals. Niemand wollte so recht begreifen, wie es für einen Außenstehenden möglich sein sollte, in das gut bewachte Kloster einzudringen. Innerhalb des Klosters wollte natürlich niemand etwas mit der Sache zu tun haben. Viele hingen immer noch an dem Gerücht fest, dass der Zorn Gottes auf sie herabkomme, um sie für ihre Treulosigkeit in den vergangenen Jahrhunderten zu bestrafen. Diesen Mythos konnte ein jeder von ihnen nutzen, um nicht als Verdächtiger in Frage zu kommen. Genau das war es, was Artur sehr wütend machte. Meister Callidus warnte ihn täglich: »Wut führt zu Hass und Hass kann gelegentlich sehr schnell in etwas Großes und Unkontrollierbares ausarten«, sagte er und warf Artur immer mahnende Blicke zu, wenn sie dieses Thema anschnitten. Artur war es zum ersten Mal, seit er auf dem Kloster war, gleich, was Meister Callidus sagte. Er wollte nicht, dass seine Wut unkontrollierbar wurde, aber er wollte auch nicht, dass seine Wut verschwand, denn sie allein war es, die ihn in den letzten Tagen antrieb, weiterzumachen.

Kurz vor Weihnachten, geschah dann schließlich etwas, was seine Stimmung erheblich bessern sollte. Beim allmorgendlichen Frühstück verkündete Bruder Martin, dass sie am nächsten Morgen für einige Tage Gäste zu erwarten hatten. Minerva Vecultas und Pupilla, das liebliche Mädchen, welches Minerva großgezogen hatte, würden hier eintreffen und sich das Kloster ansehen. Minerva sei sehr neugierig, wie sich das Kloster in all den Jahren entwickelt hatte, und er bitte doch alle, den Gästen den Aufenthalt so angenehm wie möglich zu machen. Artur war sofort erfüllt von Aufregung und vergaß dafür zum ersten Mal seit Tagen die Trauer um Bruder Scriba. Bruder Scriba hätte sich sehr gefreut, Minerva hier begrüßen zu dürfen. Artur konnte jetzt nicht an Bruder Scriba denken.

Er hatte nur noch Pupilla, das wunderschöne Mädchen, im Sinn, welches bald zu ihnen auf das Kloster kommen würde. Vielleicht konnte er ihr das ganze Kloster zeigen und so einen bleibenden Eindruck bei ihr hinterlassen. Den ganzen Tag über war Artur sehr aufgeregt, nicht nur wegen Pupilla, sondern auch wegen seiner großherzigen Großmutter. Beim Unterricht mit Meister Callidus war er längst nicht so konzentriert wie sonst immer, doch der Großmeister sah es ihm nach und hatte Verständnis für Artur. Am späten Nachmittag entließ er ihn kopfschüttelnd und murmelte etwas in sich hinein, von dem Artur nur Worte wie Jugend und Töricht aufschnappte. Als Artur am Abend in sein weiches Bett schlüpfte, erinnerte er sich nicht, jemals schon so aufgeregt gewesen zu sein. Er machte sich natürlich auch viele, und vielleicht zu viele Sorgen. Was, wenn das Mädchen ihn nicht mochte? Was, wenn er zu schüchtern war, um sie anzusprechen? Wusste sie überhaupt, was hier auf dem Kloster vor sich ging oder kam sie in dem Glauben hier hoch, dass St. Caritum ein ganz normales Kloster war? Den Kopf voll mahnender Gedanken schlief er schließlich ein und versank in einen unruhigen Schlaf.

Artur hatte gehofft, nicht allzu spät aufzuwachen und somit das Eintreffen seiner Großmutter zu verpassen, doch als er die Augen aufschlug und neugierige Stimmen im Korridor vor seiner Zelle hörte, wusste er, dass genau dies geschehen war. Als hätte er sich verbrannt, sprang er auf und lief in seiner Zelle umher, um sich seine Kleider zusammenzusuchen. Er überprüfte alles auf Schmutzflecken und zog sich am Ende gewissenhaft das hölzerne Kreuz um den Hals, welches ihm Bruder Martin gegeben hatte. Artur hörte, wie die Stimmen immer näher kamen, und als sie schließlich unmittelbar vor seiner Tür waren, öffnete er sie. Minerva Vecultas und Pupilla standen auf dem kalten Gang und schraken offenbar zusammen, als die Tür aufging. »Artur«, sagte seine Großmutter glücklich und lief auf ihn zu, um ihn zu umarmen.

»Ich dachte mir schon, dass du noch schläfst«, sagte Bruder Martin lächelnd.

»Ich habe nicht geschlafen«, log Artur sofort. »Ich hatte nur keinen Hunger und kam deswegen nicht nach unten«, sagte er würdevoll.

»Da bin ich mir sicher«, meinte Bruder Martin und lachte.

Als seine Großmutter von ihm abließ, sagte sie: »Ich freue mich sehr, dich hier besuchen zu dürfen. Ich war das letzte Mal vor vielen Jahren auf dem Kloster und habe gedacht, es nie wiederzusehen.« Sie blickte sich glücklich die kahlen Steinwände an, als hätte sie diese mehr als alles andere vermisst. »Pupilla kennst du sicherlich noch von unserem letzten Treffen«, sagte seine Großmutter und Artur war dankbar für diese Vorstellung, denn er hätte nicht gewusst, wie er sich bei diesem Mädchen hätte verhalten sollen.

»Es … es freut mich sehr, dich wiederzusehen«, sagte Artur höflich und machte eine kleine Verbeugung, die ihm im Nachhinein lächerlich vorkam. Was hatte er sich nur dabei gedacht? Doch Pupilla schien begeistert von der Art, wie sie begrüßt wurde, und sagte: »Ja, ja, es freut mich ebenfalls. Das Kloster ist sehr beeindruckend.«

»Allerdings«, sagte Artur leise und schüchtern.

»Wie wäre es denn«, platze Bruder Martin dazwischen, wenn du unserer Pupilla das Kloster ein wenig zeigen würdest, während ich mit Minerva ein paar Dinge bespreche.«

Arturs Herz begann zu hüpfen. Doch sein Magen rumorte vor Hunger, es gelang ihm aber, dies zu übertönen, indem er laut: »Das ist eine gute Idee«, sagte und Pupilla zulächelte. Als sie sich schweigend von der Gruppe entfernten, die schon leise zu tuscheln begann, stieg in Artur ein unangenehmes Gefühl auf. Er war jetzt mit ihr alleine und wusste noch nicht so recht, worüber er mit ihr sprechen sollte. Als sie auf den eisigen Innenhof hinaustraten, wusste Artur erst gar nicht, wo er anfangen sollte. »Hast … hast du schon ein wenig das Kloster erkundet, oder seid ihr eben erst gerade angekommen?«, fragte er stotternd.

»Wir sind erst vor wenigen Augenblicken gekommen und haben noch nicht viel gesehen.«

»Nun gut …«, sagte Artur und seine Stimme zitterte ein wenig vor Nervosität. »Ich denke wir fangen am besten mit dem Wasserfall und der Mühle an. Diese Nutzung des Wassers ist wirklich … faszinierend.« Arturs Gedanken überschlugen sich. Wie konnte er jetzt nur über die Faszination des Wassers reden, wo es doch bei weitem interessantere Dinge im Kloster gab.

Als Artur Pupilla auf dem großen Kloster ein wenig herumgeführt hatte und sie die Angespanntheit in der frühen Morgenluft entladen hatte, fühlte sich Artur schon etwas sicherer und fing an, sie in ein Gespräch zu verwickeln. Ihm fiel auf, dass auch sie es vermied, ihn anzusehen, als hätten sie Angst, ihre Augen zu verbrennen, sollten sie zu lange aneinander verweilen. »Wie lange lebst du schon bei meiner Großmutter?«, fragte er und warf einen kurzen Seitenblick auf Pupilla. Sie überlegte kurz und sagte dann: »Eigentlich solange ich denken kann. Minerva war wie eine Mutter für mich, seit meine Eltern bei dem Raubüberfall starben«, sagte sie und senkte den Kopf, damit Artur nicht sehen konnte, dass ihr ein paar Tränen über beide rosigen Wangen liefen.

»Ich kann mir vorstellen, dass das schrecklich für dich sein muss«, sagte er mitfühlend, und der alberne Gedanke schoss ihm für einen Moment durch den Kopf, dass er doch einen tröstenden Arm um sie legen könnte. Doch Pupilla redete schon weiter: »Ja, natürlich ist es schwer, ohne Eltern aufzuwachsen, aber ich kann mich nicht an sie erinnern.«

»Wirklich?«, fragte Artur verwundert, obwohl ihm im gleichen Moment einfiel, dass auch er sich auch nicht an seinen richtigen Vater erinnerte, obwohl er sicherlich bei der Geburt dabei gewesen war.

»Ja, aber ich danke Gott jeden Tag aufs Neue, dass er Minerva Vecultas entsandte, um mich zu finden und bei sich aufzunehmen.«

»Du meinst, der Herr führte meine Großmutter an dem tragischen Schauplatz vorbei, um dich mitzunehmen?«

»Natürlich«, sagte Pupilla fast belustigt. »Wer sollte denn sonst die Macht haben, die Schicksale zweier unterschiedlicher Menschen unterschiedlichsten Alters miteinander zu verknüpfen?«, fragte sie Artur, der zugeben musste, dass Pupilla keineswegs ungebildet schien, auch wenn es für Mädchen recht ungewöhnlich war. »Deine Großmutter ist der wunderbarste Mensch, den ich je kennengelernt habe«, sagte Pupilla stolz. »Du kannst dich glücklich schätzen eine so gütige und weise Frau zu deiner Familie zu zählen. Sie hat mir alle beigebracht, was ich weiß und wissen muss.«

»Heißt das«, begann Artur, »dass du lesen und schreiben kannst?«

Pupilla lächelte. »Es hat ein wenig gedauert, bis ich alle Buchstaben einwandfrei kannte, doch mittlerweile darf ich mich zu jenen zählen, die in der Schreib- und Lesekunst bewandert sind«, sagte Pupilla und blickte ihn zum ersten Mal direkt an. Auch Artur blickte ihr ins Gesicht und musste erneut ihre atemberaubende Schönheit bewundern. Selbst in den dunkelsten Zeiten schien sie zu leuchten sowie Hoffnung und Zuversicht auszustrahlen. Artur war sich immer noch nicht sicher, ob dieses Mädchen wohl alles über das Kloster wusste. Ob sie wusste, dass Artur der nächste Abt sein würde, ob sie wusste, dass hier grausame Morde geschahen und ob sie wusste, dass jeder Abt eines Tages mit einer Frau ein Kind zeugen musste. Doch nicht einmal Minerva war von Bruder Scriba in die verzwickte Lage des Klosters eingeweiht worden, und so wusste Artur nicht, wie weit er gehen konnte. Vielleicht wusste Minerva überhaupt nicht, was sich auf diesem Berg abspielte. Wenn sie merken würde, dass Bruder Scriba nicht mehr hier war, würde sie unzweifelhaft alles versuchen, um herauszufinden, was mit ihm geschehen war. »Nun, erzähl mir doch ein wenig über das Kloster. Wie ich gehört habe, bist du schon eine ganze Weile hier. Wie kommt das?«, fragte sie.

»Ich bin … ich hatte Verwandte hier«, sagte Artur und blickte sie kurz an.

»Verwandte?«, fragte Pupilla und zeigte Neugierde.

»Ja«, sagte Artur und fügte schnell hinzu, damit sie nicht noch mehr fragte: »Aber sie sind leider schon … schon gestorben.«

»Oh«, sagte Pupilla und sah hastig von ihm weg. »Das tut mir leid«, sagte sie und es hörte sich an, als meinte sie es auch so.

Mittlerweile waren sie in der großen Kirche angekommen und sahen sich den vorderen Bereich an, der inzwischen wieder fast so aussah wie vor dem Brand vor einigen Wochen.

»Warum bist du dann noch hier?«, fragte sie als sie sich in den hinteren Teil der Kirche begaben. »Ich meine, hast du niemand anderes, der für dich sorgen könnte?«, fragte sie und ihr Interesse schien größer zu werden.

»Ja, doch. Ich habe noch meine Mutter, aber ich wollte … ich wollte schon immer auf ein Kloster«, flunkerte Artur schnell, um von der Tatsache abzulenken, dass seine Mutter ihn nicht willkommen heißen würde. Jetzt wusste es Artur. Pupilla hatte keine Ahnung, was hier auf dem Kloster vor sich ging. Sie wusste nicht, dass sein Vater, der Sohn Minervas, hier auf dem Kloster Abt war und ihn gezeugt hatte. Vielleicht hatte Minerva immer auf den passenden Augenblick gewartet, es ihr zu sagen, doch im Nachhinein festgestellt, dass sie noch nicht dafür bereit war.

»Was tust du hier den ganzen Tag?«, fragte sie und blickte sich nun wieder in der Kirche um. Ihre Stimme wurde durch das Echo verstärkt und schließlich blieben ihre Augen an dem eindrucksvollen Eingang zu der unheimlichen Gruft hängen. »Meister Callidus, auch ein Mönch, unterrichtet mich in der Kunst der Lesens, des Schreibens, der Mathematik, der Religionslehre und im Lateinischen«, sagte Artur stolz und erst jetzt wurde ihm bewusst, wie viel er eigentlich hier gelernt hatte.

»Wirklich?«, fragte Pupilla beeindruckt. »Ich hatte gehofft, dass Minerva mir eines Tages Latein beibringen würde, doch bisher hatten wir keine Zeit dazu. Ich weiß selbst nicht einmal, woher sie es kann«, sagte sie und runzelte nachdenklich die Stirn.

»Wenn du willst, kann ich dir ein paar Dinge beibringen«, sagte Artur und merkte nun, wie einfach es war, mit einem so schönen Mädchen ein Gespräch zu beginnen. Ein interessantes Gespräch mit wichtigen Themen und nicht solche Nebensächlichkeiten wie die Faszination des Wassers.

»Würdest du das tun?«, fragte Pupilla sofort. »Ist das dein Ernst? Dann beginnen wir gleich jetzt, nicht wahr?«, sagte sie voller Tatendrang, als Artur nickte.

»Gut«, sagte er ein bisschen verwirrt und sagte dann grinsend: »Nomen Artur est.«

»Kannst du dir denken, was ...«

»Nomen Pupilla est«, sagt sie schlagartig und wartete gespannt darauf, ob Artur sie loben würde. »Ja, richtig«, sagte er und lachte. Sie waren nun in dem kleinen Tunnel in der Gruft und liefen den langen, fackelbeschienenen Gang entlang. Die weiteren Grundzüge erläuterte er Pupilla den restlichen Teil des Ganges, und schließlich konnte sie nicht nur ihren Namen, sondern auch ihre Abstammung und ihr Alter aussprechen. Als sie in die Gruft kamen, wo all die Mönche begraben waren, sagte sie schließlich nichts mehr. Dies war ein Ort der Ruhe und des Friedens. Artur flüsterte: »De mortuis nil nisi bene.«

Pupilla starrte ihn an und gab dann zu: »Das habe ich jetzt nicht verstanden.«

Artur lächelte müde und blickte kurz zu den Gräbern von Bruder Vesto, Bruder Ovis und Bruder Scriba. An den Beisetzungen von Bruder Ovis und Bruder Scriba hatte er einfach nicht teilnehmen können. Es war zu schmerzhaft für ihn und er war sich sicher, dass die beiden Brüder dies verstehen würden. Die Zeit über, in der sie in der hohen Gruft waren, sagten sie kein Wort mehr. Pupilla blickte ehrfürchtig nach oben und beobachtete Artur, der andächtig durch den runden Raum lief.

»Sollen ... sollen wir wieder nach oben gehen?«, sage Pupilla und Artur wusste, dass die Gruft eine so düstere und traurige Stimmung verbreitete, dass man nie sehr lange hier unten bleiben konnte, ohne dabei sehr bedrückt zu sein. Artur nickte steif und sie gingen den langen Gang wieder entlang, nach oben in die deutlich wärmere Kirche.

»Und ihr?«, sagte Artur plötzlich als sie wieder an der Oberfläche waren. »Wie lange habt ihr vor zu bleiben?«, wollte er wissen. Er war gespannt, wie Bruder Martin diese schrecklichen Dinge vor Pupilla und Minerva geheim halten wollte. Außerdem musste Minerva, als ihr Sohn starb, schließlich informiert worden sein, und Artur fragte sich wieder, was für eine Geschichte ihr dort aufgetischt worden war. Die Wahrheit oder eine andere Geschichte, bei der sie im Augenblick der Trauer nicht misstrauisch geworden war?

»Ich weiß es nicht«, gab Pupilla offen zu und zusammen schlenderten sie wieder in den vorderen Teil der Kirche zurück. »Minerva sagte, dass wir es so schnell entscheiden werden, wie der Winter gekommen war.«

Artur blickte sie mit amüsierter Skepsis an und lächelte. »Wir könnten noch auf den Glockenturm gehen«, schlug er dann vor und empfand dies als guten Abschluss für den Rundgang über das Kloster. Er hoffte, dass Pupilla ihm schon jetzt große Hochachtung entgegenbrachte, obwohl sie immer noch nicht wusste, was er eigentlich tat, und wüsste sie es, wäre ihr Respekt sicherlich noch größer gewesen. Als sie die morsche und zerbrechliche Treppe betraten, sah Artur aus dem Augenwinkel, wie Pupilla leicht zitterte. »Hast du etwa Höhenangst?«, fragte er und versuchte dieses Mal, seiner Stimme den Klang von Mitleid zu geben. »Etwas«, sagte sie mit brüchiger und zitternder Stimme.

»Wenn du willst, können wir auch unten blei ...«, begann Artur.

»Nein«, sagte sie schnell und bemühte sich ihre Stimme unter Kontrolle zu halten, doch Artur hörte immer noch die Angst heraus. »Nein, schon gut. So schlimm ist es nun auch wieder nicht.«

Artur beschloss dennoch, hinter ihr zu bleiben, nur für den Fall, dass sie doch stürzen sollte. Doch sie erreichten den hohen Turm, ohne dass Artur eine Rettung vornehmen musste. Als Pupilla die Spitze erreichte, stockte ihr Atem. Artur blickte sie argwöhnisch an, ob sie vielleicht wegen der Höhe solche Laute ausstieß oder weil sie einfach fasziniert war.

»Ich war noch nie … wie weit … unglaublich«, waren die Satzteile, die sie herausbrachte. Sie ging vorsichtig an die Balustrade, die sie vor dem Hinunterstürzten in die weite Schlucht bewahrte. Artur näherte sich ihr vorsichtig: »Beeindruckend, nicht wahr?«

»Es ist mehr als das«, sagte sie und ihr Blick schweifte über das weite Land. »Es würde mich nicht wundern, wenn man bis zur Stadt Patria sehen würde.«

Die Sonne stand mittlerweile hoch am Horizont und schien auf sie herab. Bald würde es Zeit sein für das alltägliche Mittagessen. Es sah tatsächlich so aus, als hätte Pupilla ihre Höhenangst überwunden, denn sie stand begeistert auf dem Turm und wollte gar nicht mehr hinunter. »Es war wirklich sehr großzügig von dir, mich heute hier herumzuführen«, sagte sie und eine leichte Röte stieg ihr ins Gesicht. Sie vermied es ihn anzusehen und blickte stattdessen auf den Boden.

»Es war mir eine Ehre und ein Vergnügen«, sagte Artur in gespielt ritterlichem Ton und verbeugte sich tief. Pupilla und er lachten. »Es ist sicherlich nicht leicht für dich, hier jeden Tag zu arbeiten, weit weg von deiner Mutter und ohne Vater«, sagte sie mitfühlend.

»Die Mönche sind wirklich sehr freundlich zu mir, und ich werde hier unterrichtet, wie es sich kein anderer Junge in meinem Alter erträumen lassen kann. Darum halte ich es hier ganz gut aus«, sagte er und lächelte wieder.

Eine Zeit lang sagte keiner von beiden ein Wort und sie blickten nur in das weite Tal der Sonne entgegen.

»Ich mag dich wirklich, Artur«, sagte Pupilla plötzlich und blickte ihn nun an. Arturs Gedanken schienen mit einem Schlag wie blockiert. Er spürte, wie etwas Großes in seinem Hals steckenblieb und nicht weiter wollte. Was ging hier vor? Artur versuchte nun ihrem Blick auszuweichen. »Ja … ja«, stammelte er. Er wusste nicht, was er darauf antworten sollte. Den ganzen Tag hatte er es nun geschafft, ganz normal mit diesem hübschen Mädchen zu reden, ohne sich wie ein ungebildeter, kleiner Straßenjunge vorzukommen und jetzt reichte dieser schlichte Satz von Pupilla aus, um ihn schier zu lähmen. Meinte sie tatsächlich das, was auch er meinte? »Minerva hat nie erzählt, dass sie so einen netten Enkel hat«, sagte sie nun und blickte wieder nach unten. Artur wurde rot. Sie hatte ihn mit dem kleinen und wunderbaren Wörtchen nett beschrieben. Arturs Herz begann Luftsprünge zu machen. Seine Innereien ringelten sich wie große Schlangen und Pupilla stand dort an der Balustrade, mit wehendem Haar und sah im Licht der Sonne wie eine Göttin aus, auch wenn er wusste, dass der Papst ihn für diesen Gedanken sicherlich verachtet hätte.

Plötzlich wandte sie sich von dem hölzernen Geländer ab und stand ihm gegenüber. Erst jetzt sah Artur was für wunderschöne Augen sie hatte und ihre Pupillen glichen gar den Sternen am Nachthimmel. »Das hätte sie ruhig einmal erwähnen können«, sagte Pupilla und versuchte ein Lächeln. Sie kam näher.

Artur wollte erst zurückweichen doch seine Beine wollten den Befehl seines Gehirns nicht umsetzen. Als sie schließlich so nahe war, dass er jede einzelne Wimper sehen konnte, sagte er zerstreut. »Ja, ja … ich mag … ich meine, du bist … ich mag dich auch sehr gerne.«

Pupilla kam noch näher und jetzt berührten sich fast ihre Nasenspitzen. Sie lachte hicksend. »Das ist nett von dir«, flüsterte sie beinahe und machte den letzten Schritt auf ihn zu …

Kapitel 20

Als Artur mit den anderen Mönchen, Cito, Minerva und Pupilla beim Abendessen saß, musste er sich wohl anders verhalten haben als sonst, denn Bruder Martin und Bruder Hora fragten ihn andauernd, ob alles in Ordnung sei. Artur nickte die Frage bei beiden nur ab, denn sprechen konnte er noch nicht. Zum Mittagessen war weder Artur noch Pupilla erschienen mit der Begründung, dass sie keinen Hunger verspürten. Nun aber, einige Zeit später, hatte dieses Gefühl nach Nahrung beide wieder in das Refektorium getrieben. Pupilla und Cito saßen neben ihm und Schweigen beherrschte die Runde der drei. Als Artur es nicht mehr ertragen konnte, einfach dazusitzen, wandte er sich an Cito: »Ich hoffe du hast dich gut eingelebt«, sagte er und hoffte dass er sich damit von den lähmenden Gedanken in seinem Kopf schützen konnte.

Pupilla schien ebenfalls ein wenig ruhiger und leiser geworden zu sein, doch als Minerva schließlich nach dem Abendessen die beiden fragte, wie ihr Tag auf dem Kloster denn war und ob Pupilla den kleinen Rundgang genossen habe, blickten sich die beiden nur kurz an, wurden rot, sahen dann hastig wieder weg und machten sich laut daran, ihr zu antworten. Nachdem das Essen geendet hatte, flüsterte plötzlich eine Stimme in sein rechtes Ohr: »Artur, hast du kurz Zeit für mich?« Artur drehte sich auf seinem Stuhl um und sah in das Gesicht seiner alten Großmutter. Er nickte erleichtert und verließ mit ihr den warmen Raum. Zusammen gingen sie zum steinernen Innenhof. Sie schlenderten ein Stück über das Kopfsteinpflaster, sprachen aber kein Wort. Als sie an der Mühle angenommen waren, sagte Minerva: »Artur, ich wollte dir eigentlich nur sagen, wie stolz ich auf dich bin und … und wie stolz dein Vater auf dich gewesen wäre.«

Artur wandte den Kopf. Im Schatten war es nicht zu sehen, doch er war sich sicher, dass soeben eine kleine Träne aus den Augen seiner Großmutter ausgetreten war.

»Ich habe ...«, begann Artur, doch die Worte blieben ihm im Halse stecken.

»Du brauchst jetzt nichts zu sagen. Dein Vater hätte dies verstanden. Du hättest dir sicherlich keinen besseren Vater aussuchen können.«

Artur wollte etwas sagen: »Wie war er?«, fragte er, doch er wusste, dass die Antwort seiner Großmutter bei weitem anderes ausfallen würde als die, die ihm die Mönche gegeben hatten.

Minerva lachte leise in die Stille hinein. »Dein Vater war in jungen Jahren ein wissbegieriger und aufgeweckter Junge. Er war stets ein guter Sohn und half mir, wo er nur konnte. Dass sein angeblicher Vater, ein Kaufmann, schon vor seiner Geburt starb, machte ihn oft traurig, da er gerne einen Vater gehabt hätte.

Doch ich konnte ihm nicht sagen, dass sein Vater zwar noch lebte, er ihn jedoch trotzdem nie kennenlernen würde.«

»Warum?«, fragte Artur.

»Die Tradition des Klosters besagte, dass der zukünftige Abt erst auf das Kloster kommen darf, wenn der herrschende Abt verstirbt. So verlor ich schließlich zwei geliebte Menschen an das Kloster St. Caritum, doch ich wusste, was dadurch bewahrt werden würde.«

»Was ...?«

Doch seine Großmutter sagte lachend: »Ich denke, Bruder Martin wäre nicht erfreut, wenn ich dir in dieser Situation all die Geheimnisse des Klosters anvertrauen würde. Du wirst es zu gegebener Zeit erfahren, und ich denke, dass du die Antwort erstaunlicher finden wirst als alle Äbte vor dir.«

Artur überlegte. Er war inzwischen zu dem Schluss gekommen, dass es weder Gold, Silber noch Edelsteine waren. Dies war zu primitiv für das weise Kloster und Artur hatte den Verdacht, dass es eine sehr heilige und kostbare Reliquie war. »Wie hast du deinen Mann, meinen Großvater, kennengelernt?«, fragte Artur und fragte sich selbst, warum ihn diese Frage erst seit kurzem beschäftigt hatte. »Wie lernt man einen Menschen kennen, den man liebt und mit dem man einen Jungen zeugt, der das Kloster übernimmt, wenn man hier fast eingesperrt ist?«, fragte Artur und Verbitterung schwang deutlich in seiner Stimme mit.

»Es war wundervoll«, sagte seine Großmutter träumerisch und schwelgte in Erinnerungen. »Ich lebte mit meinen Eltern in der Stadt Patria. Wir führten ein glückliches und frommes Leben. Ich half, wo ich nur konnte, das Geld zu beschaffen, welches wir brauchten, um uns am Leben zu erhalten. Mein Vater hatte ein kleines Geschäft, in dem wir Kleidung verkauften, und ich war an jenem Tag gerade dort.« Sie hielt inne und überlegte scheinbar oder träumte wieder alten Zeiten hinterher. »Als plötzlich die Tür aufging und drei Mönche hereinkamen, die von einem vierten angeführt wurden, war es um mich geschehen. Dein Großvater eroberte mein Herz in dem Augenblick, als sich unsere Blicke kreuzten, und schließlich, nach etlichen Jahren, gebar ich ein Kind. Deinen Vater, Tristan. Natürlich war es schwierig, meine Eltern davon zu überzeugen, mich für einige Zeit auf das Kloster gehen zu lassen, um dort ein Kind auf die Welt zu bringen. Sie durften auch nicht mehr wissen, als unbedingt notwendig war. So kam ich nach ein paar weiteren Besuchen deines Großvaters mit und dein Vater wurde uns beschert. Es war der Weihnachtstag 1247 und der glücklichste Tag in meinem Leben und in dem deines Großvaters. Doch dann taten wir etwas, für was ich mich noch heute schäme, wenn ich durch die Tore des Klosters gehe. Ich wusste, was es für das Kloster bedeutete, immer einen Abt zu haben, und dein Großvater erst recht. Trotzdem verließen wir beide das Kloster, da wir uns einredeten, dass unsere Liebe größer war als alles andere. Sieben

Tage und sieben Nächte waren wir unauffindbar für jeden, doch die Schuld, das Kloster im Stich gelassen zu haben, plagte uns immer wieder. Wir hatten deinen Vater mitgenommen und so wäre das Kloster untergegangen, wenn nicht ein Nachfahre deines Großvaters auf dem Kloster regierte. Meister Callidus war damals schon hier auf dem Kloster. Noch immer traue ich mich nicht, ihm in die Augen zu sehen«, sagte Minerva voller Reue. »Dann, als wir mit der Schuld, das Kloster dem Untergang geweiht zu haben, nicht mehr leben konnten, beschloss dein Großvater, wieder zurückzugehen und seinen rechtmäßigen Platz einzunehmen. Deinen Vater nahm ich mit mir und gemeinsam bewohnten wir wieder mein Elternhaus. Dein Großvater jedoch schickte mir Monat für Monat einen Beutel voll Geld. Das waren die Bestimmungen des Klosters. So lange für das Kind zu sorgen, bis es selbst bereit war, Abt zu werden. Ich unterrichte ihn in allem, was das Kloster für lehrreich hielt, damit er bestmöglich vorbereitet wurde. Als meine Eltern starben, erweiterte ich das Haus und vergrößerte es. Mittlerweile zählt es zu den beeindrucktesten in der gesamten Stadt Patria. Schließlich starb dein Großvater. Es gab ein Begräbnis auf dem Kloster, an dem ich teilnehmen durfte. Auch dein Vater war mittlerweile eingeweiht und bereit, die Angelegenheiten seines Vaters zu übernehmen. Als dein Vater schließlich deine Mutter kennengelernt hatte ... frag mich nicht, wie«, sagte Minerva lächelnd. »Ich habe keine Ahnung.«

Aber interessiert hätte es mich, dachte Artur, wie ein so wundervoller und freundlicher Vater eine so skrupellose und schreckliche Frau lieben konnte.

»Als dein Vater sie kennenlernte, dauerte es nicht lange, und sie bekamen einen Sohn. Ich war so stolz, doch es wurde mir nicht gestattet, dich zu sehen.« Sie rümpfte die Nase, als läge es nicht im Ermessen anderer zu entscheiden, wann sie ihren Enkel sehen durfte und wann nicht. »Ungefähr zur gleichen Zeit fand ich die liebliche Pupilla in dem zerstörten Haus und nahm sie freudig auf. Ich zog sie auf wie meine eigene Tochter. Einige Jahre war alles wundervoll. Ich durfte meinen Sohn gelegentlich besuchen, und er erzählte mir von deinen Fortschritten, denn auch er besuchte dich ein paar Mal. Ich erinnere mich noch gut an die Nacht vor wenigen Wochen, in der plötzlich ein paar fremde Mönche vor meiner Türe standen und mir einen Brief übergaben. Man überbrachte mir die Nachricht vom Tod meines Sohnes. Warum niemand vom Hohen Rat gekommen war, ist mir ein Rätsel, aber ich habe nie danach gefragt.«

Artur konnte nicht sprechen. Seine Großmutter sprach von dieser Angelegenheit, als hätte sie schon damit abgeschlossen, aber für Artur war es klar. Solange nicht feststand wer ihn getötet hatte, warum und wie, würde er nicht ruhen.

»Wir werden denjenigen finden, der deinen Sohn und meinen Vater ermordet hat«, sagte Artur ermutigend.

Sie lächelte im Schein einer Fackel. »Ach, Artur, und dann?«, sagte sie gefasst. Nachdem sie diese Nachricht so ruhig aufgenommen hatte, war sich Artur sicher, dass man Minerva ausreichend informiert hatte. »Was ist dann? Willst du Rache üben an der Person, die uns dieses Leid angetan hat? Dann bist du nicht besser als diese Person.«

»Ich werde nicht töten«, sagte Artur bestimmt. »Aber ich werde dafür sorgen, dass der Mörder eingesperrt wird – auf ewig.« Mit grimmiger Genugtuung blickte er seine Großmutter an. Sie blickte zurück, doch in ihren Augen spiegelte sich nur Liebe und Stolz.

Der Rest des Abends verlief nach Arturs Geschmack viel zu ernst und zu ruhig. Eigentlich hätten sie feiern müssen, angesichts der Tatsache, dass Minerva Vecultas und Pupilla hier waren. Tristan, Arturs Vater, wäre sicherlich glücklich gewesen, seine Mutter und seinen Sohn hier vereint zu sehen. Tristans Freude wäre dann auch Arturs Freude gewesen. Die nächsten Tage waren Pupilla und seine Großmutter dennoch eine angenehme Gesellschaft und Artur war um seine neu gewonnene Familie froh.

Bruder Hora wurde nun bewacht wie ein Schatz. Er war nur noch tagsüber in der Kirche allein. In der kleinen Kammer, neben der Sakristei, die er als eine Art Arbeitsraum nutzte, war er den ganzen Tag zu finden, doch wenn er diese Kammer, und damit die sichere Kirche, verließ, folgten ihm stets einige Mönche auf Schritt und Tritt. Man wollte verhindern dass auch der nächste Mönch des Hohen Rates starb, dachte Artur eines Tages, als es draußen wieder heftig angefangen hatte zu schneien. Warum aber Bruder Martin nicht so gut bewacht wurde, war ihm ein Rätsel. Meister Callidus verließ sein Zimmer ohnehin nie, doch auch um ihn wurden neue Sicherheitsmaßnahmen gelegt. Arturs Verdacht, dass Bruder Hora doch etwas mit den Morden zu tun haben könnte, wurde jedoch in den nächsten Tagen nicht bestätigt, und so konnte er sich wieder in Ruhe darauf konzentrieren, die Schuld Bruder Vanum zuzuschieben. Artur musste feststellen, dass der unfreundliche Bibliothekar in den kommenden Tagen sorgsam darauf bedacht war, nicht zu unfreundlich oder zu rebellisch zu wirken. Tatsächlich schenkte er Artur an einem Abend ein wärmendes Lächeln, als er ihm über den Tisch den Wasserkrug reichte, doch Artur wusste nicht genau, ob es tatsächlich ein Lächeln war oder nicht doch eine Grimasse.

Pupilla und Artur unternahmen auch in den nächsten Tagen viel zusammen, und so erlaubte ihnen Bruder Martin sogar, einen kleinen Spaziergang außerhalb des Klosters zu machen, solange sie nicht vom Weg abwichen und nicht in das gefährliche Tal hinabstiegen. Artur hatte zwar das Erlebnis mit Pupilla, welches auf dem Glockenturm stattgefunden hatte, noch nicht vergessen und würde es auch nicht so schnell vergessen, doch er bemühte sich, mit ihr wie immer zu reden. Sie redeten viel. Und vor allem über das Kloster. Artur hasste es ihr immer noch nicht die Wahrheit zu sagen, doch vielleicht war es besser so. Bruder Martin hatte ihn nämlich vor einiger Zeit beiseite genommen und ihm erklärt das Pupilla noch keine Ahnung habe von dem, was hier vor sich gehe. Zwar hätte Minerva ihm versichert, dass ihr sicherlich zu trauen war, doch wollte er sich erst selbst überzeugen. So musste Artur bei seiner mitleiderregenden Geschichte bleiben und nebenbei noch das Beileid ertragen, das sie ihm aussprach. Alles in allem, dachte er, war die jetzige Situation schwieriger und komplizierter als je zuvor. Nur noch drei Mönche des Hohen Rates waren übrig und zwei neue Gesichter waren auf dem Kloster, von denen nur eines wahrscheinlich die Wahrheit kannte. Artur und der Hohe Rat waren gleichermaßen verzweifelt und wussten nicht mehr weiter. Würde der Übeltäter weiterhin erbarmungslos morden, bis der ganze Hohe Rat sich ihm gebeugt hatte oder aber tot war?

Würden die Gerüchte über den Zorn Gottes weiterhin auf dem Kloster verbreitet werden, bis es schließlich eines Tages zu einem Aufstand kam und die Mönche einstimmig Arturs Rücktritt verlangten von einem Amt, welches er noch nicht einmal angetreten hatte? Und wofür dies alles? Auf diese Fragen hatte er seit Monaten keine Antworten und er war sich sicher, dass er sie auch so schnell nicht bekommen würde. Doch all dies sollte schon bald, viel zu bald, ein grausames und schreckliches Ende finden, und die Bewohner auf dem Kloster würden es spüren.

Kapitel 21

Es war bereits weit nach Mitternacht, als die Gestalt auf dem Rücken eines rabenschwarzen Pferdes die großen Berge, auf denen das Kloster St. Caritum lag, erreichte. Mit einem lauten Wiehern des Pferdes, welches in der Stille unterging, hielt die Gestalt das Reittier an. Leichtfüßig sprang sie von ihm herab und straffte den schwarzen Mantel, damit er sie vollkommen und gänzlich verbarg. Sie ging raschen Schrittes auf den schmalen Aufgang zum Kloster zu. Doch sie würde ihn nicht nehmen. Wie auch schon das letzte Mal kam nur ein Aufstieg in Frage. Die Gestalt umrunde zügig und leise wie ein Schatten den rauen Berghang und stand schließlich vor einer kleinen und schmalen Treppe, die in den Stein gehauen war und die eigentlich nicht zu sehen war, außer man wusste, wo sie war. Im Dunkeln war es noch schwieriger, sie zu sehen, und der Aufstieg war lebensbedrohlich. Doch die Gestalt hatte ihr Ziel vor Augen und war bereit, jedes erdenkliche Risiko auf sich zu nehmen. Sie hatte diesen Aufstieg schließlich schon des Öfteren benutzt, um Taten zu verüben, die schlichtweg notwendig gewesen waren. Stufe um Stufe schritt sie nach oben und vermied den Blick nach unten. Plötzlich verfing sich ihr Umhang an einem spitzen Stein und riss. Die Gestalt verlor das Gleichgewicht und konnte sich nur noch an einem kleinen Felsvorsprung festhalten. Nein, sterben konnte sie jetzt nicht. Nicht jetzt, wo alles so reibungslos klappte und die Mönche einer nach dem anderen dahinzuscheiden schienen. Die Gestalt schwang sich geschickt eine Stufe weiter nach oben und kletterte trotz Schmerzen unermüdlich weiter. Der viele Schnee erschwerte die ganze Angelegenheit und die Gestalt war froh, dass es heute Nacht nicht schneite. Der Mond war in dieser Nacht so hell, dass sie trotz der Dunkelheit den Weg problemlos finden konnte. Nachdem die Gestalt kein weiteres Mal gestürzt war, kam nun endlich das große und verdorbene Kloster in Sicht. Gleich hatte sie es geschafft.

Als sie endlich die große Mauer erreicht hatte, war sie vollkommen erschöpft, doch es hatte sich gelohnt. Sie nahm ihre ganze restliche Kraft zusammen und drückte gegen einen großen Stein, der in der Außenmauer des Klosters fest verankert zu sein schien. Doch er bewegte sich und kleine Steine bröckelten zu ihr hinunter. Als die Gestalt den Stein, soweit sie konnte, nach innen hinein gedrückt hatte, zog sie sich in das Loch, in das ein dünner Mensch problemlos passte. Sie drückte den Stein vollkommen weg und kletterte aus dem kleinen Steinloch in den hinteren Teil der großen Kirche. Der Hochalter ragte vor ihr auf wie das letzte Mal. Ja, so schnell wie dieses Mal war sie noch nie zurückgekommen, um fortzufahren, um das Kloster von jenen zu säubern, die nach ihrer Meinung nicht würdig waren, hier zu leben und zu befehlen. Außerdem würden die Mönche ihr Vorhaben nur erschweren. Der Hochalter war auch dieses Mal noch teilweise schwarz, und wieder fragte sich die Gestalt, was hier in dieser Kirche geschehen war. Doch die Gestalt hatte jetzt keine Zeit, sich darüber Gedanken zu machen. Sie musste weiter. Die Zeit drängte. Sie schlich durch die Kirche und öffnete die großen Tore, so leise es ging. Dann vergewisserte sie sich, dass niemand draußen war, und glitt in den Schatten der kreuzförmigen Kirche. Die Mönche am Tor, welche immer Wache hielten, kehrten dem steinernen Innenhof den Rücken. Natürlich, denn sie erwarteten nicht, dass sie die Bewohner der Klosters St. Caritum beobachten müssten. Sie wandten sich immer nur dem Abhang zu, für den Fall, dass ein Eindringling sich näherte. Die Gestalt schlich nun über den Hof. Wäre der Mond nicht irgendwann auf sie gefallen, hätte man meinen können, die Gestalt sei mit dem schattigen Innenhof zu einer schwarzen Masse verschmolzen, wie ein Gespenst. Die Mönche am Tor hätten sich nur einmal umdrehen müssen, dann hätten sie sie erblickt. Als sie die Kirche umrundet hatte und nun vor der großen Mühle stand, dort, wo der Wasserfall in das tiefe Tal stürzte, wandte sie sich zu der Mauer und kniete sich nieder. Hier war es. Sie hatte es schon vor Jahren dort versteckt und hatte gewusst, dass sie es eines Tages brauchen würde. Sie zählte den dreizehnten Stein von rechts ab und zog ihn heraus. Der kleine Beutel mit dem Pulver war dort, wo sie ihn zurückgelassen hatte. Ab und zu dachte die Gestalt, dass etwas Pulver fehlte, doch sicherlich waren hier nur Mäuse und Ratten, die etwas von dem Pulver heraus fraßen. Nun ja, auch diese kleinen, dreckigen Viecher würden dafür bezahlen. Als sie sich etwas von dem Pulver besorgt hatte, schob sie den Sack zurück und drückte den Stein wieder in die Mauer. Die Gestalt richtete sich zu ihrer vollen Größe auf und eilte zurück zu der großen Kirche. Dieses Mal war es leicht, fast zu leicht. Sie musste die Kirche nur verlassen, um das Pulver zu holen. Der Rest würde sich hier abwickeln. Rechts, vor dem Hochaltar, waren zwei Türen, und sie wusste genau, welche sie nehmen musste. Die Linke führte in die heilige Sakristei. Die Gestalt lächelte amüsiert. Diesem Kloster würde bald nichts mehr heilig sein. Das berauschende Gefühl des Wagemutes stieg in ihr auf, welches dem Tod voraus ging. Sie drückte leise die rostige Klinke der rechten Tür hinunter und betrat den kleinen Raum, den Bruder Hora immer für seine Arbeit gebrauchte. Als sie sich dem Raum zuwandte, lag er da. Ruhig und dunkel. Diese naiven und gutgläubigen Brüder hatten die Sicherheitsvorkehrungen zwar um die Zellen der Brüder des Hohen Rates deutlich verstärkt, doch die Arbeitsstätten waren unbewacht wie immer. Sie hatte schon vor langer Zeit herausgefunden, wo diese Arbeitszimmer waren. Ja, sie hatte alles belauscht, was belauschenswert war, und erfahren, was erfahrenswert war. Sie schlich in dem Raum umher und suchte, was sie brauchte, um zu bekommen, was sie wollte. Und da sah sie es. Ein schlichter Holzkelch, gefüllt mit klarem Wasser, welches von dem rauschenden Wasserfall stammte, den man auch jetzt hören konnte. Sie nahm das Pulver, welches sie immer noch in ihrer Hand hielt, und warf es hinein. Sofort begann das Wasser zu schäumen und zu blubbern doch die Gestalt wusste, das Wasser würde bald so aussehen, als wäre nie etwas geschehen. Auch Bruder Hora würde so aussehen, als ob nie etwas gewesen wäre, mit Ausnahme des Gesichtes, welches angstverzerrt sein würde. Leise, ganz leise, schlich die Gestalt aus dem Raum, wandte sich an der Türe noch einmal um und vergewisserte sich, dass der Raum so war, wie sie ihn vorgefunden hatte, und glitt hinaus. Es wäre ärgerlich, wenn ihr Vorhaben entdeckt würde, nur weil sie unvorsichtig gewesen war und etwas falsch platziert hätte. Nun umrundete die Gestalt nur noch den Hochaltar, kletterte durch das Loch in der Mauer der Kirche, die gleichzeitig als Verteidigungsmauer diente, und verschwand in die dunkle Nacht, nur noch auf den Tod des fünften Bruders wartend.

Kapitel 22

Artur erwachte am nächsten Morgen so glücklich und voller Tatendrang, als hätte ihm in der Nacht ein Engel neue Kraft gegeben. Er freute sich wieder auf einen Tag mit Pupilla und begann fast schon die Situation auf dem Glockenturm zu vergessen, auch wenn dies nicht bedeutete, dass er sie nie wieder erleben wollte und sie sich nicht mehr in Erinnerung rief. Artur blieb noch eine Weile in seinem Bett liegen, doch er wusste, dass er aufstehen musste. Wie Bruder Martin ihm schon des Öfteren erklärt hatte, würde Artur nicht für immer ein so komfortables Leben auf dem Kloster führen wie jetzt. Alle Mönche waren verpflichtet, den strengen Tagesablauf durchzustehen und dieser begann schon früh mit dem allmorgendlichen Gebet. Draußen, das wusste er, herrschte jetzt heftiges Schneetreiben und es war kalt. Weihnachten, das Fest der Liebe, stand unmittelbar bevor und das Kloster wurde von oben bis unten geputzt und hergerichtet. Er stand auf und zog sich langsam und immer noch müde an. Er verließ seine Zelle und es fröstelte ihn, als er auf den kalten Gang hinaus trat. Die Gänge im Kloster waren kalt. Kälter als gewöhnlich und erfüllt mit einer Mischung aus etwas, was tief in die Herzen und Köpfe der Bewohner eindrang. Er raffte seine Mönchskutte enger um sich, wärmte seine Finger kurz auf und schritt dann zügig aus, in Richtung Refektorium. Unterwegs begegnete er niemandem, was ihm merkwürdig vorkam. Das Kloster war groß, sehr groß, doch eigentlich gab es immer ein oder zwei Mönche, die durch die Gänge streiften.

Als er die Tür des Refektoriums aufstieß, traute er erst seinen Augen nicht. Mönche! Dutzende von Mönchen, eigentlich alle Mönche, wenn Artur reihum schaute, waren hier versammelt und hatten das Schweigen unterbrochen, um kurz zur Kenntnis zu nehmen, dass Artur eingetreten war. Artur blickte in die verzweifelten Gesichter der Mönche und sah dann das verweinte Gesicht seiner Großmutter. Er wollte schon die Frage aussprechen die ihm auf der Zunge lag als ein anderer sprach. Bruder Vanum, der ebenfalls geschwollene und rote Augen hatte, sagte zu ihm, als wüsste er genau, was ihn plagte: »Es ist Bruder Hora. Er … er ist tot.« Arturs Augen schossen hinüber zu Bruder Martin und Meister Callidus, die beiden einzigen, die noch vom Hohen Rat übrig geblieben waren. Meister Callidus hatte sein Turmzimmer verlassen, was schon sehr ungewöhnlich war. Er nickte Artur stumm zu und dann bemerkte der Junge, wie eine kleine und leise Träne sich seine Wange hinab stahl. Es war etwas Beunruhigendes, Meister Callidus so aufgelöst und unwissentlich zu sehen. Es bereitete Artur mehr Angst als alles andere. Die Wahrheit hatte ihn so schnell überfallen wie eine habgierige Räuberbande eine vollbeladene Goldkutsche.

»Aber wie ...?«, brachte er noch heraus und sah nun hinüber zu Pupilla, die ebenfalls stumm in ihren Ärmel weinte. Offenbar war sie inzwischen in alles eingeweiht worden und blickte Artur noch mitleiderregender an als jemals zuvor. Doch niemand wollte ihm darauf eine Antwort geben. Nicht einmal Bruder Martin, der Arturs Blick nicht standhielt und ihm auszuweichen suchte. Wieder blickte er sich ängstlich im Raum um, als hoffe er, dass Bruder Hora aus einem Versteck springen und lachen würde.

»Wo?«, fragte Artur und war sich eigentlich sicher die Antwort schon zu kennen. »In seinem Arbeitsraum in der Kirche neben der Sakristei«, sagte Bruder Martin, froh über Informationen, die er ihm zu geben gewillt war. Artur durchquerte den Raum und riss die Tür auf. Er marschierte auf den steinernen Innenhof, der jetzt von einem Schneesturm beherrscht wurde, und arbeitete sich durch das gefrorene Wasser. Mönche stürzten ihm hinterher und schrien ihm etwas zu, doch es war ihm gleich. Er war schneller als erwartet bei der Kirche und ging so schnell er konnte hinein. Er bekreuzigte sich nicht einmal, was ihm einen tadelnden Blick von Bruder Martin eingebracht hätte, wenn die Umstände nicht dementsprechend gewesen wären. Im Moment war ihm Gott selbst egal. Alles war ihm egal. Sollte es tatsächlich so etwas wie einen barmherzigen Herrn geben, dann verbarg er diese Eigenschaft recht gut. Er warf einen wütenden Blick zu der prunkvoll verzierten Decke und genoss den Augenblick, in dem er voller Wut an den Herrn denken konnte ohne dass jemand ihm widersprach. Als er vorne am noch halb verkohlten Hochaltar stand und sich nach rechts wandte, sah er sie schon. Die unscheinbare und schwarze, auf Hochglanz polierte Eichentüre, die zu den Todesgemächern von Bruder Hora führen sollte. Als er sie aufstieß, lag der Raum da. Ruhig und unschuldig. Doch irgendetwas hier musste einen Sinn mit all dem ergeben, was auf dem Kloster geschehen war. Irgendetwas hier musste Artur von Nutzen sein. Er ließ sich auf die Knie sinken und suchte den Boden ab. Nicht das kleinste Körnchen Staub war zu finden, aber auch das hätte ihn nicht weitergebracht. Arturs Verzweiflung begann sich in einem Anflug von Panik in Wut zu verwandeln. Er suchte das Zimmer weiter ab und hoffte auf irgendetwas, das in jedem der vier Zimmer zu finden war, in dem die Mönche des Hohen Rates ihren Tod gefunden hatten. Dann sah er etwas. Es war vollkommen und offensichtlich in diesem Raum platziert, dass man niemals darauf kommen würde. Ein Kelch. Ein normaler, leerer Kelch aus einfachstem Holz stand auf einem Tisch. Niemand, der diese Morde logisch betrachtete, würde je auf den Gedanken kommen, dass ein Kelch damit etwas zu tun haben könnte, und doch schossen plötzlich Bilder von Erinnerungen vor Artur inneres Auge. In Bruder Vestos Schneiderei hatte ein ähnlicher hölzerner Kelch auf dem Tisch gestanden und er war leer gewesen. Neben den Büchern und Tabellen von Bruder Ovis waren ein hölzerner Krug und daneben ein leerer Kelch zu finden gewesen. Zwischen den Pergament- und Papyrusrollen hatte damals ein Teller und daneben ein leerer Kelch gestanden. Artur wusste, dass dies nichts zu bedeuten haben musste, doch er hatte sonst keine besseren Anhaltspunkte. Würde dies der erste Schritt sein, um einen schrecklichen Verrat aufzudecken? Bruder Martin, Bruder Vetus und zwei andere Mönche brachen nun in den Raum ein und entdeckten Artur. »Gott sei Dank«, keuchte Bruder Martin, ließ sich nun auch auf seine Knie sinken und hielt sich die stechende Seite.

Einige Momente verharrten alle in vollkommener Ruhe, nur hin und wieder durch das Keuchen Bruder Martins unterbrochen. »Das Begräbnis findet morgen statt«, sagte er plötzlich. »Im Moment wird er einbalsamiert und die Gebete werden gesprochen. Ich verstehe es natürlich, wenn du nicht ...«

»Ich werde dabei sein«, sagte Artur bestimmt, und als Artur in Bruder Martins Augen blickte, war Artur klar, dass Bruder Martin wusste, dass er keinen Widerspruch duldete. »Dieses Mal werde ich mich auch verabschieden«, sagte Artur und dachte nur an seine schrecklichen Gedanken, die Bruder Hora beschuldigt hatten, weil er das eine oder andere verdächtige Zeichen ausgestrahlt hatte. Ja, Artur war es ihm schuldig, dass er sich verabschiedete und bereute es schon Bruder Scriba und Bruder Ovis diese Ehre verwehrt zu haben.

Den restlichen Tag verbrachte Artur damit, in den anderen Zimmern, in welchen die Morde stattgefunden hatten, herumzustöbern und nach weiteren Hinweisen Ausschau zu halten. Er wusste nicht, warum er dies erst jetzt machte, nachdem vier Mönche gestorben waren, doch jetzt war es an der Zeit, endlich etwas zu tun, auch wenn viele andere Mönche viel zu verängstigt schienen, um überhaupt richtig zu arbeiten. Die Zimmer, in denen die Leichen gefunden worden waren, waren noch genau so, wie sie die Opfer verlassen hatten. So hatte Artur auch kein Problem, die Kelche wiederzufinden, doch natürlich sahen sie aus wie immer. Artur war davon überzeugt, dass auch wenn sie alltägliche Dinge waren, sie etwas mit dem Tod zu tun hatten, denn nur diese Kelche waren das einzige, was in allen Zimmern gleich gewesen war. Bruder Martin hatte ihm erklärt, dass an diesen Kelchen nichts Ungewöhnliches war, denn die Mönche hatten öfters solche in ihren Arbeitszimmern, um bei einem Durst nicht gleich die Küche aufsuchen zu müssen, und so von der Arbeit abgehalten wurden. Doch Artur wollte nichts davon hören. Die Mönche hatten vor dem Tod nichts unternommen und unternahmen auch jetzt nichts. Also waren sie im Grunde nicht besser als der Mörder, dachte Artur verbittert, während er Bruder Scribas Sterbezimmer durchwühlte.

»Was sollen wir denn tun?«, fragte Bruder Martin Artur mit einer Geduld in der Stimme, die danach klang, als hätte er einen komplizierten Sachverhalt unstrittig bewiesen und würde ihn nun dem dummen Artur erläutern. Artur wollte jedoch davon nichts wissen und lehnte sogar die Hilfe von Pupilla ab, die ein wenig gekränkt davonging. Minerva versuchte ebenfalls ihn dazu zu überreden, eine kleine Pause zu machen und wenigstens etwas zu essen. Doch Artur schüttelte nur wütend den Kopf und machte unerbittlich weiter. Er dachte an Bruder Vanum, diesen falschen Gottesmann, der heute Morgen noch so getan hatte, als würden ihn diese Morde berühren, aber Artur konnte er nicht täuschen. Von diesem einen Gedanken angespornt, suchte er weiter, doch musste er am späten Abend eingestehen, dass es nicht mehr zu finden gab, als er ohnehin gefunden hatte. Voller Wut und Trauer über den frühen Tod eines so jungen Mönches stieg Artur schließlich in sein Bett mit dem Gedanken, dass der heutige Tag einer der schlechtesten und gleichzeitig einer der erfolgreichsten Tage des ganzen Jahres war, denn sie hatten zwar Bruder Hora verloren, doch Artur war auch sicher, dass sie, oder vielmehr er, ein ganzes Stück weiter gekommen waren.

In dieser Nacht träumte Artur schlecht und weil auch Pupilla in seinen Träumen auftauchte, war er hin und hergerissen. Scheinbar warf sie ihm vor, nicht genügend zu tun, um die Mordfälle aufzuklären, obwohl die Mönche alles für Artur getan hatten, und jetzt war niemand mehr übrig außer Meister Callidus und Bruder Martin, denen Artur vertrauen konnte. Mitten in der Nacht erwachte er schließlich schweißgebadet und keuchend in seinem Bett, doch am nächsten Morgen erinnerte er sich nicht mehr an den Traum.

Der nächste Tag kam und Artur spürte, wie der Schneesturm sich gelegt hatte. Sonnenstrahlen zwängten sich durch den Spalt in den Vorhängen und kitzelten Arturs Gesicht. Er wusste, dass heute der Tag war, an dem sich alle von Bruder Hora verabschiedeten. Im ersten Moment schoss Artur der Gedanke durch den Kopf, der Beerdigung doch nicht beizuwohnen, doch Bruder Hora hatte diese Geste der Ehre verdient. Nicht zum ersten Mal spielte er mit dem Gedanken einfach wegzulaufen. Alles, das Kloster, die freundlichen und doch teils verschreckten Mönche und sogar seine Großmutter könnte er hinter sich lassen und ein völlig neues Leben in der Stadt beginnen. Als Bettler und Dieb – so wie Cito.

Als Artur zum Refektorium hinunterging und hin und wieder einen Blick aus einem Fenster auf die Kirche warf, spürte er erneut ein komisches Gefühl in sich aufkeimen, doch er wusste, dass es nicht mit einem erneuten Mordanschlag, sondern mit der bevorstehenden Beerdigung zu tun hatte. Unten herrschte dichtes Gedränge, doch gesprochen wurde nur, wenn es notwendig war. Artur setzte sich an seinen üblichen Platz und begann zu essen. Es widerstrebte ihm eigentlich zu essen, denn er wusste nicht, ob das Essen die Beerdigung über in seinem Magen bleiben würde. Doch bald war es an der Zeit hinüber in die Kirche zu gehen. Bruder Hora hätte sich keinen schöneren Tag aussuchen können, um bestattet zu werden. Die Sonne schien vom Himmel herab und der pulvrige Schnee glitzerte wie tausende kleine Diamanten. Die Kirche war voll, denn alle wollten Bruder Hora, dem fünften toten Bruder, die Ehre erweisen. Artur jedoch bekam noch einen Platz in den vorderen Reihen, bei Pupilla, der er ein Lächeln schenkte, und sie erwiderte es offensichtlich erfreut. Er hoffte, dass sie es ihm nicht übel nahm, dass er gestern ein wenig grob zu ihr gewesen war. Dann betrat ein Pater, den Artur nur vom Sehen kannte, die Kirche.

Es fröstelte ihn. Er stand dicht gedrängt mit anderen Mönchen im vorderen Teil der Kirche und beobachtete, wie der Mönch mit ernster Miene zum Ambo schritt und sich verneigte. Der Mönch blickte in die Gesichter der Ordensgemeinschaft und sagte dann mit lauter Stimme: »In nomine patris et filii et spiritus sancti.« Daraufhin bekreuzigten sich alle Mönche und auch Cito tat es ihnen gleich. Er hatte zwar erst wenig Unterricht bei Meister Callidus genossen, doch die Grundsätze der Religion verstand er bereits. Die meiste Zeit über war es Artur, der bei Meister Callidus war, mit ihm lernte und auf das Leben als Abt vorbereitet wurde. »Quem di diligunt adulescens moritur«, sagte der Pater und begann somit seine Lesung.

Cito war gewillt ihm zuzuhören, doch er hatte in der letzten Nacht nur sehr wenig geschlafen, da eine schwierige Aufgabe zu bewältigen war. Aus einem Grund, den die Mönche für wichtig genug hielten, ihn Cito vorzuenthalten, waren die Schafe die das Kloster hielt auf mysteriöse Weise verstorben – alle! Darum musste nun neues Vieh auf das Kloster gebracht werden und dies war eine der anstrengendsten Aufgaben, die er je erledigt hatte. Auf dem großen Glockenturm hatten sie eine Art Flaschenzug befestigt und ein Geschirr aus Stoff an einem langen Strick fest gemacht. Unten im Tal waren mindestens ein Dutzend neue Schafe versammelt gewesen, die alle auf das Kloster mussten, und da sie nicht den überaus schwierigen Weg über die Steine nehmen konnten, mussten sie auf eine andere Weise in das Kloster kommen. So befestigten unten zwei Mönche das Geschirr an den Schafen und Cito zog mit Bruder Vetus und noch einem anderen Mönch an dem Seil, um das Schaf in die schwindelerregende Höhe zu befördern. Es war nicht immer gut gegangen. Beim letzten Schaf war das Seil so abgenutzt gewesen, dass es auf halber Höhe riss und das Schaf in die Tiefe stürzte. Am Boden gab es ein Geräusch, welches bis zu ihnen hinauf drang und bei dem sich Cito am liebsten übergeben hätte. Glücklicherweise waren die Mönche am Boden weder von dem Schaf erdrückt worden noch hatte es sie überhaupt berührt. So wurden die kläglichen Überreste in den nahe gelegenen Wald geworfen und ein Fuchs oder anderes Getier konnte sich daran laben. An diesem Abend hatte Cito sehr gut geschlafen, doch lange hatte der wohlige Schlaf nicht angehalten, da er erneut seinen Pflichten nachkommen musste. Doch jetzt stand er hier und lauschte den wohlgewählten Worten eines Mönches: »… ist dies das Letzte, was das Andenken auf ewig erhalten möge«, sagte der Mönch und griff nach einem Weihrauchfass, welches auf dem Altar stand.

Er schwang es drei Mal und beräucherte so die vorderen Reihen. Bruder Martin begann laut zu husten und zu prusten und wandte sein Gesicht ab, um zu verbergen, dass es rot angelaufen war. Doch Cito fiel noch etwas anderes auf. Der Weihrauch hätte eigentlich in dieser Kirche still und bewegungslos in der Luft schweben bleiben müssen, da kein Wind zu gehen schien. Doch das tat er nicht. Sobald der Weihrauch aus dem Fass ausgedrungen war, flog er, als wäre ein Windstoß durch ihn durchgefahren, nach vorne und wirbelte viel zu schnell auf die vorderen Reihen zu. Cito war nicht dumm, auch wenn er ein Straßenjunge war. Das Schauspiel wiederholte sich mit den anderen Rauchschwaden, doch niemand anderem schien es aufzufallen. Cito beobachtete dieses merkwürdige Ereignis weiter, und jedes Mal sah es so aus, als ob ein Wind durch den Rauch fuhr und ihn nach vorne trieb. Als der Mönch seine Predigt beendet hatte, erhoben sich alle gemeinsam und gingen still nach hinten in die dunkle Gruft hinab. Cito schreckte hoch, eilte ebenfalls nach hinten und packte Artur, vielleicht ein wenig fester, als es notwendig gewesen wäre, am Arm: »Hast du das eben auch bemerkt?«, begann er ohne Umschweife.

»Nein«, sagte Artur verwirrt und blickte Cito verständnislos an. »Was?«

Cito holte tief Luft und berichtete kurzerhand, was er beobachtet hatte und dass dies mehr als merkwürdig war, da im vorderen Teil der Kirche kein Ausgang war und so die Luft auch eigentlich keinen Eingang finden konnte. Artur runzelte die Stirn. Offenbar dachte er über etwas nach.

Nach der feierlichen Beerdigung waren Artur und Cito wieder in die Kirche geeilt, nachdem all die anderen schon hinausgegangen waren. »Bist du dir sicher?«, fragte Artur ungefähr zum zehnten Mal und Citos Antwort wurde immer genervter.

»Natürlich. Es ist einfach merkwürdig, wenn Weihrauch so nach vorne strömt, wenn kein Luftzug zu spüren ist. Ich habe mir gedacht, dass dies vielleicht etwas mit den sonderbaren Morden zu tun haben könnte, da doch nie klar war, wie der Mörder in das Kloster kommen konnte.« Artur schritt zügiger aus. Er dachte im Stillen das gleiche, doch er wollte noch nicht zustimmen, um sich nicht selbst zu enttäuschen, wenn die Vermutung von Cito falsch sein sollte. Als sie die hintere Wand, hinter dem Hochaltar, erreicht hatten, begannen sie sie abzutasten. Artur musste zugeben, dass es tatsächlich merkwürdig war, wenn sich Weihrauch so verhielt, und auf den ersten Blick war hier nichts, was verdächtig aussah. Cito begann von rechts und Artur begann von links die Wand abzutasten. Der Hochalter würde einen etwaigen Eingang gut verbergen und doch konnte sich Artur nicht vorstellen, wie man die hintere Seite des Klosters erklimmen konnte. Plötzlich schrie Cito auf. Auf halber Höhe hatte er einen großen Stein gefunden, der sich bei näherem Hinsehen nicht ganz in die Mauer mit einband. Tatsächlich ragte er minimal heraus und Cito ergriff ihn mit angespanntem Gesichtsausdruck

Als er ihn vollkommen herausgezogen hatte, offenbarte sich ein großes Loch, durch das ein dünner Mann mit Sicherheit hindurchgepasst hätte. Cito drehte sich mit versteinertem Gesicht zu Artur um und sagte mit belegter Stimme: »Glaubst du … glaubst du, dass dies der Eingang ist, den der Mörder immer verwendet hat?«, fragte er und ein Flackern erfüllte seine Augen, wie damals, als Artur ihm von dem Kloster erzählt hatte. »Ja«, sagte Artur so sicher dass Cito ein wenig verwirrt aussah. Er war der festen Überzeugung, dass der Mörder dieses Loch als Eingang gebrauchte, und nun war er sich auch sicher, dass niemand aus dem Kloster mit den Morden und den schrecklichen Vorkommnissen etwas zu tun hatte. Nicht einmal Bruder Vanum. Doch das erklärte immer noch nicht, wie der Mörder, wer auch immer es war, es geschafft hatte, die Opfer zu töten, ohne die geringste Spur zu hinterlassen. Dann kam ihm eine Idee. Eine vollkommen verrückte oder geniale, doch er war sich sicher, dass es hierbei auf diesem Kloster praktisch keinen Unterschied mehr machte. Er ließ Cito stehen und rannte so schnell er konnte aus der Kirche.

Als er in allen Zimmer, in denen die Toten gefunden worden waren, gewesen war und aus allen Zimmern die Kelche mitgenommen hatte, kam er zu der großen Mühle. Er war sich immer noch nicht sicher, ob er seine Idee verwirklichen sollte, denn ein gewaltiges Opfer war von Nöten. Er hatte zwei große Wasserkrüge aus der Küche mitgenommen und Bruder Clarens die Antwort verweigert, die dieser eigentlich wissen wollte. Er ging in die Mühle hinein, ohne auf die arbeitenden Mönche zu achten, und ließ sich an dem durchgehenden Wassergraben nieder. Einen Krug füllte er bis zum Anschlag mit Wasser, dann goss er in alle vier Todeskelche etwas Wasser hinein und schwenkte das Wasser hin und her. Sorgsam darauf bedacht auch nicht den kleinsten Tropfen zu verschütten, füllte er jeden einzelnen, ausgeschwenkten Kelch in den noch leeren Krug um und beobachtete den Krug gespannt. Ein paar kleine Bläschen stiegen auf und ein leichtes Brodeln hob an, was aber auch mit dem Wasser zu tun haben konnte, das vom Wasserfall kam. Er packte den Krug und ging so schnell er konnte über den steinernen Innenhof und überquerte ihn, bis er schließlich am Schafstall angekommen war. Plötzlich stand Cito wieder neben ihm und sagte in säuerlichem Ton: »Ein Dankeschön hätte mir schon genügt.«

»Oh«, sagte Artur, der den Jungen völlig vergessen hatte. »Es tut mir wirklich leid, aber ich musste etwas Wichtiges erledigen. Hast du den Stein auch wieder hineingeschoben?«

»Ja, es war sehr schwer«, sagte er immer noch beleidigt, doch Artur achtete schon wieder nicht auf ihn.

»Was machst du denn?«, wollte Cito wissen und Artur sagte: »Warte. Ich sage es dir, wenn es gelingt, denn wenn nicht, haben wir nur Zeit verloren.« Es schmerzte ihn, das zu tun wonach es ihm strebte, aber nur so konnte er feststellen, ob er Recht hatte. Er zog ein Schaf aus dem Schafstall heraus und blickte es traurig an. Wenn er mit seiner Theorie recht behielt, dann würde dieses Schaf jetzt sterben.

Kapitel 23

Artur schob den Krug unter die Schnauze des armen Tieres und es trank wie ein verdurstendes Lämmchen. Es schleckte und soff den ganzen Krug leer, bis nur noch ein kleiner Rest übrig war. Dann warteten sie. Das Schaf zeigte keinerlei Anzeichen von Todesqualen, noch sah es so aus, als würde es sich nur freuen, derart sauberes Wasser gekostet zu haben. Doch plötzlich begann es zu zucken. Die Beine des Schafes klappten beiseite und es lag keuchend auf dem Boden. Das Gesicht des Tieres bewegte sich in schrecklichen Qualen und die Gesichtszüge wurden sonderbar verzerrt. Nun bekam man die groteske Einbildung, das Schaf würde sich fürchten. Es erinnerte Artur an die Pferde, die ebenfalls tot an dem Flussufer lagen. Das Schaf krümmt sich unter Todesqualen, brachte aber keinen Laut heraus. Dann rührte sich das Tier nicht mehr. Es war tot. Artur drehte sich ernst zu Cito um, der einen völlig aufgelösten Eindruck machte.

»Was hast du getan?«, fragte Cito und seine Stimme zitterte vor unterdrückter Wut. »Wie konntest du ...«

»Hol bitte Bruder Martin und die anderen Mönche«, sagte Artur leise, aber bestimmt.

»Aber du hast ...«

»Bitte«, sagte Artur erneut und sprach ein wenig lauter. »Es ist sehr wichtig.«

Cito sah keinesfalls begeistert aus, doch er drehte sich auf dem Absatz um und lief zurück zum Dormitorium. Da stand Artur, begeistert über die Entdeckungen, die er gestern und heute gemacht hatte, und geschockt über das Opfer, das er dafür hinrichten musste. Vielleicht würden sie den Mörder heute Abend schon entlarven. Vielleicht. Artur zweifelte nicht daran, dass sie sicherlich eine ganze Weile brauchen würden, bis alles aufgeklärt sein würde. Vielleicht, so schoss es ihm in den Kopf, hatte der Mörder innerhalb des Kloster eine Verbindung zu einem Mönch, der ihm half. Natürlich tauchte sofort das boshaft grinsende Gesicht Bruder Vanums vor seinem inneren Auge auf, doch er betete, dass dieser Mönch einfach nur unfreundlich war. Artur hoffte auch, dass der Eingang, den sie gefunden hatten, auch der richtige war und nicht einfach nur ein Stück Stein, welcher sich zufällig aus der Mauer herausgelöst hatte. Zumindest hatte er mit Sicherheit die Todesursache entdeckt und dies würde einige Mönche beruhigen. War dies etwa alles geplant, um Artur Steine in den Weg zu legen? Welche Rolle spielte der größte Schatz der Christenheit noch in diesen Mordfällen? War es möglich, dass der Schatz sogar eine ganz entscheidende Rolle spielte? Was war der Schatz überhaupt? Diese eine Frage war eine von vielen, die unbeantwortet blieben, und Artur fühlte, dass die Antwort sowohl faszinierend als auch schockierend sein würde. Vielleicht waren die Mönche jetzt bereit, ihm alles zu erzählen. Plötzlich schlugen überall Türen auf und Mönch um Mönch drängte heraus. Cito hatte die Nachricht, dass Artur eine mögliche Lösung für die Mordanschläge gefunden hatte, so gut verbreitet, dass alle gekommen waren, um es zu sehen. Im Stillen hatte er gehofft, dass nur die zwei verbliebenen Mitglieder des Hohen Rates kamen, doch vielleicht war es besser so. Dann konnten alle sehen, was Artur herausgefunden hatte. Artur hörte Schreie, entsetzte Schreie über das tote Schaf, welches die gleichen Anzeichen hatte wie die ermordeten. Nämlich keine. Vielleicht dachten sie, Artur hätte die Macht, Mensch und Tier so zu töten, doch sie irrten sich. Bruder Martin war einer der ersten, die bei ihm waren. Darauf folgte ihm Cito, und sogar Meister Callidus kam hinterher in seinem weißen Gewand. Mit seinem hölzernen verzierten Stock sah man ihn schon von weitem. Als sich alle Mönche hinter ihm versammelt hatten, herrschte plötzlich eine Totenstille. Wenn Artur nicht gewusst hätte, wie viele Mönche es waren, hätte er bei dieser Lautstärke auf ein oder zwei Männer getippt. Im ersten Moment sagte niemand ein Wort. Artur war sich sicher, wenn er sich umgedreht hätte, dann hätte er nur in angsterfüllte Gesichter geblickt. Bruder Martin, und Artur wunderte dies keinesfalls, fand als erster seine Stimme wieder, die jedoch immer noch brüchig und belegt klang: »Artur, was hast du getan?« Artur drehte sich zu ihnen um. Mit einem selbstgefälligem Lächeln und blitzenden Augen, wie die von Cito, begann er zu erzählen.

Als er geendet hatte sahen die meisten noch ängstlicher und verzweifelter aus als zuvor. Dann trat Bruder Vanum aus der Menge heraus. Er sah als Einziger so aus, als wäre er nicht erleichtert. Als er zu sprechen begann, wich Arturs leichte Freude auf dem Gesicht einer empörten Miene: »Wenn wir deinen Worten Glauben schenken sollten, dann würde das heißen, dass der Mörder die Rückwand des Kloster erklommen hat. Jeder weiß, dass dies unmöglich ist. Diese Theorie solltest du nicht noch weiter ausbreiten. Dies würde alle Anzeichen für deine wahnhaften Vorstellungen erfüllen, und du kannst dir denken, dass wir dich so nicht ernst nehmen könnten. Darum kannst ...«

»Ruhe!«, sagte plötzlich eine leise, aber deutliche Stimme, und Artur sah erst jetzt, wer gesprochen hatte. Meister Callidus hatte sich zu Bruder Vanum gedreht und das Wort gesprochen. Bruder Vanum verstummte jäh, als hätte man ihn mit Stummheit geschlagen.

»Ich denke, Arturs Worte lassen sich einfach überprüfen«, sagte Meister Callidus.

»Aber wie er das Schaf getötet hat, lässt sich nicht so einfach überprüfen. Woher sollen wir wissen, dass er uns die Wahrheit sagt?«, fragte Bruder Vanum.

»Indem wir ihm schlichtweg glauben«, sagte der kleine Cito plötzlich und alle wandten sich ihm zu.

»Ja«, sagte Bruder Martin. »Wir glauben ihm einfach, Bruder Vanum. Wenn es Euch ein Bedürfnis ist, dann untersucht das Schaf und versucht die Todesursache festzustellen.«

»Aber das ist gerade das Merkwürdige. Er besitzt Kräfte, die über unsere hinausgehen. Sollte ein Sohn des Teufels dieses Kloster ...«

»Genug!«, schrie Bruder Martin und sein Gesicht verzerrte sich vor Wut. »Ich verbitte mir solche Anschuldigungen gegenüber dem Jungen.«

Bruder Vanum sah im ersten Augenblick so aus, als wollte er widersprechen.

»Bruder Vanum«, sagte Meister Callidus fast väterlich. »Stimmt Ihr mir zu, dass uns der Verstand und das logische Denken von Gott gegeben wurden?«

»Sicher«, sagte Bruder Vanum beleidigt.

»Warum sollten wir also die Morde nicht einfach mal im Licht der Verstandes betrachten und nicht immer nur im Glauben?«

Bruder Vanum hatte darauf keine Antwort. Er ging langsam zurück in die Reihen seiner Mitbrüder und sagte kein Wort mehr.

»Nun gut. Ich denke, wir alle glauben Artur und sind uns nun sicher, dass wir es hier mit einem einfachen und primitiven Mörder zu tun haben, der die Opfer mit einer Substanz vergiftete, die uns gänzlich unbekannt ist.«

Ein Murmeln ging durch die Reihen, als Bruder Martin diese Worte aussprach. »Ich bitte alle, jeden Becher im Kloster einzusammeln und in die Küche zu bringen. Dort werden sie ausgewaschen und in Zukunft sollten alle Mönche jeden Morgen frisches Wasser holen und nicht jenes vom Vortag noch aufbrauchen.« Er blickte gebieterisch und Achtung heischend in die Runde. »Meister Callidus, Artur, Cito und ich werden uns jetzt das Loch genauer ansehen.«

»Bitte, Bruder Martin«, sagte plötzlich Bruder Vetus, »lasst mich mitkommen. Ich kann Euch helfen den Stein beiseite zu schieben.«

Bruder Martin überlegte nicht und sagte: »Gut, Bruder Vetus kommt mit, die anderen erledigen das, was ich Euch aufgetragen habe.«

Und mit diesen Worten wurde das tote Schaf zurückgelassen und alle Mönche verstreuten sich im Kloster.

Artur, Cito und die drei Mönche eilten schneller, als sie es sonst getan hätten, zu dem Loch in der Rückwand der Kirche. Artur war aufgeregter denn je, denn wenn seine Befürchtungen stimmten, und so sah es aus, dann wäre die Chance groß, den Mörder zu fangen, sollte nicht ein Verbündeter innerhalb des Klosters ihn rechtzeitig warnen.

Als sie die kühle, kreuzförmige Kirche betraten, steuerten Cito und Artur sofort auf den Hochaltar zu. Bruder Martin stieß ein Hüsteln aus, als sie sich nicht verbeugten, und sie knieten hastig nieder, gingen nach hinten zu dem Loch, welches jetzt noch durch den Stein verdeckt wurde. »Wartet, ich helfe Euch«, sagte Bruder Vetus hilfsbereit. Gemeinsam zogen sie den Stein heraus. Bruder

Martin und Meister Callidus standen interessiert daneben. Als das Loch schließlich frei war, stockte ihnen der Atem. »Wie lange gibt es dieses Loch schon?«, fragte Bruder Martin.

»Wir wissen es nicht«, sagte Cito, ehe Artur den Mund aufmachen konnte. »Durch diesen Eingang hätte jeder in das Kloster kommen können und das womöglich seit Jahren.«

Artur nickte ernst. Bruder Martin streckte den Kopf kurzerhand aus dem Loch und blickte hinab. Als er ihn schnell wieder hereinzog, hatte sein Kopf eine grünliche Farbe abgenommen. »Es wäre zwar nichts für mich, aber ein geübter Kletterer könnte diese Felsen sicherlich erklimmen.«

Den ganzen restlichen Tag wurde das getan, was den Mönchen von Bruder Martin befohlen worden war. Jeder Kelch und jeder Krug wurde eingesammelt und in die Küche gebracht. Bruder Clarens verlangte Unterstützung beim Reinigen der Kelche, und so wurde Cito in die Küche beordert. Artur war den ganzen Tag an dem freigelegten Loch und ließ es nicht mehr aus den Augen. Er hoffte, dass der Mörder nicht gerade jetzt kam, um sein nächstes Opfer heimzusuchen. Wenn er sah, dass das Loch frei gehoben wurde, dann hätten sie wenig Chancen ihn zu fangen. Artur vermutete, dass der Mörder immer nachts kam und so wurden von Bruder Martin ab jetzt Tag und Nacht Wachen aufgestellt, die das Loch beobachteten. Artur rätselte immer wieder wie ein Mensch bei solchen Witterungsverhältnissen diese steile Wand erklimmen konnte, doch viel Zeit hatte er nicht, sich darüber Gedanken zu machen. Der Unterricht bei Meister Callidus wurde fortgesetzt und Artur musste fleißig lernen, um den Großmeister und seine Ansprüche zu befriedigen. Nachts jedoch lag Artur nicht etwa im Bett, um für den Unterricht ausgeruht zu sein. Nein, er war fast jede Nacht bei dem Loch und hielt mit den Mönchen, die dort waren, Wache.

»Ich muss wissen, wo sich der Mörder aufhält, bevor er es selber weiß«, sagte Artur mit ernster Stimme und erklärte Bruder Martin so seine Laune, bei den Wächtern zu bleiben. Natürlich wachten sie nicht unmittelbar vor dem Loch, um den Mörder nicht sofort wieder zu vertreiben, falls er auftauchen sollte. Nein, sie waren in der nahe gelegenen Sakristei und saßen dort bei Kerzenlicht beisammen. Artur hatte auch darauf bestanden, dass Cito, wenn er wollte, bei ihnen Wache halten durfte, denn er hatte schließlich das Loch entdeckt. So war er beinahe jede Nacht bei Artur und den zwei Mönchen, die immer eingeteilt waren.

Kurz vor Weihnachten war Artur in der kleinen Sakristei mit Cito und den anderen zwei Mönchen. Einer der Mönche hieß Bruder Custo, während der andere den Namen Excubitor trug. Es waren zwei ausgesprochen freundliche und redselige Männer, die sich auch ausreichend bei Artur entschuldigt hatten, dass sie einst auch ihn verdächtigt hatten, schuld an den Morden zu sein. Doch Artur war nicht böse. Vielmehr interessierte es ihn, dass der Mörder jeden Moment auftauchen konnte. Sie ließen die Tür immer offen stehen, um selbst das kleinste Geräusch in der Kirche zu vernehmen. »… hätten natürlich auch Wasser nehmen können, aber uns dünkte, es war das richtige Mittel«, sagte gerade Bruder Excubitor und endete so mit der Geschichte, die er ihnen erzählt hatte.

Artur lächelte. »Glaubt Ihr, der Mörder wird heute Nacht kommen?«, fragte er gespannt. Er stellte diese Frage immer, wenn er hier war, und alle Mönche antworteten dasselbe: »Das ist natürlich möglich, doch wir sollten uns nicht zu große Hoffnungen machen, dann werden wir auch nicht enttäuscht«, sagte Bruder Custo. Artur nickte. Er war jede Nacht aufgeregt und aufs Äußerste gespannt. Wie würde diese Mordserie auf dem Kloster enden? Wer war für diese Katastrophen verantwortlich? Als Bruder Excubitor gerade die nächste Geschichte anstimmen wollte, zischte Cito plötzlich dazwischen. Er erhob sich schnell und leise und huschte zu der geöffneten Tür. »Habt Ihr das gehört?«, fragte er und zerrte somit gewaltig an Arturs Nerven. Ohne eine Antwort abzuwarten huschte er in die Schatten der Kirche und zum Hochaltar. »Cito«, protestierte Bruder Custo leise und schlich mit den anderen beiden ebenfalls zur Tür. Auch Artur konnte es jetzt deutlich hören. Er begann zu schwitzen. Cito lauerte vor dem Hochaltar und drückte sich dagegen, um sich nicht zu verraten. Mit einem Satz sprang er schließlich heraus und blickte hinter den großen Altar. Artur hielt den Atem an. Dann begann Cito zu lachen. Im Schein des Feuers kamen die anderen näher und es offenbarte sich ihnen alles. Eine große Ratte hatte in einer Ecke an einem etwas kleineren Loch geschabt und somit die Gemüter der Bewacher strapaziert. Jetzt endlich war die Ratte durch das Loch gekommen und wanderte nun in das Innere der Kirche.

In dieser Nacht geschah nichts mehr, außer dass Bruder Excubitor weitere Anekdoten aus seinem Leben erzählte und so alle unterhielt. Im frühen Morgengrauen, als die Sonne schon langsam über den Berg gekrochen kam und die Fenster der Kirche in matt goldenes Licht tauchte, verließen die vier ihr Quartier und machten sich an die Arbeit. An Schlaf war nun nicht zu denken. Artur wurde auch heute von Meister Callidus unterrichtet, doch er war geistig nicht mehr so rege, dass er alles beantworten konnte, was Meister Callidus ihn fragte. Das Leben auf dem Kloster unterschied sich nun in vielerlei Hinsicht von dem vor wenigen Wochen. Die Stimmung war gelöster, da nun endlich die Todesursache festgestellt und auch das Loch bewacht wurde, durch welches der Mörder sicherlich gekommen war. Trotz der vielen Morde schliefen viele Mönche besser in der Nacht und langsam begannen sie auch, Artur zu grüßen, wenn sie ihm auf dem Hof begegneten und nicht mit gesenkten Köpfen schnell an ihm vorbei zu eilen. Nur einer schien sich über diesen Stimmungswechsel nicht zu freuen: Bruder Vanum tat sein Bestes, um Wirrsal und Verdruss zu schaffen, und insgeheim vermutete Artur, dass er die Geschichte vom Zorn Gottes weiterhin unter den Leichtgläubigen verbreitete. Doch Artur scherte sich nicht um ihn. Irgendwann würde auch er seine gerechte Strafe erhalten, vielleicht schon bald, wenn er tatsächlich etwas mit den Mordfällen zu tun hatte. Ausgeschlossen war es jedoch, dass Bruder Vanum alleine für sie verantwortlich war, denn sonst hätte er kein Loch in der Kirchenmauer gebraucht. Dann, einen Tag vor dem Heiligen Abend, Artur und Cito hielten wieder einmal Wache mit zwei Mönchen, die eingeschlafen waren, überschlugen sich die Ereignisse. In der Sakristei sitzend und sich über die jüngsten Weisheiten von Meister Callidus unterhaltend, versuchten die beiden Jungen die Nacht ohne Schlaf zu überstehen. Artur war sich inzwischen sicher, dass der Mörder in den nächsten paar Tagen kommen würde, denn sein jüngster Mord lag nun schon einige Zeit zurück. Das dämmrige Licht in dem kleinen Raum machte es ihnen nicht gerade leichter, wach zu bleiben, doch sie wollten sich an den eingeschlafenen Mönchen kein Beispiel nehmen. Arturs Gedanken kreisten immer um die Opfer des grausamen und erbarmungslosen Täters. Noch einmal versuchte Cito Arturs Aufmerksamkeit zu erringen, denn er steckte gerade mitten in einem Vortrag, was er mit dem Mörder anstellen würde, und hatte nun gemerkt, dass Artur ihm nicht mehr vollkommen zugewandt war.

»Artur? Artur?«, sagte er lauter als beabsichtigt und draußen in der Kirche hallte seine Stimme wieder.

»Was? Oh, Entschuldigung«, sagte Artur zerstreut und spürte erst jetzt, dass seine Augen einen glasigen und verträumten Ausdruck angenommen hatten.

»Ich habe dich gefragt, ob du es für möglich hältst, dass der Mörder hier im Kloster eine Verbindung hat. Etwa einen anderen Mönch?«

»Ja«, sagte Artur und versuchte durch klare und deutliche Antworten wiedergutzumachen, dass er kurz Citos Aufmerksamkeit missbraucht hatte. »Ich bin mir sicher.« Artur jedoch hielt es für klüger, nicht allen zu erzählen, wen er für einen möglichen Verdächtigen hielt. Zwar war es kein Geheimnis, dass Artur Bruder Vanum offenkundig für einen Lügner hielt, doch es überall herumzuerzählen, hielt Artur nicht gerade für ungefährlich. Er hatte keine Angst vor einem Mordanschlag und noch weniger vor Bruder Vanum, doch er dachte an alle, die er hier zurücklassen würde, wenn er nicht mehr wäre. Bruder Callidus, Bruder Martin, Cito, seine Großmutter und Pupilla. Artur setzte erneut zum Sprechen an, doch kein Laut drang aus seinem Mund.

»Was ist?«, fragte Cito und sofort nahm sein Gesicht etwas Ängstliches an. »Was …«

»Ruhe!«, schnappte Artur leise und sprang von seinem kleinen Holzstuhl auf. Er lief auf Zehenspitzen zur Tür, die wie immer offen stand, und lauschte. Ein leises Geräusch war zu vernehmen. Als ob sich jemand an etwas zu schaffen machte, was eigentlich seinen Platz niemals verlassen sollte. Artur erstarrte im Schein des Lichtes und versuchte angestrengt mehr zu vernehmen. Dann rieb Stein auf Stein. Etwas Gewaltiges wurde über den Boden gedrückt und ein Keuchen war zu hören. Das Keuchen eines Menschen. Cito reagierte blitzschnell. Er huschte zu der gegenüberliegenden Wand, wo eine Fackel brannte, und löschte sie, indem er das Feuer mit einen nassen Tuch erstickte. Dann kam er zu Artur an die Tür zurück und die beiden drückten sich in die Schatten, damit sie nicht zu sehen waren. Die beiden anderen Mönche hatten sie schon vergessen, und es wäre auch unmöglich für sie gewesen, sie zu wecken, ohne das Risiko einzugehen, dass der Eindringling sie entdecken würde. Dann sahen sie eine gedrungene Gestalt, welche hinter dem großen Hochaltar hervorkam und zielstrebig zwischen den Bänken auf die Ausgangstüre zulief. Der schwarze Mantel flatterte gespenstisch um die Gestalt herum und verbarg sie gänzlich. Das verräterische Gesicht der Gestalt war unter der Kapuze nicht zu erkennen. Nichts machte den Anschein, dass diese Gestalt etwas Gutes im Sinn hatte. Mit einem Kopfnicken bedeutete Artur Cito, dem Eindringling zu folgen. Sie schlichen so leise und so schnell sie konnten hinter ihr her und achteten darauf, keine Geräusche zu verursachen, die sie verraten könnten. Als die Gestalt die großen Flügeltüren erreicht und sie lautlos aufgedrückt hatte, liefen die beiden Jungen schneller. Als sie auf den steinernen Innenhof traten, hob sich die Gestalt ein wenig von dem weißen Schnee ab. Auf dem steinernen Innenhof herrschte stetige Ruhe. Nur die Wachen auf der Mauer waren zu hören, die leise und mit ernster Stimme miteinander sprachen. Trotz alledem hatten sie ihnen den Rücken zugewandt und spähten in das Tal.

Die Gestalt drückte sich nun an einer Mauer entlang in Richtung der alten Mühle. Artur fragte sich, was sie dort zu suchen hatte, denn er wüsste nicht, dass dort jemand vom Hohen Rat ein Arbeitszimmer hatte. Als Artur und Cito aus der sicheren Kirche austraten, schlichen sie zielstrebig über den Hof, von wo sie die Gestalt besser beobachten konnten, wie sie sich an der Mauer entlang schlich. Wenn die Gestalt nur den Kopf gehoben hätte, dann hätte sie Artur und Cito gesehen. An der Tür, die zum Dormitorium führte, angekommen, wandten sie sich um und sahen, wie die Gestalt gerade an einer Wand entlangschritt. Diese Wand grenzte offenbar an die Mühle und war gleichzeitig die Verteidigungsmauer. Dann bückte sie sich hinunter und nun verdeckte der Rücken der Gestalt ihnen die Sicht. Als sie sich nach einigen Augenblicken wieder aufrichtete, sah Artur nur, dass sich ihre Hand um etwas geschlossen hatte. Was es war, konnten sie jedoch nicht ausmachen. Und dann, mit einem heftigen Ruck, als habe die Gestalt dies schon längere Zeit geplant, riss sie den Kopf nach oben und starrte über den Innenhof zu Artur und Cito. Mehrere Sekunden verharrten sie so, ohne einen Mucks von sich zu geben. Artur und Cito waren wie gelähmt und rechneten schon damit, dass die Gestalt zu ihnen herüberkommen würde. So plötzlich wie sie sie erblickt hatte, begann sie zu rennen. Die Gestalt rannte, als wäre der Teufel hinter ihr her, und wirbelte den weißen Schnee hinter ihr auf. Der schwarze Mantel flatterte um ihre Knie, und plötzlich gellten Schreie über den Hof. Mehrere Wachen hatten die Gestalt offenbar auch gesehen und schlugen Alarm. Jetzt erst wusste Artur, dass er handeln musste. Er rannte los, auf die Kirchentür zu, denn das war der einzige Fluchtweg, wenn man entkommen wollte. Der Gang der Gestalt wurde langsamer, und geschickt, wie Artur es nie gekonnt hätte, schlüpfte sie durch die Türe in das Innere der Kirche. Fast gleichzeitig kam Artur an der Kirche an, doch er musste erst noch die Flügeltüren ein wenig aufstemmen, um hindurchzupassen. In der großen Kirche hallten die Schritte der Gestalt wider, und Artur begann nun zu schreien: »BLEIB STEHEN!«

Zu seiner Verwunderung riss die Gestalt den Kopf nach hinten und wurde langsamer, wie in Trance. Dann jedoch fasste sie sich wieder, doch offenbar wusste sie, dass sie nicht genügend Zeit haben würde, um durch das Loch zu kommen und zu fliehen. Artur wäre bei ihr gewesen, bevor sie mit ihrem gesamten Körper in die Freiheit entkommen wäre. Sie musste es in dem Moment gewusst haben, als sie den Hochaltar links umrunden wollte, denn sie bog nicht nach rechts ab und sicherte sich so vielleicht noch die Freiheit. Nein, sie nahm die Türe, die links vom Hochaltar offenstand. Artur stieß in der großen Kirche einen gellenden Triumphschrei aus. Er wusste, wo diese Türe hinführen würde. Der Glockenturm des Klosters konnte zweierlei Bedeutungen für die Zukunft der Gestalt haben. Einerseits konnte sie dort oben festgenommen werden oder sie fand auf dem höchsten Punkt des Klosters ihren Tod. Plötzlich fiel Artur etwas ein, was er Wochen zuvor von Meister Callidus gehört hatte: *Derjenige, der uns das alles angetan hat, wird eines Tages sehr hoch hinauf gelangen ... nur um zu fallen.*

Doch Artur hatte jetzt keine Zeit, über den Sinn dieser Worte nachzudenken, er stürmte nur noch schneller auf den Eingang des Turmes zu. Dann hörte er Holz brechen und wusste, dass eine Stufe eingekracht war. Doch das konnte die Gestalt nicht aufhalten. Sie kletterte unermüdlich weiter und vielleicht wusste sie es selbst schon, dass sie hier in der Falle saß. Jetzt, jetzt endlich würde sich alles aufklären. Jetzt endlich würde er den Mörder der vier Brüder aufspüren und jetzt endlich würde er dem Mörder seines Vaters gegenüberstehen und die Gestalt würde ihre Strafe erhalten. Alles würde sich aufklären. Artur erreichte einen morschen Absatz im Glockenturm und schwang sich elegant weiter nach oben ohne eine der morschen Stufen benutzen zu müssen. Die Gestalt war schon fast an der Spitze angelangt und plötzlich hörte Artur von unten weitere Rufe. Er wollte den Kopf wenden, doch in dem Moment krachte erneut eine Stufe ein und er musste sich wieder nach oben ziehen und eine blutenden Wunde an seinem Fuß hinnehmen. Doch Artur konnte jetzt nichts mehr aufhalten. Von dem berauschenden Gefühl der Gerechtigkeit angetrieben, rannte und kletterte er weiter, ohne jeden Schmerz zu fühlen. Als er den letzten Absatz erreicht hatte, nahm er seine letzten Kräfte zusammen und versuchte nicht auf dem Schnee auszurutschen, der hier lag. Dann war er oben angekommen. Auf dem Glockenturm blies der Wind stärker als im geschützten Innenhof. Der Mantel der Gestalt, die mit dem Rücken zu ihm stand, flatterte geisterhaft im Wind, und endlich wusste die Gestalt, dass es hier kein Entkommen gab.

»Es ist aus«, waren die ersten Worte Arturs und er musste seine Stimme erheben, um den Wind zu übertönen. Eine ganze Weile standen sie so da. Die Gestalt wollte sich offenbar noch nicht umdrehen doch der Augenblick kam näher und dann würde Artur sehen, wer ihm das alles angetan hatte. Mit einem erneuten Krachen blickte Artur nach hinten. Einige Menschen waren ebenfalls zum Glockenturm geeilt. Zu Arturs Verwunderung wurde die Gruppe von Meister Callidus angeführt, gefolgt von Bruder Martin, Cito, Minerva Vecultas, Pupilla und einigen anderen Mönchen, darunter auch Bruder Vetus und Bruder Clarens.

»Gebt Euch nicht erst der wahnwitzigen Illusion hin, dass Ihr nur den Hauch einer Chance habt zu entkommen«, sagte Bruder Martin mit aller Autorität, die er aufbringen konnte. Die Gestalt hatte sich immer noch nicht umgedreht und Arturs Herz begann allmählich zu rasen. Er wollte nun endlich wissen, wer es war, er wollte der Gestalt den Mantel von Leib reißen und ihr ins Gesicht blicken. Doch es war nicht mehr nötig. Die Gestalt wirbelte herum, doch das Gesicht war im Schatten der Kapuze noch immer nicht zu sehen.

»Zeigt Euch!«, sagte Bruder Martin noch ein wenig lauter und Artur konnte die Aufregung in seiner Stimme vernehmen. Dann packte die Gestalt mit ihren langen, weißen Fingern das Ende der Kapuze und zog daran …

Kapitel 24

Das aschfahle, bleiche und arrogante Gesicht von Arturs Mutter blickte mit einem selbstgefälligen Lächeln auf die Mönche herab und verharrte dann für kurze Zeit auf ihrem verhassten Sohn. Stille breitete sich in kalten Wellen von Cecilia Peccor aus und ertränkte alles andere.

»Mutter?«, flüsterte Artur, der nicht mehr Herr seiner Sinne war.

»Ja«, hauchte sie und jagte Artur mit diesem Laut mehr Angst ein als je zuvor. »Ja, deine Mutter«, wiederholte sie und ein schallendes und freudloses Lachen drang aus ihrem Mund und hallte über das Kloster hinweg.

»Frouwe Peccor?« Artur drehte seinen Kopf und blickte Bruder Martin an, der noch bleicher war als alle anderen und mit zitternder Stimme sprach: »Ihr habt … Ihr seid … aber wie konntet Ihr … was ist mit Abt Clemens?« Bruder Martin sah tatsächlich so aus, als wollte er jeden Moment in Tränen ausbrechen. Von allen Menschen auf dieser Erde hatte er offenbar jeden verdächtigt, aber niemals Frouwe Peccor, die Mutter Arturs.

»Ich bitte Euch«, sagte sie zischelnd wie eine wütende Schlange. »Abt Clemens der Großherzige«, sagte sie in beleidigendem Ton. »Das einzige, wozu unser wunderbarer Abt nütze war, war einen Jungen zu zeugen, der es verdient hätte, noch bei seiner Geburt wieder zurück in die Hölle geschickt zu werden. Dieses ganze Kloster ist verdorben bis ins Innerste.«

Schweigen trat ein. Einige Mönche, das wusste Artur, bekreuzigten sich hinter seinem Rücken oder sprachen Gebete. Dann sprach Bruder Martin erneut: »Warum? Was hat Euch dazu veranlasst, uns das anzutun und Euren Geliebten zu … zu ermorden?«, hauchte Bruder Martin und die Stimme verweigerte ihre Dienste bei den letzten Worten.

»Meinen Geliebten?«, höhnte Frouwe Peccor und erneut drang ein schauriges Lachen aus ihrem Mund. »Ihr glaubt doch nicht, dass ich diesen einfältigen und leichtgläubigen Gotteslästerer wirklich geliebt habe? Nein«, sagte sie bösartig. »Ich wusste, dass die Äbte der Kloster Macht hatten … und Geld. Und dieses Wissen nutzte ich zu meinem Vorteil. Hätte ich damals schon gewusst, dass er ein Kind von mir verlangen würde, hätte ich meine Rolle nie so gut gespielt. Aber es hat im Grunde funktioniert, nicht wahr? Ich schenkte ihm einen Sohn, verdorben wie sein Vater, und wurde reich. So reich, wie es sich keine andere Frau meiner Stellung erträumen ließ.«

»Wie konntet Ihr nur?«, sagte Bruder Martin schließlich.

Frouwe Peccor zog die Augenbrauen hoch. »Ihr würdet nicht wagen, Euch zu rechtfertigen, wenn Ihr erduldet hättet, was ich erduldet habe«, sagte sie und entblößte ihre perfekten Zähne. »Euer sogenannter Abt erzählte Euch sicherlich, dass wir aus Liebe ein Kind gezeugt hatten, doch so war es nicht. Nein, er hat mich gedrängt, er hat mich verführt und mir Gold versprochen. Doch ich war nicht dazu bereit.« Eine falsche Träne floss aus ihrem Auge und fiel auf den Boden, wie Artur es schon oftmals gesehen hatte, wenn sie gutmütige Kaufmänner überlisten wollte. »Als ich mich ihm verwehrte, wurde er zornig. Er sagte, er würde dafür sorgen, dass ich bis an mein Lebensende in einem Kerker sitzen müsste. Ich war jung, einfältig und dumm genug, ihm zu glauben. So zeugten wir in jener schrecklichen Nach ein Kind, welches hier vor uns steht.« Sie zog eine schreckliche Grimasse in Arturs Richtung, der ihren hasserfüllten Blick erwiderte.

»Ja, der letzte Abt wird für seine Taten in der Hölle schmoren«, sagte sie. »Er wird dem Fegefeuer nicht entkommen und seinem Schöpfer niemals entgegentreten.«

»Wie könnt Ihr es wagen, solche Unterstellungen über meinen Sohn auszusprechen?«, sagte plötzlich eine Stimme von hinten. Minerva Vecultas hatte sich zu Wort gemeldet und die Stille unterbrochen.

»Ihr seid sicherlich die stolze Mutter, nicht wahr?«, sagte Arturs Mutter mit falscher Süße in der Stimme, doch ihr höhnisches Lächeln strafte sie Lügen. »Wenn Ihr Euch einen großartigen Sohn und einen noch größeren Enkelsohn erhofft habt, dann muss ich Euch enttäuschen. Beide waren weder das eine noch das andere.«

Artur konnte nicht mehr Denken. Zorn durchflutete ihn wie Gift und er wollte sich nur noch auf diese Frau stürzten und sie die Brustwehr hinunterstoßen.

»Aber warum?«, fragte Bruder Martin und seine Stimme überschlug sich. »Warum habt Ihr den Abt und fast den kompletten Hohen Rat getötet?«

Arturs Mutter lächelte. »Ich befreite das Kloster nur von den Gotteslästerern. Der Hohe Rat St. Caritums musste eliminiert werden, um das Ziel, das ich vor Augen hatte, zu verwirklichen. Warum sollte ich nur einen Ast absägen, wenn ich doch den ganzen Baum fällen konnte? Ich musste das Geschwür, welches das Kloster überwucherte, wegschneiden und so die Reinheit bewahren, was jetzt, wie ich weiß, unmöglich ist. Mit dem Mord an Abt Clemens und den Mönchen des Hohen Rats brachte ich die Grundpfeiler des Klosters zum Einsturz. Ohne Gewalteinfluss auf manche Teile der Bevölkerung würde unsere Gesellschaft, und auch dieses Kloster, zugrunde gehen.«

Artur hörte wie hinter sich gezischelt wurde.

»Das ist die Ausrede eines jeden Tyrannen«, sagte Bruder Martin. Artur fürchtete nicht die grausamen Taten seiner Mutter, die er schon zur Genüge kannte, sondern den nüchternen und gleichgültigen Ton, mit dem seine Mutter sie erläuterte.

»Warum?«, sprach Artur und blickte seine Mutter an.

»Wissen und Gehorsam kann nur durch Schmerz erkauft werden, wie ich meinen Sohn sechzehn Jahre lang lehrte. Aber ich hatte nicht vor, meinen Sohn an das Kloster abzugeben und mich dann für den Rest meines Lebens mit dem zu begnügen, was das Kloster mir über Jahre gegeben hatte. Gold und Edelsteine. Nein, ich wollte mehr. Ich wollte reicher werden als jeder König, reicher als der Papst selbst und so beschloss ich, meinen Sohn einige Jahre früher auf das Kloster St. Caritum zu schicken.« Sie machte eine kleine Pause und ihre Augen huschten flink über den Glockenturm, als würde sie nach einem möglichen Fluchtweg suchen. Dann fuhr sie mit Genugtuung in der Stimme fort: »Doch solange unser ehrwürdiger Abt Clemens noch unter uns weilte, hatte ich keinen Chance, ihn dort hinzuschicken. So beschloss ich, mich eines Mittels anzunehmen, was ich schon vor einigen Jahren auf dem Kloster versteckt hatte, denn mein Plan wurde über längere Zeit vorbereitet. Ich schlich an jenem glücklichen Abend auf das Kloster und nutzte wie auch einige andere Male den geheimen Eingang, denn ich hatte ebenfalls vor geraumer Zeit einen Stein entdeckt, welcher nicht ganz mit der Mauer verankert war. Schließlich schaffte ich es, das schnell wirkende Gift in einen Trinkbecher von unserem Abt Clemens zu werfen, und noch am gleichen Abend wurde der plötzliche und unerklärliche Tod des Abtes beklagt. Niemand wusste, wie es zu diesem Zwischenfall gekommen war, denn das Gift, welches ich verwendete, hinterlässt keine nachweisbaren Spuren, außer dass die Gesichter der Opfer verzerrt werden und es den Anschein machte, die Opfer wären zu Tode geängstigt worden. Ja, dieses hochwirksame Gift war wie geschaffen für meine Zwecke. Diese Methode verwendete ich auch noch, um vier Mönche des Hohen Rates zu ermorden, denn ich wusste, solange der Hohe Rat bestand, würde das Kloster nicht gänzlich unter die Herrschaft meines Sohnes fallen.«

Bruder Martin machte einen Schritt nach vorne, doch er sagte nur: »Aber warum? Ihr führtet Krieg gegen jene, dank derer der größte Schatz der Christenheit bewahrt wurde.« Es hörte sich beinahe so an, als ob Bruder Martin bald in Tränen ausbrechen würde und Artur konnte es ihm nicht verdenken. Doch seine Mutter ließ sich von Bruder Martin nicht unterbrechen und fuhr fort: »Ich konnte es selbst nicht glauben, wie gut mein Plan funktionierte. Ich war mir sicher, dass irgendjemand erkennen musste, dass es sich hier um ein gewöhnliches Gift handelte, und dass der geheime Eingang solange unbemerkt blieb verdanke ich nur meinem geschickten Eindringen in das Kloster.«

»Aber was wolltest du damit bezwecken?«, schrie Artur seine Mutter voller Hass an.

»Vorsicht, mein Sohn«, sagte sie bösartig. »Ich fürchte, du hast die Tragweite der Situation nicht verstanden.«

Das Gesicht seiner Mutter war vollkommen ausdruckslos. Nichts ließ darauf schließen, was sich hinter den schwarzen und leeren Augen abspielte. Die schwarzen Haare peitschten ihr ins Gesicht und der Wind heulte noch lauter. »Ich denke, das Kloster hat es nicht für angemessen empfunden, dir alle Geheimnisse von St. Caritum zu offenbaren, nicht wahr? Bruder Martin? Meister Callidus? Ich denke, es gibt einiges zu klären.«

Einige Augenblicke war nur das Heulen des Windes zu hören, welcher sogar die riesige Glocke ein wenig schaukeln ließ.

»Vielen Dank, Frouwe Peccor«, sagte Meister Callidus plötzlich, doch in einem überaus höflichen Ton. »Ich denke, der Grund, warum deine Mutter all die Mönche ermordet hat, ist denkbar, verzeiht mir, Frouwe, primitiv.«

»Was erlaubt Ihr Euch?«, sagte Arturs Mutter und die angedeutete, amüsierte Skepsis wich einer empörten Miene.

»Über diese Brutalitäten und Gewaltszenerien haben wir alle vergessen, was die eigentliche Aufgabe des Klosters ist.«

Arturs Herz begann noch schneller zu schlagen. Würde er jetzt endlich alles erfahren und in Frieden mit sich leben können?

»Ich denke, deine Mutter spielt auf die Tatsache an, dass das Kloster den größten Schatz der Christenheit beschützt, und ich denke, in ihrem unbefriedigten Verlangen nach Reichtum wollte sie auch noch diesen Schatz besitzen, um sich noch reicher, mächtiger und einflussreicher zu machen als jeder andere Mensch. Nicht auszudenken, welche Autorität sie damit in Rom haben würde, bei unserem allseits geschätzten Papst.«

Niemand sagte ein Wort. Doch Artur merkte, dass hier etwas ganz anders verlief, als es seine Mutter geplant hatte.

»Ja«, sagte seine Mutter plötzlich wieder. »Mit diesem Schatz hätte ich die gesamte Christenheit unter mir und hätte mir den Einfluss in Rom gesichert. Alle Könige, die ihre Untertanen dazu zwangen, den katholischen Glauben anzunehmen, würden sich mir unterwerfen. Wenn doch das Kloster nicht auf eine solche Geheimhaltung achten würde, wäre der Schatz schon vor Jahrhunderten in andere, und bessere Hände gelangt. Doch ich war geduldig, war verständnisvoll und wartete, bis ich mir meiner Sache sicher war, ihn vollkommen in Besitz zu nehmen. Doch was ist der Schatz? Vielleicht die Gebeine Jesu Christi, eine vergoldete heilige Reliquie oder etwas anderes, wertvolles, was einen entscheidenden Platz in der Kirchengeschichte einnimmt? Ich musste mir die Herrschaft durch dich, meinen Sohn, auf diesem Kloster sichern, ehe ich des Schatzes habhaft werden konnte.«

»Hier«, sagte Meister Callidus leise, aber deutlich, »beweist Ihr leider mangelnde Weisheit, um zu erkennen, was der Schatz ist, den wir seit hunderten von Jahren bewahren.«

Wieder trat eine kleine Pause ein und Arturs Herz begann schneller zu schlagen. »Der Schatz«, sagte Meister Callidus und eine unerklärliche Wärme breitete sich um ihn herum aus, »ist viel schöner, viel vollkommener und viel mehr wert als Gold, Silber oder Edelsteine.«

»Genau«, sagte Arturs Mutter und ein psychedelischer Gesichtsausdruck verzerrte ihr doch sonst so hübsches Gesicht. »Es ist viel mehr als einfaches Gold. Was es ist, konnte ich jedoch über alle die Jahre nie in Erfahrung bringen, aber Angesichts der Tatsache, dass der zukünftige Abt dies jetzt zu wissen begehrt, werde ich es sicherlich gleich hören.«

Meister Callidus schloss die Augen, als würde er um Vernunft der wahnsinnigen Frau flehen. Dann öffnete er sie wieder und sprach: »Artur, der Grund, warum dieses Kloster vor hunderten von Jahren errichtet wurde war, dass sie das bewahren, was wir bewahren sollten, auch wenn wir es in dunklen Zeiten für kurze Zeit verlieren.«

»Was ist es?«, sagte Artur laut, ließ seine Mutter jedoch nicht aus den Augen und drehte sich nicht um. »Was ist der Größte Schatz, den ein Christ besitzen kann?«, fragte er und wusste, dass sich in dieser Nacht alles aufklären würde.

»Ja«, flüsterte Frouwe Peccor wissbegierig. »Vergesst nicht, was ich immer noch in der Hand halte«, sagte sie und deutete auf die Hand, in der sie das Gift umklammert hielt.

Meister Callidus lächelte. »Frouwe Peccor, verzeiht mir erneut, doch wir haben eine Waffe, die wundervoller und zugleich tödlicher ist als die Eure. Denn der Schatz übersteigt alles, was Ihr bisher erfahren oder gehört habt.«

Die Augen Frouwe Peccors leuchteten auf und Artur wusste, dass seine Mutter darauf brannte, die Antwort zu hören.

»Frouwe Peccor, mein Vertrauen in Euch wurde erschüttert«, warf plötzlich Bruder Martin ein und schüttelte hysterisch den Kopf.

»Verzeiht, aber Ihr solltet wissen, Bruder Martin, dass alle, die Vertrauen in mich setzen und mich doch nur benutzten, die Tendenz hatten zu sterben.«

»Artur«, sagte Meister Callidus und versuchte offenbar väterlich zu klingen.

»Du weißt, dass jeder Abt verpflichtet ist, ein Kind zu zeugen, um das Kloster am Leben zu erhalten. Das nächste Kind muss das Kloster übernehmen und weiterführen. Seit Jahrhunderten ist der Abt aus deiner Familie und wurde von großen und bedeutenden Äbten geführt. Der Schatz wurde durch diese einfache Regel immer bewahrt und erst, wenn ein Abt beschließen würde, das Kloster zu verlassen oder kein Kind zeugen würde, würde unser Kloster untergehen.«

Bruder Martin machte einen Schritt nach vorne, als wollte er Meister Callidus aufhalten, doch Meister Callidus hob seine rechte Hand und Bruder Martin wagte es nicht, etwas zu sagen. »Der Abt bezeugt durch ein geborenes Kind, dass er fähig ist zu lieben. Ein Kind ist etwas Wundervolles und liebenswertes.«

Er blickte kurz Frouwe Peccor an und sprach weiter. »Ab und an ist es jedoch leider so, dass der eine oder andere Abt eine Frau auswählt, die nicht ganz unseren Vorstellungen entspricht, doch wie wir sehen, kommt auch dann ein würdiger Nachfahre zur Welt.«

»Der Schatz? Was ist es?«, schrie Frouwe Peccor in heller Aufregung und ihre Gesichtszüge erinnerten nun stärker denn je an eine Wahnsinnige. Meister Callidus richtete sich zu seiner vollen Größe auf, wobei sein langes silbernes Haar im Wind majestätisch wehte. »Euer Sohn. Es ist Euer Sohn«, sagte Meister Callidus und blickte Cecilia Peccor mit bleichem Gesicht an.

Kapitel 25

»Der Schatz ist die wertvollste und wunderbarste Macht, die Gott erschaffen hat – die Liebe.«

Stille! Auf dem Glockenturm herrschte plötzlich eine durchdringende Stille und auch der Wind vergaß zu heulen. Erst jetzt wandte sich Artur zu den Mönchen um und blickte in das Gesicht von Meister Callidus. »Ich bin der Schatz?«, fragte er und konnte es nicht glauben.

»Artur«, sagte Bruder Martin schließlich. »Verstehst du nicht? Dadurch, dass ein Abt ein Kind zeugt, zeigt er, dass er fähig ist, das Kind und eine Frau zu lieben. Nur dadurch bleibt der Schatz, die unbändige Liebe, erhalten.«

»Nein!«, schrie plötzlich Arturs Mutter in einem Anflug von Hysterie und Artur vernahm wieder einmal die immerwährende, unbändige und tief in ihr brodelnde Wut, die sie ihr ganzes Leben lang beherrscht hatte. Ein völlig unberechenbarer Ausdruck trat auf ihr schönes und arrogantes Gesicht. »Das ist alles? Liebe? Mehr ist Euren gelehrten und weisen Vorfahren nicht eingefallen? Die Liebe ist der größte Schatz der Christenheit, verkörpert in einem einzigen Jungen, der völlig missraten ist? Das ist absurd, völlig inakzeptabel.«

»Dass Ihr es nicht versteht, war mir leider klar«, sage Meister Callidus verbittert und blickte sie ernst an. »Was mich allerdings noch interessieren würde, ist, warum Ihr die Ernte zerstört, die Kirche in Brand gesteckt, den Wasserfall trocken gelegt und die Pferde und Schafe getötet habt?«

»Was?«, schnappte Arturs Mutter und Tränen, Tränen, die aus Wut bestanden, tropften ihr Gesicht hinab. »Glaubt Ihr, ich halte mich an ekelhaftem Getier auf, während ich dabei bin, ein halbes, verrücktes Kloster auszurotten, welches einem geisterhaften Herrn dient?«

Meister Callidus und Bruder Martin blickten sich verwirrt an, dann sagte Bruder Martin: »Wir halten auf unserem Kloster nichts von Blasphemie, verzeiht uns also, wenn wir Eure Ansichten nicht unterstützen.«

»Es ist vorbei«, sagte Artur nun zu seiner Mutter gewandt und sie wusste, auch wenn sie es niemals zugeben würde, dass er recht hatte.

Dennoch sagte sie: »Nein, mein Junge. Vorbei ist es nicht. Es hat gerade erst begonnen.«

»Ich denke, Ihr werdet verstehen, wenn wir Euch nun mit nach unten nehmen und dort in einer angemesseneren Behausung unterbringen. Doch Gnade habt Ihr nicht zu erwarten.«

Frouwe Peccor lachte laut und freudlos auf. »Ihr glaubt, dass ich mich Euch unterwerfen werde? Ihr glaubt, Ihr könntet mir Gnade verwehren? Nein, es ist meine Gnade und nicht Eure, die bei diesem Schritt entscheidend ist. Ich nehme Euch die Last ab zu entscheiden, was nun mit so einer wahnhaften Frau, wie Ihr mich anseht, geschieht.« Sie rückte nach hinten und sprang mit einem geschickten Satz auf die Balustrade, die die Besucher des Glockenturms eigentlich von dem Abgrund bewahren sollte. »Frouwe Peccor, tut das nicht«, sagte Meister Callidus, der als Erster ihre Absichten erkannt hatte.

»Ich denke ich verabschiede mich nun endgültig von Euch. Mögt ihr in der Hölle verbrennen.«

»Kommt herunter«, sagte Bruder Martin und machte einen Schritt auf sie zu. Doch Frouwe Peccor war offensichtlich vollkommen verrückt geworden. Mit einem wahnsinnigen Gesichtsausdruck und einem irren Lächeln sagte sie über den Wind hinweg: »Mein Leben liegt nicht in Euren Händen, sondern in denen Eures selbsternannten Gottes«, sagte sie und mit einem letzten Blick zurück ließ sie sich fallen.

Sofort stürzten Artur und die anderen zu der Balustrade und blickten hinab in den beinahe bodenlosen Abgrund. Neben ihm hörte Artur Meister Callidus flüstern: »Möge sich Gott ihrer annehmen.«

Artur wusste, dass dies das Ende seiner Mutter war und spürte trotz aller Grausamkeit ein merkwürdiges Gefühl. Nach einer ganzen Weile drehte er sich um und blickte in die verwirrten Gesichter »Ich bin also der Schatz?«, fragte Artur tonlos und mühte sich nicht allzu enttäuscht zu klingen.

»Die Liebe in dir ist der Schatz und du wirst sie eines Tages weitergeben.«

»Was hat Frouwe Peccor damit gemeint, sie hätte die Tiere nicht getötet? Sie hatten ebenfalls ein angstverzerrtes Gesicht und zeigten ansonsten keine Anzeichen irgendwelcher Verletzungen«, sagte Bruder Martin verwirrt. »Wenn sie Euch an jenem Tage nicht gefolgt ist, um die Pferde zu vergiften, wer war es ...«

Doch mitten im Satz brach Bruder Martin ab. Entweder hatte er gerade die Lösung für alles gefunden, oder er war geistig nicht mehr bei der Sache. »Natürlich«, flüsterte er. »Es ist Bruder Vanum«, sagte er kaum vernehmbar und Artur überkam eine Gänsehaut. »An dem Tag, an dem Ihr in die Stadt geritten seid, wollte ich ein Buch aus der verschlossenen Bibliothek besorgen. Bruder Vanum war nicht aufzufinden. Ich suchte im ganzen Kloster nach ihm, doch gefunden habe ich ihn nicht. Er muss Euch gefolgt sein und die Pferde an dem Flussufer vergiftet haben.«

Dann fiel Artur etwas ein. »An dem Tag, als die Kirche brannte, hörte ich, wie im ersten Stock eine Tür zuschlug, als ich alle aufweckte. Wenn ich mich nicht täusche, dann hat Bruder Vanum dort seine Zelle. Warum war er beim Brand der Kirche in seiner Zelle? Er meinte er wäre über die Natureinflüsse erhaben, doch dann schickte ich ihn hinaus.«

»Frouwe Peccor konnte auch unmöglich Bruder Ovis ermorden und gleichzeitig den Wasserfall versiegen lassen. In einer Nacht wäre das unmöglich gewesen«, sagte Bruder Martin. »Aber dann stellt sich immer noch die Frage, woher er das gleiche Gift wie Frouwe Peccor hatte«, mutmaßte er.

Dann sagte Cito aufgeregt: »Aber wir wissen, wo das Gift sein könnte.« Artur wandte sich ihm zu. »Erinnerst du dich nicht? Deine Mutter holte, bevor sie uns entdeckte, im Hof etwas ab.«

»Ja«, sagte Artur aufgeregt. »Kommt mit, ich zeige es Euch.«

Als Artur und die versammelten Mönche mit Minerva und Pupilla, die bisher kein Wort gesprochen hatte, an der verdächtigen Wand standen, untersuchten Artur und Cito sie besonders aufmerksam. Plötzlich schrie Cito auf und zog an einem kleinen Stein. »Sehr gut«, lobte ihn Bruder Martin theatralisch. »Wirklich ausgezeichnet.«

Cito drehte sich zu ihnen um und hielt einen kleinen Sack mit einem grünlichen Pulver in der Hand.

»Das nehme ich, mein Junge«, sagte Meister Callidus und streckte die Hand aus. Cito gab das Pulver ehrfürchtig weiter, doch nun war es an der Zeit, dass auch Bruder Vanum seine Karten auf den Tisch legte. »Ich denke, es gibt jetzt nur noch eines zu tun«, sagte Bruder Martin und zusammen gingen sie los, um Bruder Vanums Quartier aufzusuchen.

Als sie vor der Tür standen, hinter der Bruder Vanum mit Sicherheit friedlich schlummerte und sich nicht bewusst war, dass er genau in diesem Moment ertappt worden war, klopfte Bruder Martin höflich, wie er war, an. Artur hatte erwartet, dass es eine Weile dauern würde bis Bruder Vanum öffnete, doch zu seiner Verwunderung, wurde die Tür fast unmittelbar aufgestoßen. Bruder Vanums Gesicht war zu sehen und dann begann er zu lächeln. »Ich wusste, dass Ihr mich aufsuchen würdet«, sagte er und grinste hämisch.

»Dann wisst Ihr auch, warum wir gekommen sind«, sagte Bruder Martin und trat zur Seite, damit er auch alle anderen Mönche sehen konnte. Bruder Vanums Gesicht verzog sich. Dann trat auch er, als höflicher Gastgeber, zur Seite und Bruder Martin, Meister Callidus, Artur und alle anderen traten in die kleine Zelle. Als wären alle von ihm eingeladen worden, setzte sich Bruder Vanum in einen hohen Lehnstuhl und sagte dann: »Nun gut, was habt Ihr mir zu berichten?«, fragte Bruder Martin zu Bruder Vanum gewandt, und Artur war sich sicher, dass er den Glockenturm die ganze Zeit beobachtet hatte.

»Ich nehme an, Ihr habt den Übeltäter gefasst, der unsere Brüder getötet hat«, sagte er sachlich.

»Ihr nehmt richtig an«, sagte Artur wütend. Zwar hatte der Bruder keine anderen Menschen getötet, doch es interessierte ihn, warum er all diese schrecklichen Katastrophen verursacht hatte.

»Bitte erklärt, warum Ihr diese Unheils getan habt«, sagte Meister Callidus plötzlich und blickte Bruder Vanum enttäuscht an.

»Mit welcher Autorität prangert Ihr mich derart an?«, sagte Bruder Vanum, doch er konnte niemanden täuschen.

»Mit der Gottes«, sagte Artur sofort und starrte ihn wütend an. Bruder Vanum blickte ihn kurz an, dann sprach er mit lauter Stimme: »Meine Ansichten vertrat ich, seit unser geschätzter Abt Clemens von uns gegangen war. Ein sechzehnjähriger Junge, der keinerlei Bildung besaß, sollte unser neuer Abt werden? Es war absurd und lächerlich, dass ein Junge, mit nichts als einer unbedeutenden Vergangenheit, uns führen sollte. Es war mir ein Leichtes, diese Hindernisse herbeizuführen, denn ich wusste, dass, wenn der Junge unser nächster Abt werden würde, dann würde das Kloster bald untergehen.«

»Nicht«, sagte Bruder Martin laut, »wenn der Hohe Rat sich für ihn einsetzte. Ihr habt also die unglaubwürdigen Gerüchte verbreitet, dass der Zorn Gottes auf das Kloster herabkomme, weil unsere Äbte seit Jahrhunderten gegen Gottes Gebot verstießen und ein Kind zeugten.«

Bruder Vanum grinste. »Bemerkenswert, nicht wahr?«

»Bemerkenswert ist nur Eure Bosheit und Eure Lethargie der Situation gegenüber«, sagte Artur und blickte ihn hasserfüllt an.

»Nicht der Glaube regierte in diesen Mauern sobald der Junge hier war, sondern die Willkür des Hohen Rates«, sagte Bruder Vanum trotzig und blickte Meister Callidus und Bruder Martin herausfordernd an. Ein Raunen ging durch die kleine Menge und wütende Blicke wurden ausgetauscht.

»Durch Eure Taten, habt Ihr das erste Mal wirklich unseren Herrn erzürnt«, sagte Bruder Martin laut.

»Wenn ich mit meinen Taten Gott erzürnt habe, was ist dann mit Euren Taten?«, fragte er, doch Meister Callidus und Bruder Martin waren nicht bereit, weiterhin mit dem Verräter zu kommunizieren. Dann sagte Bruder Martin laut, sodass alle es hören konnten: »Ich plädiere auf eine angemessene Bestrafung.«

Erneut lachte Bruder Vanum sein humorloses Lachen. Dann sagte er: »Ich hätte Abt werden sollen. Ich habe jahrelang treu gedient. Jahrelang, und bin weitaus weiser und klüger als dieser Bastard.« Stille breitete sich von ihm aus.

Dann sprach Bruder Martin mit vor Sarkasmus triefender Stimme: »Ich denke, Ihr versteht, dass ich und wohl alle anderen in diesem Kloster nicht geneigt sind, Eurem Ersuchen, der nächst Abt zu werden, die Einwilligung zu erteilen.«

Bruder Vanum lächelte doch dann sagte Artur, von wildem Zorn gepackt: »Ihr seht ein, dass Ihr leider nicht weiterhin in unserem Kloster als Mönch bleiben könnt?«

Bruder Vanum blickte ihn an. »Dir ist sicherlich klar, dass du, genau wie alle anderen Äbte, in der Hölle landen wirst, sobald du unserem Vater begegnest. Mein Gewissen ist rein, ich kann mit den Sünden leben, die ich begangen habe, denn ich tat sie für das größere Wohl.«

»Dann könnt Ihr auch mit Eurer Strafe leben«, sagte Artur. »Fiat iustitia!« Bruder Vanum beugte sich in seinem Sessel vor und sagte mit zischelnder Bösartigkeit in der Stimme: »Ein überaus mächtiger Satz für jemanden, der keine blasse Ahnung von dessen Bedeutung und von Gerechtigkeit hat.« Mit diesen Worten wurde er von zwei Mönchen unter den Achseln gepackt und nach draußen geschleppt, während sich auf Arturs Gesicht blanke Genugtuung spiegelte.

Jahre später

Der Winter schien in diesem Jahr schneller zu kommen als üblich. Der Herbst war schon im September verbraucht und Schnee fiel in Massen von den Himmelspforten herab. Die Sonne kämpfte sich jedoch immer wieder kurz durch die beinahe undurchdringliche Wolkendecke und tauchte das Kloster St. Caritum in goldenes Licht. Niemand, der jetzt das Kloster betrachten würde, käme auf den Gedanken, dass hier vor vielen Jahren etwas Schreckliches geschehen war. Doch darüber wurde nie geredet. Die Älteren, die es noch selbst miterlebt hatten, versuchten ihre düsteren Gedanken mit Schweigen zu bekämpfen, und die jüngere Generation wurde damit nicht behelligt. Der Weihnachtstag brach an und Artur fand sich in seinem Strohbett liegend wieder. Wie immer wollte er gerne hier liegen bleiben und für immer die angenehme Stille genießen. Doch auch Freude, Freude auf das Kommende, stieg in ihm auf. Es würde bald so weit sein, dass er nicht mehr der alleinige Erbe des Abts war. Nein, er erwartete voller Aufregung einen Sohn, der seinen Platz einnehmen konnte, sobald Artur seinem Vater gefolgt war. Wie lange es noch dauern würde, ließ sich nicht sagen, doch der alte Bruder Martin sagte ihm immer wieder, er solle sich nicht sorgen, denn viele Mönche hatten schon einige Geburten auf dem Kloster miterlebt. Insbesondere seine eigene sei etwas Besonderes gewesen und Bruder Martin erzählte die Geschichte immer wieder gerne. Artur schwang seine inzwischen viel zu langen Füße aus dem Bett und stapfte müde in seiner Zelle umher, um seine Mönchskutte zusammenzusuchen. Auf dem eisigen Gang vor seiner Zelle herrschte ein reges Treiben. Alle waren wegen des Weihnachtstages und der anstehenden Geburt aufgeregt, und als sie Artur erblickten, breitete sich auf allen Gesichtern ein Lächeln aus.

»Guten Morgen«, grüßten ihn einige und Artur nickte freundlich zurück. Zu Beginn seiner Zeit im Kloster hatte Artur nur von wenigen Mönchen freundliche Worte zu hören bekommen, da er angeblich dafür verantwortlich gewesen war, dass fünf Brüder unter ihnen auf unerklärliche Weise ihr Leben gelassen hatten. Doch diese Zeit war jetzt vorbei und ein neuer Morgen war vor Jahren angebrochen, als seine Mutter ihr Schicksal gewählt und es vorgezogen hatte, frühzeitig ihrem Herrn zu begegnen. Artur dachte oft zurück an diese Zeit, die oftmals schreckliche Erinnerungen für ihn bereithielt, doch er hatte es sich angewöhnt, sich immer schnell zurück in die Gegenwart zu reißen. Artur ging eine steile Wendeltreppe hinunter und trat in die Küche ein. Auch hier hallten viele Grüße von allen Seiten zu ihm, und als er sich gesetzt hatte, setzen sich auch alle anderen und es trat Stille ein. Nach dem allmorgendlichen Gebet machte sich Bruder Clarens daran, das Frühstück zu servieren. Artur gefiel es, dass er so umsorgt wurde, da er doch sechzehn Jahre lang unter der gewaltsamen Herrschaft seiner

Mutter hatte leben müssen. Doch er vergaß niemals, sich zu bedanken oder die Freundlichkeiten zu erwidern. Beim Frühstück diskutierte Artur gerne mit Bruder Martin die kleinen Problemchen des Klosters aus. Seit den Katastrophen und den Morden vor fünfzehn Jahren war gottlob nichts Schlimmeres mehr passiert, außer dass einige andere Mönche eines natürlichen Todes gestorben waren, was natürlich ebenfalls bedauernswert war. Heute ging es darum, dass man die Ostmauern des Klosters säubern musste, da nach Bruder Martins Auffassung alles in einem guten Zustand sein mussten, auch wenn nie jemand, außer die Mönche selbst, das Kloster sah. Artur erwiderte solche Themen stets mit einem amüsierten Lächeln. »Sollten wir unserem Kloster nicht alle Ehre machen? Sollten wir uns nicht auf diese Weise bei unserem Herrn bedanken, indem wir unser Kloster und sein Gotteshaus in einem ordentlichen Zustand behalten?«, sagte Bruder Martin und seine Augen bohrten sich in Arturs Körper. Artur lächelte weiterhin. Er antwortete Bruder Martin nicht sofort, sondern blickte nach links, wo die anderen Mönche des Hohen Rats saßen und ihnen lauschten: Cito, der Junge, den sie einst in der Stadt aufgesammelt hatten, trug jetzt den Namen Bruder Amicus, Bruder Vetus hatte Artur ebenfalls in den Hohen Rat aufgenommen, und drei weitere freundliche, geistreiche und einfallsreiche Mönche, die ihm Jahre zuvor nicht aufgefallen waren. Somit war der Hohe Rat wieder vollkommen und das Kloster profitierte von der Weisheit des Rates.

»Bruder Martin«, sagte Artur geduldig. »Wenn es Euch ein inneres Bedürfnis ist, dann veranlasst alles und säubert die Ostmauern«, sagte Artur und noch immer zierte ein Lächeln sein Gesicht.

Bruder Martin schien nicht wirklich zufrieden, doch er sagte nichts mehr, was die allzu schmutzige Ostmauern anging. Artur aß sein Frühstück zu Ende, ohne dass es eine weitere Meinungsverschiedenheit mit Bruder Martin gab. Dann hob er die Tischtafel auf, indem er seinen Dank gegenüber allen Mönchen bekundete, dass alle so fleißig in den Tagen vor Weihnachten gearbeitet hatten und sie somit gut den Winter überstehen würden. Die Halle war erfüllt von guter und vorweihnachtlicher Stimmung und alle waren aufgeregt wegen der bevorstehenden Geburt.

Nach dem Frühstück ging Artur seiner Arbeit als Abt nach. Er war hauptsächlich für das seelische Beistehen seiner Brüder verantwortlich, wobei er auch darüber entschied, ob neue riskante Reisen in die Stadt unternommen werden müssen, um beispielsweise Korn einzukaufen. Vieles hatte er seinem Cellerar überlassen, Bruder Martin, der mittlerweile schon sehr alt geworden war. Alles in allem liebte Artur das Kloster St. Caritum, so wie er seinen Sohn lieben und so den größten Schatz der Christenheit bewahren würde. Ja, sobald sein Sohn das Licht der Welt erblickte, würde Artur sein Erbe abgeben, und er wäre nicht länger der Schatz, sondern sein Kind.

In dem Raum über dem Dormitorium, den er nur benutzte, um Geschäftliches zu erledigen, zog er sich schließlich zurück, um noch ein wenig einer stilleren Arbeit nachzugehen. Langsam, aber sicher sank die Sonne wieder hinter die Mauern und der Abend nahte. Ein großes Fest sollte im Refektorium stattfinden, um die Geburt Jesu zu feiern, und Artur hatte sich seit Wochen mit diesem Fest befasst. Ja, es war in der Tat so, als hatte er seit Wochen nichts Besseres zu tun, doch in seinen Augen war dies keine Schande, sondern etwas Positives. Als die letzten Sonnenstrahlen hinter der Mauer verschwunden waren, kam Bruder Martin hereingestürzt. Es war schon mehr als merkwürdig, dass er nicht klopfte, denn er selbst bestand stets darauf.

»Man muss die alten Werte bewahren«, sagte er immer. Doch jetzt war er einfach in Arturs Zimmer gestolpert, ohne sich vorher anzukündigen.

»Es ist soweit«, prustete er laut und keuchte. »Es ist soweit«, sagte er erneut. Artur saß in seinem hohen Lehnstuhl und rätselte, was der gute Mann damit zu sagen versuchte.

»Beruhigt Euch, Bruder Martin«, sagte Artur lachend. »Ich bin sicher, es ist nichts allzu ...«

Doch es war ihm nicht gestattet, den Satz zuende zu führen. »Euer Kind!«, rief Bruder Martin schnaufend, »es ist Euer Kind. Es kommt«, schrie er in schriller Hysterie und stürzte hinaus auf den Gang. Draußen begann er zu rennen und stimmte ein fröhliches Weihnachtslied an, um allen zu zeigen, dass der Augenblick des neuen Erbes gekommen war. Ja, der nächste Erbe wurde geboren.

Artur rannte nun auch so schnell er konnte aus dem Zimmer und ließ seine, wie es ihm nun vorkam, unbedeutende Arbeit hinter sich. Er überholte Bruder Martin, der mit seinen kleinen und kurzen Beinen nicht so schnell war wie Artur. Nachdem Artur das ganze Dormitorium durchquert hatte, bog er schließlich in den Stock ein, in dem die Frau lag und sicherlich gerade die Qualen einer Geburt über sich ergehen ließ. Artur hatte noch nie viel von der Vermutung gehalten, dass die Wehen der Frau Grund dafür waren, dass sich Eva im Garten Eden von der Schlange hatte verführen lassen und einen der verbotenen Äpfel gegessen hatte. Doch viele Mönche hier im Kloster waren fest davon überzeugt, dass es Gottes Wille war, dass eine Frau bei der Geburt zu leiden hatte. Tausende Gedanken kreisten in Arturs Kopf herum. Wie würde er aussehen? Hatte er sein Gesicht oder das seiner Mutter? Was für einen Namen würden sie ihm geben? Hatte er den gleichen Charakter wie er? Dann sah er die Tür, welche in das Gemach der Frau führte. Scheinbar alle Mönche des Klosters hatten sich vor dem Raum versammelt. Hinein durfte niemand. Nicht einmal Artur selbst. Es schickte sich nicht, wenn ein Vater bei der Geburt seines Kindes anwesend war.

»Bleibt ganz ruhig«, sagte Bruder Vetus, den Artur erst jetzt bemerkt hatte und der ebenfalls am Ende der aufgeregten Gruppe stand.

»Es geht ihr gut, Eure Großmutter ist bei ihr und kümmert sich um sie.«

Ein Schrei. Ein markerschütternder Schrei drang aus dem Raum und Artur erkannte ihn als Schmerzensschrei einer schwierigen Geburt.

»Drücken, Drücken ... nur noch ein Mal«, schrie Minerva Vecultas. Dann war es wieder still. Bruder Martin kam nun endlich um die Ecke getrottet und keuchte: »Lasst mich durch«, sagte er prustend und die Mönche, die vor ihnen standen, machten ihm Platz. »Es wäre besser, wenn Ihr hier wartet«, sagte er zu Artur gewandt. Dann verschwand er in der Menge und enterte den Raum. Die Frau schrie erneut auf, als ob sie gefoltert würde. Artur hielt es nicht aus. Er wollte unbedingt wissen, was vor sich ging. Doch gerade als er sich durch die Menge schlagen und den Raum einnehmen wollte, hörte er einen Schrei. Einen völlig anderen Schrei. Einen leiseren, zaghafteren, jedoch ebenfalls einen kräftigen Schrei, der über das ganze Kloster zu hallen schien und in der heran kriechenden Dunkelheit unterging. Die Mönche, die aufgeregt durcheinander gesprochen hatten, verstummten augenblicklich. Arturs Herz schlug irgendwo in der Nähe seines Adamsapfels und er war sich sicher, dass alle Mönche es hören konnten. Geht es dem Kind gut, wollte er schreien, doch er brachte keinen Laut über seine Lippen. Im ganzen Kloster herrschte Totenstille und niemand sprach. In Arturs Gehirn begannen sich schon schreckliche Gedanken herumzutreiben, dass sein Kind womöglich nicht vollkommen gesund war. Doch dann regte sich etwas. Bruder Martin trat aus der Tür und kam durch die Menge auf Artur zu. Alle schienen vor ihm zurückzuweichen. Schritt für Schritt kam der alte Bruder näher und näher. Als der letzte Mönch Platz gemacht hatte, sah Artur ihn. Bruder Martin blickte Artur mit aschfahlem und todesernstem Gesicht an. Er hielt einen Säugling in den Händen. Und dann sagte er mit zitternder und bebender Stimme: »Es ist ein Mädchen …«

Wer ist wer?

Abt Amans	Abt des Klosters St. Caritum von 1154 bis 1162.
Abt Clemens	Verstorbener Abt des Klosters St. Caritum, Vater Arturs, Sohn Minerva Vecultas und Geliebter Cecilia Peccors.
Abt Venus	Abt des Klosters St. Caritum von 965 bis 980.
Achatius	Kutschiert Minerva Vecultas und Tristan zum Kloster St. Caritum und wird späterer Diener Minerva Vecultas.
Artur	Sohn des verstorbenen Abts Clemens und Cecilia Peccors.
Avidus	Vermeintliche Frau eines Bettlers.
Bruder Amicus	Mönchsname Citos.
Bruder Clarens	Arbeitet in der Küche des Klosters.
Bruder Custo	Einfacher Mönch des Klosters.
Bruder Emissarius	Wird von den Mönchen des Hohen Rates St. Caritums in der Stadt Patria als vertrauenswürdig angesehen und als Vertrauter nach St. Caritum eingeladen, um dort dem Kloster beizutreten.
Bruder Excubitor	Einfacher Mönch des Klosters.
Bruder Hora	Arbeitet in der Verwaltung der Klosterkirche, läutet immer die Glocke und ist Mitglied des Hohen Rates St. Caritums.
Bruder Martin	Stellvertreter des Abtsstuhles, Cellerar, und ist Mitglied des Hohen Rates St. Caritums.
Bruder Nonfido	Wird von den Mönchen des Hohen Rates St. Caritums in der Stadt Patria als vertrauenswürdig angesehen und als Vertrauter nach St. Caritum eingeladen, um dort dem Kloster beizutreten.
Bruder Ovis	Arbeitet in der Verwaltung des Klosters mit, pflegt die Schafe und ist Mitglied des Hohen Rates St. Caritums.
Bruder Scriba	Arbeitet im Scriptorium und ist Mitglied des Hohen Rates St. Caritums.
Bruder Vanum	Arbeitet in der Bibliothek des Klosters und hält Artur für nicht angemessen als Nachfolger des Abtes.
Bruder Vesto	Arbeitet in der Schneiderei des Klosters und ist Mitglied des Hohen Rates St. Caritums.

Bruder Vetus	Wird von den Mönchen des Hohen Rates St. Caritums in der Stadt Patria als vertrauenswürdig angesehen und als Vertrauter nach St. Caritum eingeladen, um dort dem Kloster beizutreten.
Bruder Vicilinus	Sah das zerstörte Boot der Mönche den Wasserfall hinunter stürzen und alarmierte Bruder Martin.
Cecilia Peccor	Arturs Mutter und sehr schlecht auf ihren Sohn zu sprechen. Geliebte des verstorbenen Abtes.
Cito	Straßenjunge aus Patria. Wird von den Mönchen mit auf das Kloster St. Caritum genommen.
Ferus	Einfache Wache aus der Stadt Patria.
Johan	Kutschiert Cecilia Peccor und Artur zum Kloster St. Caritum.
Louis	Findet zufällig die Mönche des Hohen Rates St. Caritums im Wald und nimmt sie in seiner Kutsche mit zur Stadt Patria. Er arbeitet für den Baron von Optimas.
Meister Callidus	Großmeister des Klosters. Er wird in wichtige Entscheidungen mit einbezogen und sein weiser Rat ist immer erwünscht. Er ist ebenfalls ein Mönch des Hohen Rates St. Caritums.
Minerva Vecultas	Mutter von Tristan, Abt Clemens, und Großmutter Arturs.
Papst Honorius IV.	War vom 2. April 1285 bis zum 3. April 1287 Papst und infiltrierte einige Klöster um dessen Infrastruktur zu überprüfen.
Pupilla Vecultas	Pflegetochter von Minerva Vecultas.
Tristan	Sohn Minerva Vecultas und späterer Abt Clemens des Klosters St. Caritum.

Danksagung

Wie wichtig eine große lesebegeisterte Verwandtschaft ist, habe ich nach dem ersten Entwurf dieses Buches gemerkt. Meine Tanten Doris Hagg, Margret Höhn und Claudia Miller, sowie meine Cousins und Cousinen Fabian Brugger, Mareike Hagg und Lena Brugger haben mich mit ersten Korrekturtipps versorgt. Den gleichen Dienst haben mir viele Bekannte aus der Schule und dem Freundeskreis geleistet. Danke an Isabel Glauner, Andrea Wiedmann, Alice Pfender, Pia Kolb, Hannah Mohr und Anne-Sophie Mayer. Ein besonderer Dank an unseren Nachbarn Klaus Schäch, der sich als überaus kritischer und hilfreicher Lektor erwiesen hat. Selbst meine beiden Omas Christel Aggeler und Maria Miller haben es sich nicht nehmen lassen, das Werk noch zu lesen und mir Tipps zu geben. Danke schließlich auch noch an meine Uroma Margarete Goldschmidt, welche mir vom ersten Tag ab immer die Daumen gedrückt hat und sich regelmäßig über den Stand des Buches erkundigt hat.

Ein ganz besonders Dankeschön an Laura Kibele, mit der ich die Geschichte um Artur von Anfang an besprach und welche meine neusten Ideen immer als eine der Ersten erfuhr und mir sofort mitteilte, was sie davon hielt. Sie hat sich darüber hinaus auch als gewissenhafte Lektorin erwiesen und ich weiß, wie dankbar ich ihr dafür sein muss, denn mir ist durchaus bewusst, wie schwer es mit meinen Texten sein kann.

Ein Buch wäre nichts ohne den Einband. In diesem Sinne möchte ich mich bei Klaus Stemmer für die wahnsinnig kreative Gestaltung des Covers bedanken. Schöner hätte es nicht werden können!

Doch der größte Dank gilt meinen Eltern Arnold und Birgit Miller, welche mich von Anfang an unterstützt und beraten haben. Ohne sie hätte ich dieses Projekt nicht verwirklichen können. Auch über die finanzielle Absicherung ihrerseits habe ich mich sehr gefreut. In dem Prozess, in welchem das Buch entstanden ist, war mein Vater wohl mein größter Kritiker und stand mir immer zur Seite.